Beatrix Gurian

DANN FRESSEN SIE DIE RABEN

Arena

FSC
www.fsc.org
MIX
Papier aus verantwortungsvollen Quellen
FSC® C022125

1. Auflage 2012

Alle Suren ziert nach www.koransuren.de
Covergestaltung: Frauke Schneider
Gesamtherstellung: Westermann Druck Zwickau GmbH
ISBN 978-3-401-06683-7

www.arena-thriller.de
www.facebook.com/arenathriller
Mitreden unter forum.arena-verlag.de

Die Scharen von mächtigen Raben

Es fliegen im Abend tief über die Ähren
Die Scharen von mächtigen Raben,
Wie Geheimnisse lautlos, die sich begraben,
Wie Gedanken, die sich im Zwielicht mehren.

Und es hängen die Ähren zum Straßengraben,
Als ob sie Sehnsucht nach Menschen haben.
Es steht noch ein Mäher im Klee, im dunkeln;
Du hörst nicht die Sense, du siehst nur ein Funkeln.

Es huscht noch ein Vogel schnell in die Hecke,
Die Feldwege schlängeln sich hinter Verstecke,
Die Raben kreisen und machen Runden,
Tauchen unter und sind in der Erde verschwunden.

Max Dauthendey (1867-1918)

I

Jede Seele wird den Tod kosten ; und
Wir stellen euch mit Bösem und Gutem
auf die Probe ; und zu Uns werdet ihr dann
zurückgebracht.
((21 :35))

Zuerst fällt nur sein Schatten auf den großen weißen Engel aus Stein, dann springt er über die Mauer, wo seine Füße lautlos und luchsgeschmeidig auf der harten Erde landen, während seine Hände den langen Spaten ausbalancieren.

Ungeduldig wischt er die im Mondlicht aufschimmernden Tränen von seinem Gesicht und beginnt, die Reihen der Gräber abzusuchen. Immer wieder bleibt er stehen, verharrt regungslos und lauscht in die Dunkelheit. Erst wenn er sicher ist, dass ihm niemand folgt, holt er wieder Luft, ein tiefer Atemzug, der oft zu einem jämmerlichen Aufschluchzen wird. Dann presst er die freie Hand vor den Mund wie einen Knebel.

Er muss lange suchen, bis er findet, was ihn auf den Friedhof getrieben hat: ein frisches Grab, über und über bedeckt von prächtigen Gestecken und Rosenkränzen, mit Trauerschleifen, die im Mondlicht seidig glänzen.

Er sinkt vor dem Grab auf die Knie und beugt den Kopf zur Erde. So verharrt er eine lange Zeit. Nur ein leises Rascheln stört die Friedhofsruhe. »Verzeihung«, murmelt er immer wieder, »es tut mir leid, vergebt mir, aber ich habe keine Wahl.«

Schließlich erhebt er sich und beginnt, die schweren Kränze zur Seite zu räumen. Er packt sie behutsam an wie zerbrechliche Kostbarkeiten. Doch mit der Zeit wird er schneller und schon bald läuft ihm der Schweiß in Strömen über das Gesicht.

Er greift nach dem Spaten und beginnt, das Grab auszuheben, das bald wie eine frische Wunde in der Erde klafft. Immer wieder vergewissert er sich, dass er aus dem Loch noch herauskommt. Kurz bevor er es alleine nicht mehr schafft, legt er den Spaten zur Seite und schleicht durch die Gräberreihen zurück zum Engel an der Mauer.

Er legt seine Hände vor den Mund. Ein lockendes Vogelgeräusch tönt durch die Dunkelheit. Eine Strickleiter wird über die Mauer geworfen, dann ein schwarzer Müllsack, der mit einem lautem Knistern und Krachen auf der Erde landet.

Schmerz verzerrt sein Gesicht, als hätte man ihn geschlagen, er rennt zu dem Sack, wirft sich neben ihn, umschlingt ihn mit seinen Armen, presst seine Wange dagegen und ist dankbar, dass ihn seine Mutter so nicht sehen kann.

Hinter ihm lassen sich noch zwei junge Männer in schwarzen Hosen und dunklen Kapuzenpullovern von der Mauer herabfallen. Einer packt die Strickleiter und hängt sie sich um, dann beugen sich beide zu dem Jungen, trennen ihn sanft, aber unerbittlich von dem Sack.

Jeder von ihnen greift sich wortlos ein Ende des offensichtlich schweren Pakets.

Der Junge steht auf, ringt mühsam um Beherrschung. Schließlich weist er ihnen mit dem Kopf die Richtung und sie brechen auf.

Diesmal bleibt niemand stehen, um zu lauschen, alles geschieht in größter Eile. Als sie das offene Grab erreicht haben, laden die beiden den Sack ab, springen, ohne eine Anweisung abzuwarten, in das Erdloch und schaufeln weiter die Erde heraus. Als der Spaten endlich den Sarg berührt, halten die Männer nur kurz inne. Sie verständigen sich nicht einmal durch Blicke, sie greifen einfach nach dem Sack und hieven ihn auf den Sarg.

Während der erste Junge stumm danebensteht, werfen sie mit dem Spaten und mit ihren Händen die Erde auf das Grab, bis der Erdhaufen neben dem Loch wieder verschwunden ist. Danach trampeln sie alles fest und glätten die Erde, bevor sie die Blumengestecke und Kränze ordentlich auf das Grab zurücklegen.

Schließlich verschwinden die beiden Männer in der Dunkelheit, lautlos, wie sie gekommen sind.

Nur der Junge bleibt zurück. Er kniet sich vor das geschändete Grab und verharrt regungslos, bis ihn die ersten Strahlen der Sonne aus seiner Erstarrung lösen. Dann erhebt er sich und wendet sich in Richtung Mauer.

Ihm ist vollkommen klar, wohin ihn sein Weg nun führen muss. Es mag sein, dass Gott in der Lage ist, den Menschen zu verzeihen. Aber er ist nicht Gott, für ihn heißt es deshalb nicht nur Auge um Auge, Zahn um Zahn, sondern Leben für Leben.

Ihr Leben für seins.

1. Kapitel

»Sie hat was?« Ich kann mir das nicht vorstellen. Doch nicht Lina, meine ach so kluge Schwester.

Pa nickt, und erst jetzt wird mir klar, dass er Tränen in den Augen hat. »Deine Mutter ist völlig am Ende. Niemand versteht, warum sie das getan hat.«

Am liebsten hätte ich ihn geschüttelt. Pa, hätte ich gern zu ihm gesagt, das ist doch nur wieder ein Trick, um sich in Szene zu setzen. Lina liebt theatralische Auftritte. In Linas Welt kreist die Sonne, ach was, nicht nur die Sonne, nein, das ganze Universum dreht sich um sie. Als wir vor drei Jahren gefragt wurden, bei welchem Elternteil wir leben wollten, hat sie im Gerichtssaal eine Tränenshow abgezogen, über der die Richterin völlig vergessen hat, dass ich auch noch da war. Sie hatte schon mit den Schlussworten angefangen, als Pa sich getraut hat nachzufragen, wie denn nun über seine jüngere Tochter Ruby, also mich, entschieden wird.

Ich wollte nicht bei Mama leben, auf keinen Fall, denn sie war es doch, die unsere Familie zerstört hatte. Sie hatte sich in diesen lächerlichen Typen verliebt, den heiligen Dr. Oliver Brandt, der zu allem Übel auch noch mit einem Sohn gesegnet war. Außerdem tat mir Pa furchtbar leid, er war völlig am Boden und verzweifelt, weil Mama ihn verlassen hatte. Ich dachte irgendwie, ich könnte ihm helfen, darüber hinwegzukommen. Und es gab noch einen Grund, aber den konnte ich mir damals wie heute kaum eingestehen: Ich war froh, endlich Linas Schatten zu entrinnen. Denn ganz egal, was ich anfing oder wen ich kennenlernte, immer funkte meine große Schwester dazwischen und stach mich aus.

Lina ist nicht so schön wie unsere Mutter, doch sie hat etwas Strahlendes. Sie ist die Orchidee und ich ein Löwenzahn, sie ist der Duft von Rosen und ich der von Rinde, sie ist ein glühender Komet und ich ein grauer Isarkiesel. Kurzum, die meisten Menschen sind verrückt nach ihr.

Pa setzt sich zu mir auf mein Bett. Er legt seinen Arm um mich. »Ruby, es tut mir sehr leid für dich.« Er drückt mich an sich und ich spüre, wie er zittert. Erst nach einer Weile wird mir klar, dass er krampfhaft versucht, sein Schluchzen zu unterdrücken, und ich schäme mich in Grund und Boden, denn ich fühle nichts.

Mein Vater weint, weil meine Schwester versucht hat, sich das Leben zu nehmen, während meine Gedanken darum kreisen, dass sie höchstwahrscheinlich bloß eine Show abzieht. Ich sehe nicht nur aus wie ein Isarkiesel, sondern habe auch ein Herz aus Stein.

»Was ist denn genau passiert?« Ich rücke ein Stückchen von ihm ab, was Pa sofort so interpretiert, dass mir seine Nähe unangenehm ist. Dabei ist mir doch nur meine eigene Gefühllosigkeit peinlich.

Er strafft die Schultern, putzt seine Brille, dann sehen mich seine grünen Augen prüfend an. »Kleines, sie hat Tabletten genommen und sie mit Alkohol runtergespült. Mehr konnte die Polizei auch nicht sagen.«

»Die Polizei?«

»Die kommt immer, wenn jemand versucht, sich umzubringen.«

»Wieso das denn?«

»Um sicherzustellen, dass es sich nicht um Mord handelt.«

Ich sehe meinen Vater verständnislos an. »Aber wer sollte denn Lina ermorden wollen?«

»Es war ja auch kein Mord. Ein Fremdverschulden wurde ausgeschlossen.«

Das muss ich erst mal verdauen. Daran, dass die Polizei aufkreuzen würde, hat Lina sicher nicht gedacht.

»Und wie geht es ihr jetzt?«

»Den Umständen entsprechend gut, sagt Oliver. Sie wurde auf seine Station im Elisabethenstift nach Schwabing gebracht.«

»Und was heißt: den Umständen entsprechend?« Ich stehe auf und sehe aus der winzigen Dachluke meines Zimmers auf die zwei Wiesen hinter unserem Haus, auf denen gerade die Butterblumen angefangen haben zu blühen. Ein schmaler mit Schilf bewachsener Bach trennt sie voneinander.

»Sie lebt.« Pa atmet laut ein, wie um sich selbst Mut zu machen. »Sie lebt und sie wird keine Schäden zurückbehalten. Aber Ruby, wir müssen alles tun, um zu verhindern, dass so etwas je wieder geschehen kann. Unsere ganze Familie.« Pa nickt sich selbst zu. »Verstehst du? Auch du, mein Schatz. Wir müssen uns darum kümmern, dass es ihr wieder gut geht.«

Ich drehe mich um. »Gibt es einen Abschiedsbrief?«

Mein Vater runzelt die Stirn. »Warum fragst du das?«

»Weil das bei Selbstmördern doch üblich ist, oder nicht?«

Er zuckt bei dem Wort Selbstmörder zusammen, als hätte ich ihn geschlagen.

»Pa, ich kann einfach nicht glauben, dass Lina so etwas tun würde.« Meine Schwester hat doch gar keinen Grund, sich das Leben zu nehmen. Hatte noch nie einen. Eigentlich verhält es sich eher umgekehrt. Sie bringt die anderen an den Abgrund, sogar mit mir hat sie das einmal gemacht. Es ist knapp ein Jahr her, als auch ich nicht weiterleben wollte. Das war, als Lina mir meine erste und bis jetzt einzige große Liebe ausgespannt hatte. Merlin. Wenn meine beste Freundin Feli damals nicht gewesen wäre, ich weiß nicht, was ich getan hätte.

Später wollte Lina sich entschuldigen, aber das war mir zu billig. Wie einfach, erst großen Mist bauen und dann das Ganze mit einer lahmen Entschuldigung abzutun. Nur, weil sie daran gewöhnt war, sich alles erlauben zu können. Mit allem durchzukommen.

Mein Vater legt mir wieder die Hand auf die Schulter. »Diese… diese Sache ist für uns alle ein harter Schlag. Anscheinend hat niemand bemerkt, dass es ihr so schlecht geht. Ich hätte…« Er verstummt und schaut mich hoffnungsvoll an. »Hat sie dir vielleicht etwas gesagt?«

Natürlich nicht. Seit Merlin herrscht Funkstille zwischen uns.

Als ich stumm bleibe, presst er enttäuscht die Lippen zusammen und räuspert sich dann. »Alex behauptet, dass sich Lina in letzter Zeit merkwürdig benommen hat.«

Das lässt mich aufhorchen. Unser schnöseliger Stiefbruder, der gerade mal zwei Jahre älter als Lina ist, behauptet das also? Er wohnt ja nicht mal mehr zu Hause.

»Und warum hat Mam nichts davon mitbekommen?«, frage ich.

Pa fährt sich nervös mit der Hand durch seine lockigen grauen Haare. »Das verstehe ich auch nicht.« Er steht auf und wendet sich zur Tür. »Wir müssen jedenfalls sofort nach München fahren. Lina wird bald aufwachen und dann sollten wir alle bei ihr sein.«

Oh ja, die ganze Familie gibt Linas dramatischer Inszenierung die Ehre! Ich sehe förmlich vor mir, wie sie ihre Augen theatralisch aufschlägt, eins nach dem anderen, und dann mit zarter Stimme »Wo bin ich?« murmelt, bevor sie sich umschaut und ein paar Tränen die Wange herabrollen lässt, perfekt schimmernd wie kleine Kristalle.

»Es gibt also keinen Abschiedsbrief, oder?«

»Nein.« Mein Vater schüttelt den Kopf. »Aber beeil dich jetzt. Und nimm was zum Übernachten mit.«

Damit verschwindet er über die steile knarzende Holztreppe nach unten ins Erdgeschoss und ich wende mich widerwillig meinem Kleiderschrank zu.

Während ich die Sachen zusammenpacke, denke ich an Lina. Ich habe sie nur selten vermisst und überhaupt nicht beneidet, als sie mit Mam in München geblieben ist. Mir gefällt es, auf dem Dorf zu leben, mit all den Bergen um mich herum. Papa und ich sind in unser früheres Wochenendhaus im Allgäu gezogen. Pa arbeitet von zu Hause aus als Architekt und sein Spezialgebiet ist der Umbau alter Bauernhäuser in Energiesparhäuser, wie das, in dem wir wohnen. Hinter den Wiesen unseres Hauses erkennt man eine Zwiebelkirche, deren Läuten mich morgens zuverlässig weckt, und auf einer Koppel hinter dem Haus grast mein Pferd Sonny, das ich vor vier Jahren zu meinem dreizehnten Geburtstag geschenkt bekommen habe und das genauso aussieht wie das von Pippi Langstrumpf, weiß mit schwarzen Flecken. Es steht dort zusammen mit Rasputin, einem Islandpony, das Lina gehört und das ihr jetzt nur noch peinlich ist.

Ich habe nie verstanden, wie Lina auf all das hatte verzichten können, nur um mit Mama und Oliver, unserem Stiefvater, und Alex im ach so coolen München zu bleiben.

Plötzlich schnürt mir ein Gedanke die Kehle zu. Vielleicht hat sie ihre Entscheidung ja doch bereut? Vielleicht hatte sie nur Angst, das zuzugeben? Oder ihr hat einfach keiner zugehört?

Mit Mam kann man nämlich nicht so gut reden wie mit Pa. Sie hört immer nur das, was ihr gefällt, alles andere blendet sie aus, als existiere es nicht. Selbst wenn sie gemerkt hätte, dass Lina todunglücklich war und lieber zu Pa wollte – sie hätte das einfach nicht wahrhaben wollen.

Und ich hätte auch nichts mitbekommen. Meine Schwester und ich haben seit der Sache mit Merlin so gut wie keinen Kontakt mehr, denn ich habe mich seit einem Jahr geweigert, meine Mutter und Lina in München zu besuchen, und alles drangesetzt, damit Lina nicht zu uns kommt.

Ich sinke auf mein Bett, wo unsere beiden großen Kuschelhasen sitzen. Lina hat ihren hiergelassen, er war ihr zu kindisch. Ich nehme sie beide in den Arm, meiner ist weiß, ihrer ist dunkelbraun, und vergrabe mein Gesicht in ihrem weichen Fell. Vor gefühlten hundert Jahren, als wir noch richtig klein waren, haben wir viel mit ihnen gespielt. Ich kann es heute kaum noch glauben, aber früher waren wir wie Zwillinge. Vielleicht, weil wir nur etwas mehr als ein Jahr auseinander sind.

Ihr brauner Kuschelhase heißt Mr Singer und meinen weißen hat Lina den bösen Schenk getauft. Klar, dass meiner der Böse sein musste. Keine Ahnung, wie sie auf Schenk gekommen ist, aber wir beide waren uns einig, dass das ein cooler Name für einen Bösewicht war. Am liebsten spielte sie, dass mein Schenk ihren Mr Singer verfolgen und töten wollte und sie ihn dann austrickste. Irgendwann wollte ich auch mal der liebe Schenk sein, aber gegen Linas Herrschaft hatte ich keine Chance, obwohl ich tapfer gekämpft habe. Einmal habe ich dabei sogar ein Plüschohr von Mr Singer abgerissen und seitdem ist es leider schief, denn wir haben es nicht geschafft, es wieder richtig anzunähen. Mam hatte sich geweigert und uns zur Strafe gezwungen, es selbst zu erledigen. Wir haben ganz schön gemault, es aber geschafft.

Und jetzt hat Lina versucht, sich umzubringen. Das ist etwas, das man nicht so leicht reparieren kann.

Meine große Schwester will nicht mehr leben.

Die gut gelaunte Lina, die immer fröhlich ist. Der Mensch, mit dem ich den meisten Spaß hatte, jedenfalls bis sie mir Merlin ausgespannt hat. Meine große Schwester, die mich zu allem möglichen Unsinn angestiftet hat, wie zum Beispiel, als wir nachts auf Kreta aus dem Ferienhaus ausgebüxt sind. Wir wollten das Schlüpfen der Babyschildkröten am Strand beobachten, bevor sie dann für den Rest ihres Lebens im Meer verschwinden. Und das gehört für mich immer noch zu den schönsten Sachen, die ich je gesehen habe, aber es hat uns damals mächtigen Ärger eingebracht. Und immer, wenn ich nicht schlafen konnte, ist sie zu mir ins Bett gekommen und hat mir Gruselgeschichten erzählt, bis ich mich alleine nicht mehr aufs Klo getraut habe.

Lina, Lina, Lina.

Oh Mann, jetzt weine ich doch.

2. Kapitel

Das Elisabethenstift in Schwabing ist schon alt und wirkt ziemlich heruntergekommen. Der Linoleumboden ist in der Mitte der Gänge völlig abgelaufen und an den Rändern grau. Es riecht überall nach einer Mischung aus aufgewärmtem Blumenkohl, Sagrotan und Fußcreme.

Lina liegt nicht mehr auf der Intensivstation, nur noch auf der Intensivbeobachtung, wo man sich keine grünen Kittel anziehen muss.

Sie ist schon wach, neben ihrem Bett sitzen Mama und unser Stiefbruder Alex. Von Oliver ist nichts zu sehen, vielleicht hat er gerade Schicht.

Als Lina mich entdeckt, richtet sie sich auf. Sie sieht fürchterlich aus, überhaupt nicht so, wie ich mir das vorgestellt habe. Die tiefen schwarzen Ringe unter den Augen wirken wie Blutergüsse, ihre Lippen sind aufgesprungen und die tote Haut klebt wie alte Weißbrotbrösel darauf. Am Hals hat sie blaue Flecken und ihre schönen blonden Haare pappen strähnig und fettig an ihrem Schädel, der mir plötzlich riesig vorkommt.

Ich schäme mich in Grund und Boden.

Das hier ist kein Theater, das hier ist echt. Meine Kehle schnürt sich zu, und je näher ich an ihr Bett komme, desto deutlicher sehe ich, wie verzweifelt Lina ist.

Ihre Augen starren mich so angsterfüllt an wie damals, als sie in dem kleinen Teich hinter unserer Schule im Eis eingebrochen war und dachte, dass sie sterben müsste. An dem Tag habe ich es geschafft, sie so lange in dem Eisloch festzuhalten, bis Pa da war.

»Ruby, Ruby!« Sie streckt wie damals ihre Hände nach mir aus, als würde sie ertrinken, wenn ich sie nicht rette.

Mir schießen Tränen in die Augen. Was ist nur mit mir los, dass ich so gemein über sie gedacht habe? Ich renne die letzen Meter zu ihr hin und setze mich neben sie auf ihr Bett. Sie umarmt mich und flüstert mir etwas ins Ohr, aber ich kann es nicht verstehen, weil ich selbst so laut weinen muss.

»Schschscht, alles wird wieder gut«, sagt Pa und setzt sich auf die andere Seite des Bettes.

»Ich will mit Ruby allein sein.« Linas Stimme klingt nicht wie sonst, es ist eher ein Krächzen.

In diesem Augenblick schwebt Oliver herein. Im weißen Kittel, nur einen Kugelschreiber in der Brusttasche. Den passenden Rahmen geben zwei junge Frauen ab, auch sie im weißen Kittel, die eine schwarzhäutig, groß und schlank, die andere klein, mollig und blond.

Ich habe nie verstanden, was Mama an Oliver so toll findet. Er ist groß und stakst durch die Gegend wie eine betrunkene Giraffe. Seine blonden Haare, die kaum von seinen abstehenden Ohren ablenken, sind zu einem Pferdeschwanz gebunden, und seine Nase ist irgendwie zu klein für das große Gesicht. Sein Sohn Alex sieht viel besser aus als er, ein bisschen wie Jack Sparrow ohne Bart, deshalb nenne ich ihn für mich auch nur den Fluch.

»Hallo, Lina, wie geht es dir jetzt?«, fragt Oliver, schiebt mich von der Bettkante und gruppiert sich mit den Frauen um Lina.

Lina verrenkt sich fast den Hals, um mir einen Blick zuzuwerfen. »Hol mich hier raus!«, sagt sie heiser.

Oliver wechselt einen Blick mit der Schwarzen. Die kleine Blonde zieht ein Diktiergerät aus ihrer übervollen Brusttasche und murmelt etwas hinein. Es klingt wie »Wahnvorstellungen, typisch nach…«.

»Lina, du musst dich beruhigen. Ich habe dir Frau Dr. Polliwoda mitgebracht. Sie wird sich mit dir unterhalten, du kannst ihr vertrauen. Alles, was du ihr sagst, fällt unter die ärztliche Schweigepflicht. Sie darf auch uns«, Oliver wirft Mama einen Blick zu, »nichts von dem erzählen, was du ihr anvertraust.«

»Ruby!« Diesmal klingt es wie ein Stöhnen.

Ich trete wieder näher an ihr Bett, auch wenn Oliver mich davon abhalten möchte. Lina winkt mich ganz nah zu sich heran, alle starren schweigend zu ihr hin und schließlich lässt mich Oliver doch näher kommen.

»Ruby«, Lina umklammert meinen Unterarm, »Ruby, der Schenk ist hier.« Sie muss husten.

»Das kommt davon, dass wir ihr den Magen ausgepumpt haben. Lina, du musst Schmerzen haben.« Ohne eine Antwort von ihr abzuwarten, gibt Oliver der Schwarzen, die er mit Samira anspricht, Anweisungen, eine Infusion zu holen.

»Ruby…«, beginnt Lina wieder.

»Du regst sie auf«, mischt sich Mama mit einem Seufzen ein. »Wie immer! Könnt ihr zwei denn nicht einmal friedlich miteinander umgehen? Nicht einmal jetzt?«

»Sie will mir doch nur etwas sagen«, protestiere ich.

Lina nickt zustimmend.

Der dunkelhaarige Alex, der so anders als sein Vater

aussieht, dreht sich zu mir um. Seine Augenbrauen sind zusammengezogen, als er von Lina zu mir blickt. »Woher die plötzliche Schwesternliebe?«, erkundigt er sich spöttisch.

»Alex!« Die Stimme seines Vaters ist scharf.

Samira kommt mit der Infusion wieder zurück. Oliver macht den Platz am Bett frei, damit sie den Zugang zu Linas Venen freilegen und sie mit der Infusion verbinden kann.

Lina legt sich zurück auf das Kissen und schließt die Augen.

»Schenk«, murmelt sie. »Bitte, Ruby, du musst ihn stoppen. Sonst fressen sie die Raben!«

»Sie ist vom Auspumpen dehydriert«, erklärt Oliver seelenruhig. »Das führt dann zu diesen Halluzinationen.« Er gibt Samira und Dr. Polliwoda durch ein Kopfnicken zu verstehen, dass sie gehen können, und tritt zu Mama. Er umarmt sie kurz, während er den Kopf schüttelt. »Mach dir keine Gedanken, Katja, sie wird sich wieder erholen. Das hier ist eine einfache Kochsalzlösung, das wird sie wieder auf den Damm bringen. Es ist nichts wirklich Schlimmes passiert.«

Pa räuspert sich drohend. »Das sehe ich aber anders«, sagt er, während seine Stimme gefährlich zittert. »Wenn eines meiner Kinder nicht mehr leben will, dann muss es einen Grund dafür geben. Was für mich bedeutet, dass sehr wohl etwas wirklich Schlimmes passiert ist.« Seine Stimme wird bei jedem Wort lauter. »Und ich wüsste wirklich gern, was das ist!« Er starrt auf Mama, Oliver und Alex. »Was habt ihr Lina angetan?«, brüllt er schließlich.

Sein Brüllen bringt Lina dazu, ihre Augen zu öffnen.

Sie sucht meinen Blick und schüttelt kaum erkennbar den Kopf, dann fallen ihre Augen wieder zu.

»Ich kann verstehen, dass du aufgeregt bist, Matthias, aber ich halte es nicht für gut, wenn du hier herumschreist.« Olivers Stimme ist immer noch ruhig und sehr autoritär. »Jetzt solltet ihr nach Hause gehen. Morgen wird sich Lina deutlich besser fühlen, und wenn die Frage nach ihrer psychischen Betreuung geregelt ist, kann sie übermorgen wieder nach Hause.« Er dreht sich zu Mama um. »Katja, du solltest dich hinlegen, die Nacht war sehr lang für dich.« Er schreitet zur Tür, dabei streicht er seinem Sohn über die Haare, was Alex peinlich zu sein scheint, denn er erstarrt und schaut auf den Boden. Dann hält Oliver die Tür auf und bedeutet allen, jetzt aus dem Krankenzimmer zu verschwinden.

Ich bin die Letzte, die geht. Aber bevor ich das tue, sehe ich noch einmal zu Lina zurück. Ihr Blick ist flehentlich auf mich gerichtet. »Ich komme wieder«, sage ich fest. »Und zwar allein.«

»Danke, Ruby«, flüstert sie, dann schließt sie die Augen.

Eine Viertelstunde später sitzen wir in der Küche der neuen Wohnung meiner Mutter. Wobei sie nur für mich neu ist, weil Mam, Oliver und Lina erst nach der Sache mit Merlin im letzten Jahr hierhergezogen sind. Das Haus ist ganz in der Nähe des Krankenhauses, damit Oliver es nicht so weit zur Arbeit hat. Die große renovierte Altbauwohnung hat einen Balkon zum Hof und liegt abgeschirmt durch die vordere Häuserreihe ruhig in einem Hinterhof an der Mainzerstraße. Alex ist schon vor über einem Jahr ausgezogen und wohnt in einer Loftwohnung an der Münchner Freiheit, aber er ist nach unserem Besuch im Krankenhaus auch mit hierhergekommen.

Ich bin immer noch schockiert von Linas Verhalten eben. Was genau hatte sie von mir gewollt? Und warum wollte sie ausgerechnet mit mir sprechen und nicht mit Mama oder Alex, die ihr doch seit der Scheidung vor drei Jahren sehr viel näherstehen?

Für mich ist ganz klar, dass Lina vor etwas Angst hat. Aber was kann das sein? Sie hat sich schon das Schlimmste angetan, was man sich antun kann: Sie hat versucht, sich umzubringen.

»Was möchtest du trinken?«, fragt Alex, während Mama einen kompliziert technisch aussehenden silbernen Kaffeeautomaten anschaltet.

Der Fluch hat dunkles Haar, ganz anders als Oliver, und ist überhaupt sehr viel hübscher als sein Vater. Ich habe mal ein Foto seiner Mutter gesehen, die vor sechs Jahren bei einem Verkehrsunfall gestorben ist. Sie sah aus wie eine französische Chansonsängerin. Die breiten Wangenknochen und die traurigen dunklen Augen muss er von ihr geerbt haben.

Der Fluch starrt mich so durchdringend an, als müsste er etwas aus mir herausquetschen, was ich unbedingt vor ihm verbergen wollte. »Trinken?«, wiederholt er ungeduldig.

»Gibt's Cola?«, frage ich ihn, obwohl mir klar ist, dass es bei Mama und Oliver, den ernährungsbewussten Vegetariern, allerhöchstens Bionade geben wird – etwas anderes kommt ihnen nicht ins Haus.

Prompt zeigt Alex wortlos auf eine Apfelsaftflasche und macht mir dann, als ich nicke, eine Schorle.

»Dehydriert.« Mir fällt wieder ein, was Oliver gesagt hat, während ich den Inhalt des Glases gierig herunterschütte. Ausgetrocknet war Lina also und deshalb hat sie angeblich Wahnvorstellungen. »Du gehst doch auf die gleiche Schule wie Lina. Hast du eine Ahnung, warum meine Schwester das getan haben könnte?«

Der Fluch zuckt mit den Schultern. »Nicht wirklich. Aber ich glaube, dass sie Liebeskummer hatte.«

»Sie hat also einen Freund?« Leider muss ich sofort an Merlin denken, den sie mir, ohne mit der Wimper zu zucken, ausgespannt hat. Merlin, der Einzige, in den ich je verliebt war. Und das Schlimmste war, dass ich ihn sogar verstehen konnte. Meine Schwester ist einfach so viel lustiger und mutiger als ich und sie hat so viel mehr Kurven als Ruby, die Bohnenstange. Und wen interessiert schon, dass ich was in der Birne habe? Sogar Oma behauptet, dass Männer besser sehen als denken können. Erst in den letzten Monaten habe ich mich manchmal gefragt, warum ich nicht um Merlin gekämpft habe. Ich habe ja nie den Versuch gemacht, ob ich gegen Lina eine Chance gehabt hätte. Und allein deshalb wäre es normalerweise eine unglaubliche Genugtuung für mich gewesen, von Linas Liebeskummer zu erfahren.

Normalerweise. Aber jetzt ist alles anders. Nachdem ich sie im Krankenhaus gesehen habe, ist all mein Zorn auf sie verschwunden, und sie tut mir nur noch leid.

Alex hat mir immer noch keine Antwort gegeben, deshalb wiederhole ich meine Frage: »Lina hat also einen Freund?«

Der Fluch dreht sich zu meinen Eltern um, die sich an den Küchentisch gesetzt haben und in ihre eigene Diskussion verwickelt sind, und flüstert dann: »Nicht so laut, von dem letzten Typen weiß deine Mom gar nichts.«

»Wieso denn nicht? Lina ist doch schon achtzehn. Sie kann machen, was sie will.«

»Trotzdem wollte Lina nicht, dass Oliver und ihre Mutter davon erfahren. Ich hab sie mal mit dem Typen gesehen und danach hat sie mich angefleht, es für mich zu behalten.«

Ich schüttele den Kopf. Das hört sich genauso wenig nach Lina an wie die Tatsache, dass sie Liebeskummer gehabt haben soll. Weder das eine noch das andere passt zu ihr.

»Ich glaube, er hat sie abserviert. Das ist sie nicht gewohnt.« Alex lächelt ein bisschen gemein, wie Jack Sparrow.

»Und deshalb wollte sie sterben?« Obwohl – das war tatsächlich etwas, was Lina nicht gewohnt war: dass jemand sie verließ, bevor sie es tun konnte. Dass jemand Nein zu ihr sagte.

Alex gießt mir Apfelschorle nach und zwinkert mir zu. »Na ja, sie hat eine melodramatische Ader, oder nicht?«

»Das habe ich zuerst auch gedacht«, erwidere ich nachdenklich. »Aber jetzt bin ich mir nicht mehr so sicher.«

»Wie meinst du das?« Er holt aus dem riesigen roten Kühlschrank, auf dessen Vordertür unzählige Zettel und Fotos prangen, einen stinkenden Käse, schneidet ihn in kleine Würfel und wirft sich einen nach dem anderen in den Mund. »Willst du auch?«, fragt er mich.

Lieber sterbe ich, will ich schon sagen, als mir gerade noch rechtzeitig klar wird, wie daneben das gewesen wäre.

»Irgendwas stinkt…«, sage ich, und erst als Alex anfängt zu lachen, wird mir klar, dass er denkt, ich rede vom Käse.

»Ich glaube, Lina hatte Angst, heute im Krankenhaus.«

Alex feuert weitere Würfel in den Rachen. »Klar hatte sie Angst. Vor den Konsequenzen. Jetzt muss sie zu einer Psychotante und sie kann sicher sein, dass eure Mutter sie von nun an gründlich überwachen wird.«

Eure Mutter. Na wenigstens etwas. Sie war wirklich nicht seine Mutter. Aber damit, dass Mam meine ältere Schwester jetzt nicht mehr aus den Augen lassen wird, hat er vermutlich recht. Was Lina auch klar sein sollte. Als wir klein waren, durften wir als Einzige nie mit zu Schulausflügen oder Klassenfahrten, weil Mam ständig Angst gehabt hatte, uns könnte etwas passieren. Zum Glück hatte sich das nach ihrer Heirat mit Oliver etwas gebessert, vielleicht weil der Arzt war. Trotzdem war sie immer noch davon besessen, dass uns etwas zustoßen könnte, und als ich mit Papa weggezogen bin, war genau das ihre größte Sorge, denn der war ihrer Meinung nach in allem viel zu lässig. Als Lina vor sechs Jahren ins Eis eingebrochen ist, hat sie eine Woche lang nicht mit Pa geredet, weil er es uns gegen ihren Willen erlaubt hatte, auf den See zu gehen.

Die Stimmen am Küchentisch werden lauter und reißen mich aus meinen Gedanken.

»Warum hat verdammt noch mal niemand in diesem Haushalt gemerkt, dass es Lina so schlecht geht?« Pa flucht so gut wie nie, außer wenn Dortmund verliert.

»Du weißt doch, wie verschlossen Teenager sind. Und überhaupt, wo warst du denn?«, brüllt Mam zurück. »Du hast doch die Kinder auseinandergetrieben! Hast du denn vorhin im Krankenhaus nicht gesehen, wie sehr sich Lina nach Ruby gesehnt hat?«

Alex und ich schauen uns an. Er zuckt mit den Achseln. »Sie gehören dir. Ich gehe jetzt. Ruf mich an, wenn's was Neues gibt.« Er steckt sich den Rest Käse auf einmal in den Mund, dreht sich um, ruft ein »Tschüss dann!« in Richtung Küchentisch und verlässt die Wohnung, ohne auf Mams »Warte!« zu achten.

Am liebsten würde ich mit ihm gehen, aber das wäre nicht fair Pa gegenüber.

Während ich noch überlege, ob ich mich zu meinen Eltern setzen soll, ist ihr Streit schon eskaliert, und Pa springt auf, rot im Gesicht. »Komm, Ruby, wir fahren nach Hause!« Er presst seine Lippen aufeinander und es klingt eher nach einem Zischen. Er muss unglaublich wütend sein.

»Aber wir wollten doch hier übernachten…«, protestiere ich.

»Gecancelt. Lina scheint auf dem Weg der Besserung zu sein und deine Mutter ist der Meinung, dass ich nicht wirklich zur Genesung meiner Tochter beitrage. Wir gehen.«

Mama ist ihm nachgelaufen. »Ruby, du kannst gern hierbleiben, auch wenn dein Vater gehen möchte.«

Oh Mann, ich fühle mich hin- und hergerissen. Einerseits würde ich mich zu gern ein bisschen in Linas Zimmer umschauen und noch einmal mit Alex über Linas Liebeskummer reden. Außerdem habe ich Lina versprochen, sie noch einmal zu besuchen. Andererseits wäre das der pure Verrat Pa gegenüber. Und das kann ich nicht machen, wo er doch eh immer den Kürzeren zieht. Mein Pa ist so ein Typ, viel zu nett für diese Welt.

»Stimmt es wirklich, dass Lina in drei Tagen wieder nach Hause kommen darf?«, vergewissere ich mich und sehe gleichzeitig ihr völlig verängstigtes Gesicht vor mir.

»Ja, mein Schatz.« Nachdem Mam gerade so gebrüllt hat, klingt ihre Stimme nun geradezu sülzig. »Oliver ist ganz sicher, dass sie das Schlimmste überstanden hat. Mach dir keine Sorgen.«

Mein Vater gibt ein undefinierbares Schnauben von sich. »Natürlich machen wir uns Sorgen, Katja! Ruby, du kannst wirklich bleiben. Lina war so froh, als du kamst.« Er schaut mich eindringlich an und ich werde wieder unsicher, wie ich mich entscheiden soll.

In diesem Moment hört man, wie jemand den Sicherheitscode an der Tür eingibt. Oliver kommt herein. Er sieht müde aus, murmelt »Guten Abend«, wirft Pa und mir nur ein kurzes Nicken hin, stürzt zu Mam wie ein Verdurstender und küsst sie ausgiebig auf den Mund. Wie überaus taktvoll von ihm.

Okay, ich habe hier nichts verloren. Ich gehöre nicht hierher.

»Wir wollten gerade gehen, Pa, oder nicht?« Wir schauen uns an, dann zuckt er mit seiner rechten Schulter. »Okay, gut. Ruby hat außerdem Schule morgen.«

Wir verabschieden uns und ich habe den Eindruck, niemand ist allzu traurig darüber, dass wir zurück nach Nusstal fahren. Aber ich denke an Lina und überlege, morgen nach der Schule noch einmal nach München zu fahren und sie zu besuchen, notfalls auch ohne Pa.

Auf der Heimfahrt sehe ich sie wieder vor mir, mit diesem verweinten Gesicht und den vor Angst starren Augen. »Schenk ist hier«, hat sie gesagt. »Schenk.« Ich glaube nicht, dass sie Wahnvorstellungen hatte, auch wenn es sich für die anderen so angehört hat.

Schließlich weiß ich, dass es ihn gibt, Schenk, den bösen Schenk.

www.wahrste-liebe.de

Blog für alle, die wirklich lieben

Heute:
Zeitrechnung der Liebe

Ich habe beschlossen, einen neuen Kalender einzuführen. Der Tag, an dem ich ihn das erste Mal gesehen habe, ist die Stunde null. Dann herrschte dunkle Nacht, bis zu dem Tag, an dem wir uns das erste Mal geküsst haben.
Ich weiß nicht, wie ich das bis heute überstanden habe – wie ich es ausgehalten habe, ihn ständig in den Armen einer anderen zu sehen. Tag für Tag für Tag. Nach dem christlichen Kalender waren es qualvolle neunhundertundzwölf Tage.
Unser Kuss ist der zweite Tag in meinem Kalender. Und der Tag, an dem wir uns das erste Mal nackt berührt haben, ist Tag drei im Jahr eins. Altmodisch gerechnet waren das noch einmal sechsundsechzig Tage.
Er war nervös, weil er ganz genau gewusst hat, wie verdorben wir sind, und seine größte Sorge war dann auch nicht, wie es mir dabei geht, sondern nur, ob wir erwischt werden.
Vor allem meine Mutter durfte nichts davon erfahren, es hätte ihr das Herz gebrochen. Und auch meine Schwester hätte nur alles wieder in den falschen Hals gekriegt und womöglich gepetzt, nein, die Kleine soll in ihrer idyllischen Puppenstube bleiben, bis sie selbst merkt, wie hohl sie sich anfühlt.
Danach hat er stark gegen sein Verlangen angekämpft und so hat es noch einmal dreiundvierzig Tage gedauert, bis wir endlich zu einem Paar wurden. Dieser Tag ist mein heiliger

Festtag. Es war im September. Am dreißigsten. Ich habe nie verstanden, wie es Frauen geben kann, die nicht dafür sorgen, dass ihr erstes Mal etwas ganz berauschend Schönes wird. Frauen, die sich am Ende eines langen Klubabends dem Erstbesten an den Hals werfen. Völlig krank. Natürlich sollte er älter sein. Sonst ist es, als würde man seinen Körper bei einem Kindergeburtstag hergeben. Nein, er muss Erfahrung haben und er muss sicher sein. Und man muss ihn lieben. Mehr lieben als sein Leben.

4 Kommentare:

Gelimausi sagt:
Total süß, diese Kalendersache!

Löwchenmeyers sagt:
Ich finde, das klingt reichlich merkwürdig. Ein bisschen wie aus dem vorvorletzten Jahrhundert. Wir Frauen sollten endlich aufhören, unser Leben nach den Typen auszurichten. Wie traurig, dass man unter wahrste Liebe son Schrott findet. Ich wünschte, du hättest den Mumm, unter wahrster Liebe nicht die Fixierung auf jemand anderen, sondern auf dich zu verstehen. Schade.

Muschifan sagt:
mer saftiges!

Mauseküsschen sagt:
Wann gibts die Fortsetzung? Das klingt spannend!

3. Kapitel

Als ich am nächsten Tag ziemlich spät von der Schule heimkomme, weil ich noch zu einer Schülerversammlung musste, ist Pa in heller Aufregung. Bleich reißt er die Haustür auf, gerade als ich mein Rad in die Garage schiebe.

»Lina ist vor einer Stunde ins Koma gefallen. Pack deine Sachen, wir müssen sofort nach München und uns um sie kümmern. Los, los, los.«

Mein Herz hämmert in meinen Ohren. Schenk ist hier, hat sie gesagt und Angst gehabt. »Ins Koma? Aber Oliver hat doch behauptet, sie wäre über den Berg? Wird sie wieder aufwachen?«

»Wir können im Auto reden! Pack alles zusammen und beeile dich.«

Ich renne nach oben, nehme diesmal Mr Singer und Schenk mit und schon kurze Zeit später sitzen wir im Auto und fahren nach München.

Pa sagt lange Zeit gar nichts, dann, als wir schon kurz vor München sind, gibt er sich einen Ruck. »Ruby, ich habe nachgedacht. Deine Mutter hat recht. Es war nicht richtig, euch auseinanderzureißen.«

Ich will protestieren, denn wir durften uns frei entscheiden, niemand hat uns auseinandergerissen, doch er lässt mich nicht zu Wort kommen. »Das können wir nun nicht mehr ändern. Was ich jedoch ab sofort ändern werde, ist Folgendes: Wir bleiben in München, bis Lina wieder aufwacht.« Seine Stimme klingt verdächtig zittrig. »Notfalls werde ich uns eine Wohnung mieten und dort arbeiten. Und du kannst in Linas Schule gehen.«

Ich bin fassungslos, was ich da höre. Irgendwie hat mein Verstand noch nicht recht verarbeitet, was überhaupt geschehen ist. So, wie Pa das sagt, klingt es, als stelle er sich auf eine lange Zeit ein. Erst jetzt merke ich, wie ich ganz unwillkürlich davon ausgegangen bin, dass Lina bald wieder aufwacht. Ein Koma kann doch auch nur Tage dauern, oder nicht? Und hatte Oliver nicht gesagt, dass sie einfach nur dehydriert war?

»Wie konnte das denn überhaupt passieren?«, frage ich mühsam, weil etwas mir die Kehle zuschnürt.

»Du kannst sicher sein, dass ich Oliver genau diese Frage stellen werde, und wehe, wenn er mir dazu keine Antwort geben kann.«

Schenk ist hier. Hat Lina damit Oliver gemeint?

Pa fährt viel schneller als sonst. Wir sind in Rekordzeit in München und biegen bald auf den Parkplatz des Krankenhauses ein.

Lina ist an diverse Apparate angeschlossen, die piepsen und biepen, aus ihrem Hals ragt eine Plastikkanüle, an der verschiedene Schläuche hängen. Diesmal müssen wir uns grüne Kittel und Schuhüberzüge anziehen und es darf immer nur einer zu ihr ins Zimmer.

Als wir kommen, sitzt Mam mit verweinten Augen neben Linas Bett. Sie verlässt den Raum und Pa nimmt ihren Platz ein. Mama umarmt mich so fest, als wäre ich gerade von den Toten wiederauferstanden. »Ruby, Ruby,

Ruby, meine Kleine …«, murmelt sie immer wieder und drückt mich an sich. Meine Kleine? Ich bin siebzehn!

»Was ist passiert?«, frage ich sie und schiebe sie ein bisschen von mir weg. »Oliver hat doch gestern gesagt, dass alles in Ordnung ist.«

Mama zieht laut die Nase hoch, holt ein Taschentuch heraus und putzt sich die Nase. »Ja. Lina ging es so gut, dass sie heute Mittag sogar schon wieder Besuch aus ihrer Schule bekommen durfte. Aber gegen Abend hat Oliver noch einmal nach ihr gesehen und da war sie schon ins Koma gefallen. Niemand weiß, was geschehen ist. Manchmal kann …«, ihre Stimme bricht, sie räuspert sich, redet dann fest entschlossen weiter, »… manchmal kann eben so etwas passieren. Aber ich bin sicher, sie wird wieder aufwachen. Wir tun alles, um sie zurückzuholen. Oliver kennt viele Spezialisten und die sagen, es besteht Hoffnung.« Aber trotzdem weint sie nun, schluchzt, ihr ganzer Körper zittert und ich kann nicht anders, ich heule auch wie ein Schlosshund. Es ist eine Sache, seiner Schwester die Pest an den Hals zu wünschen, aber eine ganz andere, sie so hilflos im Krankenhaus liegen zu sehen. Und das Allerschlimmste ist: Ich muss den Tatsachen ins Auge schauen. Ein Koma kann Tage dauern, ja. Aber es kann sich auch Jahre hinziehen.

Nein, versuche ich mich zu beruhigen. Das wird nicht passieren. Olivers Spezialisten sagen das ja auch.

Dann darf ich endlich zu ihr hinein. In dem Krankenzimmer ist es sehr kühl und man ist von dem ohrenbetäubenden Lärm umgeben, den die Kontrollgeräte verursachen. Immerhin sieht man, dass Linas Herz wunderbar regelmäßig schlägt. Beklommen nehme ich ihre Hand und streichele sie. Schade, dass ich Mr Singer im Auto gelassen habe. Vielleicht würde sein schiefes Ohr meine Schwester wieder zurückholen. »Lina, wo immer du bist, ich habe dich lieb, und wenn ich jemals etwas Gemeines über dich gedacht habe, dann tut es mir leid. Ich hoffe, dort, wo du jetzt bist, ist es richtig schön. Vielleicht bist du ja dorthin geflüchtet, weil du so große Angst vor einem bösen Schenk hast? Ich verspreche dir, ich werde herausfinden, wer das ist, und ich werde dafür sorgen, dass er dir nichts mehr tun kann. Dann kommst du zurück, ja? Hast du mich verstanden? Wenn ja, dann bitte, gib mir ein Zeichen. Drück meine Hand, atme anders… oder«, ich versuche einen Witz, Lina liebt blöde Witze, »oder du pupst einfach.«

Ich bilde mir ein, sie hätte zweimal hintereinander schnell eingeatmet, und nehme das als eine Antwort. Aber dann tut sie es wieder und mir wird klar, dass ich mir etwas vormache. Wahrscheinlich hat sie gar nichts gehört. Tränen quellen aus meinen Augen und ich fange wieder an zu schluchzen. Ich will nicht glauben, dass ich nichts tun kann, um sie da wieder rauszuholen. Dieser Gedanke macht alles erst so richtig hoffnungslos.

Pa kommt herein und streicht mir über den Kopf. »Schschscht. Ruby, Schätzchen, du gehst jetzt mit Mama mit. Du wohnst fürs Erste bei ihr und Oliver, bis ich eine Lösung gefunden habe. Glaubst du, das klappt?« Er reicht mir ein Taschentuch.

»Klar.« Ich putze meine Nase und versuche, mich zu beruhigen. »Was ist mir dir?«

»Ich übernachte bei Andreas.«

»Okay.« Andreas ist ein Studienfreund meines Vaters,

den ich ganz gut leiden kann. Bei ihm würde ich auch gern wohnen, aber er und seine Familie haben zu wenig Platz in ihrer Dreizimmerwohnung. Außerdem ist mir im Moment herzlich egal, wo ich wohne. Hauptsache, ich kann in der Nähe von Lina bleiben.

Während ich mit Papa meine Sachen in Mamas Wohnung bringe, schwöre ich mir, dass ich erst dann zurück nach Hause gehe, wenn Lina gesund ist. Bis dahin werde ich alles tun, um ihr zu helfen und sie aus dem Koma wieder rauszuholen. Und ich meine wirklich und ohne jede Einschränkung, alles.

4. Kapitel

Seit drei Tagen lebe ich jetzt in Linas Zimmer. Seit drei Tagen ist ihr Zustand unverändert. Pa wohnt immer noch bei Andreas und vermutlich wird das erst einmal so bleiben. Mama hat ihm angeboten, dass er in einem Nebenzimmer ihrer Zahnarztpraxis übernachten kann, aber das wollte er nicht und ich kann das gut verstehen. Wer möchte schon mit diesem fiesen Geruch nach Betäubungsspritzen, Desinfektionsmittel und Schleifstaub einschlafen und wieder aufwachen?

Mich haben sie in Linas Schule angemeldet, was ich ziemlich überflüssig finde. Ich habe keine Lust darauf, in Linas teure Privatschule zu gehen. Meine Schule im Allgäu ist ein katholisches Mädchengymnasium, weil das nächste gemischte Gymnasium noch weiter weg liegt. Felicitas, die bei mir um die Ecke wohnt, fährt jeden Tag mit mir im Bus. Es ist zwar weit, aber auf dem Hinweg bringen wir meistens unser Hausaufgaben-Sharing zu Ende. Ich erledige Mathe und Physik für uns, sie Deutsch und Englisch. Das klappt prima. Auf dem Rückweg haben wir dann jede Menge Zeit zum Quatschen. Feli ist nicht nur die Einzige, mit der ich wirklich über alles reden kann: von Pa bis Pickeln von Lina bis Liebe und von Mathe bis Merlin. Sie ist auch die Einzige, die mich darüber hinwegtröstet, dass ich in jeder Klasse die Jüngste bin, weil ich in der Grundschule eine Klasse überspringen musste. Am schlimmsten war es damals, als alle anderen Mädchen ihre Tage schon hatten und ich ständig gefragt wurde, ob ich denn auch schon Blut sehen würde. Einen Spitznamen hatte ich auch: Superhirni. Erst war das als Beleidigung gemeint, aber dann haben wir mit meinem Atargatisprojekt bei »Jugend forscht« den zweiten Preis in Biologie gewonnen und seitdem ist es nicht mehr böse gemeint.

Lina dagegen ist ziemlich mau in der Schule und mogelt sich immer irgendwie durch, genau wie Alex. Der hat schon zwei Ehrenrunden gedreht, deshalb macht er jetzt erst Abi. Er findet es nicht normal, dass mir Mathe Spaß macht und Physik und Bio und Chemie. Lina auch nicht, aber wenigstens hat sie mich nie Superhirni genannt, das muss ich ihr lassen. Sie weiß, dass ich meinen Namen liebe. Ich habe ihn den Rolling Stones zu verdanken. Pa ist Fan und angeblich hat er sich in Mama verliebt, als sie zu dem Song *Ruby Tuesday* getanzt haben.

Ich bin sicher, als meine Mutter Oliver kennengelernt hat, wurde nicht getanzt. Viel eher haben sie sich zusammen einen Bericht auf Deutschlandradio Kultur über Mutter Teresa angehört, denn auch Oliver ist ein Heiliger. Er arbeitet jedes Jahr einen Monat für »Ärzte ohne Grenzen«, außerdem hat er eine Praxis für Menschen aufgebaut, die in Deutschland ohne Krankenversicherung leben. Er engagiert sich dort einmal die Woche unentgeltlich und zusätzlich fährt er jeden zweiten Samstag mit einem Bus durch München und versorgt Obdachlose. Seit Mama ihn kennt, ist sie plötzlich auch sozial engagiert, vorher wollte sie bloß viel Geld als Zahnärztin verdienen. Und weil sie beide so wahnsinnig wohltätig sind und keine Zeit haben, müssen Lina und Alex auf diese bescheuerte Ganztages-Privatschule gehen, die in einer ehemaligen Nähmaschinenfabrik untergebracht ist.

Heute ist mein erster Schultag in der Schopenhauerschule. Ich habe meinen Eltern erklärt, dass es völliger Schwachsinn ist, mich dorthinzuschicken. Für die Rektorin meiner Schule war es völlig okay, dass ich ein paar Wochen fehle, aber das hat niemanden interessiert. Sie wollen, dass ich tagsüber untergebracht bin und etwas Sinnvolles mache, statt auf dumme Gedanken zu kommen. Sinnvoll? Viel sinnvoller hätte ich es stattdessen gefunden, den ganzen Tag bei Lina zu sein, aber da habe ich auf Granit gebissen.

Und weil ich es nicht ändern kann, habe ich beschlossen, meinem Schulbesuch eine gute Seite abzugewinnen. An der Schopenhauerschule kann ich wahrscheinlich am ehesten herausfinden, was genau mit Lina passiert ist. Schließlich verbringt sie ja die meiste Zeit des Tages mit ihren Klassenkameraden. Und ich erinnere mich, wie Mam mir erzählt hat, dass Lina im Krankenhaus von ihnen besucht wurde. Vielleicht hat sie denen noch etwas gesagt, irgendetwas, das mich auf eine Spur bringt, wovor sie so große Angst gehabt hat.

Nicht zu vergessen der Typ, in den Lina verliebt war und der angeblich mit ihr Schluss gemacht hat. Den muss ich als Erstes kennenlernen, wenn er denn überhaupt auf diese Schule geht.

Und wenn es ihn überhaupt gibt. Ich kann mir nach wie vor schwer vorstellen, dass Lina Liebeskummer hatte. Bisher war es immer so, dass sich die Jungs ihretwegen die Augen ausgeheult haben, nicht umgekehrt.

Die Schule ist viel schöner als der Betonkasten, in den

ich gehe. Es ist ein Bau aus roten Ziegeln mit vielen Erkern und Vorbauten, von Rasenflächen und Blumenbeeten umgeben. Weil die Schopenhauerschule eine teure Privatschule ist, hatte ich erwartet, dass die Mädchen Gucci-Brillen tragen und sich wie Paris Hilton gebärden, aber komischerweise sehen alle ganz normal aus. Die meisten tragen Jeans und T-Shirts, nur ihre Ledertaschen und Täschchen sehen verdächtig nach It-Bags aus. Ich komme in die 11A im zweiten Stock links, werde von der Klassenlehrerin Frau Paul kurz vorgestellt und soll mich dann auf Linas Platz setzen. Das fühlt sich komisch an und mir ist völlig klar, was alle denken.

Diese fade Bohnenstange soll Linas Schwester sein?

Die anderen Schüler glotzen mich unauffällig an, und als ich mich setze, ist das Getuschel groß.

Nur meine Nachbarin lächelt mich freundlich an. »Das mit deiner Schwester tut mir total leid«, wispert sie mir zu, »auch wenn sie eine ziemliche Bitch ist. Ich heiße übrigens Gretchen.«

»Gretchen? Echt?« Ich bin doppelt verblüfft. Darüber, dass sie so unverblümt ihre Meinung zu Lina äußert und über ihren Namen. Ich habe noch nie von jemandem gehört, der Gretchen heißt und nicht schon mehr als drei Jahrhunderte tot ist.

Sie lächelt immer noch. »Man spricht es Grättschän aus. Meine Mutter stammt aus Kanada, mein Vater ist Italiener. Ich heiße Gretchen Rubino.«

Jetzt muss ich auch lachen. Ruby und Gretchen Rubino, ob das ein gutes Vorzeichen ist? Ich schaue sie von der Seite an. Sie sieht gar nicht aus wie ein Gretchen, sie ist nicht blond, sondern dunkelhaarig und hat sehr hohe

Wangenknochen. Irgendwie indianisch, eine Pocahontas mit blauen Augen. Dann fällt mir wieder ein, was sie gerade über Lina gesagt hat. »Was meinst du damit, dass Lina eine Bitch ist?«

»Das hab ich nicht so gemeint, tut mir leid.« Sie redet ganz schnell weiter, vermutlich um die peinliche Situation zu überspielen. »Vergiss es am besten gleich wieder. Ich drücke die Daumen, dass sie schnell wieder aus diesem fiesen Krankenhaus rauskommt. Das Elisabethenstift ist ein ziemlich übler Schuppen, ich habe da mal ein Praktikum gemacht, tief unten im Keller. Betten desinfizieren.« Sie seufzt. »Was tut man nicht alles, wenn man Ärztin werden will, aber eine Null in Bio ist.«

Frau Paul wirft uns einen bitterbösen Blick zu und geht ihre Anwesenheitsliste weiter durch. Es sind drei Victors, zwei Lukasse und drei Alexe dabei, bei den Mädchen gibt es drei Maries und zwei Luises. Zum Glück haben die meisten zur besseren Unterscheidung Doppelnamen, aber ich kann mir trotzdem nicht alle merken, was vermutlich auch nichts ausmacht, denn ich habe ja nicht vor, lange hierzubleiben. Erst gestern hat ein neuer Spezialist Lina untersucht und laut Pa meinte er, dass Linas Zustand sich von einem Tag auf den anderen bessern kann.

Nachdem Frau Paul mit der Anwesenheitskontrolle fertig ist, wird Gretchen als Klassensprecherin dazu verdonnert, mir später die Abläufe zu erklären und mich auf dem Schulgelände herumzuführen. Sie nickt Frau Paul ergeben zu, verdreht dann aber leicht ihre Augen.

Als sie merkt, dass ich das gesehen habe, wendet sie sich zu mir. »Entschuldige. Nimm es nicht persönlich, ich wollte mich in der großen Pause bloß auf eine Zigarette mit einem Kerl treffen und das kann ich jetzt abhaken.« Sie seufzt und lächelt mich gleichzeitig wieder an.

Ich frage mich wirklich, warum Gretchen so etwas Gemeines über Lina gesagt hat. Eigentlich wirkt sie ganz okay. Ich meine, ich kann ja nicht erwarten, dass sich alle Welt mordsmäßig freut, wenn ich aufkreuze und ihre Pläne durcheinanderbringe, oder? Ich schaue mich in der Klasse um und überlege, wer von ihnen mit Lina befreundet ist. Nachher werde ich Gretchen darüber ausfragen, denn Frau Paul sieht so aus, als würde sie mächtig sauer werden, wenn ich ihren Unterricht noch einmal störe.

Als es endlich zur Pause klingelt, werde ich in Sekundenschnelle von jeder Menge Mädchen umringt, die alle wissen wollen, wie es der armen Lina geht. Aber Gretchen verscheucht sie und bahnt mir den Weg durch das Schulgebäude.

»Dafür hast du später noch Zeit. Jetzt zeige ich dir erst mal alles, okay? Also, wir haben hier AGs, die wir Klubs nennen. Das klingt einfach besser. Du musst mindestens einen belegen, wobei du dich zwischen fünf entscheiden kannst. Man kann auch selbst einen gründen, aber das kommt für dich ja wohl eher nicht infrage.« Das spult sie so schnell ab wie die Verkäufer bei Starbucks, bei denen ich Landei auch nie mitbekomme, was sie meinen: Latte mit oder ohne fettarmer Milch, mit Creme-Caramel- oder Blaubeergeschmack, mit oder ohne Koffein, großer oder kleiner Espresso, doppelt oder einfach geschäumt oder nur heiß…

»Und in welcher AG hat Lina mitgemacht?«

Gretchen zieht ihre linke Augenbraue hoch. »Du hast also keine eigenen Präferenzen?« Sie seufzt. »Klar, das kenne ich nur zu gut von meinen jüngeren Schwestern. Die sind auch zu nichts nutze und klauen nur meine Klamotten aus dem Schrank.« Sie hält inne und schaut mich entsetzt an. »Ich weiß auch nicht, was heute mit mir los ist, ich meine das gar nicht so, wie es für dich vielleicht klingt.« Sie geht weiter. »Also, als einer der ersten Klubs wurden die *Alpha-Tiere* gegründet. Die engagieren sich sozial, besuchen Altersheime, lesen benachteiligten Kindern vor oder helfen bei der Münchner Tafel mit. In dem Klub war Lina bis vor Kurzem und dein cooler Stiefbruder ist immer noch drin.« Sie dreht mir den Kopf zu. »Oder sagt man Halbbruder?«

»Stiefbruder«, murmele ich und versuche, mir Alex bei den Alphatieren vorzustellen, was mir nicht so recht gelingen will. Der Fluch engagiert sich sozial, so wie sein Vater? Merkwürdig.

»Dann haben wir die *Beta-Tiger*, die machen Hip-Hop, die *Gamma-Einsteins*, die forschen, aber wenn du mich fragst, ist das der Klub der Supernerds. Bleiben noch unsere *Psi-Sterne*. Wir haben im Netz eine Astroseite, mit der wir richtig Schotter für die Schule verdienen. Lina ist zu uns gewechselt, als sie bei den Alphatieren raus ist. Lass mich mal überlegen, hab ich was vergessen? Nein, ich glaube nicht.«

Während sie all das im Stakkatotakt von sich gibt, rennt sie mit mir durch die Schule und reißt ab und zu eine Tür auf, um in einen leeren Raum hineinzudeuten. »Alles klar?«

Nein, denke ich, gar nichts ist klar. Das geht viel zu schnell.

»Gut, dann zeige ich dir noch unsere neue Mensa. Ach

ja«, Gretchen schlägt sich auf die Stirn. »Natürlich gibt's noch die Kochgruppe, die hätte ich fast vergessen, die *Omega-Fettis.*« Sie lacht und schaut mich prüfend an, ich ringe mir ein Lächeln ab, obwohl ich keine Ahnung habe, was daran lustig sein soll.

»In Wahrheit heißen die natürlich die *Omega-Chilis,* aber so nennt sie keiner. Wenn du einen von ihnen triffst, wirst du sehen, dass *Omega-Fettis* viel besser passt. Ich war auch mal bei einem Treffen bei denen, weil mein Vater ein paar Pizzerien hat und ich dachte, Kochen wäre was für mich, aber das war ein Irrtum.« Sie hält kurz inne und mustert mich mit kritischem Blick. »So wie ich dich einschätze, könntest du gut zu den *Gamma-Einsteins* passen. Hast du nicht bei *Jugend forscht* sogar schon mal etwas gewonnen? Hat Lina jedenfalls behauptet.«

Das trifft mich mitten ins Herz, Lina hat ihr davon erzählt? Mit mir hat sie nie darüber gesprochen.

Atargatis hieß mein Projekt, Atargatis ist eine syrische Göttin, deren Symbol der Granatapfel ist. Ich habe untersucht, ob das Einnehmen von Granatapfelsud das Immunsystem verbessern kann. Und dafür habe ich im Frühjahr vor einem guten Jahr den zweiten Preis im Bereich Biologie gewonnen. Pa war so stolz auf mich, dass er mir einen wunderschönen Granatring geschenkt hat, den ich seitdem nie mehr abgelegt habe. Auch wenn mich der Ring ein bisschen an Merlin erinnert, denn kurz nach dem Projekt sind Merlin und ich ein Paar geworden. Aber nur bis zum Sommer, denn Lina hat die Sommerferien bei Pa und mir verbracht und sich Merlin geschnappt.

»Hmm«, sage ich bloß. »Und du? Du bist bei den Astroleuten, oder?«

Sie nickt und meine Entscheidung ist gefallen, diese AG zu wählen, nicht nur, weil ich Gretchen schon kenne, sondern auch, weil Lina dort zuletzt Mitglied war. Der Grund für ihren Selbstmordversuch kann nicht ewig zurückliegen und vielleicht finde ich dort etwas heraus.

Jetzt sind wir in der Mensa angekommen, die aussieht, als wäre sie als Kulisse für *Krieg der Sterne, Teil 7* entworfen worden. Die Wände sind aus Glas mit eingeschlossenen erstarrten Blubberblasen, die Decken aus Stahl und die Stühle aus türkisblauem Drahtgeflecht. Man erwartet geradezu, dass kleine weiße Roboter durch die Reihen rollen und das Essen servieren, aber das muss man sich genau wie in meiner Schule selbst am Tresen holen.

»Hier, eine Marke. Damit kannst du alles essen, was du willst. Gib sie mir bei Gelegenheit wieder zurück, okay? Guten Appetit. Ich schau mal, ob ich das mit meiner Zigarette noch schaffe.« Gretchen zwinkert mir zu und schwebt davon.

Ich bleibe stehen und versuche zu kapieren, wo man sich anstellen muss und wie das System hier funktioniert.

»Die Lasagne ist heute super«, sagt plötzlich ein Typ neben mir. Die braunen Locken fallen in sein schmales sonnenverwöhntes Gesicht, er schnickt sie mit einer lässigen Geste weg und dann fixieren mich seine Augen, deren Farbe ich nicht recht bestimmen kann – Braungrüngold irgendwas –, und weil er ein bisschen größer ist als ich, was selten vorkommt, muss er sogar zu mir herunterschauen. Und ich habe den Eindruck, ihm gefällt, was er da sieht, denn nach einem kurzen Moment zeigt er auf das Getümmel am Tresen. »Du bist neu hier, oder? Brauchst du Hilfe?«

»Nein, das schaff ich schon.«

»Wenn du willst, dann setz dich doch nachher zu mir. Ich bin Dennis. Dennis Wallenstein junior, um genau zu sein.« Er grinst mich an, als wäre es ganz normal, fremde Mädchen so anzustrahlen, dann geht er weg, schnickt seine Haare wieder aus dem Gesicht, dreht sich noch einmal nach mir um, dabei stolpert er über einen Rucksack, der am Boden liegt, und die Schorle auf seinem Tablett gerät gefährlich ins Wanken. Er rettet sie mit großer Geste. Jetzt muss ich auch grinsen.

Scheint ein netter Kerl zu sein, dieser Dennis, auch wenn er ein blau-weiß gestreiftes und gebügeltes Hemd trägt, was sogar Pa zu spießig wäre. Damit wirkt er auf jeden Fall älter als die anderen, bestimmt ist er schon in der Abschlussklasse.

Ich hole mir auch ein Stück Lasagne, dabei mag ich Lasagne gar nicht so gern, und steuere dann seinen Tisch an. Er hat mir den Platz wirklich frei gehalten. Als ich mich neben ihm niederlasse, werfen mir die anderen neugierige Blicke zu. Ich stelle mich kurz vor, und als ich Lina erwähne, senken alle betrübt ihre Köpfe und murmeln so etwas wie »Gute Besserung« und »Echt eine Schande, das« vor sich hin. Dann herrscht für einen Moment Stille.

»Kennt einer von euch meine Schwester vielleicht näher? Hat jemand eine Ahnung, warum sie das getan haben könnte?«, frage ich, woraufhin nach einer Schrecksekunde plötzlich alle wieder anfangen zu reden. Lina scheint ziemlich beliebt zu sein, zumindest kennt fast jeder sie hier. Genauso, wie fast jeder behauptet, er hätte niemals gedacht, dass Lina so etwas tun würde.

Dennis tritt mich unter dem Tisch ans Schienbein. Ich

zucke zusammen und starre ihn wütend an. »Was soll denn das?«

Er streift seine Haare hinter sein linkes Ohr und wirft mir einen beschwörenden Blick zu. »Oh, sorry, das sollte nicht wehtun. Lass uns nachher darüber reden«, flüstert er mir zu. »Allein.«

Ich kann es kaum erwarten, aber zuerst muss ich noch ins Sekretariat, um Formulare auszufüllen. Dann bringt mich die Schulsekretärin, bei deren Anblick die Rektorin meiner Schule im Allgäu ohnmächtig geworden wäre, zum Raum des Astroklubs, für den ich mich entschieden habe. Die Sekretärin ist kaum älter als ich und hat circa zwanzig Sicherheitsnadeln im Gesicht und genauso viele verschiedene Haarfarben auf ihrem Kopf. Dafür ist der Rest ihrer Garderobe tiefschwarz und kunstvoll zerlöchert.

»Tut mir sehr leid mit deiner Schwester.« Sie zögert einen kurzen Moment. »Sie war schon die ganze letzte Woche so komisch. Erst wollte sie mit dem alten Hahner, dem Rektor, reden, dann mit der Margit, unserer Schulpsychologin. Aber die waren auf einer Tagung in Berlin und mir wollte sie nicht sagen, was sie auf dem Herzen hat. Bitte richte Lina aus, dass ich sie vermisse, wenn du sie siehst, okay? Hier ist es.« Sie verzieht ihr Gesicht zu einem Lächeln und die Nadeln blitzen auf. »Hey, das wird schon wieder, Lina ist zäh.« Sie zeigt auf meine rechte Hand. »Cooler Ring, übrigens!« Dann dreht sie sich um, klopft an die Tür, reißt sie sofort auf und brüllt in den Raum: »Hier kommt Linas Schwester, Ruby, seid nett zu ihr!«

Mir schießt angesichts dieser Vorstellung das Blut in den Kopf, ich werde knallrot, mir bricht der Schweiß aus, und als ich merke, dass Dennis von vorhin auch da ist, wird mir dazu noch schwindelig.

»Hi«, sagt er, »dann hatten die Sterne doch recht und ich kriege heute eine ordentliche Portion Venus ab.« Er grinst mich wieder so nett an wie vorhin in der Kantine und stellt mich den anderen vor.

Gretchen, die an einem Flachbildmonitor sitzt, winkt mir zu und auch die anderen lächeln freundlich.

Schnell merke ich, dass Dennis hier so etwas wie der Wortführer ist. In einem Anzug würde er glatt als erfolgreicher Jungmanager durchgehen. Die anderen wirken wie ein Kindergarten neben ihm, erstaunlicherweise sind es mehr Jungs als Mädchen.

»Ich dachte immer, nur Frauen lesen Horoskope?«, sage ich, nachdem er mir alle vorgestellt hat.

»Mag schon sein, aber wir brauchen vor allem Programme für die verschiedenen Analysen«, erwidert er. »Im Grunde sind Tim, Lukas und Victor hier als Programmierer tätig. Gretchen und Isabel beantworten die Mails und schreiben die Texte der anderen Astroprogramme ein bisschen um, sodass sie sich nicht so altmodisch anhören.«

»Damit verdient ihr Geld?«

»Und wie! Das ist wie eine Lizenz zum Geldscheinedrucken.« Er schnickt seine Locken aus dem Gesicht und schiebt mit zusammengepressten Lippen noch ein »Money!« hinterher.

Dennis hat etwas Faszinierendes. Die Szene vorhin in der Kantine hatte etwas Tollpatschiges, da hat er wie eine Art superschlanke Ausgabe von Doug in *King of Queens* gewirkt, aber der Kommentar eben hätte auch von einem aalglatten Investmentbanker kommen können.

»Wir verkaufen billige Apps fürs Handy, Tagesabos und zusätzlich Einzelprognosen und Analysen. Außerdem suchen wir noch jemanden, mit dem wir regelmäßig Videos machen können. Schau mal!« Er zieht mich vor einen Monitor und spielt ein Video mit einer dicken rothaarigen Frau ab, die vor einem Sternenhimmel freundlich lächelnd das Horoskop für alle Waagen erläutert.

»Und du glaubst an so etwas?«, frage ich, während das Video läuft.

Dennis zuckt mit den Schultern. »Ich glaube nicht, dass man mit der Vorhersage für alle Menschen eines Sternzeichens richtig liegen kann, aber es ist schon erstaunlich…« Er verstummt. »Und warum bist du hier?« Er wirkt ehrlich interessiert. »Ich hätte gedacht, dass du zu den Gammas gehst. Dir eilt der Ruf eines Einsteins voraus. Unfassbar, dass unter diesem sexy Körper auch noch ein Superbrain versteckt sein soll.«

Jetzt werde ich schwallartig knallrot. Ich weiß gar nicht mehr, wann jemand auch nur annähernd etwas so Schmeichelhaftes zu mir gesagt hat. Und selbst wenn er ein bisschen dick aufgetragen hat, merke ich, wie gut es mir tut. Da schäme ich mich gleich noch mehr, schließlich bin ich ja nur hier, weil ich die Ursache von Linas Angst herausfinden möchte. Und all das verhindert, dass mir auch nur der Ansatz einer Antwort einfällt.

Gretchen gesellt sich zu uns und wirft Dennis einen Blick zu, den ich überhaupt nicht einordnen kann. Dann stellt sie sich zwischen ihn und mich. »Dennis, ich weiß, du musst ständig deinen Charme versprühen, aber ich könnte mir vorstellen, dass du Ruby damit ziemlich durcheinanderbringst. Sie hat es gerade schwer genug mit ihrer

Schwester, oder?« Sie lächelt mir zu und ich bin dankbar, dass sie mich aus der peinlichen Situation erlöst. »Kannst du auch schreiben?« Sie geht zu ihrem Computer. Ich folge ihr und überfliege den Text, auf den sie deutet. *Heute sollten Sie sich Ihren Gefühlen stellen und dafür sorgen, dass es Ihnen gut geht.*

Na toll. Das ist so allgemein, das könnte auf jeden zutreffen.

»Und was soll ich da machen?«

»Es muss lustiger werden. Unser witziges Horoskop läuft am besten, aber es ist schwer, das gut zu schreiben.«

Ich spüre die Blicke der anderen in meinem Rücken. Dennis ist uns hinterhergekommen und legt Gretchen eine Hand auf die Schulter. Ich bin sicher, dass es wie zufällig aussehen soll, er aber genau weiß, was er tut.

»Ich dachte, in den Arbeitsgemeinschaften soll man zusätzliche Kompetenzen erwerben. Ich frag mich, wozu soll dieser Horoskop-…«, beinahe hätte ich -quatsch gesagt, kann mich aber gerade noch bremsen, »…-kram denn gut sein? Bei den anderen AGs kapiere ich sofort, was der Nutzen dabei ist, aber was lernt man bei euch?«

Dennis bricht in schallendes Gelächter aus. Die anderen fallen ein und Gretchen lacht am lautesten.

»Wir lernen, wie Marktwirtschaft funktioniert.« Dennis legt jetzt seine zweite Hand auf meine Schulter. Gretchen bemerkt es und dreht sich von ihm weg. »Wir lernen, wie man Webseiten programmiert oder wie Geldtransfer übers Netz abläuft. Wenn du mich fragst, ist das hier die beste Arbeitsgruppe. Hier wirst du fit gemacht fürs Leben, alles andere ist doch Pipifax.«

»Und was hat Lina hier getan?«

Gretchen schaut fragend zu Dennis.

»Sie war nur kurz in unserem Klub«, antwortet er dann für sie.

»Aber was genau hat meine Schwester gemacht?«, beharre ich.

»Sie hat das Design für unsere Homepage neu gestaltet, sie war…«

Gretchen starrt Dennis missbilligend an.

Er räuspert sich. »Ich meine, sie *ist* eine echt tolle Designerin.«

Alle anderen nicken zustimmend. Doch mir kommt irgendetwas daran falsch vor.

»Was mit Lina passiert ist, ist wirklich schrecklich«, Dennis tätschelt tröstend meine Schulter. »Aber wir müssen trotzdem in drei Wochen unseren Auftritt fertig haben. An die Arbeit, Leute, ich muss noch was mit Ruby klären.«

Er nimmt meine Hand und zieht mich vor die Tür. Seine Hand fühlt sich angenehm an, warm und kräftig. Ich bin sehr gespannt, was er diesmal zu mir sagen wird, und zum Glück fällt mir auch ein, was ich ihn fragen kann.

»Verrätst du mir jetzt, warum du mir in der Mensa ans Schienbein getreten hast?«

»Ja, ich wollte nicht, dass es die anderen hören, weil es ein bisschen peinlich ist. Und weil es meinen besten Kumpel Alex betrifft, euren Stiefbruder.« Er zögert merklich, gibt sich dann aber einen Ruck. »Versprich mir, dass du niemandem etwas davon erzählst?«

»Klar«, sage ich, dabei bin ich völlig verwirrt und ich merke, dass ich irgendwie Angst vor dem habe, was mir Dennis gleich eröffnen wird.

»Er und Lina… also, er hat Andeutungen gemacht, dass Lina fürchterlich in ihn verknallt war und er sie ständig abwimmeln musste. Und seitdem ich gehört habe, dass sie versucht hat, sich das Leben zu nehmen, frage ich mich, ob sie sich die Abfuhr von ihm ein bisschen zu sehr zu Herzen genommen hat.« Er zögert wieder. »Vielleicht sprichst du mal mit ihm darüber.« Jetzt hat er wieder dieses Jungenhafte wie vorhin in der Mensa. »Aber von mir hast du das nicht, versprochen?« Er sieht mich verlegen an.

Ich muss die Worte erst einmal sacken lassen. »Du meinst, sie war in Alex verknallt?« In Alex? Das kann ich mir jetzt gar nicht vorstellen. Alex ist immerhin unser Stiefbruder. Andererseits – diese Andeutungen, die er vor ein paar Tagen gemacht hat. Und er hat schon etwas Cooles an sich. Etwas, das Lina reizen könnte. Vielleicht gerade, weil er unser Stiefbruder ist?

»Weißt du das ganz sicher?«

Dennis hebt abwehrend die Hände. »Hey, ich bin wirklich nicht der Typ fürs Tratschen. Ich würde dir raten, mit Alex zu reden. Ich kenne ihn, er nimmt dir das nicht übel.« Er wendet sich zur Tür und schaut mich mitleidig an. »Das wird schon alles mit Lina, ganz bestimmt!«

Wir gehen wieder zu den anderen hinein und ich merke, wie die Gedanken durch mein Hirn rasen.

Alex? Und Lina?

Schweigend setze ich mich zu Gretchen und versuche witzig zu sein, was mir nicht so recht gelingen will, weil ich ständig wieder Linas verzweifelten Blick vor mir sehe. Der böse Schenk. Was ist da nur passiert?

5. Kapitel

Die Schule schleppt sich bis nachmittags um vier hin. Erst danach kann ich Lina besuchen.

Auf dem Weg zu ihr denke ich über die Leute nach, die ich heute kennengelernt habe, und frage mich, ob das, was Dennis erzählt hat, wirklich der Grund für Linas Selbstmordversuch gewesen sein könnte. Eigentlich hätte ich viel eher gedacht, dass ihr Dennis gefällt, er ist noch ein bisschen cooler als Alex. An Merlin hat sie sich auch nur rangemacht, weil er so verdammt cool war. Und weil er eigentlich für sie tabu hätte sein sollen.

Hör auf, Ruby, lass es endlich, das ist Vergangenheit!

Im Krankenhaus sehe ich durch die Glasscheibe von Linas Zimmer, wie Oliver neben meiner Schwester am Bett sitzt und sie betrachtet. Seine blonden Haare kleben am Schädel und von seiner Nase ziehen sich tiefe Falten zu seinem Mund herab.

Als er mich entdeckt, steht er auf, verlässt Linas Zimmer und kommt zu mir. Er würde mich niemals umarmen, er ist nicht der herzliche Typ. Er reicht mir nur die Hand.

Obwohl er wirklich traurig wirkt, muss ich jetzt endlich von ihm wissen, was zur Hölle hier in seinem Krankenhaus mit meiner Schwester passiert ist. Seit drei Tagen versuche ich, ihn zur Rede zu stellen, aber kaum habe ich ihn gefunden, piept sein blöder Alarm, oder er muss angeblich ganz dringend irgendwohin, die Welt retten.

Ich stehe auf der Liste seiner Prioritäten ganz unten, denn ich bin ja gesund und weder illegal noch obdachlos. Mittlerweile kann ich ganz gut verstehen, warum Alex mit seinem Vater ein Problem hat. Aber jetzt entkommt er mir nicht mehr.

»Ruby, es ist mir völlig schleierhaft, wie das geschehen konnte«, antwortet er müde auf meine wütende Frage. »Es ging Lina gut. Sie hatte keine Verletzungen oder innere Blutungen, wie das manchmal nach Tablettenmissbrauch der Fall ist. Ich verstehe es einfach nicht. Als Alex sie gefunden hat, war sie schon bewusstlos. Wenn nur jemand bei ihr gewesen wäre, als es passiert ist, dann könnten wir viel besser nachvollziehen, was geschehen ist.«

Alex hat sie also gefunden? Warum hat Mam dann gesagt, es war Oliver. Oder hat Oliver nur ihr gegenüber behauptet, er wäre es gewesen, um zu vertuschen, dass er sich nicht gut genug um Lina gekümmert hat?

Mams neuer Mann, unser Stiefvater, sieht mich wartend an, aber was will er von mir? Dass ich ihn von jeder Schuld freispreche? Den Gefallen tue ich ihm nicht.

»Es fällt mir schwer, das zu sagen«, fährt er salbungsvoll fort, »aber manchmal sind uns Ärzten Grenzen gesetzt, die man so einfach nicht akzeptieren kann.« Sein Pieper schrillt, er nimmt ihn hoch, schaut darauf und stellt ihn seufzend ab. Alles klar, das war's mit unserem Gespräch. »Weißt du, Ruby, ich mochte Lina immer sehr. Sie war so ein warmherziger Mensch. Entschuldige, ich muss los, geh doch rein und sprich mit ihr.«

Er stürmt davon.

Lina *war* warmherzig? Er *mochte* sie? Die Wut, die sich das ganze Gespräch über aufgebaut hat, kocht in mir hoch. Hat er sie etwa aufgegeben? Obwohl dieser Spezialist doch gestern das Gegenteil gesagt hat?

Ich ziehe mir die Schuhüberzieher und den grünen Kittel an, setze mich neben meine Schwester auf einen altmodischen Besucherstuhl und nehme ihre Hand. Ihr Anblick ist nicht mehr so verstörend wie an dem Tag, als sie von Schenk geredet hat. Ihre Lippen sind verheilt. Sie ist sehr blass, ja, und ihre Augenlider schimmern wie blaugrau eingefärbte Regenbogen, aber sie wirkt entspannt, so, als würde sie wirklich nur schlafen und dabei gesund werden. Ich erzähle ihr von meinem Tag in ihrer Schule, frage sie nach Gretchen und Dennis und sage ihr immer wieder, dass sie bald zurückkommen muss, dass wir sie brauchen. Aber es passiert rein gar nichts, die Maschinen piepsen in meinen Ohren unglaublich laut und Lina liegt trotzdem einfach nur da. Irgendwann höre ich auf zu sprechen und merke, dass diese Geräusche auch etwas Einschläferndes haben. Ich lege meinen Kopf neben ihre Hand und schließe nur mal ganz kurz meine Augen.

»Hilf uns!« Mit einem Ruck komme ich wieder zu mir, schrecke hoch, da fällt Linas Zimmertür ins Schloss. Ein kleiner Luftzug geht durch den Raum und es riecht nicht mehr so antiseptisch, sondern irgendwie anders, nach Gewürzen. Ich springe auf und renne zur Tür. »Hilf uns«, hat eine Stimme gerade zu mir gesagt, da bin ich ganz sicher. Aber ich sehe niemanden. Nichts.

Also muss ich doch geträumt haben, auch wenn ich mich nicht daran erinnere. So geht es mir oft, wenn ich nachmittags einschlafe. Danach bin ich wie gelähmt und komme gar nicht mehr zu mir. Ich reibe meine Augen und strecke mich.

In diesem Moment bewegen sich Linas Finger über die Bettdecke. Mein Herz schlägt schneller. Sie wacht auf, ganz klar, sie wacht auf! Das war kein Traum! Es war Lina, die mit mir gesprochen hat!

Ich klingele nach der Schwester, sie muss sich das anschauen, Oliver rufen.

In wenigen Sekunden ist Samira im Zimmer, die große schlanke Schwester, die ich am ersten Tag schon gesehen habe. Sie wirkt so gelassen, als könnte sie aus dem Stegreif die Wundversorgung einer Erdbebenkatastrophe übernehmen, ohne auch nur ins Schwitzen zu kommen. Unzählige geflochtene Zöpfe, an deren Enden Perlen befestigt sind, klappern leise, wenn sie ihren Kopf bewegt. Ich erkläre, was ich gesehen habe. Samira schaut zu Linas Fingern, die immer noch über die Decke wandern, und wieder aufmerksam zu den Geräten, dann zurück zu Lina, schließlich schüttelt sie sehr heftig den Kopf.

»Diese Zuckungen haben leider nichts zu bedeuten«, sagt sie und legt mir tröstend die Hand auf die Schulter. »Trotzdem werde ich Dr. Brandt davon berichten, in Ordnung?« Sie überprüft alle Schläuche und Infusionen, dabei fällt eine Silberkette aus ihrem Kittel, an der drei seltsame gelbe Perlen baumeln. Sie schiebt die Kette unter den Kittel zurück, nickt mir zu und verlässt das Zimmer. Ohne sie erscheint es mir hier drin plötzlich unerträglich.

Am liebsten würde ich hinter ihr herrennen und mich an sie klammern.

Hilf uns!

Mein Traum fällt mir wieder ein. Gerade jetzt habe ich das Gefühl, dass eher ich diejenige bin, die Hilfe braucht. Ich überlege, ob ich mir einen Kaffee holen soll, um dieses wattige Gefühl abzuschütteln und wenigstens einen Moment dem schrecklichen Piepsen der Geräte zu entkommen, da winkt mir Alex durch die Glasscheibe zu. Fast freue ich mich, meinen Stiefbruder zu sehen, doch dann fällt mir wieder ein, was Dennis gesagt hat. Darüber muss ich dringend mit Alex reden. Allerdings nicht, bevor ich mir einen Kaffee geholt habe.

»Kannst du für einen Moment bei ihr bleiben?«, bitte ich ihn. »Ich will nur kurz in die Cafeteria.«

Er lächelt mich an. »Kein Problem. Du kannst auch nach Hause gehen. Es soll sowieso immer nur einer bei ihr sein, hat mein Vater gesagt.«

Ich überlege einen Moment. Wie fange ich das jetzt bloß an? »Als du sie gefunden hast, du weißt schon, an dem Tag, als sie ins Koma gefallen ist, hat sie da noch etwas gesagt?«, frage ich vorsichtig.

Alex presst die Lippen zusammen und schüttelt den Kopf.

»Warum hast du mir nicht erzählt, dass du sie gefunden hast?«

»Ist das denn wichtig?«

»Ja, alles ist wichtig.« Ich hole tief Luft. »Magst du Lina eigentlich?«

»Sie war ganz okay.«

Unfassbar! Wir stehen neben ihrem Bett, sie atmet noch und er sagt, sie *war* okay. Mir schießen Tränen in die Augen und ich weiß nicht, ob vor Wut oder vor Angst, dass sie vielleicht nie mehr aufwacht.

Er räuspert sich. »Ich finde, wir sollten nicht über sie reden, während sie so hilflos daliegt.«

Was für ein Heuchler! Er ist es doch, der hier von ihr

in der Vergangenheit spricht! Wenn er sie immer so mies behandelt hat und sie tatsächlich in ihn verliebt war…

Ich stürme kommentarlos an ihm vorbei, denn wenn ich ihn jetzt weiter zur Rede stelle, breche ich vermutlich in Tränen aus.

Erst nachdem ich zwei Becher schwarzen Kaffee mit viel Zucker aus dem Automaten in der Cafeteria im Erdgeschoss heruntergestürzt habe, beruhige ich mich ein bisschen. Ich kaufe mir noch ein Twix, dann mache ich mich auf den Rückweg. Lina soll nicht lange allein mit dem Fluch bleiben, das kann nur schlecht für ihren Zustand sein.

Ich entscheide mich, die Treppe zu nehmen, obwohl Lina im obersten, dem fünften Stockwerk, untergebracht ist, aber das kommt mir gerade recht. Ich habe das Gefühl, ich muss all meiner Wut und meiner Angst etwas Luft machen, und sei es nur, indem ich die Treppe hinaufstürme.

Das Treppenhaus ist noch schäbiger als alles andere in diesem Krankenhaus. Das einzig Bunte sind die knallroten Feuermelder und Feuerlöscher, die auf jedem Stockwerk neben den Zugangstüren an die grauen, früher mal weißen Wände montiert sind.

Während ich auf dem Weg nach oben mein Twix verschlinge, zerbreche ich mir den Kopf über Alex und Lina. Alex hat schon einmal jemanden verloren, seine Mutter. Vielleicht verhält er sich deswegen so unsensibel? Immerhin rechne ich ihm hoch an, dass er nicht plötzlich so tut, als ob er und Lina Busenfreunde gewesen wären. Aber wieso soll sich Lina dann in ihn verknallt haben?

Obwohl, wispert eine Stimme in mir, passt nicht genau

das? Lina sucht sich doch immer Typen aus, die unerreichbar sind. Denn alle anderen liegen ihr sowieso zu Füßen und sind sterbenslangweilig für sie.

Ich stopfe das letzte Stück meines Schokoriegels in den Mund, zerknülle das Papier und schaue mich in dem menschenleeren Treppenhaus nach einem Mülleimer um. Aus den Augenwinkeln erkenne ich eine Bewegung, unwillkürlich drehe ich mich in die Richtung, nichts. Trotzdem habe ich den Eindruck, dass da gerade jemand war. Aber warum habe ich keine Schritte gehört? Meine eigenen machen auf dem Linoleum einen Höllenlärm, obwohl ich Sneakers mit Gummisohlen trage.

Ich gehe zurück zum letzten Treppenabsatz, beuge mich übers Geländer und sehe gerade noch, wie sich eine dunkle Gestalt hastig zurückzieht.

»Hallo?«, rufe ich. Als niemand antwortet, zucke ich die Schultern und gehe weiter. Schließlich ist das hier ein öffentliches Treppenhaus. Ich bin gerade beim nächsten Absatz, als unter mir plötzlich ein Schrei ertönt, laut und gellend. Und er stoppt so abrupt, wie er angefangen hat, als hätte jemand den Schrei erstickt. Oder als ob sonst etwas Schreckliches passiert sei.

Ich renne die Treppen nach unten, um nachzuschauen, ob ich helfen kann, Absatz um Absatz, aber da ist niemand. Ich glaube fast schon, dass ich Halluzinationen habe, als ich eine Tür leise ins Schloss fallen höre. Also doch! Ich renne dem Geräusch nach, passiere das Erdgeschoss und lande am untersten Absatz der Treppe im Keller. Vor mir ist eine schwere Eisentür. Ich öffne sie und schaue in einen unerwartet dunklen Gang, in dem ich gerade noch erkennen kann, wie eine Gestalt schnell davonhumpelt. War das der Typ, der so geschrien hat? Vielleicht ist er ein paar Stufen hinuntergefallen und hat sich das Bein angeschlagen? Jedenfalls scheint er meine Hilfe nicht zu brauchen.

Während ich warte, bis sich mein Atem beruhigt hat, starre ich diesen Gang entlang und kann nicht fassen, dass er unter einem Krankenhaus verläuft. Hier sieht es aus wie in einem schlechten Remake von *Dr. Frankenstein*. Der Gang ist nur unzureichend beleuchtet, wohl um von dem hässlichen Gewirr von Kabeln und Rohren an der Decke abzulenken. Es riecht unangenehm stark nach Desinfektionsmitteln und Schweißfüßen und es ist überraschend warm.

Unwillkürlich muss ich wieder an das »Hilf uns« aus meinem Traum denken und an den bösen Schenk. Ich greife in die Tasche und raschele mit dem Schokopapier. Nichts wie weg hier, hoch zu den alten, aber doch hellen und sauberen Räumen. Ich haste los und erst nach zwei Stockwerken fällt mir auf, dass ich ganz schön neben der Spur bin.

Als ich bei Lina ankomme, habe ich mich wieder beruhigt. Durch die Glastür sehe ich Oliver bei Alex und Lina stehen. Oliver unterhält sich mit Alex. Nein, das ist keine Unterhaltung. Oliver steht vor seinem Sohn und sieht so aus, als wollte er ihn gleich schlagen. Aber noch mehr Angst macht mir der Fluch, der seinen wütenden Vater einfach nur mit zusammengepressten Lippen anstarrt und dabei spöttisch seine Augenbrauen hochzieht.

Ich zögere einen Moment, dann denke ich, dass es nicht gut für Lina ist, wenn sich Leute neben ihrem Bett streiten.

Ich klopfe an die Scheibe, mit dem Ergebnis, dass sich beide ruckartig zu mir umdrehen. Oliver versucht, mich anzulächeln, was ihm aber kläglich misslingt. Alex hingegen grinst mich gelassen an und zuckt mit den Schultern, als wollte er mir sagen: Väter! Schau ihn dir an, Ruby. Ist er nicht unglaublich bescheuert?

Oliver kommt aus dem Zimmer und ganz offensichtlich will er auch, dass Alex gehen soll. Widerstrebend folgt er seinem Vater.

»Was ist denn los?«, frage ich.

»Nichts«, antworten beide gleichzeitig.

»Okay. Ist was mit Lina?«

»Es geht ihr gut.«

Als Oliver meinen skeptischen Blick sieht, fühlt er sich dann doch bemüßigt hinzuzufügen, wie großartig es sei, dass Lina körperlich so gesund sei, weil so die Wahrscheinlichkeit einer komplikationsauslösenden Infektion stark verringert werden würde.

Komplikationsauslösend. Das Wort bleibt wie ein Damoklesschwert in der Luft hängen, sperrig, monströs. Ich schaue zu meiner Schwester und versuche, meinen Blick auf ihr Gesicht zu fokussieren ohne die Schläuche und Geräte, aber es ist nicht möglich. Eine Gänsehaut läuft über meinen Rücken. *Komplikationsauslösend.* »Und durch welche Komplikation wurde dieses Koma ausgelöst?«

Oliver zuckt mit den Schultern und hebt beschwörend seine Hände. »Wie ich vorhin schon sagte. Wir sind eben doch keine Götter. Wir haben nicht auf alles Einfluss. Aber es fällt schwer, das zu akzeptieren.«

Ich verkneife mir einen Kommentar, die beiden gehen

mir auf die Nerven. Deshalb greife ich mir die Desinfektionskleidung und gehe zu Lina hinein. An ihrem Bett greife ich nach ihrer Hand. Sie ist trotz des kalten Zimmers erstaunlich warm. Ich wollte sie eigentlich streicheln, aber dann wird meine Kehle eng und ich packe fest zu. Umklammere sie so wie damals, als sie ins Eis eingebrochen war, so, als ob ich sie mit diesem Händedruck auch jetzt wieder davor bewahren könnte, unter dem Eis zu verschwinden und zu sterben. *Schenk ist hier*, hat sie gesagt. Wenn ich doch nur wüsste, was sie damit gemeint hat.

II

Wenn einer den Satan zum Gesellen hat,
ist das ein schlimmer Geselle.
((4 :38))

Er betrachtet das rosafarbene Handy in seiner Hand und bewegt es leicht hin und her, sodass der strassbesetzte Teddybär im spärlichen Licht aufblitzt. Nur der Zorn hält ihn noch am Leben. Jedes Mal, wenn er zufällig in den Spiegel sieht, schließt er die Augen, überwältigt von dem brennenden Schmerz in seiner Brust. Man hat sein Herz zur Hälfte herausgerissen und trotzdem schlägt es noch, blutet langsam aus. Nur der Tod würde das beenden, ein langsamer qualvoller grauenhafter Tod.

Er presst sich die Hände so heftig vors Gesicht, dass die Nägel sich in seine Haut graben. Er denkt an ihn und an sein einsames Grab dort draußen auf dem Friedhof. Oh, wie hatte er nur so naiv sein können! Er hatte an ein besseres Leben geglaubt und trotz allem, was sie zusammen erlebt hatten, noch von Gerechtigkeit gefaselt.

Immer wieder hört er seine flehende Stimme. »Tu das nicht, Rache ist nie eine Lösung, sieh nur, was sie unserer Familie angetan hat. Rache ist unmenschlich und grausam.«

Er spuckt zornig auf den grauen Fliesenboden und denkt daran, dass er nun ganz auf sich gestellt ist. Auf die anderen kann er nicht zählen. Sie sind noch schwächer, als er es gewesen ist.

Er schaltet das Handy ein, muss sich das Bild noch einmal ansehen, wie ein Cracksüchtiger, der weiß, dass ihn der nächste Schuss töten kann, und der doch nicht aufhört. Er beginnt zu zittern und schaltet dann ab und denkt darüber nach, ob er ihr Handy behalten soll, denn er darf kein Risiko mehr eingehen. Keine Fehler mehr. Menschen wie er dürfen nicht vertrauen.

Diese Familie voller Heuchler muss endlich bezahlen. Sie wissen es noch nicht, aber ihre friedlichen Tage sind zu Ende. Er wird ihnen alles, auch das Liebste aus der Brust reißen.

6. Kapitel

Als es draußen dunkel wird, schicken die Schwestern mich nach Hause. Nach Hause! Das wird die Wohnung von Mam und Oliver nie für mich sein, aber für den Moment ist es gar nicht so schlecht, denn so kann ich wieder Linas Zimmer durchsuchen. Das habe ich schon an den beiden Abenden zuvor gemacht, bisher ergebnislos. Aber ich kann es nicht lassen. Es muss doch irgendeinen Hinweis darauf geben, warum sie so derart verängstigt war.

Es ist nicht weit vom Krankenhaus zur Mainzerstraße. Die Abendluft duftet zwar nicht so süß wie im Allgäu, aber immerhin riecht es hier auch schon nach Frühling und draußen ist es viel wärmer als in Linas Krankenzimmer. Ich ziehe meine Jeansjacke aus und laufe los. Ich bin so mit meinen Gedanken bei meiner Schwester, dass ich erst im Torbogen zum Hinterhaus merke, dass jemand hinter mir ist.

Hoffnungsvoll drehe ich mich um. Mir ist nämlich gerade eingefallen, dass ich den Code für die Eingangstür vergessen habe. Vielleicht ist es ein Nachbar, der den Code kennt.

Der Hof hinter mir ist leer.

Ich schaue noch mal genauer hin, aber außer einer hässlichen weißen Katze, die um die drei großen, verschiedenfarbigen Müllcontainer streift, kann ich kein lebendiges Wesen entdecken.

Ich gehe weiter zur Tür und versuche, mich zu erinnern. Den Code zur Wohnung weiß ich genau, 1297, aber wie lautet die Zahlenfolge für den Haupteingang?

Dann denk nach, Ruby!

»4731. Und ich hab geglaubt, du wärst der Einstein der Familie...« Alex streckt seinen Finger über meine Schulter hin zur Tastatur, gibt den Code ein und drückt auf das Schlüsselsymbol.

Zusammen gehen wir nach oben.

»Warst du eben schon mal im Hof?«, frage ich ihn.

»Wie kommst du denn auf die Idee?« Er bleibt stehen und wartet, bis ich den oberen Code eingegeben habe. Dann betreten wir gemeinsam die dunkle Wohnung.

Niemand ist zu Hause, natürlich nicht. Mam arbeitet noch und Oliver wollte gleich nach dem Ende seiner Schicht in seine Praxis für Menschen, die nicht krankenversichert sind, von der ich nicht mal weiß, wo sie eigentlich ist.

Gerade als ich Alex fragen will, was er hier will, klingelt sein Handy und er verschwindet kommentarlos im großen Bad, dem von Oliver und Mam. Das ist zurzeit das einzige Bad, das man abschließen kann, das kleine Badezimmer, Linas Badezimmer, hat jetzt kein Schloss mehr und jedes Mal, wenn ich es benutzen muss, wird mir ein bisschen flau. Hier ist Lina auf dem weißen Fliesenboden vor dem Klo zusammengebrochen, an dem Abend, als sie nicht mehr leben wollte. Mam und Oliver waren nicht zu Hause, und als sie kamen, mussten sie das Schloss aufbrechen, um sie dort rauszuholen. Jedes Mal, wenn ich diese Wunde in der eleganten weißen Tür sehe, diese braunen geborstenen Holzsplitter, kann ich Mams Angst um Lina fühlen. Wenn Lina nicht ins Koma gefallen wäre, hätten sie die Tür bestimmt längst ausbessern lassen, um nicht dauernd daran erinnert zu werden, aber im Augenblick sind alle nur von der Sorge um Lina erfüllt.

Ich will gerade in Linas Zimmer verschwinden, denn Alex' Telefonat scheint zu dauern, da wird mir plötzlich etwas klar. Ich habe keine Ahnung, wo das Handy meiner Schwester ist. Warum bin ich darauf noch nicht gekommen? Ihre Anrufliste, ihre Favoriten, ihr Adressbuch, mit Sicherheit jede Menge Nachrichten und vielleicht sogar Fotos – das wird mich auf jeden Fall einen großen Schritt weiterbringen. Ich bin sicher, sie hat immer noch das altmodische rosa Klappteil mit einer Kette und Anhängern dran, wie wir es vor zwei Jahren bekommen haben. Mam legt immer größten Wert darauf, dass sich keine von uns übervorteilt fühlt. Als ich damals den teuren Granatring bekommen habe, gab es für Lina Ohrstecker, ich weiß das, weil sie mit Pa stundenlang am Telefon darüber gestritten hat. Er fand es übertrieben, konnte sich aber nicht durchsetzen.

Ich muss Mam nach dem Handy fragen. Vielleicht hat Lina es bei sich gehabt, als sie ins Krankenhaus eingeliefert wurde. In ihrem Zimmer ist es jedenfalls nicht, das hätte ich schon gefunden.

Oder habe ich es doch übersehen? Schließlich habe ich nicht direkt danach gesucht. Ich gehe schnell in Linas Zimmer und klemme dort erst mal einen Stuhl unter die Klinke, damit Alex mich nicht beim Herumschnüffeln erwischen kann.

Ich kippe zum dritten Mal Linas Eastpaktasche auf den Schreibtisch. Hefte, Bücher und Stifte, sonst nichts. Kein

Handy, natürlich nicht. Aber auch keine verkrumpelten Blätter, keine Fotos. Je öfter ich darüber nachdenke, desto merkwürdiger finde ich das, denn Lina hat alle mit ihrer Fotomanie genervt. Sie hat von jedem unserer Kretaurlaube Millionen Fotos geschossen, aber auch sonst hat sie viel fotografiert, meist Menschen auf der Straße, die gar nicht wussten, dass sie aufgenommen wurden. Und auch in ihr Tagebuch hat sie Fotos geklebt. Früher hat sie mir die manchmal gezeigt.

Ich seufze. Ihr Tagebuch. Noch so etwas, das fehlt.

Ich betrachte den kleinen Haufen auf dem Tisch und mir wird mulmig zumute. Das sieht einfach nicht nach Lina aus. Früher hätte ich leere Kaugummipapiere, alte Taschentücher, Geldstücke, angenagte Radiergummis, Filter und Tabak in ihrer Schultasche gefunden. Sie kaut nämlich ständig an Radiergummis herum und sie raucht heimlich, was aber auch keiner weiß außer mir. Jedenfalls hat sie geraucht, als sie mir damals Merlin ausgespannt hat. Mir hat es nie geschmeckt, aber ihr schon. Ich schüttele noch einmal jedes Buch einzeln aus, nichts. Nicht ein Fitzelchen.

Ihr Zimmer bietet einige Verstecke. Da wäre das Eisenbett von Ikea mit dem Himmel, der alte Bauernschrank von Oma Helga und eine Kommode vom Flohmarkt. Außerdem hat sie einen orangefarbenen Sitzsack, den gleichen hab ich in Pink von Mam bekommen.

Dann ist da noch ihr chaotisches Bücherregal, in dem neben ihren Fotobüchern auch ein paar Kisten stehen.

Aber alles das habe ich an den letzten Abenden immer wieder durchsucht. Immer mit dem gleichen Ergebnis. Nichts.

Kein Handy, kein Tagebuch, keine Fotos.

Nur ihre Kamera, aber der Speicherchip ist leer.

Ich setze mich an ihren Schreibtisch und lege den Kopf in meine Hände. Unmöglich. Auch wenn zwischen meiner Schwester und mir seit einem Jahr Funkkontakt herrscht, ich kenne sie. Irgendwo muss sie ihre Schatzkiste haben, einen kleinen Puppenkoffer zum Abschließen, wo sie die Muschel von Opa und die Ballettschuhe von Oma und das Babybild von Papa, das sie bei ihrem letzten Besuch in Nusstal aus meinem Fotoalbum geklaut hat, aufbewahrt. Verdammt, wo hat sie das nur versteckt?

Ich denke an meine Theorie, dass Lina ihr Handy vielleicht in der Hosentasche hatte, als sie eingeliefert wurde. Vielleicht haben die Schwestern es Mam gegeben? Ich gehe erst ins Wohnzimmer, dann in Mams Schlafzimmer und schaue mich genauer um. Aber obwohl es da, typisch Mam, sehr chaotisch ist, kann ich Linas Handy nirgendwo entdecken.

Alex, der mittlerweile am Küchentisch sitzt und auf seinem iPhone herumtippt, achtet nicht auf mich. Sein Handy klingelt schon wieder, es hört sich an wie eine Sinfonie, ich glaube, irgendwas von Beethoven. Schätze mal, das ist eine Masche, die bei Mädels ganz gut ankommt, vor allem weil er nicht wie ein Voll-Nerd rumläuft, sondern etwas Verwegenes an sich hat.

Ich überlege, ob ich ihn nach dem Handy fragen soll, aber er würde sicher wissen wollen, was ich damit vorhabe. Und außerdem sind da ja noch die Andeutungen von Dennis, von denen ich nicht weiß, ob sie der Wahrheit entsprechen. Nein, ich muss allein herausfinden, was passiert ist, das Lina so verändert hat.

Ich hole mir eine Bionade aus dem Kühlschrank und schaue mich dabei weiter in der Wohnung um, aber ich weiß schon jetzt, dass es eigentlich sinnlos ist. Bleibt mir nur noch, Linas Computer zu durchsuchen. Davor bin ich die letzten Abende zurückgeschreckt, irgendwie kommt es mir so vor, als würde ich in ihre intimsten Geheimnisse eindringen.

Ich laufe zurück in ihr Zimmer und schalte den Computer ein. Unfassbar, sie hat ein Passwort eingegeben. Wer macht denn so was? Zu Hause! Ich habe kein Passwort auf meinem Computer, wozu auch? Pa würde niemals hinter mir herspionieren und ich habe schließlich keine sensiblen Daten auf meinem Rechner über Panzerabwehrraketen oder Code-Red-Aktionspläne gegen eine Invasion von Außerirdischen.

Ich habe nicht die geringste Ahnung, was Lina für ein Passwort vergeben haben könnte. Halbherzig versuche ich es mit Mr Singer. Fehlanzeige. Dann probiere ich Merlin, danach Omas Namen, ihr Geburtsdatum, dann das von jedem Einzelnen von uns, alle Musikbands, die sie mal gemocht hat. Nichts, nichts, nichts.

Es klopft an meine Tür.

»Kann ich reinkommen?« Alex steckt den Kopf herein.

»Klar.« Ich habe das Gefühl, ich sollte eine Erklärung dazu abgeben, was ich hier mache. »Ich würde gern Linas Computer benutzen, muss was recherchieren für die Schule.«

»Dann tu's doch.«

»Sie hat ein Passwort.«

»Du bist angeblich der Einstein der Familie. Kannst du es nicht knacken?«

»Du siehst zu viel CSI. Passwörter kann man nicht so leicht knacken, nur in schlechten Krimis nehmen die Leute den Namen ihrer Katze, ihrer Kinder oder ihr Geburtsdatum.« Ich merke, dass ich rot werde, schließlich hab ich gerade genau das probiert. »Wenn man auch nur ein bisschen Grips hat, verwendet man eine Kombi aus Zahlen und Buchstaben.«

Er sieht irgendwie amüsiert aus. »Du kannst mit zu mir kommen und an meinem Computer arbeiten, wenn du willst.«

»Und hast du auch ein Passwort?«

»Klar.«

»Warum denn?«

Alex zuckt mit den Schultern. »Jeder Mensch hat Geheimnisse, oder nicht?«

Ich hebe den Kopf. »Was hast du denn für Geheimnisse?«

»Die willst du gar nicht wissen, kleine Jungfrau.« Jetzt grinst er ziemlich dreckig und ich würde ihm am liebsten eine reinhauen. Woher will er wissen, ob ich noch Jungfrau bin? Ich werde ihm nicht verraten, dass er sich täuscht. Allein bei dem Gedanken daran, wie es passiert ist, hasse ich mich total. Zum Glück weiß das niemand… so gesehen habe ich natürlich auch Geheimnisse.

»Besser Jungfrau als Nutte!«, sage ich trotzig.

»Wer ist denn hier bitte schön eine Nutte?«, fragt er. »Etwa Lina?« Er mustert mich, als wäre ich plötzlich doch interessanter, als er gedacht hätte.

Ich schließe für einen Moment die Augen. Ich weiß selbst nicht, warum ich das gesagt habe. Lina liegt im Koma und ich mache ihr immer noch Vorwürfe? Was für eine Schwester bin ich denn?

»Natürlich nicht«, erwidere ich. »Sagt man doch so, oder?« Ich überlege für einen Moment, noch einmal auf seine Beziehung zu Lina zu sprechen zu kommen, aber auch wenn Dennis behauptet hat, er würde es nicht übel nehmen – ich ahne mittlerweile, dass Alex nicht so einfach mit der Wahrheit herausrücken wird. Das ist nicht sein Stil. »Wieso bist du eigentlich hier?«, frage ich stattdessen. »Als mein Babysitter?«

»Oliver hat mich beauftragt, dich zu fragen, ob ich etwas für uns kochen soll. Unsere Eltern machen heute einen auf edle Samariter.« Er zieht seine Mundwinkel spöttisch nach links.

Stimmt, ja. Meine Mutter hat es mir heute Morgen gesagt, aber ich habe es vergessen. Nicht nur Oliver, auch sie ist heute in der Praxis, wo sie Menschen behandeln, die keine Krankenversicherung haben oder die illegal in Deutschland leben.

»Zum Thema Kochen: Du hast die Wahl, zwischen erstens…«, Alex macht eine dramatische Pause und hebt grinsend den Daumen, »vegetarischer Biopizza oder zweitens«, er streckt den Zeigefinger, »Pizza Speziale oder drittens«, er streckt auch noch den Mittelfinger, »Pizza Thunfisch.«

»Wow, ein Gourmetkoch also!« Jetzt muss ich auch grinsen. »Wagner oder Ofenfrische?«

»Ofenfrische.«

Ich wähle die mit Thunfisch und er geht in die Küche, um alles vorzubereiten.

Vielleicht sollte ich sein Angebot annehmen, mit zu ihm kommen und an seinem Computer arbeiten? Ich war noch nie in seiner Wohnung und bin neugierig, wie es bei dem Fluch zu Hause wohl aussieht. Ich folge ihm in die Küche, und weil er gerade so nett war, frage ich ihn jetzt doch nach Linas Handy.

»Ihr Handy?« Er reißt die Klarsichtfolie von den Pizzen, als wären es Stahlketten, die er sprengen müsste. »Keine Ahnung. Ist es denn nicht bei ihren Sachen?«

»Nein.«

Er knüllt die Folie zusammen und feuert sie in den Müll, dann schaut er mich verwundert an. »Komisch, Lina hing ständig an ihrem Handy. Aber irgendwie scheinen sich die Dinger in dieser Wohnung in Luft aufzulösen. Mein Vater vermisst seins auch schon eine Weile. Aber vermutlich ist er froh darüber. So ein Luxusgegenstand ist zu viel für Seine Heiligkeit.«

Ich überlege und frage ihn dann, ob er es nicht auch merkwürdig findet, dass Lina keinen Abschiedsbrief geschrieben hat. Das ist natürlich eine Fangfrage, wenn Dennis wirklich recht hatte, dann komme ich vielleicht so weiter.

»Na ja, dass sie keinen Brief hinterlassen hat, ist schon seltsam. Aber weißt du, sie war in letzter Zeit sehr verschlossen.«

»Der ominöse Freund, ich weiß.« Ich sehe ihn an. »Und du hast keine Ahnung, wer das gewesen sein könnte? Kann es vielleicht sein, dass …«

»Was denn?«

Jetzt oder nie, denke ich, ich muss wissen, ob es stimmt, was Dennis gesagt hat.

»Wäre es möglich, dass sie in dich verliebt war?«

Alex runzelt die Stirn. »Wie kommst du denn auf so einen Blödsinn?«

Ich hab versprochen, Dennis nicht zu verraten. »Hab ich gehört… in der Schule.«

»Ja, die erzählen sich auch, dass Frau Paul mit King Kong schläft. Echt, Schwachsinn!«

Er schüttelt den Kopf. Er wirkt genervt und nicht die Bohne interessiert, aber trotzdem habe ich den Eindruck, als ob das nicht die ganze Wahrheit ist. Als ob er mir etwas verschweigt. »Wirklich, Ruby«, bekräftigt er noch einmal und seine Beteuerungen bewirken bei mir prompt das Gegenteil, »ich hab keine Ahnung, was genau los war. Aber dass etwas mit Lina nicht stimmte, das haben alle gesehen.«

»Super, und keiner hat was unternommen?«

Seine braunen Augen verdunkeln sich zu schwarzen Seen, dann räuspert er sich, als müsste er seiner Stimme erst noch gut zureden. Für einen Moment wird mein Stiefbruder richtig menschlich.

»Nein, und das tut mir verdammt leid.« Er lehnt sich gegen die Küchentheke. »Ich meine, es war nicht leicht, plötzlich eine Schwester zu kriegen, und dann auch noch so ein Plappermaul, das alle um den Finger gewickelt hat.« Jetzt schaut er direkt in meine Augen. »Ich hoffe so sehr, dass sie es schafft.«

Na toll. Das torpediert nun auch den letzten Rest meiner Selbstbeherrschung und ich fange an zu heulen. Ich setze mich an den Küchentisch, lege den Kopf auf die Platte und schluchze jämmerlich.

Er kommt zu mir und tätschelt meinen Rücken. »Hey, hey, so habe ich das doch nicht gemeint. Natürlich schafft sie es. Und vielleicht ist sie dann sogar wieder so fit wie vorher.«

»Was willst du damit sagen?« Ich hebe alarmiert den Kopf.

»Ich habe Oliver belauscht, wie er mit deiner Mutter darüber gesprochen hat, welche Spätschäden bei Lina durch das Koma entstehen können.«

Was redet er da für entsetzliches Zeug? Jetzt sehe ich Lina vor mir, bleich, in einem Rollstuhl, sabbernd oder mit spastischen Lähmungen. Nun kann ich erst recht nicht mehr aufhören zu weinen. Meine strahlend schöne Schwester.

»Warum erzählst du mir das?« Ich schlage seinen Arm weg, wische mit der Hand über Nase und Augen und versuche, mich zu beruhigen. Ich hole mir ein Küchenpapier, schnäuze mich gründlich und lasse die Bombe platzen, nur um zu sehen, was er dazu sagen wird.

»Wenn du mich fragst, wollte Lina gar nicht sterben. Da ist irgendetwas anderes passiert. Sie hatte Angst.«

Alex lässt mich los, geht zum Ofen, schiebt die Pizzen hinein und dreht sich dann zu mir um. Seine Augen sind wieder braun, aber sie glitzern metallisch wie Messerspitzen. »Und wieso? Glaubst du im Ernst, jemand hätte Lina gegen ihren Willen Schlaftabletten und Wodka eingeflößt? Ein böser Mörder? Hier in der Mainzerstraße?« Er lacht spöttisch. »Wer von uns beiden schaut wohl zu viel CSI? Warum sollte denn irgendjemand auf der Welt deiner lästigen, aber total harmlosen Schwester etwas antun?«

»Ich weiß es nicht, aber ich werde es herausfinden.«

Alex geht um den Tresen und setzt sich neben mich. Seine Stimme wird merklich wärmer und erinnert mich jetzt an Oliver. »Ich verstehe, wie unglücklich du bist. Du machst dir Vorwürfe und glaubst, du hättest Linas Selbstmord verhindern können. Aber ich habe im Internet ein bisschen recherchiert. Wenn es einer wirklich tun will, dann kann ihn niemand daran hindern. Glaub mir.« Sein Blick wandert hinüber zum Fenster. »Als meine Mutter gestorben ist… Weißt du, das war ziemlich schwer für mich.«

Ich vergesse immer, dass er es auch nicht leicht gehabt hat. Gerade, als ich etwas Tröstendes sagen will, ertönt wieder die Musik aus seinem Handy. Er schnappt sich sein iPhone und verschwindet ohne Kommentar noch einmal im Badezimmer. Diesmal kommt er aber ziemlich schnell zurück.

»Wird leider nichts mit unserer Pizza«, sagt er knapp. »Kannst du meine nachher mit rausholen? Vielleicht komm ich später wieder. Ein Notfall.« Er rennt aus der Wohnung, als wäre er der einzige Arzt auf diesem Planeten und unterwegs zu einer Operation am offenen Herzen.

Der Duft der Pizzen verbreitet sich in der Wohnung und lässt mir das Wasser im Mund zusammenlaufen. Ich muss an Lina denken und fühle mich mies, dass ich hier sitze und etwas so Triviales machen kann wie Pizza essen.

Ich hole die Pizzen aus dem Ofen und setze mich dann mit meiner vor den Fernseher, was sonst streng verboten ist, heute aber trotzdem keinen Spaß macht. Nachdem ich lustlos die Hälfte von meiner Thunfischpizza heruntergewürgt habe, kriege ich keinen Bissen mehr runter und lege den Rest auf einen Teller. Lina geistert ständig durch meinen Kopf. Ich muss wissen, wo ihr Handy ist.

Und selbst wenn Alex recht hat und Lina hat wirklich versucht, sich umzubringen, muss ich den Grund dafür kennen.

Ich räume die Küche auf, dann nehme ich mir noch einmal Linas Zimmer vor.

Nichts. Nichts. Nichts.

Nach zwei Stunden werfe ich mich wütend und enttäuscht auf den Sitzsack und versuche, mich zu beruhigen. Es ist doch mehr als merkwürdig, dass ich gar nichts finde. Kann es wirklich sein, dass sie vor ihrem Selbstmord alles so akribisch aufgeräumt hat? Es sieht ihr einfach nicht ähnlich. Überhaupt nicht.

Du steigerst dich da in was rein, Ruby. Woher willst du wissen, was Lina ähnlich sieht? Du hast seit fast einem Jahr kaum noch Kontakt zu ihr gehabt.

Ich rutsche unruhig auf Linas Sack hin und her, der sich viel unbequemer anfühlt als meiner.

Nur mal angenommen, jemand hätte doch nachgeholfen? Hätte dafür gesorgt, dass keine Spuren zurückbleiben?

Aber welche? Und warum?

Irgendetwas drückt mich in den Rücken. Ich setze mich auf und schaue nach. Nichts.

Aber dann dämmert es mir. Ich suche den Reißverschluss des Bezugs, ziehe ihn auf und greife hinein. Da ist etwas zwischen dem Bezug und dem mit Styroporkügelchen gefüllten Sack. Es fühlt sich metallisch an. Eine Gänsehaut läuft mir den Rücken herunter, ich greife danach, es ist ganz leicht.

Ein Schlüssel an einem Lederband. Auf dem Lederband ist etwas eingestickt. »Wende dein Gesicht stets der Sonne zu, dann fallen alle Schatten hinter dich.« Von dem Band steigt ein seltsamer Duft auf.

Irgendwo habe ich den schon mal gerochen.

Ich betrachte mir den Schlüssel genauer, es ist kein Tür-, kein Briefkasten- oder Fahrradschlüssel. Er sieht eher altmodisch aus, der Kopf des Schlüssels ist verziert und der Bart winzig. Vielleicht gehört er zu einem Schmuckkasten oder Tagebuch.

Ich hänge mir den Schlüssel um den Hals und gehe suchend durch ihr Zimmer. Nichts. Verdammt noch mal, nichts, was zu diesem Schlüssel passt.

Was gäbe es noch für Möglichkeiten? In unserem Haus im Allgäu gibt es Scheunen, Ställe, Dachböden, Garagen und Keller und sogar einen stillgelegten Brunnen.

Dachboden haben sie hier keinen, das weiß ich, weil das Dach in schicke Penthousewohnungen umgewandelt wurde. Die Garage ist eine Tiefgarage. Aber was ist mit dem Keller? Es muss einen Keller geben und ich bin sicher, dass weder Oliver noch Mam da oft reingehen. Dazu sind sie viel zu beschäftigt.

Ich ziehe mir Schuhe an und laufe zum Schlüsselbord neben der Haustür. Hier hängen die Schlüssel für die Fahrräder und noch ein paar andere, die ich nicht zuordnen kann. Leider fällt mir jetzt ein, dass der Keller wahrscheinlich auch mit einem Code gesichert ist. Andererseits – von innen hat man doch wohl einen direkten Zugang?

Ich finde einen Schlüsselbund mit zwei Schlüsseln, deren Plastikanhänger mit »Keller« beschriftet ist. Der eine sieht aus wie der Schlüssel von einem Fahrradschloss, der andere ist ein großer alter Schlüssel.

Ich muss nicht lange überlegen. Ich schnappe mir den Schlüsselbund, taste noch einmal nach meinem Fundstück aus dem Sitzsack, das um meinen Hals hängt, und mache mich auf den Weg ins Treppenhaus.

www.wahrste-liebe.de
Blog für alle, die wirklich lieben

Heute:
Einige Anmerkungen zum Berühren/Teil I

Ich bin enttäuscht, dass die armseligen Kommentare alle so vorhersehbar sind, wie von mir befürchtet. Ich habe trotzdem beschlossen, das hier weiterzumachen.
Es muss doch mehr Menschen wie mich geben, Menschen, die bereit für die ganz große Liebe sind. Die unter Liebe nicht nur die Ausweitung ihres Egos verstehen, sondern völlige Hingabe, Aufgabe. Oh ja, ich höre schon die Löwenmeyers-Kommentatorin vom letzten Mal aufschreien und etwas von der Freiheit der Frau labern, aber es ist doch vielmehr so: Ich selbst entscheide, wann und wen ich lieben will. Nur dass das bei den allermeisten nicht viel mehr bedeutet als der Austausch von ein paar Körpersekreten.
Ihr erinnert euch, der heiligste Tag in meinem Kalender ist der dreißigste September, der Tag, an dem wir uns berührt haben. Nach diesem Tag war ich noch verwirrter als vorher schon, denn alles war von so erlesener Vollkommenheit, dass ich mich immer fragen musste, ob ich mir diese Wirklichkeit nur zurechtgeträumt habe. Und auch der Blick in das Gesicht meines Geliebten hat mich nur wieder schaudern lassen. War es möglich, dass dieser perfekt schöne Mensch und ich ein Paar waren, oder war das nur ein Traumbild meiner Wünsche? Und doch fühlte ich seine Berührungen auf meiner Haut, so weit konnte mein Wahn nicht gehen. Nein, das war real. Und so begann das Erste Mal:

Er und ich mussten natürlich in ein Hotel gehen, weil wir es nicht riskieren konnten, von ihr gesehen zu werden. Zum Glück hat er das auch eingesehen, obwohl er sonst nicht gerne Geld ausgibt. In eine Absteige wäre ich niemals mitgegangen – nein, das bedeutet nicht, dass ich ihn nicht auch in einem duftenden Heuhaufen lieben würde, aber für diesen heiligen Tag wäre mir das nicht genug gewesen.
Er hat die Schlüssel besorgt und dann bin ich zuerst hineingegangen, um alles vorzubereiten. Nicht, um Rosenblätter überall zu verstreuen oder ähnlich lächerlichen Quatsch – nein, um ein Bad zu nehmen. Ich wollte ganz entspannt sein, meine Haut sollte duftend weich sein, ihn für immer an mich binden. Wollte ganz offen sein für alles. Musik hatte ich mir mitgebracht, ganz besondere Musik. Musik, die mich einlullt und gleichzeitig wach macht: die *Promenade Sentimentale* aus der Filmmusik von *Diva.*
Während ich noch beschäftigt war, mich abzutrocknen, kam er schon.
Er hatte mir eine Blume mitgebracht. Keine Rose, kein Veilchen, keine Tulpe, nein, nichts dergleichen Vorhersehbares.
Es war eine reine weiße Lilie.
Er warf seine Jacke ab und betrachtete mich, umarmte mich mit seinem Blick. Dann lächelte er und berührte mit dem kalten weißen Blütenkelch meine erhitzte rosarote Haut, streichelte sacht über meine Schlüsselbeine zu den Schultern, langsam zurück und seitlich an meinen Brüsten vorbei zum Nabel, vom Nabel zu meinem Schoß und den Innenseiten meiner Schenkel.
Alles in mir zog sich zusammen, ich war voll gespannter Aufmerksamkeit und gleichzeitig zittrig wie ein junges Fohlen. Schließlich legte er die Lilie vor meine Füße, kniete sich nieder und küsste meine Zehen.
Dann ersetzte er den weißen Kelch durch seine warmen

hauchzarten Fingerspitzen. Das Kribbeln wurde nun beinahe unerträglich. Noch nie habe ich solche Gänsehaut am ganzen Körper gehabt, alles richtete sich auf, war in höchster Aufregung, ich wollte mich an ihn drängen, aber er ließ es nicht zu, hielt mich von sich weg, und erst als seine Fingerkuppen wieder meine Schlüsselbeine berührten, erlaubte er mir, ihn auch zu berühren. Und während der ganzen Zeit sprach er kein Wort.
Kein einziges Wort.

5 Kommentare:

Muschifan sagt:
Vile Mer saftiges!

Delphinlove sagt:
So so süß und sooo romantisch!

Yaya sagt:
Bullshit, nichts als bullshit. Das alles klingt für mich nach den Hirngespinsten einer einsamen Spinnerin! Kein Mann, der einer ist, würde sich so lächerlich verhalten!

Unsinn, yaya du hast keine Ahnung! Und du musst das ja nicht lesen...
webmaster.wahrste-liebe.de

Yaya sagt:
Aber du willst doch, dass es alle lesen, oder nicht?

Ja, allein schon deshalb, damit so Ignoranten wie du die Chance auf Nachhilfe haben.
webmaster.wahrste-liebe.de

Löwchenmeyers sagt:
Ich glaube, du verrennst dich da in etwas und willst eigentlich, dass dir jemand hilft. Dein sogenannter Blog ist ein Hilfeschrei.

Da irrst du dich, ich möchte nur mein Glück mit euch teilen. Ihr alle sollt sehen, was möglich ist.
webmaster.wahrste-liebe.de

7. Kapitel

Der Keller ist nicht mit einem Code, sondern mit einer altmodischen Eisengittertür gesichert, zu der der große Schlüssel passt. Na bitte. Geht doch. Ich mache das Licht an und steige die extrem steile Treppe hinunter. Mit jedem Schritt verstärkt sich ein mulmiges Gefühl im Bauch, das ich nicht abschütteln kann, obwohl es lächerlich ist.

Das trübe Licht ist keine Hilfe, es ist nicht viel mehr als eine Funzel, die meinen Schatten riesenhaft an die gelbliche Wand wirft.

Ein bisschen komme ich mir vor wie die blöden Blondinen, die in Horrorfilmen in den Keller gehen, weil sie ein merkwürdiges Geräusch gehört haben, ein Geräusch, von dem die Zuschauer längst wissen, dass es vom üblen Axtmörder stammt. Trotzdem ruft die Blondine »Hallo, ist da jemand?« und geht weiter.

Ich gehe auch weiter. Ich bin keine Blondine und hier gibt es keine Axtmörder. Und es ist auch nicht Freitag, der Dreizehnte.

Trotzdem fühle ich, wie die Beklemmung mehr und mehr von mir Besitz ergreift, der feuchte Keller ist so ganz anders als der Keller bei uns zu Hause.

Wenn du wirklich glaubst, dass Lina nicht sterben wollte, wispert eine hysterische Stimme in meinem Kopf, dann hat jemand versucht, sie zu ermorden. Und dann läuft ein Mörder frei rum.

Ich bin am Ende der Treppe angekommen. Vor mir liegen drei endlos lange, nur sparsam beleuchtete Gänge, von denen einzelne mit Holzlatten abgetrennte Verschläge abgehen. Ich kann nicht schätzen, wie viele Abteile es hier gibt, es sieht so aus, als wäre ich in einem Gemeinschaftskeller gelandet, der sich unter dem ganzen Block entlangzieht.

Es riecht gleichzeitig muffig und süßlich und ich muss plötzlich an das Verlies in *Schweigen der Lämmer* denken.

Jetzt reiß dich mal zusammen, Ruby! Du hast echt ein paar Filme zu viel gesehen. Entschlossen gehe ich zu einem der Verschläge und suche einen Namen. Weder am Schloss noch irgendwo sonst ist ein Schild angebracht. Das kann doch nicht wahr sein! Ich zucke zusammen, da war ein Geräusch, oder nicht? Um mich zu beruhigen, greife ich nach dem Lederband mit dem kleinen Schlüssel, der noch um meinen Hals hängt.

Dann fallen alle Schatten hinter dich...

Was das wohl zu bedeuten hat? Klingt wie ein Sprichwort. Ich könnte es nachher googeln.

Es raschelt wieder. Ich atme auf. Es sind nur zwei kleine Mäuse, die hinter dem Holzverschlag direkt vor meinen Füßen stehen bleiben und mich ängstlich aus ihren Knopfaugen anschauen. Ich mache einen Schritt zur Seite, damit sie flüchten können. Und gleichzeitig erscheint mir der Gedanke ziemlich albern, dass Lina hier unten irgendetwas aufbewahrt haben könnte. Lina hasst alle Arten von Nagetieren, sogar die putzigen Eichhörnchen. Ausgeschlossen, dass sie freiwillig hier heruntergegangen wäre. Außerdem habe ich sowieso keine Ahnung, welcher der Verschläge zu der Wohnung von Oliver und Mama gehört. Ich streiche meine Theorie und laufe enttäuscht wieder zurück nach oben. Als ich die erste Treppenstufe erreicht habe, geht das Licht aus. Mist, eine Zeitschaltung, daran habe ich nicht gedacht. Ich taste mich im Dunkeln zu dem nächsten rot leuchtenden Lichtschalter nach oben. Stufe für Stufe. Doch da werde ich plötzlich brutal zurückgestoßen, verliere das Gleichgewicht, falle die Stufen runter, stürze hart auf mein Steißbein, vom Schmerz wird mir schwindelig. Jemand beugt sich über mich und zerrt an dem Lederband um meinen Hals, ich wehre mich und schreie laut um Hilfe. Sofort kriege ich einen Schlag ins Gesicht, aber ich schreie trotzdem weiter und halte das Band mit dem Schlüssel, so fest ich kann. Jetzt bin ich sicher, dass Lina wirklich etwas Wichtiges aufbewahrt hat. Und ich werde das Band auf keinen Fall hergeben.

Die Gestalt, von der ich nur die Augen sehen kann, gibt knurrende Laute von sich und zischt: »Still!« Sie schlägt mich wieder ins Gesicht. Aber ich kämpfe und schreie weiter.

Ich höre Geräusche von oben, mein Angreifer stutzt, dann lässt er mich so plötzlich los, dass ich hart auf den Rücken zurückfalle. Er rast die Treppen hoch, ich versuche, mich aufzurappeln und ihm zu folgen, aber mir wird wieder schwindelig und ich bleibe, wo ich bin.

»Was ist denn hier los?« Ich höre ein Murmeln, dann flammt das Licht endlich auf. Eine dicke Frau in einem verwaschenen petrolfarbenen Jogginganzug kommt die Treppen herunter und schüttelt den Kopf. »Wer war das denn? Und was ist mit Ihnen passiert? Ich sage der Hausverwaltung schon seit Wochen, dass sich im Keller Junkies rumtreiben, aber mir glaubt ja keiner.« Jetzt mustert sie mich misstrauisch. »Wer sind Sie eigentlich?«

Ich erkläre ihr, dass ich Ruby Wagner bin, die Tochter von Katja Brandt, woraufhin sie sofort wieder freundlich wird und mir ihre Hand hinhält, um mir aufzuhelfen.

»Oh natürlich, du musst die kleine Schwester von Lina sein«, sagt sie. »Komm, ich helfe dir.«

Ich versuche, mich zusammenzunehmen, aber meine Beine zittern und der Schmerz breitet sich vom Steißbein in den Rücken aus. Tränen steigen mir in die Augen, mein Herz rast, aber gleichzeitig bin ich unglaublich froh, dass ich den Schlüssel noch habe.

»Kindchen, jetzt kommst du mit in meine Wohnung, ich mache dir einen schönen Tee und dann sehen wir weiter.«

Ich stolpere hinter der dicken Frau nach oben und kann immer noch nicht fassen, was mir gerade passiert ist.

Meine Retterin wohnt im Erdgeschoss. Ich kann ihr Alter nicht recht einschätzen, ihre welligen kurzen Haare haben schon einen Grauton, aber ihr rundliches Gesicht ist völlig faltenfrei. »Ich rufe die Polizei, du musst Anzeige erstatten und ins Krankenhaus. Ich bin übrigens Gaby Vogel.« Sie entsperrt ihre grüne Wohnungstür, hinter der ein Schäferhund sie offensichtlich sehnsüchtig erwartet hat. Wir kommen kaum durch die Tür, weil sich rechts und links im Gang alte modrig riechende Zeitungen bis zur Decke stapeln. Auch am Boden stehen Kisten und Tüten herum. »Ist schon gut, Leon, ist schon gut. Los, rein mit dir.«

Sie stellt mir ihren Hund Napoleon vor, als wäre er ein Mensch. Dann geht sie voraus in eine zugemüllte Küche und stellt Wasser in einem Wasserkocher auf. Das Spülbecken ist die einzige freie Fläche in diesem Raum. Gaby Vogel umgeht diverse Stapel mit undefinierbaren alten Sachen, verschwindet im Gang und kommt mit dem Telefon in der Hand wieder zurück.

»Bitte nicht, auf keinen Fall«, stammele ich.

Frau Vogel starrt mich verständnislos an. »Warum denn nicht?«

»Weil meine Eltern gerade so viele andere Probleme haben.« Dann erzähle ich ihr von Lina und fange an zu weinen, was dem Hund offensichtlich auch leidtut, denn er beginnt, fürchterlich zu jaulen.

»Ruby, das mit deiner Schwester ist wirklich schrecklich, aber bitte reiß dich zusammen, Leon kann es nicht leiden, wenn Frauen weinen.« Frau Vogel sieht sich suchend in der Küche um. Dann greift sie in eine Tasse, fischt zwei schon benutzte Teebeutel heraus, verteilt sie auf zwei Becher und brüht sie mit dem kochenden Wasser auf. »Ich habe ihn aus dem Tierheim, er ist ein bisschen schwierig.« Sie schaut mich kopfschüttelnd an. »Wenn du darauf bestehst, werde ich die Polizei nicht rufen, obwohl ich das nicht richtig finde. Schau dir an, wie du aussiehst. Diesen Typen muss das Handwerk gelegt werden.«

»Haben Sie ihn sehen können?«, frage ich.

Frau Vogel schüttelt den Kopf. »Leider nein, Kindchen, es war ja noch dunkel. Er hat mich noch gestreift, aber mehr weiß ich leider nicht.« Sie reicht mir die Teetasse, der Tee riecht nach altem Hund. »Hier, trink das, dann wird es dir besser gehen. Willst du einen Keks?« Frau Vogel sucht in den zahllosen Stapeln nach einer Schachtel Kekse, wird tatsächlich fündig und überreicht sie mir strahlend. Auf der offenen Schachtel ist eine so dicke Staubschicht, dass ich *Igitt* mit dem Finger hineinschreiben könnte. Aber Frau Vogel schaut mich erwartungsvoll an und ich schäme mich, schließlich hat sie mich gerettet und ich werde nicht unhöflich sein. Also nehme ich einen Keks, er zerbröselt sofort in meinem Mund und schmeckt so, wie ich mir den feinen alten Sand in Vogelkäfigen vorstelle. Ich unterdrücke ein Husten und würge die jetzt breiige Masse herunter.

»Ich wusste gar nichts von deiner Schwester. Das muss an dem Tag passiert sein, bevor ich mit meinem Leon in Österreich war. Komisch. Lina ist so ein nettes Mädchen. Sie geht manchmal mit Leon Gassi, wenn ich Migräne habe. Bitte grüße sie von mir.«

Ich nicke. Dann verabschiede ich mich und danke Frau Vogel noch einmal. Nur ungern lässt sie mich ziehen. Ich renne die Stufen in den ersten Stock hoch, so schnell ich kann, nur rein unter die Dusche.

Doch dann stehe ich vor der verschlossenen Tür. Verdammt, ich kann mich nicht mehr an den Code erinnern, dabei wusste ich ihn vorhin noch. Das muss der Schock von dem Sturz sein, anders kann ich mir das nicht erklären. Ich, die mir Zahlen so gut merken kann! Ich könnte zurück zu Frau Vogel gehen oder Mama oder Oliver auf dem Handy anrufen, aber dazu fühle ich mich noch nicht in der Lage.

Ich setze mich auf die oberste Treppenkante, taste nach dem Lederband, streife es über den Kopf. Dabei merke ich, dass ich morgen sicher blaue Flecken am Hals kriegen werde. Egal. Ich habe das Band jedenfalls noch und das ist das Wichtigste. Es ist der Beweis, dass ich nicht spinne. Und dass ich mir nichts einbilde.

Von wem hat Lina es wohl bekommen? Ich schließe meine Hand um das Band und den Schlüssel und lehne mich gegen die Wand.

Ich wünschte, ich wäre Tony Hill oder sonst ein neunmalkluger Ermittler, denn dann würde ich allein durch das Berühren dieses Bandes eine verschwommene Szene in Schwarz-Weiß sehen, etwas fühlen und eine Ahnung davon bekommen, was passiert ist.

Aber ich spüre nichts. Mir ist nur kalt, weil der Angstschweiß von vorhin noch immer nicht getrocknet ist. Und ich habe Schmerzen in meinem Hintern und muss aufpassen, wie ich mich hinsetze.

In meinem Kopf tobt es, ich kann meine Gedanken nicht recht unter Kontrolle bringen und schon gar nicht die winzigen Stimmen, die ständig um die Vorherrschaft kämpfen. Die eine kommandiert unablässig: Ruby, du musst systematischer vorgehen. Die andere seufzt leidend und stöhnt: Was bringt es, in Linas Sachen herumzuschnüffeln, davon wird sie auch nicht aufwachen. Aber wer war der Typ auf der Treppe?, fragt dann wieder die erste. Ein Irrer, Zufall, stöhnt die zweite, nein, ein Mörder, sagt die erste, vielleicht sogar Linas Mörder, und so geht das ohne Unterlass, bis ich endlich Schritte höre.

Es ist Alex, der sichtlich schlecht gelaunt die Treppen nach oben stürmt.

»Warum sitzt du hier draußen? Sind dir unsere Sofas zu unbequem?« Er mustert mich gründlich. »Du siehst komisch aus.«

»Ich wollte Luft schnappen, bin blöd gestolpert, wollte

zurück und hab den Code vergessen. Und was machst du wieder hier?«

»Ich hab Hunger.«

Als ich aufstehe, entfährt mir ein leises Stöhnen. Alex mustert mich kurz, reicht mir dann die Hand, ich greife zu und schleppe mich wortlos hinter ihm her in die Wohnung.

Alex holt sich die kalte Pizza aus der Küche. »Lecker«, nuschelt er mit vollem Mund und setzt sich vor den Fernseher.

»Gute Nacht«, murmele ich und beschließe zu duschen und dann über alles, was ich erlebt habe, erst mal zu schlafen. Aber das ist nicht so einfach, denn als ich mich hinlege, tut der blaue Fleck über meinem Steißbein so weh, dass ich keine Chance habe zu vergessen, was im Keller passiert ist.

Also versuche ich es mit dem Gegenteil. Ich zwinge mich dazu, mich an jedes Detail zu erinnern, das mir einfällt. Aber das ist nicht viel. Es war so dunkel, dass ich nicht mal die Augenfarbe, die Größe oder den Körperbau des Angreifers beschreiben könnte. Er kam mir riesig vor. Andererseits lag ich am Boden. Kommt einem da nicht jeder riesig vor?

Was ist mit der Stimme? »Still!«, hat sie gesagt. Irgendwo hab ich den Tonfall schon einmal gehört. Oder?

Unruhig wälze ich mich hin und her und versuche es mit Schäfchenzählen, aber es klappt nicht.

Irgendwann kommt Mam herein und schaut nach mir. Ich tue so, als ob ich tief schlafen würde. Mit ihr will ich jetzt auf keinen Fall reden.

»Es tut mir leid«, flüstert sie. »Das ist alles meine Schuld.«

Aber ich glaube ihr kein Wort. Sie will nur testen, ob ich wirklich schlafe. Schließlich gibt sie es auf, verlässt Linas Zimmer und ich verbringe den Rest der Nacht in einem so furchtbaren Zustand zwischen Wachen und schlechten Träumen, dass ich heilfroh bin, als der Morgen dämmert.

III

Da kam, als die Sonne aufging, der
Schrei über sie.
((15:73))

Seine Hände sind ausgetrocknet von der Arbeit der Nacht, wellig, wie der Wattboden bei Ebbe, die Nägel weich, aber er bemerkt es kaum, weil sein Herz zerrissen und seine Seele angefüllt ist von Trauer und Zorn.

Als er gehen will, nähert sich der Chef im weißen Kittel, befiehlt ihm, noch zu bleiben, aber er kann nicht. Nicht heute. Heute hat er Wichtigeres vor. Als er sich weigert, hebt der Chef die Hand, wie um ihn zu schlagen, doch dann zuckt er nur die Schultern und versichert ihm, dass er nicht zurückzukommen braucht.

Er versucht, mit dem Chef zu reden, verspricht, jemand anderen zu schicken, jemand Guten, aber der Weißkittel will ihn. Nur ihn, denn er ist der Beste auf diesem Gebiet.

Sein Gebiet. Beinahe hätte er gelacht, früher hätte er gelacht. Er spricht fünf Sprachen fließend, dieser Weißkittel kann nicht einmal richtig Deutsch. Aber er hat Macht. Alle hier haben Macht. Nein, er verbessert sich selbst, er ist es, nein, sie sind es, die ihnen diese Macht einräumen, und das ist der Grund, warum er dem ein Ende setzen muss. Genau deshalb muss er sie kriegen.

Sie ist der Schlüssel zum Sieg oder zum Untergang.

Ein Untergang, der sie alle treffen würde.

Und jetzt muss er sich beeilen, der Tag dämmert schon, er darf nicht zu spät kommen. Doch seine Beine sind erschöpft von der Arbeit der Nacht und er kommt nur langsam vorwärts. Kimoni, sagt er sich, und schon geht es schneller, auch wenn er sich auf die Zunge beißen muss, um den Schmerz zu beherrschen. Kimoni, Kimoni, Kimoni, flüstert er, und wie von einem bösen Zauber beflügelt, schafft er es gerade noch rechtzeitig zu ihrem Palast, wo er sich wieder auf die Lauer legt.

Diesmal wird sie ihm nicht entkommen.

8. Kapitel

Stumm sitzen wir drei beim Frühstück. Heute bin ich froh, dass Mam und Oliver Morgenmuffel sind und schweigend ihr Müsli löffeln. Meine Rühreier-, Speck- und frisch gepresste Säfte-Frühstücksorgien mit Pa kommen mir vor wie aus einem anderen Leben, einem Kinder-Nutella-Leben. Pa merkt immer sofort, wenn mit mir etwas nicht stimmt, zumindest war das früher so, bevor die Sache mit Lina passierte. Seitdem ist er so außer sich, dass ich ihn vielleicht auch täuschen kann.

Ich habe im Spiegel die blauen Flecken am Hals gesehen, mit etwas Glück würden sie als Knutschflecken durchgehen. Zur Sicherheit trage ich noch ein Halstuch. Mein Po ist an einigen Stellen tiefschwarz und sieht aus, als hätte man mich verprügelt. Nur gut, dass ich heute keinen Sportunterricht habe.

Ich betrachte meine Mutter und dann Oliver. Es kommt mir so vor, als wären sie tief in ihren eigenen Gedanken versunken, und plötzlich macht mich das rasend.

»Liebt ihr Lina eigentlich?«, frage ich in die Stille.

Mam verschluckt sich, Oliver schüttelt den Kopf.

»Was soll denn das?«, fragt Mam und schaut fragend zu Oliver.

»Ich habe nicht den Eindruck, dass ihr sie vermisst.«

»Es steht dir nicht zu, so etwas zu sagen! Du hast ja

keine Ahnung!« Oliver haut mit der Faust so fest auf den Tisch, dass die Milch aus den Müslischalen schwappt.

»Oliver, nicht, das Kind ist doch nur verwirrt.« Mam hat Tränen in den Augen und lächelt mir trotzdem zu. Ich fühle mich mies. Aber ich kann auch nicht aufstehen und zu ihr hingehen und den Arm um sie legen. Es geht einfach nicht.

Stattdessen läuft Oliver zu ihr hin und tätschelt ihr den Rücken. »Es wird wieder, Katja.«

»Schon gut.« Sie sucht meinen Blick.

»Ich glaube nicht, dass Lina Selbstmord begangen hat«, sage ich fest. »Ich denke, man hat ihr etwas angetan. Und ihr wisst darüber etwas und verschweigt es mir.«

Oliver schaut wieder zu Mam, die beiden schütteln ihre Köpfe, synchron wie Marionetten im Wiederholmodus.

»Wie kommst du nur auf solche Gedanken?« Mams Stimme klingt schrill. »Wer sollte Lina denn ermorden wollen? Hat dir dein Vater diesen Unsinn eingeblasen?«

Typisch. Ich stehe wortlos auf und räume mein Geschirr in die Spülmaschine. Dann schnappe ich mir meine Jacke und meine wenigen Schulsachen, murmele ein leises »Tschüss!« und ziehe die Tür hinter mir zu. Sie machen nicht einmal den Versuch, mich aufzuhalten.

Ich renne die Treppen runter, stolpere fast über Frau Vogel und ihren Hund, entschuldige mich und renne weiter. Das Rennen tut gut und ich stürme weiter zur U-Bahn. Als ich im Zwischengeschoss bin, sehe ich gerade noch, wie mir die Bahn vor der Nase davonfährt. Ich gehe langsamer die restlichen Treppen hinunter. Hinter mir keucht jemand genauso wie ich. Neugierig drehe ich mich um und schaue in das unbewegte Gesicht einer jungen

Frau mit einem Baby vor der Brust. Ich lache sie an, aber sie sieht durch mich hindurch.

Schon nach kurzer Zeit warten wieder viele Leute auf die Bahn und ich habe das deutliche Gefühl, dass mich jemand beobachtet. Oder bilde ich mir das nur ein, nach dem, was ich gestern erlebt habe? Neben der Frau mit dem Kind sehe ich eine Gruppe halbwüchsiger Kapuzenpulliträger, einen großen Afrikaner und zwei schlecht gefärbte Blondinen, die sich auf Russisch unterhalten. Vielleicht gehen die Kapuzenpullis in meine Schule und reden über mich?

Aber dann entdecke ich tatsächlich ein bekanntes Gesicht: Schwester Samira aus dem Krankenhaus. Sie schaut nicht zu mir herüber, sondern telefoniert gerade. Ich überlege, ob ich zu ihr hingehen und sie begrüßen soll, aber da fährt schon die nächste U-Bahn ein, und obwohl viele Leute aussteigen, ist sie so voll, dass man eng aneinandergepresst stehen muss. Dauernd werde ich geschubst. Mein Rucksack ist immer im Weg, egal, wie ich mich hinstelle. Schließlich nehme ich ihn ab und merke erst jetzt, dass der Reißverschluss der einen Tasche offen steht. Mit einem Kopfschütteln schließe ich ihn wieder. Ich hätte schwören können, dass er zu war. Offensichtlich bin ich mehr durcheinander, als ich dachte.

Heute werde ich Gretchen nach Lina ausquetschen. Ich habe gestern noch ein paar andere Mädchen nach meiner Schwester gefragt, aber so richtig gut gekannt hat sie offensichtlich dann doch niemand, denn alles, was da kam, war völlig nichtssagend. So nach dem Motto, dass Lina echt nett war oder cool und immer so hippe Secondhandklamotten anhatte, dass sie ziemlich witzig war und auch in der letzten Zeit wäre sie eigentlich wie immer gewesen. Da war Gretchen gestern viel ehrlicher und irgendwie klingt *Bitch* für mich auch so, als gäbe es eine interessante Geschichte dazu. Ich bin sicher, sie weiß mehr über Lina als die anderen, schließlich kann es doch nicht sein, dass Lina in einer Luftblase gelebt hat, über allen schwebend.

Als ich aus der U-Bahn komme, regnet es. Kleine, eiskalte piksende Tropfen. Frühling ade. Wieder habe ich den Eindruck, dass jemand mich anstarrt, aber als ich mich umdrehe und nach den Kapuzenpullovertypen schaue, ist keiner von ihnen zu sehen. Hinter mir trödelt nur eine Horde Mädchen, die sich kichernd gegenseitig etwas auf ihren Handys zeigen. Handy, verdammt, ich brauche Linas Handy. Und ich habe in meiner Wut vergessen, Mam heute Morgen danach zu fragen.

Plötzlich hält ein Auto neben mir und hupt. Es ist ein schwarzer BMW-Sportwagen mit dunklen Scheiben, die alles dahinter verbergen. Ich kenne niemanden, der so ein Auto fährt, gehe also weiter und schaue stur geradeaus. Solche Autos fahren außer James Bond nur noch Zuhälter und Politiker. Der Autofahrer gibt nicht auf, er hupt wieder und ich sehe aus den Augenwinkeln, wie das Fenster langsam heruntergefahren wird. Dann streckt Dennis seinen Kopf heraus. Er winkt mir zu. »Komm, ich nehme dich mit, bei dem Sauwetter.«

Die Mädchengruppe hinter mir schaut interessiert zu und ich steige ein, bevor noch mehr Leute gaffen.

»Wow! Du fährst ja ein teures Auto«, entfährt es mir, während ich mich anschnalle und dabei an Pas uralten klapprigen Volvo denke.

»Die Karre gehört meinem Vater.«

Das muss ja dann wohl Dennis Wallenstein senior sein, denke ich gereizt, weil mir sein Getue auf die Nerven geht. Aber er scheint es nicht zu bemerken, denn er redet fröhlich weiter. »Der Alte macht wahnsinnigen Reibach mit seiner Putzfirma und ich darf mir die Karre heute nur ausleihen, weil er eine Wette verloren hat.« Dennis lacht sein jungenhaftes Lachen. »Du kannst dir nicht vorstellen, wie viel Spaß das bringt.«

»Ja, ganz bestimmt.« Ich verkneife es mir, mit den Augen zu rollen.

Dennis grinst immer noch. »Du denkst jetzt sicher, mir wären Autos wichtig, oder?«

»Exakt«, sage ich gedehnt.

»Falsch. Aber es gefällt mir, wenn sie in der Schule über mich reden. Okay, ja, das ist ein bisschen eitel, aber so bin ich halt.« Er lacht verschmitzt und sieht leider unwiderstehlich aus. »Deshalb leihe ich mir manchmal auch ein Auto vom Hausmeister aus, einen total fertigen Honda Civic in Kackbraun, das bringt die Leute erst recht ins Spekulieren. Hey, ich würde an dieser Schule sonst sterben vor Langeweile.« Jetzt dreht er sich gefährlich lange zu mir und schenkt mir ein treuherziges Grinsen.

Wegen dieses Blicks muss er an der nächsten Ampel eine Vollbremsung machen, die mich fest nach vorne in den Gurt schleudert. Dabei spüre ich schmerzhaft die blauen Flecken am Hals und am Po. »Aua.«

»Entschuldige bitte, meine Schuld. Na ja, auch ein bisschen deine, dein Lächeln ist so süß, da kann man nicht wegschauen.«

Jetzt rolle ich tatsächlich mit den Augen, aber er kümmert sich nicht darum. »Wie geht es Lina?«, fragt er und wird unvermittelt ernst.

»Geht«, antworte ich knapp. Ich möchte jetzt nicht über Lina sprechen.

»Alex hat mir erzählt, du suchst nach ihrem Handy? Und, fündig geworden?«

Ich schüttele den Kopf und mir fällt ein, dass ich gar nicht weiß, woher sich die beiden kennen. »Gehst du eigentlich mit Alex in einen Jahrgang?«, frage ich nach.

Dennis nickt. Gleich darauf fährt er mit quietschenden Reifen auf den Schulparkplatz und steigt aus.

Gretchen stürzt auf uns zu und Alex läuft hinter ihr her.

»Hi, Dennis«, sagt sie. »Der ist ja schick. Mein Vater fährt auch so einen.«

»Ich weiß, Gretchen, und du kriegst sicher auch bald einen. Oder, was meinst du, Dennis?«, fragt mein Stiefbruder spöttisch.

»Dazu müsste ich im Lotto gewinnen!«, antwortet Gretchen und zwinkert mir lässig zu, doch ihr indianisches Gesicht wirkt plötzlich wie mit purpurrotem Puder bestäubt und ich frage mich, wieso. Dieser Dialog war an Blödheit doch kaum noch zu überbieten. Aber dann erinnere ich mich daran, wie behämmert ich mich damals in den ersten Monaten verhalten habe, als Merlin aufgekreuzt ist. Wenn er behauptet hätte, das Auto seines Vaters hätte eine Hupe oder Schnee sei weiß, hätte ich wahrscheinlich entzückt in die Hände geklatscht und ihn für wahnsinnig geistreich gehalten und tagelang überlegt, was er mir damit sagen wollte.

Aber wegen wem ist Gretchen rot geworden?

»Wir sollten uns beeilen«, stellt Dennis fest. »Die erste Stunde fängt gleich an.«

»Wenn ich diesem Gefängnis entronnen bin, dann werde ich den Rest meines Lebens nie mehr so früh aufstehen«, murmelt Alex vor sich hin. Wir laufen zusammen ins Schulgebäude. Dennis und er müssen in den ersten Stock, während Gretchen und ich zusammen in den zweiten Stock in unsere Klasse gehen. Auf dem Weg versuche ich, ihre gute Laune auszunutzen, und frage sie nach Linas unglücklicher Liebe.

Ihre großen blauen Augen werden noch größer. »Unglücklich? Soweit ich weiß, war diese Bi… ich meine, deine Schwester, nie unglücklich. Sie hat doch immer alles gekriegt, was sie wollte. Kannst du da nicht auch ein Lied von singen?« Sie schlägt sich die Hand vor den Mund und senkt den Blick ihrer blauen Augen zu Boden. »Oh, entschuldige, das habe ich nicht so gemeint.«

Ich starre Gretchen fassungslos an. Woher weiß Gretchen das mit Merlin? Wir setzen uns an unsere Plätze, aber es fällt mir schwer, mich auf den Unterricht zu konzentrieren. Ich will alles über Gretchen, Dennis, Alex und Lina wissen. Dennis sagt, da war was mit Alex. Alex gibt vor, von nichts zu wissen. Und Gretchen deutet an, Lina hatte nie Liebeskummer. Irgendjemand von ihnen lügt. Aber wer und warum?

Ich schaue Gretchen von der Seite an. Sie ist eine völlig Unbekannte. Genauso wie Dennis und Alex. Keinen hier kenne ich gut genug, als dass ich ihm wirklich trauen könnte.

Eine Gänsehaut läuft mir den Rücken herunter und ich muss schlucken, dabei spüre ich wieder die Druckstellen am Hals und Tränen schießen mir in die Augen. Ich starre auf das Pult vor mir, um meine Beherrschung wiederzufinden.

Lina hat ziemlich rumgeschmiert auf ihrem Tisch. Ich erkenne eine Karikatur von Frau Paul, ganz im typischen Lina-Stil, die sie nur halbherzig versucht hat zu übermalen. Das Bild ist ihr gut gelungen. Frau Paul wirkt sehr lebendig. Und dann sehe ich, dass sie noch etwas gemalt hat, mit dem gleichen Stift, was ihr später offensichtlich so peinlich war, dass sie beim Versuch, es wieder abzukratzen, in Kauf genommen hat, ein Loch in dem Tisch zu hinterlassen.

Peinlich? Oder vielleicht etwas anderes?

Ich starre darauf und versuche zu rekonstruieren, was Lina gemalt hat. Wenn ich ein Blatt Papier darüberlege und mit dem Bleistift darübermale, könnte ich es vielleicht rauskriegen. Ich hebe den Rucksack hoch, um meinen Ordner mit dem Papier herauszuholen und das Mäppchen aus meiner Vordertasche, und weil ich dabei brav nach vorne zu Frau Paul schaue, fühlen es meine Finger zuerst. Da ist etwas, was vorher nicht in meinem Rucksack war. Eine Art Bällchen. Ich greife zu und hole es raus. Es ist eine zusammengeknüllte Seite aus der Bildzeitung. Mein Herz fängt an zu rasen. Wie kommt das in meinen Rucksack?

Mir fällt die U-Bahn-Fahrt ein – mein Rucksack und die offene Vordertasche.

Jemand hat das in meinen Rucksack geschmuggelt, es ist sicher nicht einfach so dorthin geflogen. Also hab ich mir in der Bahn nicht nur eingebildet, dass mich jemand beobachtet.

Mir ist, als hätte ich gerade einen Medizinball in den Bauch bekommen. Erst die Sache im Keller. Und jetzt das.

Jemand verfolgt mich, so viel ist klar. Aber wer? Mit zitternden Fingern glätte ich den kleinen Ball und überfliege ihn. Es ist ein Bericht über die Champions League, Fußball. Enttäuscht drehe ich die Seite um, auch Fußball. Aber dann, beim zweiten Hinsehen, entdecke ich es, ein Wort ist mit Bleistift umkringelt. Napoleon. Ich lese den Satz, er ist nicht vollständig. »… gebärdet sich auf dem Feld wie der wiedergeborene Napoleon.«

Ich habe das Gefühl, ich müsste wissen, was das bedeuten soll, aber mein Hirn weigert sich, es ist genauso erstarrt wie der Rest von mir.

Was weiß ich über Napoleon? Er war klein und ein Despot. Was kann das bedeuten? Los, denk, Hirn, feuere ich mich an, denk einfach nach. Aber auf keinen der Männer, die ich kenne, passt diese Beschreibung. Mein Stiefvater ist groß und Alex auch. Oder soll ich aus diesen Namen ein neues Wort bilden und ergibt das dann Sinn? Glaubt vielleicht jemand wirklich, ich wäre der Einstein der Familie? Also, was kann man mit dem Wort alles bilden? Leon, Pol, Plan, Lena, Polen, Pan, Panne, Anne, Onno, Ale, an, no, hmm, no Plan an Lena. Unsinn. Völliger Blödsinn. Ich nehme den Bleistift und probiere es weiter und da erinnere ich mich wieder daran, warum ich den Rucksack eigentlich geöffnet habe, und fange an, über das Weggekratzte drüberzuschraffieren, und dabei denke ich fieberhaft weiter nach, was Napoleon wohl bedeuten könnte.

Langsam nimmt die schraffierte Fläche Gestalt an. Das, was da vor mir entsteht, sind zwei Symbole. Das eine ist ein Stab, um den sich eine Schlange windet, das Zeichen, das neben Olivers Namen auf dem Klingelschild steht. Der Äskulapstab, das Symbol der Ärzte. Und das darunter ist einfach nur ein @-Zeichen.

Beides für sich genommen absolut harmlos.

Aber es muss doch eine Bedeutung haben. Sonst hätte es Lina nicht vom Tisch abgekratzt.

Oliver ist Arzt. Und ihr Stiefvater.

Und dann fällt mir etwas ein. Wenn das Arztzeichen für Oliver steht, dann bedeutet das @-Zeichen vielleicht Dad? Auch wenn sie Oliver immer nur beim Vornamen genannt hat, würde das Sinn ergeben.

Andererseits, würde ein Arzt jemanden umbringen? Oder Anlass für einen Selbstmord geben? Ja, warum auch nicht? Und – jetzt stellen sich mir alle meine Haare auf, ein Arzt könnte dafür sorgen, dass man auch wirklich stirbt.

Ich kann kaum noch schlucken, als mir klar wird, dass Lina auf Olivers Station liegt. Dort ist sie ins Koma gefallen, nachdem sie doch angeblich schon über den Berg war. Und wie bleich und nervös Oliver herumgestottert hat, als ich wissen wollte, wie das passieren konnte! Nur mal angenommen, er hätte sie missbraucht und sie wollte sich das nicht länger gefallen lassen und ihn anzeigen?

Sein Leben als Arzt wäre dann vorbei.

Okay, damit hätte er ein Motiv. Zugang zu ihrem Zimmer hatte er sowieso und vor allem hatte er die Kontrolle über ihr Leben.

Und Lina war völlig verängstigt, als sie gesagt hatte: Schenk ist hier.

Oliver war im Zimmer.

Ich muss sofort ins Krankenhaus. Ich melde mich und sage Frau Paul, dass mir schlecht ist und ich nach Hause gehen möchte. Offensichtlich sehe ich so aus, wie ich mich fühle, denn Frau Paul ist voller Mitleid und entlässt mich ohne weitere Nachfragen.

Ich packe den Zeitungsartikel in meine Hosentasche und stolpere nach draußen, renne zur U-Bahn, renne, so schnell ich kann, plötzlich davon überzeugt, dass Lina in allerhöchster Gefahr ist, renne die Stufen runter zum Bahnsteig, schubse mir den Weg frei und bete um eine schnelle Verbindung.

9. Kapitel

Erst eine ewig dauernde halbe Stunde später bin ich im Krankenhaus, spurte auch dort die Stufen hoch, weil ich Angst habe, der Aufzug könnte stecken bleiben, und komme völlig außer Atem bei Lina an.

Durch die Glastür sehe ich, dass jemand bei ihr ist.

Es ist Pa.

»Gott sei Dank!« Ich möchte am liebsten durch die Tür rennen und mich in seine Arme werfen, aber das würde ihn schockieren und er sieht sowieso schon todtraurig aus, also hole ich mir Kittel und Schuhüberzieher und gehe dann erst zu ihm.

»Wo ist Oliver?«, frage ich als Erstes, nachdem sich meine Lungen beruhigt haben.

»Der hat heute frei.«

Ich bin so erleichtert, dass ich ein dämliches Grinsen nicht unterdrücken kann. Lina ist also für heute in Sicherheit.

Pa schaut mich durchdringend an. »Wo kommst du eigentlich her? Hast du denn keine Schule?«

»Die haben eine ›Zeit für Lehrer‹-Veranstaltung«, lüge ich.

Er glaubt mir sofort. Pa ist es nicht gewohnt, dass ich lüge, früher habe ich dazu auch keinen Grund gehabt.

»Und wie geht es dir in der Schopenhauerschule? Sind alle nett zu dir?«

»Ja. Sehr.«

»Trotzdem, du siehst irgendwie komisch aus. Läuft es gut mit Mam und Oliver?« Pa beäugt mich kritisch und ich habe große Angst, dass er die blauen Flecken am Hals entdecken könnte. Er würde ausrasten.

»Prima, bestens. Es ist nur wegen Lina.«

»Ja, das ist für uns alle schwierig. Aber wir schaffen das. Eine Familie muss zusammenhalten.«

War mein Vater immer schon so naiv oder merke ich das bloß erst jetzt? Wir sind keine Familie! Was denkt er denn? Er und ich sind ein Team, aber der Rest?

»Jedenfalls trifft es sich ganz gut, dass du hier bist. Ich habe nachher einen Termin mit Solart-Bau wegen dem Tiroler Projekt. Und ich muss noch meinen Laptop bei Andreas holen.«

»Klar. Ich bleibe solange hier. Und Pa…« Ich beiße mir auf die Zunge. Ich würde so gern mit ihm über meinen Verdacht gegen Oliver reden. Aber ich weiß genau, was er dazu sagen würde. Totaler Unsinn! Nichts als wilde Spekulationen. Und je länger ich hier bin, desto unwahrscheinlicher kommt es mir vor, dass Oliver Lina an diesem Ort etwas antun würde. Jeder kann durch die Glasscheibe auf ihr Bett sehen. Gerade nickt mir Samira zu.

Abgesehen davon, der Gedanke flößt mir nun einen richtigen Schrecken ein, wäre sie dann nicht längst tot? Er wüsste doch am besten, wie man das anstellen müsste.

Pa stellt sich dicht vor mich hin. »Ruby? Du würdest es mir doch sagen, wenn irgendetwas los wäre, oder?«

»Hmm.« Mehr kriege ich nicht raus.

Er zögert noch einen Moment, dann wendet er sich zum Gehen.

Ich setze mich neben Lina und greife nach ihrer Hand. Sie kommt mir schon schmaler vor als das letzte Mal.

Pa winkt mir von draußen noch einmal zu und verschwindet dann.

Wenn ich Lina doch fragen könnte, wenn ich nur eine Ahnung hätte, was das alles zu bedeuten hat. Der Äskulapstab mit dem @-Zeichen. Wenn sie es nicht weggekratzt hätte, ich hätte es einfach übersehen. Und was soll das mit dem Artikel in meinem Rucksack? Napoleon. Das verstehe ich einfach nicht. Und wenn das nur ein Witz war, irgendein Jungsstreich in der vollen U-Bahn? So in der Art: Hey Alter, traust du dich, der Tussi etwas in einem Rucksack zu platzieren? Nein. Blödsinn.

Ich erzähle Lina alles, was ich bis jetzt herausgefunden habe, und flehe sie an, mir ein klitzekleines Zeichen zu geben, aber es passiert rein gar nichts. Sie liegt einfach da, still und stumm, in ihrer ganz eigenen Welt. Jemand muss ihr die Haare gewaschen haben, sie duften nach Pfirsich und schmiegen sich um ihr blasses Gesicht, leicht wie Federn. Zusammen mit den blau schillernden Augenlidern erinnert sie mich an eine zarte Taube.

Ich ziehe das Lederband mit dem Schlüssel über meinen Kopf, lege es in die Hand von Lina, drücke fest zu und hoffe, dass das kalte Metall irgendetwas bewirkt, ein Zucken, irgendwas.

Nichts.

Schwester Samira kommt herein, überprüft die Maschinen und die Infusion, dazu muss ich von Lina weggehen und ihre Hand loslassen, das Band mit dem Schlüssel fällt auf die Bettdecke.

Schwester Samira rettet es gerade noch vor dem Herunterfallen. Sie betrachtet es und ich sehe sie zum ersten Mal lächeln.

»Wende dein Gesicht stets der Sonne zu, dann fallen alle Schatten hinter dich«, sagt sie. »Das ist schön. Sicher von Linas Freund, oder?«

Linas Freund? Beinahe hätte ich mich verplappert und nachgefragt, was sie denn für einen Freund meint, aber das hätte sie ganz sicher sofort wieder zum Schweigen gebracht. In letzter Sekunde kriege ich noch die Kurve. »Wie kommen Sie denn darauf?«, frage ich.

»Das ist eine afrikanische Redensart. In Angola sagen wir das auch, sehen Sie?« Samira zeigt auf ihren Hals und nestelt eine ganz ähnliche Kette hervor, allerdings hängen bei ihr an dem bestickten Lederband statt des Schlüssels in der Mitte drei dicke gelbe Perlen.

Jetzt bin ich so perplex, dass ich nicht weiß, was ich sagen soll. Das Ding ist also afrikanisch. Vielleicht hat Linas Freund das vom Tollwood, da verkaufen sie Trödel aus der ganzen Welt. Aber ich muss dringend mehr über den Freund erfahren. Von wegen, sie war unglücklich verliebt!

»Ich kenne ihren Freund leider nicht«, versuche ich es probehalber.

Samira zieht ihre Augenbrauen hoch und verdreht ihre Augen. »Ist das nicht ziemlich heuchlerisch? Er darf sich doch nur hier blicken lassen, wenn keiner sonst aus der Familie hier ist.«

Draußen beginnt ein Alarm zu piepen. Verdammt, ich muss Samira weiter ausfragen.

»Entschuldigen Sie, ein Notfall. Sie sollten ihr Musik vorspielen. Musik, die sie mag. Das hilft manchmal«, ruft sie mir noch über die Schulter zu, während sie schon nach draußen rennt.

Ich bin viel zu aufgeregt, um mich wieder ruhig hinzusetzen. Lina hat also doch einen Freund und ganz offensichtlich liebt er sie und besucht sie. Aber wieso versteckt er sich vor uns?

Es ist zum Wahnsinnigwerden. Ich weiß nichts. Aber ich muss jetzt endlich irgendwie weiterkommen. Napoleon, verdammt, das ist ein Hinweis, ganz sicher. Verdammt, verdammt, verdammt. Fluchen tut manchmal verdammt gut.

Ich nehme das Band mit dem Schlüssel und hänge es mir wieder um den Hals. Dann setze ich mich neben Lina und nehme ihre Hand in meine, achte darauf, dass ich sie nicht aus Versehen mit meinem Granatring kratze, der ein wenig erhaben ist, und halte sie fest. Und wenn ich die nächsten Jahre so neben ihr sitzen muss? Es gibt Menschen, die zwanzig Jahre lang im Koma liegen. Oder was, wenn ich nie wieder mit ihr reden kann? Ein Pflegefall, der mehr vor sich hinvegetiert als lebt? Ich schüttele den Kopf, als könnte ich so meine kranken Gedanken vertreiben, dann lege ich meine Stirn in ihre Hand. »Lina«, flüstere ich, »wir sollten zusammen Partys feiern, wir sollten mit Rasputin und Sonny in den Sonnenaufgang reiten. Wir sollten durch die Welt ziehen und Leute kennenlernen. Und vor allem sollten wir nie wieder so lange nicht miteinander reden. Es tut mir leid, dass ich deine Entschuldigung nie angenommen habe.« Tränen tropfen auf ihr Bettlaken, auch wenn ich ganz sicher nicht schon wieder weinen will. Aber ich kann nicht anders. All meine krampfhaften Nachforschungen, nur um zu verstehen, wie das passieren konnte, der ganze Aktionismus, das sind doch alles lediglich Versuche, mit meiner Hilflosigkeit fertig zu werden. Lina, ich bin so verdammt hilflos.

Es klopft an die Glasscheibe. Ich wische mir übers Gesicht und hebe den Kopf. Es ist Dennis. Er ist ganz schwarz angezogen, wie für eine Beerdigung, und in der Hand hält er einen Riesenblumenstrauß mit weißen Lilien und roten Rosen, mit dem er mir zuwinkt.

Ich reiße ein Kleenex aus der Box von Linas Nachttisch, schnäuze mich und gehe zu ihm. Mit den Blumen darf er hier nicht rein.

Als ich ihm entgegengehe, dröhnen laute Stimmen über den Gang. Wir drehen uns beide zu dem Lärm um und dann sehen wir Oliver, der sich mit Schwester Samira streitet. Ich dachte, er hätte heute frei. Was macht er also hier? Was ist da los?

»Hey, hallo!«, sagt Dennis, aber ich kann meinen Blick nicht von Samira wenden. Samira, von der ich dachte, sie würde nie die Beherrschung verlieren, sieht aus, als würde sie Oliver gleich die Augen auskratzen.

»Ruby, hallo! Hier bin ich.« Dennis schüttelt die Locken aus seinem Gesicht und drückt mir die Blumen in die Hand. »Die sind von unserem Astroklub.« Ich nehme sie automatisch entgegen und muss mich zwingen, nicht weiter zu Samira und Oliver zu starren.

»Die kannst du wieder mitnehmen«, erkläre ich, »Blumen dürfen da nicht rein.«

Er hebt eine Augenbraue. »Danke, Dennis«, sagt er. »Das ist wirklich nett von dir und den Astros.«

Er hat recht, ich muss mich ein bisschen besser zusammenreißen. »Tut mir leid. Ich nehme die Blumen mit nach Hause und gebe sie meiner Mutter, okay?«

Er mustert mich prüfend. »Du siehst so aus, als bräuchtest du dringend ein bisschen Gesellschaft. Und einen Kaffee. Komm, ich lade dich ein.« Obwohl ich gerade unmöglich zu ihm war, lächelt er mich an. Mir wird plötzlich klar, wie beschissen ich aussehen muss.

»Ich kann Lina nicht allein lassen, es soll immer jemand bei ihr sein.«

»Was, du kannst nicht mal für fünf Minuten weg?«

»Wir könnten doch hier bei ihr bleiben.«

Dennis zögert. »Ehrlich gesagt, ist das nicht so mein Ding. Ich hab's nicht mit Krankenhäusern.«

»Warum bist du dann hier?«

»Mein Horoskop. Es hat mir prophezeit, dass eine gute Tat heute reichlich belohnt wird. Und da ich gerade eine Freistunde hatte…« Verlegen schlägt er seine Augen nieder, was ihn noch attraktiver macht, weil er das ganz sicher nur äußerst selten ist. Jetzt erst sehe ich, was für unglaublich lange und dichte schwarze Wimpern er hat, wie eine Frau, die sich falsche angeklebt hat. Ich werde einfach nicht schlau aus ihm. Er kann männlich und lustig sein, aber auch knallhart und sanft, je nachdem, was er einem zeigen möchte. Und immer, wenn ich gerade denke, dass ich ihn durchschaut habe, überrascht er mich wieder.

Ich überlege verzweifelt, was ich tun soll. Auf der einen Seite würde ich gerne mit ihm Kaffee trinken und über meine Schwester sprechen. Andererseits habe ich gerade Oliver auf dem Gang gesehen. Was, wenn ich Lina im Stich lasse und es dann wieder zu einer *Komplikation* kommt?

»Tut mir leid, ich kann hier nicht weg, bis mein Vater zurück ist. Du könntest mir einen Kaffee holen, wenn du magst.«

»In meinem Horoskop stand auch, Sie werden heute der Sklave einer schönen Frau sein«, sagt er. »Ich habe gedacht, das wäre Unsinn! Ich bin nicht gern der Sklave.« Er zieht einen Mundwinkel zur Seite. »Aber für dich mache ich eine Ausnahme.«

Er lässt sich erklären, wo man den Kaffee kaufen kann, dann verschwindet er und lässt mich mit dem Riesenblumenstrauß zurück. Dieser teure, aber hässliche Strauß passt zu dem Dennis mit dem schicken Auto, aber dass er mir Kaffee holt, passt zu seinem Verhalten in der Mensa.

Ich muss diese gigantischen Blumen loswerden. Lina würde diesen Strauß sowieso nicht mögen, früher jedenfalls mochte sie keine Lilien. Und ich finde, sie stinken. Weiß denn niemand, was sie gernhatte?

Morgen werde ich Mr Singer mitbringen und zu ihr ins Bett legen. Ich gehe mit dem Strauß zum Schwesternzimmer und frage, ob ich ihn dort parken kann, bis ich nach Hause gehe.

Samira wirkt jetzt wieder vollkommen ruhig und redet mit einem jungen asiatisch aussehenden Pfleger, auf dessen Namensschild Jay-Bayani steht. Jay lächelt mich an und nimmt mir den Strauß ab, was Samira ein missbilligendes Seufzen entlockt. Ich gehe lieber schnell wieder, bevor ich mir einen Vortrag anhören muss.

Als ich zu Lina zurückkomme, ist Oliver bei ihr. Ohne den weißen Arztkittel sieht er noch verlorener aus als sonst. Niemand würde auf die Idee kommen, ihn für die Rolle des gut aussehenden Oberarztes in einer Vorabendserie zu besetzen, und gerade als ich anfange, ihn zu bemitleiden, wispert eine Stimme in meinem Kopf, dass er zwar kein Casting für eine Arzt-Rolle überstehen würde, das für einen österreichischen Kinderkellerschänder aber allemal.

Jemand pustet in meinen Nacken und erschreckt mich fast zu Tode. Ich mache einen Satz zur Seite.

»Spinnst du?« Wütend starre ich Dennis an.

»Tut mir leid, du warst so in Gedanken, da wollte ich dich nur ganz sanft rausreißen. Hier ist dein Kaffee, mit Zucker und Milch, ich dachte, das könntest du vielleicht mögen.« Er reicht mir den weißen Styroporbecher. »Wer ist denn der Mann, dass du ihn derart anstarrst? Sollte ich eifersüchtig sein?«

Ich nehme ihm den Becher ab und irgendwie reizt mich sein Verhalten plötzlich so, dass ich in den Becher schaue, den Kopf schüttle und ihn anlüge, nur um sein Selbstvertrauen ein bisschen zu erschüttern. »Ich mag den Kaffee schwarz, ohne alles.«

»Auch gut.« Er zuckt gelassen mit den Schultern und gibt mir den Becher, den er in der Hand behalten hat, mit einem wissenden Grinsen und stöhnt: »Frauen …«

Jetzt muss ich über mich selbst lachen.

»Es steht dir, wenn du lachst.«

Ich merke, dass ich rot werde, und beschäftige mich damit, die Temperatur des Kaffees abzuchecken. Ich puste auf die heiße Flüssigkeit, nehme kleine Schlucke und gleichzeitig versuche ich, Oliver im Auge zu behalten.

»Warst du schon einmal hier? Ich meine, im Krankenhaus, bei Lina?«

»Warum willst du das wissen?« Er zieht eine Augenbraue hoch und legt den Kopf schief. Ich bin sicher, er weiß, dass er dabei großartig aussieht.

»Weil ich mich gerade frage, ob du mir das mit Alex und Lina nur erzählt hast, um von dir abzulenken. Bist du in Wirklichkeit Linas Freund?«

Er reagiert völlig gelassen.

»Wäre ich dann tabu für dich?«, fragt er.

Jetzt werde ich knallrot. Merlin war für Lina damals nicht tabu.

»Sag schon, es ist wichtig.«

»Warum?«

Ich gehe jetzt aufs Ganze, weil ich einfach wissen muss, wer mich hier die ganze Zeit so dreist anlügt. »Weil du nicht länger heimlich zu kommen brauchst.«

Verständnislos kräuselt er seine Lippen und seine Augen sehen verwundert aus. »Wie meinst du das?«

Er hat wirklich keine Ahnung. Dafür habe ich plötzlich das Gefühl, dass ich gerade ganz großen Mist gebaut habe.

»Ach, nichts«, versuche ich abzuwiegeln und rette mich in eine Notlüge. »Ich hab nur gehört, ihr wärt zusammen gewesen.« Was natürlich nicht stimmt. Es war ein Schuss ins Blaue, aber so wie es aussieht, ist er gründlich danebengegangen.

Doch dann spricht Dennis weiter. »Wir waren nicht zusammen, nein, so würde ich das nicht nennen«, sagt er. »Lina und ich hatten mal eine Affäre. Aber das ist ewig her, das war lange vor diesem, ihrem, äh…«

Ich fasse es nicht, mein Testballon bringt ein unerwartetes Ergebnis! Irgendwie bedauere ich das plötzlich. Dennis könnte mir gefallen, aber wenn er mit Lina etwas hatte… Ich starre ihn an und weiß nicht, was ich sagen soll.

Dennis trinkt den Kaffee mit einem langen Schluck aus. »Es hatte nichts zu bedeuten, es war ein Irrtum. Ich war einfach nicht gut genug für sie.« Er schaut mich an wie Doug aus *King of Queens*, wenn er Carrie beichten muss, dass er schon wieder heimlich den Kühlschrank leer gegessen hat. »Es gibt sogar Menschen, die behaupten, ich wäre für keine Frau der Welt gut genug.«

Ich will gerade die nächste Frage stellen, da kommt leider Oliver aus Linas Zimmer heraus und auf uns zu. »Ruby, kann ich dich kurz sprechen?«

Ich schaue Dennis an, der nickt mir zu und ich gehe mit Oliver ein paar Schritte weiter.

»Ich mache mir Sorgen um Linas Zustand.« Oliver streift sich eine seiner faden blonden Haarsträhnen hinters Ohr. »Ich fürchte, Lina driftet immer mehr ab, ihre Funktionen werden schwächer. Wir müssen etwas tun. Kennst du ihre Lieblingsmusik?«

Mir wird ganz kalt. Was soll das heißen, ihre Funktionen werden immer schwächer? »Hat sie keinen iPod gehabt?«, frage ich.

Oliver schaut mich an, als hätte ich von Außerirdischen gesprochen.

»Oder einen MP3-Player oder so was?«

Er zuckt ratlos mit den Schultern. Ohne Kittel sieht man viel deutlicher, wie mager er ist und wie spitz seine Schulterknochen sind.

»Ich kümmere mich darum.«

»Wenn du nach Hause gehst und danach suchst, bleibe ich solange hier. Ich dachte, ich lese ihr vor. Deine Mutter hat gemeint, Lina würde vielleicht gern Harry Potter hören. Was glaubst du?«

Lina ist achtzehn Jahre alt! Harry Potter hat sie vor sechs Jahren gelesen. Aber was rege ich mich auf? Ich weiß genauso wenig wie er, was sie gerade gerne liest.

»Ich könnte mitkommen und dir beim Suchen helfen«, schlägt Dennis vor, der unseren Wortwechsel mitgehört hat.

Unschlüssig betrachte ich die beiden, Dennis, der mir gerade so überraschend eröffnet hat, dass er mal etwas mit meiner Schwester hatte, und den blonden mageren Oliver, der entweder der größte Heuchler vor dem Herrn oder aber wirklich um Lina besorgt ist.

»Ruby, beeil dich bitte, ja?« Oliver geht zurück zu Lina.

Und was jetzt? Ich schaue ihm nach. Kaum ist er bei Lina, kommt schon Jay und hängt eine neue Infusion an. Und ich verbanne endgültig den Gedanken aus dem Kopf, dass Oliver meiner Schwester etwas tun könnte. Wenn er das wirklich gewollt hätte, würde sie jetzt nicht mehr leben.

Trotzdem werde ich mich beeilen. Schon allein wegen Lina.

Ihre Funktionen werden schwächer, hat er gesagt.

Mein Kaffee ist kalt, ich werfe den halb vollen Becher in den nächsten Mülleimer. Dennis folgt mir und wirft seinen Becher ebenfalls weg. »Sollen wir eine Astro-Vorhersage für Lina machen und schauen, was die Sterne sagen?«

»Findest du das jetzt etwa witzig?«, pampe ich ihn an. »Ich habe das Gefühl, du kapierst überhaupt nicht, was hier los ist.«

Dennis legt mir die Hand auf den Arm. »Ich wollte dich doch nur ablenken. War eine blöde Idee.«

»Stimmt.« Ich erkläre ihm, dass ich lieber allein sein möchte, aber er besteht darauf, mich zu begleiten. Und während wir schweigend durch den immer noch eiskalten Nieselregen nach Hause laufen, merke ich, wie froh ich bin, dass er darauf bestanden hat, mich zu begleiten. Als könnte er meine Gedanken lesen, legt Dennis plötzlich den Arm um meine Schulter, drückt mich einmal kurz und lässt mich dann wieder los. »Bestimmt wacht Lina bald wieder auf«, sagt er dann. Doch seine Worte rufen mir nur wieder Oliver ins Gedächtnis, der etwas von schwächeren Funktionen gesagt hat, und seinen Streit mit Samira. Ich frage mich, ob ich richtig handle. Sollte ich nicht doch besser im Krankenhaus sein?

Ich gehe noch schneller und Dennis folgt mir schweigend. Kurze Zeit später biegen wir in den Innenhof ein. Der Hund von Frau Vogel springt schwanzwedelnd und so stürmisch an mir hoch, dass es mich beinahe umwirft. Zum Glück stützt mich Dennis, sodass ich nicht schon wieder auf meinen lädierten Hintern falle.

»Leon, hör sofort auf damit!« Frau Vogel nähert sich keuchend und wischt ihre feuchte Stirn dann mit dem abgewetzten Ärmel ihres labbrigen erbsengrünen Wollmantels ab. »Entschuldige, Ruby, manchmal benimmt er sich sehr schlecht. Ich gehe zwar zur Hundeschule mit ihm, aber mein stürmischer kleiner General war so lange im Tierheim, da fällt es ihm schwer, Befehlen zu gehorchen.«

Ich lache sie an. Leon, der kleine General, hätte alles mit mir tun dürfen, mich sogar umwerfen, weil ich es endlich kapiert habe. Ich hätte sie am liebsten umarmt. Leon! Natürlich, das ist es! General Napoleon! Wieso ist mir das nicht früher eingefallen?

»Frau Vogel, war meine Schwester in der letzten Zeit bei Ihnen? Und hat sie Ihnen etwas gegeben, das Sie aufbewahren sollten?«

Frau Vogel schmunzelt immer noch breit, wird dann aber sofort wieder ernst. »Ach Gottchen, deine Schwester, die Ärmste, wie geht es ihr denn?«

»Den Umständen entsprechend«, erwidere ich hastig. »Aber es ist wirklich wichtig! Hat Lina Ihnen etwas gegeben?«

Ratlos schaut Frau Vogel mich an und beugt sich dann ein wenig vor. »Es tut mir leid, Herzchen, aber sie hat gesagt, das sei unser Geheimnis. Nur im Notfall darf ich es herausgeben und nur dem schwarzen Mann, der es dann holen würde. Sonst niemandem.«

Ich werfe einen Blick zu Dennis, doch der ist damit beschäftigt, mit Leon herumzubalgen, der sich benimmt, als sei Dennis sein neuer bester Freund.

»Bitte, Frau Vogel«, flüstere ich. »Ich muss alles wissen!«

Frau Vogel zögert, aber dann gibt sie sich doch einen Ruck. »Also, ich dachte, deine Schwester macht einen Witz, als sie es mir am Tag vor meinem Besuch in Österreich gegeben hat. Aber kaum war ich wieder zurück, hat tatsächlich ein junger Schwarzer bei mir geklingelt.« Sie räuspert sich und wird rot.

»Und?«

»Na ja, ich habe nicht aufgemacht.«

»Warum denn nicht?«

»Also«, Frau Vogel windet sich ein bisschen, »der hatte so einen Kapuzenpullover an und sah gefährlich aus.

Und Leon hat ihn auch nicht leiden können, er hat sich die Seele aus dem Leib gebellt. Nicht so wie bei deinem Freund hier.« Sie deutet auf Dennis, der sich gerade Napoleons Ball schnappt und ihn für den Hund wirft.

»Das heißt, was Lina Ihnen gegeben hat, ist noch bei Ihnen?«

Frau Vogel nickt.

»Ich würde es gern zu Lina ins Krankenhaus bringen. Vielleicht hilft es ihr, wieder gesund zu werden.«

Frau Vogel hebt die Schultern. »Wenn ich nur wüsste, wo ich es hingestellt habe.« Sie legt den Kopf schief. »Vielleicht willst du einfach mit reinkommen und mir suchen helfen? Ich könnte uns einen schönen Tee kochen.«

Wieder werfe ich einen Blick auf Dennis. Abgesehen von den mehrfach aufgebrühten Teebeuteln – ich möchte wirklich allein sein, wenn ich Linas Sachen durchsehe. Hastig winke ich ab. »Kann ich heute Abend vorbeikommen?«, frage ich Frau Vogel. »Jetzt muss ich dringend wieder zurück zu meiner Schwester ins Krankenhaus.«

»Aber natürlich musst du das, Herzchen, natürlich.« Frau Vogel sieht ratlos von mir zu Leon. »Deine Schwester wird bestimmt wieder gesund, sie ist ja noch so jung!«

Ich verabschiede mich von Frau Vogel, und kaum ruft sie nach Leon, ist auch Dennis wieder bei mir. Er kreist mit dem Zeigefinger über seine Stirn. »Sie ist ein bisschen, äh seltsam, oder?«, erkundigt er sich und beobachtet, wie Frau Vogel und Leon nebeneinander durch den Hof trotten.

»Seltsam, aber wirklich nett«, sage ich.

Dennis rollt mit den Augen. »Nett… und völlig verwahrlost, würde ich sagen. So wie die aussieht!«

Sein Handy gibt einen Ton von sich. Er checkt das Display, dann wendet er sich mir zu. »Tut mir leid, aber ich muss noch mal zurück zum Astroklub, es gibt da ein paar Abrechnungsprobleme. Kommst du morgen?«

Ich nicke und bin froh, dass er geht, weil ich dringend über alles nachdenken muss, auch darüber, wie ich in die Wohnung von Frau Vogel gelangen und dort in aller Ruhe nach dem suchen kann, was Lina dort versteckt hat. Aber das Wichtigste ist jetzt erst mal, dass ich Linas Musik finde und ihr ganz schnell ins Krankenhaus bringe, damit sie endlich wieder aufwacht.

IV

Jedoch sie haben kein Wissen hiervon. Sie folgen einem bloßen Wahn; und der Wahn vermag nichts gegen die Wahrheit. ((53:28))

Er sitzt auf einer Matratze am Boden und inhaliert den Duft seines stark gezuckerten Pfefferminztees wie eine Droge. Ein Luxus, den er sich nur an Festtagen wie heute leistet. Mit dem frisch herben Geruch steigen Visionen in ihm auf, die zwar süß sind, aber sein Herz doch nur mit Trauer erfüllen. Traumbilder seiner Mutter ziehen an seinem inneren Auge vorbei, wie sie ihm ein Teeglas reicht und ihn dabei betrachtet, als sei er ein wundervolles Geschenk, an dem sie sich nicht sattsehen kann. Kein Mensch hat ihn seither jemals so angeschaut. Und dann hört er ihre sanfte Stimme. »Es ist besser für euch, denn dort seid ihr sicher. Dort könnt ihr zu den Menschen werden, die ihr seid.« Immer wieder hat sie es wiederholt, bis sie anfingen, ihr zu glauben. Bis sie dachten, es wäre der einzig mögliche Weg.

Er schüttelt den Gedanken an seine Mutter von sich. Sie wäre niemals einverstanden mit dem, was er tun muss.

Deshalb denkt er lieber über das Letzte nach, was Kimoni zu ihm gesagt hat. »Du musst eine Entscheidung treffen. Willst du ein Philosoph oder ein Kämpfer sein? Willst du über Gerechtigkeit sprechen oder Unschuldigen helfen?«

Und jetzt? Jetzt war der unschuldige Kämpfer tot.

War das gerecht? Er schluckte zweimal und atmete tief ein und aus.

Es war ihm egal, wer unschuldig war und wer nicht. Sein Zorn musste alle treffen und jeden auslöschen, der Kimonis Mörder die Hand gereicht hatte. Jeden, auch Frauen und Kinder!

Er steht auf und schüttet den restlichen Tee in den Ausguss. Einzig die Tiere würde er verschonen.

Und sie? Für sie war es schon lange zu spät.

10. Kapitel

Eine knappe Stunde später komme ich zurück ins Krankenhaus, so lange habe ich gebraucht, um die Musik für Lina auf meinen iPod zu spielen. Ich habe mir auch noch eine selbst gebrannte CD geschnappt, die ich auf Linas Regal gefunden habe, die Filmmusik von *Diva*. Im Krankenhaus haben sie bestimmt irgendwo einen CD-Spieler. Als ich Linas Station erreiche, sehe ich schon von Weitem, dass ihr Zimmer voller Menschen ist. Sie ist aufgewacht! Endlich! Ich renne die letzten Meter zu ihr hin.

Pa und Mam, Oliver, Samira und Jay stehen um Linas Bett, wo meine Schwester mit weit offenen Augen regungslos daliegt. Alle Geräte sind ausgeschaltet. Niemand hat Schutzkleidung an.

Nein! Nein, das kann nicht sein!

Ich stürme zu ihr und werfe mich auf Lina. Niemand spricht. Niemand hindert mich, niemand sagt »Sie schläft ja nur«.

Niemand hat sie gerettet.

Nein, nicht Lina. Meine schöne, meine lustige Schwester. Nein, nein, nein.

Tränen strömen über mein Gesicht, gleichzeitig steigt Wut in mir auf, unglaubliche Wut. Während ich mit Dennis und Frau Vogel herumgeplaudert und ewig Musik aufgenommen habe, ist sie gestorben, einfach so gestorben.

Wirklich einfach so gestorben?

Mir wird übel, als ich daran denke, dass ich vielleicht die falsche Entscheidung getroffen habe, als ich sie allein gelassen habe. Ich drehe mich um, und wenn Blicke töten könnten, müsste Oliver auf der Stelle zu Asche werden, aber ich schaffe es nicht. »Wie konnte das passieren?« Ich versuche, nicht zu schreien, aber trotzdem schrillt meine Stimme durch das Zimmer. »Du hast doch gesagt, dass sie gesund und stark ist! Du wolltest, dass sie stirbt! Du hast sie getötet.«

Alle schnappen entsetzt nach Luft.

Ich lege meinen Kopf neben den von Lina. Sie *kann* nicht tot sein.

Pa drängt sich zu mir durch. »Ruby, mein Schatz, du weißt nicht mehr, was du sagst. Niemand wollte, dass Lina stirbt. Wir alle haben sie so sehr geliebt.«

Er zieht mich sanft von Lina weg, aber ich sperre mich, mache mich steif, er gibt sofort auf und streicht mir nur über den Rücken. »Ruby, Ruby, mein Schatz, es ist für uns alle schwer.«

Seine Stimme bricht. Ich drehe mich um und sehe durch einen Tränenschleier, dass sie mich anstarren.

Dabei steht jeder für sich allein.

Mam zittert und weint lautlos, Olivers Augen sind verdächtig rot, seine Schultern gebeugter denn je, und sogar Samira sieht traurig aus. Einzig Jay versucht, mich anzulächeln, was mir total obszön vorkommt, dabei will er mich sicher nur trösten.

Ich weiß nicht, was ich tun soll. Niemand sagt etwas, bis Samira sich räuspert, einen Schritt zum Bett macht, ihre Hand auf Linas Augen legt und sie mit einer routinierten und endgültigen Bewegung aus dem Handgelenk für immer schließt.

Das ist furchtbar. Schlimmer als alles. Ich beiße die Zähne fest zusammen, um nicht laut aufzuschluchzen. Jetzt beugt sich mein Vater zu mir und zieht mich doch mit Gewalt von Lina weg, nimmt mich in den Arm und presst mich fest an sich.

»Ruby, es ist schlimm, sehr schlimm.« Er streichelt mir über die Haare und murmelt unentwegt weiter. »Lina hat es nicht geschafft. Sie ist gestorben. Meine kleine große Lina ist weg. Ich erinnere mich genau an den Moment, als ich sie das erste Mal gesehen habe. Sie hatte sofort nach der Geburt ihre Augen weit offen, hat sich umgeschaut und jeden angelächelt. Ich weiß, dass Neugeborene nicht lachen können, aber ich sage dir, deine Schwester, die kam zur Welt und hat gelacht, so als wollte sie sagen, wird ja auch Zeit, dass ich endlich ans Licht komme. Die Hebamme und die Schwestern waren hingerissen von ihr. Ich werde dir nicht sagen, dass die Zeit alle Wunden heilt, denn das tut sie nicht. Niemals.«

»Hör auf!«, meine Mutter schreit, »hör auf damit, hör verdammt noch mal auf und sei still. Geht weg, ich möchte allein mit meiner Tochter sein. Verschwindet, sofort alle raus hier.«

»Katja.« Oliver versucht, sie mit seiner sanftesten Arztstimme zu beruhigen. »Katja, mein Liebes, bitte, du regst dich zu sehr auf…«

»Ich rege mich zu sehr auf?« Ihre Stimme ist zu einem heiseren Flüstern geworden. »Mein Kind liegt da und ist tot! Ich rege mich nicht auf! Ich bin verdammt noch mal wütend, so verdammt wütend. Ich verklage dieses Krankenhaus, ich verklage dich, ich verklage die ganze Welt, ich –«, ihre Stimme bricht ab und wird zu einem grauenhaften Schluchzen.

Oliver versucht, den Arm um sie zu legen, aber sie wehrt sich. »Verschwinde, hau ab.«

Jetzt lässt mich mein Vater mit einem letzten beruhigenden Tätscheln los, geht auf Ma zu, zieht sie an sich und Mama lässt es sich gefallen. Mir bleibt der Mund offen stehen. Genau davon haben Lina und ich vor der Scheidung immer wieder geträumt. Aber doch nicht so!

Mein Blick fällt auf Oliver, der bleich und hilflos versucht, so zu tun, als würde ihm das nichts ausmachen. Ich erinnere mich, dass er seine erste Frau verloren hat, und gegen meinen Willen tut er mir plötzlich einfach nur leid.

Samira nickt ihm freundlich zu und geht nach draußen. Der Streit, den sie und Oliver hatten, scheint wieder vergessen zu sein.

Ich schaue meine Schwester an, deren Augen jetzt geschlossen sind.

Ich erinnere mich wieder an den Tag, an dem ich Lina zum ersten Mal hier besucht habe. Ich sehe ihre Angst in den Augen, höre ihre Stimme, als sie vom bösen Schenk gesprochen hat.

Ich erinnere mich daran, wie ich sie mit aller Kraft festgehalten habe, als sie ins Eis eingebrochen war. Damals habe ich sie gerettet.

Ich erinnere mich, wie sie Merlin vor meinen Augen geküsst hat und wie sie sich nur drei Monate später tränenüberströmt bei mir entschuldigen wollte.

Ich erinnere mich, wie ich früher zu ihr ins Bett gekrochen bin und wir uns gegenseitig die Ohren zugehalten haben, damit wir den Streit zwischen Mam und Pa nicht anhören mussten. Und so getan haben, als wäre das alles nur ein Spiel.

Das Spiel ist vorbei.

Noch immer schaue ich sie an. Ihr Mund steht ein wenig offen, ihr blondes Haar liegt um ihren Kopf ausgebreitet und ihr Gesicht ist blasser als noch heute Morgen. Sie sieht nicht mehr so aus, als ob sie schlafen würde, aber sie sieht auch nicht aus wie die Leichen im *Tatort*. Wo ist alles Lebendige in ihr hin? Ich muss an Physik denken. Sie würde mich auslachen, typisch Miss Einstein, würde sie sagen. Aber wenn es stimmt, dass Energie niemals verloren geht, wo ist dann ihre hin? Wo sind ihre Gefühle und Gedanken hin? Ich glaube nicht, dass wir in den Himmel oder in die Hölle kommen oder das Paradies auf uns wartet, aber ich denke doch, die Energie unserer Seele geht irgendwohin. Aber wohin? Ich verstehe plötzlich, warum man früher die Fenster geöffnet hat, wenn jemand gestorben ist: damit die Seele zum Himmel fahren kann.

Und in diesem Moment habe ich das Gefühl, dass ich hier auch rausmuss, sofort. Das hier ist nicht mehr Lina. Der Körper auf dem Bett ist nicht mehr meine Schwester.

Mam setzt sich neben Lina. Oliver geht aus dem Zimmer. Ich sehe, wie er mit Samira spricht, die energisch den Kopf schüttelt. Langsam gehe ich rückwärts zur Tür, wobei ich Lina noch immer im Blick behalte.

»Samira, ich weiß, es ist Vorschrift, dass sie ins Sterbezimmer neben der Krankenhauskapelle gebracht werden muss«, sagt Oliver gerade müde. »Aber lass uns das für eine halbe Stunde vergessen, dann sorge ich dafür, dass alles seinen Gang geht.«

Ich will wirklich nur noch weg. Auf dem Weg zur Treppe kommt mir Alex entgegen. »Was ist hier…?« Und als ich nichts antworte, wird er blass. »Ist sie?«

Ich kann nichts sagen, weil ich sonst sofort wieder losheulen würde, und renne zur Glastür, die ins Treppenhaus führt. Alex kommt hinter mir her.

»Sie ist noch dort!«, rufe ich über meine Schulter zurück, in der Hoffnung, dass er mich dann in Ruhe lässt, aber stattdessen verfolgt er mich, holt mich am Treppenabsatz ein und hält mich am Handgelenk fest.

»Ruby, Ruby, bitte beruhige dich.«

»Ich muss raus hier.«

»Gut, dann gehe ich mit dir. Du solltest jetzt nicht alleine sein.« Er legt den Arm um meine Schulter, ich schüttele ihn ab, aber er lässt nicht locker und ich bin zu schwach.

Draußen wissen wir beide nicht, wohin wir gehen sollen. »Luitpoldpark?«, schlägt er vor. Ich nicke, gehe neben ihm her wie ein Automat und freue mich über die Kälte, die der Wind durch meine dünne Jeansjacke fegt und den Krankenhausmief davonträgt.

Alex räuspert sich und ich hoffe, er spart sich alle banalen pseudotrostreichen Kommentare. Er zögert, als ob er meine Gedanken gelesen hätte, räuspert sich wieder.

»Ich hatte nie Geschwister, außer euch, meine ich. Aber das ist anders, oder… also deshalb glaube ich, es muss schlimm für dich sein. Nein, Unsinn, ich weiß es.« Er schweigt einen Moment und ich begreife, dass er an seine Mutter denkt. »Es tut mir wirklich leid. Ich war ganz sicher, sie wacht wieder auf. Sie ist doch so stark.«

Jetzt spricht er wieder in der Gegenwart von ihr? Jetzt?

»Ja, das ist sie.« Meine Augen füllen sich mit Wasser. Ich sehe sie vor mir, wie sie mit leuchtenden Augen auf Rasputin über den Bach springt, obwohl das streng verboten ist. Und wie sie mich wegen meiner Feigheit auslacht.

»Aber du musst es ihr zugestehen.« Alex redet immer noch, ich hab den Faden verloren. »Sie wollte nicht mehr leben, und wenn ein Mensch das nicht mehr will, dann kann ihn niemand zwingen.«

Ich bleibe stehen. »Was redest du denn da? Du spinnst wohl! Ich bin ganz sicher, dass sie nicht sterben wollte. Sie wollte leben, sie hatte Angst vor etwas oder jemandem. Und ich schwöre bei allem, was mir wichtig ist, ich werde herausfinden, was los war.«

Als Alex mich ungläubig von der Seite anstarrt, lege ich noch nach. »Und es ist bestimmt kein Zufall, dass sie all ihre Sachen verstecken musste. Zum Glück weiß ich, wo sie sind.«

Alex bleibt stehen und legt die Arme wie einen Schraubstock um mich, sodass ich es nicht schaffe, mich ihm zu entziehen. »Ruby, hast du eigentlich eine Ahnung, was du da redest? Du klingst total hysterisch. Denk doch mal an deine Eltern. Für sie wäre es der Super-GAU, wenn du auch noch durchdrehst.«

»Ganz im Gegenteil! Wenn ich die Wahrheit herausfinde, dann werde ich sie davor bewahren, verrückt zu werden.«

»Entschuldige mal, aber deine Schwester war nicht ganz dicht, wie alle, die sich umbringen. Ich verstehe, dass du traurig bist, aber es macht sie nicht wieder lebendig, wenn du dir eine Verschwörungstheorie zusammenbastelst.«

Er ist nicht bloß ein Fluch, er ist ein komplettes Arschloch! Ich starre ihn fassungslos an, weiß nicht, was ich zu diesem Schwachsinn sagen soll, stoße ihn weg von mir und stürme los. Weg, nur weg von ihm, von allen.

»Ruby!« Alex verfolgt mich wieder, aber diesmal werde ich immer schneller und er fällt zurück. Vielleicht hat er jetzt auch genug von mir. Egal. Ich renne trotzdem weiter durch den Park, als könnte ich allem, was passiert ist, davonlaufen. Ich habe keine Ahnung, wo ich hinwill, bis ich das U-Bahn-Schild Scheidplatz vor mir sehe und mich spontan für die U-Bahn entscheide.

Ich renne runter in das Zwischengeschoss mit den Kartenautomaten, beruhige mich und schalte dann, während ich ganz nach unten trabe, einen Gang langsamer. Mein Herz trommelt trotzdem noch hektische Rhythmen und meine Waden sind schwer und so verkrampft, als wäre ich einen Marathon gelaufen.

Ich setze mich auf einen Sitz der rostigen Drahtgeflechtbänke auf dem Bahnsteig und starre auf die Gleise unter mir, dann auf die Werbeplakate an den Wänden über mir. Ich will nichts denken, möchte die Zeit zurückdrehen und mit Lina reden.

Eine U-Bahn fährt ein, Leute steigen aus und ein, ich schaue zu ihnen hinüber, aber ich sehe sie nicht. Ich stelle mir vor, ich würde hier auf Lina warten und dann würden wir zusammen im Bamberger Haus ein Eis essen gehen. Ihre Lieblingssorten waren Melone und Stracciatella. Unsinn, das ist Jahre her, Lina ist der Typ, der jeden Sommer eine andere Lieblingssorte hat.

Lina war. War der Typ.

Mein Blick fällt auf die Mäuse, die so flink zwischen

den Gleisen herumhuschen, dass man sie erst sieht, wenn man genau hinschaut.

Die Mäuse erinnern mich an meine Suche im Keller. Erinnern mich an den Angreifer, an das Lederband, an Napoleon und den Äskulapstab und das @-Zeichen. Wenn ich schneller gewesen wäre, wenn ich die Sachen bei Frau Vogel schon gefunden hätte, wäre es mir dann gelungen, Lina zu retten?

Lächerliche Frage, sie ist tot. Aber irgendetwas in mir will keine Ruhe geben, will, muss wissen, was genau da los war. Vielleicht komme ich weiter, wenn ich herausfinde, wer mir den Hinweis mit Napoleon zugesteckt hat. Was, wenn es doch niemand in der U-Bahn war, sondern jemand aus der Schule? Denn dort wäre auch reichlich Gelegenheit dazu gewesen. Gretchen, Alex oder Dennis – mit denen habe ich heute Morgen gesprochen. Wirklich heute Morgen? Es scheint mir, als ob seitdem eine Ewigkeit verstrichen ist.

Unwillkürlich sehe ich auf die Uhr. Es ist kurz nach drei. Schulschluss. Deswegen ist es hier unten in der U-Bahn-Station auch so voll.

Abrupt stehe ich auf. Was tue ich hier eigentlich? Wo will ich denn hinfahren? Vor Linas Tod gibt es keine Flucht, egal wie schnell ich laufe oder wie weit ich fahre.

In dem Moment ertönt das vertraute Rattern im Tunnel und im gleichen Augenblick bewegen sich die Massen in Richtung Gleis. Ich quetsche mich durch und muss dann auf den weißen Streifen ganz nah an der Bahnsteigkante ausweichen.

»Hey«, beschwert sich eine Frau mit vier riesigen Tüten von XXXLutz. Ich muss unabsichtlich eine ihrer Tüten berührt haben. Gerade als ich mich entschuldigen will, stößt mich jemand fest in den Rücken. Ich verliere das Gleichgewicht und stürze nach vorne zur Bahnsteigkante, höre, wie die U-Bahn heranrattert, höre, wie die Frau mit den Tüten laut aufschreit. Das war's, denke ich.

Kurz bevor ich auf die Gleise falle, packt mich jemand an meiner Jeansjacke, zerrt mich brutal auf den Bahnsteig zurück und lässt mich dort abrupt los. Ich sacke auf den Boden, mir ist schwindelig und mein Herz rast noch viel schneller als eben gerade im Park.

Um mich herum stehen jede Menge Leute, ich sehe nur die Schuhe und muss mich zwingen, meinen Kopf zu heben.

»Das kommt vom Drängeln und Schubsen!«, sagt die Frau mit den Tüten voller Genugtuung.

»Nein, jemand hat sie gestoßen«, protestiert ein junger kahl rasierter Typ in Springerstiefeln. »So ein Neger.«

»Unsinn«, widerspricht die XXX-Lutzfrau, »der Schwarze hat sie doch gerettet.«

Die Türen der U-Bahn gehen krachend auf und den Leuten fällt wieder ein, dass sie Besseres zu tun haben, als sich eine Dränglerin aus der Nähe anzuschauen.

Nur ein alter Mann im Trenchcoat und mit schwarzem Filzhut, der sich auf seinen Rollator gesetzt hat, bleibt neben mir und schaut mich neugierig an, als erwarte er, dass der zweite Akt noch interessanter werden würde.

Ich ringe mir ein Lächeln ab.

»Junges Fräulein, geht's Ihnen wieder besser oder soll ich den Notruf drücken?« Seine Stimme klingt heiser, wie eingerostet, als hätte er lange nicht mehr gesprochen.

»Geht schon.« Ich versuche, mich aufzurichten, aber mir

wird sofort schwarz vor Augen. Alles ein bisschen viel heute. Ich sacke wieder zurück.

»Vielleicht«, er räuspert sich, »stehen Sie unter Schock. Soll ich nicht doch den Notruf betätigen?« Er klingt geradezu sehnsüchtig, als würde er nur zu gern Hilfe holen und dann beobachten, wie es weitergeht.

Ich schnaufe ein paarmal durch und schüttle den Kopf. »Haben Sie gesehen, was passiert ist?«

Der Alte nickt. »Sie hatten Glück und wurden gerettet.«

»Und vorher, haben Sie da etwas gesehen?«

»Nachdem die Frau mit den Tüten sich beschwert hat«, seine Augen glitzern begeistert, »da sind Sie nach vorne getaumelt. Hat diese unfreundliche Alte Sie geschubst?«

»Mit vier Tüten in den Händen wohl kaum. Und das war kein Schubsen, sondern ein fester Stoß.«

Er sieht überrascht aus.

»Haben Sie wenigstens gesehen, wer mich gerettet hat?«

»Das war ich.« Mit großen Augen lächelt er mich so treuherzig an, dass ich es nicht schaffe, ihn auf den Rollator hinzuweisen.

»Meine Schwester ist heute gestorben«, sage ich stattdessen und habe keine Ahnung, warum ich das ausgerechnet jetzt diesem alten Mann erzähle.

Die Falten neben seinen Mundwinkeln vertiefen sich, er zieht seine dichten grauen Augenbrauen besorgt zusammen. »Dann hat Sie niemand geschubst, sondern Sie wollten sich selbst vor die U-Bahn werfen. Ich rufe doch lieber den Notarzt.«

Meine Kehle ist wie zugeschnürt. Jetzt erst wird mir klar, was gerade passiert ist. Wenn mich nicht jemand in letzter Sekunde gerettet hätte, dann wäre ich vermutlich jetzt tot. Noch ein Selbstmord. Wie passend. Aber jemand hat mich gestoßen, ich habe das sehr deutlich gefühlt.

»Nein, ich brauche keinen Notarzt«, wiederhole ich mantramäßig. »Ich wollte mich nicht umbringen. Schon allein wegen meiner Eltern.«

»Wenn man sehr verzweifelt ist, dann denkt man nicht mehr an seine Eltern, das kann ich Ihnen versichern.« Er steht aus seinem Rollator auf und schiebt ihn näher zu mir hin. »Halten Sie sich fest, dann geht's leichter.«

Mit seiner Hilfe schaffe ich es, mich hochzuhieven. Dann stehen wir uns gegenüber. Er hat wässrige blaue Augen, die mich jetzt prüfend anschauen.

»Selbstmord ist nie die richtige Lösung. Es gibt immer einen Ausweg, das können Sie einem alten Mann glauben.«

»Was macht Sie da so sicher?«

Er lächelt so breit, dass ich fast geblendet werde von der Gletscherpracht seiner künstlichen Zähne. »Ich war einmal einer der besten Magier der Welt, Eduardo Illuminato.« Er sieht mich so erwartungsvoll an, als müsste ich den Namen schon einmal gehört haben.

Langsam wird mir klar, dass der Alte nur ein Opfer zum Reden sucht, bestimmt ist er sehr einsam. Er tut mir leid, aber ich habe jetzt wirklich andere Sorgen. Sobald das Zittern in meinen Beinen nachlässt, werde ich mich verabschieden.

»Als Magier spielt man mit der Illusion und der Wirklichkeit«, sagt er. »Man sucht dauernd nach Auswegen, um das Publikum zu überraschen.«

»Sie meinen, Sie versuchen, das Publikum abzulenken?«

»Aber was ist denn eine Ablenkung anderes als ein

Ausweg? Wenn Sie es schaffen, dass sich Ihr Publikum auf das konzentriert, was Sie wollen, und dabei tun Sie gleichzeitig etwas ganz anderes, dann benutzen Sie nur einen Ausweg, den sich das Publikum nicht vorstellen kann. Wenn Sie einmal darüber nachdenken, werden Sie erstaunt sein, was alles möglich ist.«

»Vielleicht stimmt das, wenn man ein Kaninchen aus dem Hut zaubern will, aber doch nicht, wenn es um Wichtigeres geht.«

Der Alte räuspert sich schon, offensichtlich entzückt, dass ich ihm auf den Leim gegangen bin, als plötzlich eine laute pompöse Melodie erklingt. Er greift in seine Manteltasche, zieht ein Handy heraus, lächelt mir wieder eisweiß zu und zuckt dann entschuldigend mit den Schultern. »Das ist meine Frau, die wissen will, wo ich so lange bleibe. Sie glaubt, ich hätte eine junge Geliebte.« Er kichert vergnügt in sich hinein, zwinkert mir zu und schiebt sich mit seinem Rollator dem Aufzug entgegen.

So viel zu meiner »Der-Alte-ist-einsam-und-braucht-jemanden-zum Reden-Theorie«.

Die nächste U-Bahn fährt ein, das Geräusch lässt mich schaudern, ich spüre den Stoß zwischen meinen Schulterblättern plötzlich wieder ganz deutlich, ich lasse mich auf eine der Bänke fallen und drücke mich ganz fest gegen das Drahtgestell.

Erst als die U-Bahn wieder weg ist, mitsamt den Menschen, traue ich mich aufzustehen. Immer noch ein bisschen wacklig auf den Füßen gehe ich wieder nach oben und verlasse die U-Bahn-Station. Draußen kommt es mir noch kälter vor als vorhin, ich friere in meiner Jeansjacke.

Sei froh, dass du frierst, schießt es mir durch den Kopf, deine Schwester spürt gar nichts mehr.

Null. Nada. Niente.

Und dann kommen wieder die Tränen und diesmal kann ich nicht mehr aufhören zu weinen.

11. Kapitel

Ich brauche eine halbe Stunde vom Scheidplatz bis zur Mainzerstraße. Ich bin blind vor Tränen, mir ist übel und Passanten, die mir entgegenkommen, starren mich neugierig an. Ich blicke zu Boden, beiße meine Zähne zusammen und gehe weiter. Plötzlich möchte ich mich einfach nur in Linas Zimmer verkriechen und allein sein. Doch als ich endlich das Haus erreicht habe, höre ich lautes Wehklagen, das vom Hinterhof zu kommen scheint.

Wer auch immer es ist, ich hatte genug Schmerz für heute. Aber das Schluchzen klingt schrecklich, verlangt nach menschlicher Anteilnahme. Also gehe ich mit klopfendem Herzen weiter, und als ich um die Ecke biege, sehe ich Frau Vogel, die in ihrem erbsengrünen Mantel auf dem nassen Hof vor dem regungslosen Leon am Boden kniet und erbärmlich schluchzt.

Als ich näher komme, schaut sie hoch, ihr rundes Gesicht nass von Tränen. »Er ist tot.«

»Sind Sie sicher?«

»Er bewegt sich nicht. Und normalerweise wittert er seine Leckerlis noch im Tiefschlaf.« Sie wedelt mit einem Kauknochen vor Napoleons Nase herum, aber der Hund reagiert nicht.

Voller Angst gehe ich neben dem Tier in die Knie und lege meine Hand auf das Fell. Zu meiner großen Überraschung fühlt sich Leon erstaunlich warm an. »Ich glaube doch, dass er lebt. Vielleicht ist er nur betäubt? Wir sollten ihn sofort zu einem Tierarzt bringen.«

»Aber ich habe kein Auto.«

»Ich rufe Ihnen ein Taxi«, biete ich an. Ich ziehe mein Handy aus der Tasche, rufe die Taxizentrale an und erkläre die Lage. Die Telefonistin verspricht mir, gleich einen Kombi zu schicken.

Während wir warten, frage ich Frau Vogel, was denn genau passiert ist.

Sie streichelt Napoleon unablässig und erzählt mir, dass sie heute Spätschicht im Supermarkt hatte und ganz normal losgegangen sei. Aber als sie am Bonner Platz eine U-Bahn-Karte kaufen wollte, hätte sie bemerkt, dass sie ihren Geldbeutel vergessen hätte. Deshalb sei sie zurückgegangen. Und da lag dann Napoleon vor der Haustür, von Weitem sah es so aus, als würde er schlafen.

»Warum denn vor der Haustür?«

Verblüfft schaut mich Frau Vogel an. »Stimmt, darüber habe ich noch gar nicht nachgedacht. Wie ist Napoleon rausgekommen?«

Mich überläuft es kalt. Ganz klar, jemand war in der Wohnung und hat den Hund aus dem Weg geräumt, um in aller Ruhe nach Linas Sachen suchen zu können.

In diesem Augenblick biegt ein Taxi-Kombi in den Innenhof. Frau Vogel hat wieder Hoffnung geschöpft und holt schnell ihre große schwarze Oma-Handtasche. Dann hieven wir zusammen mit dem Fahrer Napoleon hinten auf die Ladefläche.

Während ich die Klappe zumache, geht sie nach vorne, dann bleibt sie kurz stehen und dreht sich zu mir. Ihr dickes verweintes Gesicht zeigt einen ratlosen Ausdruck.

»Mir ist immer noch nicht eingefallen, wo ich die Tüte von deiner Schwester hingestellt habe«, sagt sie und hebt entschuldigend die Hand. »Wenn du willst, mein Code ist 1234, das ist zwar eine verbotene Kombination, aber eine andere kann ich mir nicht merken. Geh ruhig rein, ich erlaube es dir und das erlaube ich sonst wirklich niemandem.« Sie öffnet die Wagentür. »Danke für deine Hilfe.«

Das Taxi fährt los und ich hoffe für sie, dass ihr Hund wieder zu sich kommt.

Statt nach oben zu Mam zu gehen, gebe ich den Code von Frau Vogels Wohnung ein. Ich kann mich später noch in Linas Zimmer verkriechen und trauern, aber jetzt habe ich die Chance herauszubekommen, was mit meiner Schwester passiert ist!

Lange war Frau Vogel ja nicht weg, also hat sie denjenigen, der in ihrer Wohnung war, hoffentlich gestört, bevor er etwas gefunden hat. Als ich den Code eingebe, frage ich mich, ob der Einbrecher noch in der Wohnung ist. Andererseits ist es eine Erdgeschosswohnung. Der Einbrecher ist vermutlich aus dem Fenster gestiegen, als Frau Vogel zurückkam.

Trotzdem mache ich die Tür nur sehr langsam auf. Es riecht wie das letzte Mal modrig, feucht, nach altem Hund und Tierfutter. Von irgendwoher kommt ein Luftzug. Meine Theorie mit dem Fenster scheint zu stimmen, denn Frau Vogel schließt die Fenster sicher, wenn sie das Haus verlässt. Das erleichtert mich etwas, dann lauert der Einbrecher hier drin nicht auf mich.

Überall stehen überquellende Umzugskartons und Müllsäcke, der Boden ist bedeckt mit alten Pizzakartons, Zeitungen, zerknülltem Papier, Haarspangen, Socken und undefinierbaren Häufchen. Dazwischen führen schmale Trampelpfade hindurch, zum Beispiel von der Tür zum Sofa, wobei auch das auf einer Seite voller Kleider ist. Ich kann mir wirklich nicht vorstellen, dass der Eindringling in so kurzer Zeit gefunden hat, wonach er gesucht hat.

Mutlos schaue ich von Müllhaufen zu Müllhaufen. Lina hat sich ein geradezu geniales Versteck ausgesucht. Es scheint mir vollkommen unmöglich, hier ihre Sachen wiederzufinden. Wenn ich wenigstens wüsste, wonach ich genau suche.

Ich folge dem Trampelpfad zum fleckigen Sofa, dessen Farbe man in dem Licht nicht erkennen kann, und setze mich dort auf den schmalen freien Streifen. Umgeben von all den modrigen Kartons und aufgeplatzten Müllsäcken fühle ich mich wie überflüssiges Strandgut, das niemand je aufsammeln wird. Ich ziehe die Knie hoch, lege meine Arme um sie herum und lehne den Kopf dagegen.

Und so bleibe ich eine sehr lange Zeit sitzen und denke immer nur: Lina ist tot. Dann kommt noch ein Gedanke dazu: Ich wäre auch beinahe gestorben. Aber warum? Wenn ich tief einatme, spüre ich die Stelle, wo ich gestoßen wurde.

Ich muss mit Pa über das alles reden. Unsinn. Lina ist tot, das ist schlimm genug, noch mehr kann er nicht verkraften. Und Mam? Sie würde mir nicht mal glauben, würde es für eine Reaktion auf Linas Tod halten.

Ich wünschte, ich könnte mit Pa einfach zurück nach Hause, lange mit Sonny ausreiten, Feli besuchen und das alles vergessen.

Feli. Ich muss sie anrufen, denke ich. Aber komischerweise scheue ich davor zurück, meiner besten Freundin zu erzählen, was passiert ist. Als ob es dadurch erst wirklich wird.

Mutlos strecke ich meine Beine wieder aus und gehe zurück zur Tür, die ich kaum über den vermüllten Boden ziehen kann.

Das hier hat alles keinen Sinn. Ich laufe nach oben, sehne mich nach einer Dusche und frischen Klamotten, muss diesen grauenhaften Tag von mir abspülen. Außerdem möchte ich das Lederband mit dem Schlüssel wieder im Sitzsack verstecken.

»Ruby, bist du das?« Als ich die Tür aufmache, stürmen mir Oliver und Ma entgegen.

»Wo warst du?«

»Spazieren.«

»Spazieren?« Oliver baut sich vor mir auf. »Deine Mutter hat sich solche Sorgen gemacht.«

»Hat Alex denn nichts erzählt?« Nicht nett von mir, Alex ins Spiel zu bringen, aber er ist schuld, dass ich weggerannt bin.

Meine Mutter kommt zu mir und umarmt mich. »Ruby, Oliver hat es nicht so gemeint, aber als du aus dem Krankenhaus gestürmt bist, haben wir uns große Sorgen gemacht. Ist alles in Ordnung mit dir?«

Sie schaut mir prüfend in die Augen und ich sehe, wie verquollen und rot ihr Gesicht vom vielen Weinen ist. »Es tut mir leid«, flüstere ich und meine es auch so.

»Schon gut, du bist ja da.« Sie drückt mich an sich, streichelt über meinen Rücken und berührt dabei die Druckstellen von meinem Kellersturz. Ich zucke leicht zusammen, doch niemand bemerkt es.

Ich erkläre ihnen, dass ich dringend duschen möchte.

Sie nicken, aber ich habe den Eindruck, dass sie irgendwie enttäuscht von mir sind.

Zuerst verstecke ich das Band mit dem Schlüssel wieder im Sitzsack, dann gehe ich in Linas Bad und versuche, nicht auf das kaputte Schloss zu schauen. Beim Ausziehen raschelt es in meiner Jeansjacke. Ich schaue nach, weiß genau, da war nur ein Labello drin und sonst nichts.

Es ist ein zerknitterter weißer Umschlag.

Ich setze mich auf den flauschigen dunkelgrünen Badvorleger und lege den Umschlag auf den Klodeckel. Was ist das für ein Umschlag? Und woher kommt er?

Ich starre ihn an wie eine giftige Schlange und fürchte, ich werde auch gleich vom Baum der Erkenntnis essen. Und ich habe keine Ahnung, ob mir das schmecken wird.

Mit zitternden Händen öffne ich den Umschlag.

V

… denn mancher Argwohn ist Sünde. Und spioniert nicht und führt keine üble Nachrede übereinander. Würde wohl einer von euch gerne das Fleisch seines toten Bruders essen? ((49:12))

Er liegt zwischen Hunderten von aufeinandergestapelten Getränkekisten auf den Knien und schlägt die Stirn gegen den schmutzigen Boden, so heftig, dass die Kakerlaken aufgeschreckt davonhuschen.

Immer wieder, er verdient mehr Strafe als das. Er war unachtsam, er hat es schon zum zweiten Mal verpatzt, er war zu sentimental. Er unterdrückt ein Schluchzen, Selbstmitleid führt nicht weiter. Selbstmitleid schwächt nur, das hat Kimoni erkannt. Doch seine Idee, dass Gerechtigkeit besser sei als Rache, die hat ihn umgebracht.

Sie hatten die elenden Ratten, zu denen man sie gemacht hatte, überschätzt. Ratten haben keinen Sinn für Gerechtigkeit, nur für Futter.

Aber sie, die anderen, sind mächtig, sie sind allgegenwärtig, sie essen das Fleisch ihrer Brüder.

Er hat es wieder nicht fertiggebracht, Amari zuvorzukommen, obwohl sie ihm gesagt hat, wozu er imstande sein kann. Es ist, als ob Amari von jemandem gelenkt würde, der jeden seiner Schritte schon im Voraus kennt. Als ob jemand seine Gedanken lesen könnte.

Einzig, was die zarte Tochter angeht, hat er die richtige Entscheidung getroffen. Er holt das rosafarbene Handy aus der Hosentasche und küsst es wie einen Glücksbringer. Er muss sich beeilen, sonst wird es noch mehr falsche Tote geben.

12. Kapitel

Es ist kein Abschiedsbrief von Lina, sondern etwas noch viel Grausameres.

Ein Foto.

Ein gestochen scharfes, entsetzliches Foto.

Das weit offene Auge eines jungen Mannes starrt mich flehend an. Den Rest seines schwarzen Gesichtes sieht man nur im Profil, sein Schädel ist an einer Seite zertrümmert, um den Kopf herum ist eine kreisförmige Lache, glänzend wie ein schwarzer Heiligenschein. Er liegt seitlich, als hätte man ihn viel zu spät in die stabile Seitenlage gedreht. Über seinen nackten Rücken verläuft eine lange, wulstige hellbraune Narbe, er trägt Jeans und völlig abgelatschte Turnschuhe, um seinen Hals trägt er eine Kette. Je länger ich ihn betrachte, desto deutlicher habe ich das Gefühl, dass mir etwas auf dem Bild bekannt vorkommt.

Aber was? Ich kenne keine Afrikaner.

Ich kann nicht länger hinschauen und will es auch nicht.

Was hat das grauenhafte Bild mit mir oder Lina zu tun? Warum hat es jemand in meine Jeansjacke gesteckt? Und vor allem - wer hat das getan?

Dieser junge Typ ist tot, Lina ist tot. Und ich wäre beinahe tot. Napoleon ist vielleicht auch schon tot. Ich beiße mir auf die Zunge, um nicht schon wieder zu weinen. Es muss einen Grund für all das geben.

Als ich aus dem Bad komme, hat Mam einen Kakao gekocht, als wäre ich sechs Jahre alt, und zuerst bin ich sicher, keinen Schluck davon runterzubringen, aber dann merke ich, wie gut er mir tut. Ich würde ihr gern von dem Bild erzählen, aber sie sieht so unglaublich traurig aus. Zum ersten Mal finde ich, dass sie alt wirkt. Uralt.

Wir sitzen schweigend um den langen Esstisch. Es ist so still, dass man den Wind hört, der ums Haus streicht. Bei dem Gedanken, nachher in Linas Zimmer schlafen zu müssen, in ihrem Bett, wird mir mulmig, und ich wünsche mir, ich wäre mit Pa in Nusstal und alles würde sich nur als ein schlimmer Albtraum entpuppen.

Als es klingelt, sind alle erleichtert. Ich gehe zur Tür und bin froh, Pa zu sehen. Obwohl er tiefe Schatten unter den Augen hat, eingefallene Wangen und tief herabhängende Mundwinkel, muss ich jetzt mit ihm reden. Sofort.

Ich ziehe ihn in Linas Zimmer und bitte ihn, mir zuzuhören. Er bleibt so ruhig, dass ich schon Angst habe, er könnte eingeschlafen sein, aber immer, wenn ich eine Pause mache, hakt er sofort nach. Als ich geendet habe, stöhnt er leise. »Was also sollen wir deiner Meinung nach tun?«

»Zur Polizei gehen, denen alles erzählen und ihnen das Foto zeigen.«

»Die Polizei hat, wie du weißt, ein Fremdverschulden bei Linas Selbstmord…«, seine Stimme zittert verdächtig, aber er räuspert sich und redet weiter, »ausgeschlossen.«

»Die Polizei kann sich irren.«

»Aber wir haben nichts. Das, was Lina über euren Kuschel-Schenk gesagt hat, oder die Tüte mit Sachen, die sie angeblich bei Frau Vogel versteckt hat, das sind keine Beweise. Und mal angenommen, es wären Beweise, dann frage ich dich, wofür.«

»Aber in der U-Bahn gibt es doch Videoüberwachung, vielleicht kann man da sehen, wer mich gestoßen hat.«

Er will mir widersprechen, aber dann nickt er, und weil er merkt, wie wichtig es mir ist, machen wir uns trotz aller Proteste von Mam und Oliver, denen wir allerdings nicht verraten, wohin wir wollen, sofort auf den Weg. Wir gehen zum nächsten Revier, zu den Beamten, die auch Linas Tod untersucht haben.

Dort werden wir an Frau Koslowsky verwiesen. Sie ist die zuständige Jugendbeamtin, so zart und blond wie Natalie Portman in *Black Swan*, was ich irgendwie beunruhigend finde.

Sie hört sich meine Geschichte an, kommentiert nur wenig, findet aber »das bisschen Schubsen« in der U-Bahn-Station nicht der Rede wert. Erst als ich ihr das Foto zeige, kommt Leben in sie, ja, sie wird richtig nervös. Jetzt will sie alles über das Foto wissen, will wissen, ob Lina Freunde hatte, die sich in der rechten Szene bewegen. Als sie merkt, dass ich ihr wirklich nicht sagen kann, wer mir das Foto gegeben hat, wird sie ein bisschen ungehalten. Sie glaubt ganz offensichtlich, ich wüsste mehr darüber und wollte es nur nicht preisgeben. Ob ich vielleicht den Ort kennen würde oder mir sonst irgendetwas auf dem Bild bekannt vorkäme?

Ich werde rot. Wie soll ich das Gefühl beschreiben, das ich hatte, als ich das Foto das erste Mal betrachtet habe? Diese vage Ahnung, den Mann irgendwo schon einmal gesehen zu haben? Damit mache ich mich doch nur unglaubwürdig. Also halte ich den Mund.

Schließlich mischt sich Pa ein und versichert Frau Koslowsky, dass ich bestimmt keine Ahnung habe, wer das ist oder wie der Tote heißt. Dann erinnert er sie daran, dass wir gar nicht in München wohnen und dass meine Schwester erst vor wenigen Stunden gestorben ist, woraufhin sie wieder freundlicher wird und verspricht nachzuschauen, ob dieser junge Mann als vermisst gemeldet oder sonst wie aktenkundig ist.

Aktenkundig, das würde bedeuten, dass er schon einmal etwas Kriminelles getan hat. Aber ein Gefühl in meinem Bauch sagt mir, dass der Tote nie gegen das Gesetz verstoßen hat. Er sieht so unschuldig aus, so überrascht.

Die Beamtin möchte, dass ich ihr das Foto für weitere Untersuchungen überlasse. Einerseits würde es mich erleichtern, das Foto los zu sein, andererseits käme mir das wie Verrat an dem Unbekannten vor. Deshalb weigere ich mich, obwohl Pa mich tadelnd von der Seite anschaut.

Als Frau Koslowsky merkt, dass ich fest entschlossen bin, das Bild zu behalten, steht sie auf, nimmt es an sich, um eine Farbkopie zu machen und den Mann zu überprüfen.

Dazu lässt sie uns eine Weile allein, und weil Pa stumm und wie zusammengefallen in dem klapprigen Besucherstuhl sitzt und düster aus dem Fenster starrt, lese ich alle Broschüren, die dort in einem Glasschuber herumstehen, über Drogen, über Missbrauch, über Fremdenfeindlichkeit und Mobbing. Ich kann jetzt nicht einfach hier rumsitzen. Denn dann plagen mich all diese Gedanken und ich bin einfach zu erschöpft, um noch weiter zu grübeln. Als

Frau Koslowsky zurückkommt, mustert sie mich wieder eindringlich und will wissen, ob ich ganz sicher bin, dass ich zu dem Toten auf dem Foto nichts weiter sagen kann. Nachdem ich erneut verneine, seufzt sie und erklärt uns, dass der junge Mann weder vermisst gemeldet noch wegen krimineller Vorstrafen erfasst worden sei.

Sie gibt mir das Foto wieder zurück. Ich stecke es schnell ein, will es nicht noch einmal anschauen. Eigentlich möchte ich es nie mehr betrachten.

»Aber wenn niemand vermisst wird, wer ist dann dieser Tote?«

Sie schüttelt ihren zarten blonden Kopf. »Wir wissen leider nicht, ob das Foto überhaupt in Deutschland gemacht wurde. Und da Sie uns auch nichts dazu sagen wollen...« Sie zuckt mit den Schultern und reicht Pa und mir ihre kleine Hand. Ihr Händedruck ist überraschend fest. Dann gibt sie mir ihre Visitenkarte und bittet mich eindringlich, sie anzurufen, wenn mir etwas zu dem Afrikaner einfallen würde, etwas, worüber ich mit ihr sprechen wollte.

Draußen stopfe ich die Karte in meine Hosentasche und knöpfe meine Jacke zu. »Und was machen wir jetzt?«

Pa geht zügig voran und antwortet nicht auf meine Frage. »Ich hätte mich nie darauf einlassen dürfen, dass Lina bei Oliver bleibt«, sagt er stattdessen. »Nie im Leben. Als Vater hätte ich mich besser um sie kümmern müssen. Ich hätte mehr mit ihr reden sollen.«

»Sprichst du mit mir oder vielleicht mit irgendeinem Gott?«

»Ich weiß, dass meine Schuldgefühle sinnlos sind, genauso sinnlos wie Linas Tod. Ruby, bitte versprich mir, dass... also, wenn du...« Seine Stimme bricht.

»Aber Lina wollte doch gar nicht sterben.«

Er beginnt zu schluchzen. »Umso schlimmer, umso sinnloser.«

Ich möchte ihn gerne trösten, aber ich weiß nicht, was ich sagen kann. Ich greife nach seiner Hand, wie damals, als ich drei Jahre alt war, und drücke sie fest. Und er klammert sich daran, als wäre sie ein Rettungsanker. Schweigend gehen wir zurück zu Olivers Wohnung.

www.wahrste-liebe.de
Blog für alle, die wirklich lieben

Heute:
Lieben und leiden

Nachdem ich beim letzten Mal Stunden damit beschäftigt war, die Spannermails wegzulöschen, die mehr geile Details von meinem heiligen Tag verlangt haben, habe ich beschlossen, die Anmerkungen über unsere Berührungen nicht weiter auszuführen. Erst dann, wenn ich sicher sein kann, dass meine Seite vor solchen Idioten besser geschützt ist.
Bisher habe ich nur von meinem heiligen Tag erzählt.
Jemanden zu lieben, ist einfach, aber viel schwieriger ist es, die Liebe aufrechtzuerhalten, wenn sie einen leiden lässt. Und so gibt es in meinem Kalender nicht nur den heiligen Tag, sondern auch den unheiligen, eine Art Karfreitag der Liebe, der Tag, an dem ich alle Kräfte gebraucht habe, um weiterlieben und weiterleben zu können.
Das war der Tag, als er mir gesagt hat, er müsste mich verlassen.
Er sagte, es ginge nicht mehr, wir hätten einfach keine Zukunft und er hätte wegen der ganzen Geschichte sowieso schon ein schlechtes Gewissen. Wenn das alles rauskäme, würden sie uns die Hölle heißmachen.
Ich war völlig überrascht und wollte schon so lächerlich eifersüchtig reagieren. Doch dann wurde mir klar, dass er das tun musste. Es war nichts anderes als eine Maßnahme, um mich zu schützen.

Aber ich habe höllische Qualen gelitten, denn er hat sich nicht damit begnügt, zum vorherigen Status zurückzukehren, sondern sich auch noch ein Opfer ausgesucht, das überaus schön und klug war. Ich musste dann doch die Eifersüchtige spielen, damit niemand Verdacht schöpft. Aber all das habe ich für uns getan. Dafür, dass uns niemand auf die Schliche kommt. Denn wenn man wirklich liebt, muss man bereit sein, sich selbst aufzulösen.

6 Kommentare:

Löwchenmeyers sagt:
Das klingt reichlich verworren. Warum schreibst du keinen Klartext, mit Namen und was wirklich los war? Alles so dermaßen zu verschleiern, ich glaube doch, du hast ein mächtiges Problem.

Und ich glaube, du projizierst deine Probleme auf mich, wahrscheinlich hast du noch nie jemanden geliebt, du tust mir leid!
webmaster.wahrste-liebe.de

Mauseküsschen sagt:
Stimmt, das wird mir hier zu verquirlt. Ich wollte lieber mehr von den Berührungen.

Muschifan sagt:
mailto: Öder krahm.

Lenatiggi sagt:
Lass dich nicht fertigmachen, ich liebe deine Art zu schreiben. Du solltest Bücher schreiben, echt.

Grimix.dichter sagt:
Wahrste Liebe sollte bisschen ehrlicher sein, finde ich. Die Idee ist gut, aber du machst nichts draus.

dr.gustl sagt:
Schlimmer als Volksmusik!

13. Kapitel

Ich renne die Treppe nach unten und hoffe, dass niemand meine Flucht bemerkt hat. Die nasse kalte Märzluft legt sich wie ein kühler Schleier auf mein heißes Gesicht und beruhigt mich, ich bleibe stehen, kann endlich durchatmen. Ich hätte nicht gedacht, dass dieser unglaublich grauenhafte Tag noch schlimmer werden könnte. Aber nachdem wir von der Polizei zurück waren, musste Oliver zum Nachtdienst und meine Eltern begannen, darüber zu streiten, ob Lina beerdigt oder verbrannt werden soll und was für eine Beerdigungsfeier sie sich gewünscht hätte. Dabei wurden sie immer lauter und lauter, und obwohl ich mir die Ohren zugehalten habe, musste ich mit anhören, wie sie um den Leichnam meiner Schwester zankten wie wütende Hunde.

Aus der Wohnung von Frau Vogel schimmert noch Licht, obwohl es schon spät in der Nacht ist. Ich könnte zu ihr gehen und fragen, ob es Leon wieder besser geht. Aber ich würde es nicht verkraften, wenn er auch gestorben wäre.

Deshalb laufe ich weiter durch den Hinterhof, vor auf die Karl-Theodor- und dann Richtung Leopoldstraße. Aber bei jedem Schritt, den ich mache, denke ich an Lina, die hier oft entlanggegangen sein muss.

Wann war sie das letzte Mal hier?

Ist sie diese Straße heruntergeschlendert, um an der Münchner Freiheit ins Kino zu gehen oder zu shoppen?

Sie hat keine Ahnung gehabt, dass sie mit achtzehn sterben würde. Wann werde ich sterben? Eine Gänsehaut kriecht mir über den Rücken, als mir wieder der Stoß in meinen Rücken von heute Nachmittag einfällt, ich kuschele mich fester in meine Jacke.

Lina hatte so viele Pläne! Sie wollte nach dem Abi nach Guatemala und dort in einem Kinderhilfsprojekt mitarbeiten, das die Kinder von der Straße holt und ihnen eine Schuhputzausrüstung kauft, mit der sie dann eine Existenz gründen können. Oliver hat die letzten Jahre ganz schön auf sie abgefärbt, aber egal.

Ich laufe immer schneller, habe das Gefühl, dass das mein Hirn auf Trab bringt. Mir fällt ein, was der Alte heute am Scheidplatz über Illusion und Wirklichkeit gesagt hat. Vielleicht sehe ich den Wald vor lauter Bäumen nicht? Sicher ist, dass Lina nicht sterben wollte. Aber sie hat Schlafmittel eingenommen und Alkohol. Es ist unmöglich, das einer Schlafenden einzuflößen, sie muss es also selbst getrunken haben. Aber dann muss sie ihren Mörder gekannt haben. Und als sie dann doch wieder aufgewacht ist, war sie für ihn eine tickende Zeitbombe.

Was ist, wenn es nie eine Komplikation gegeben hat, sondern jemand versucht hat, seinen verpfuschten Mordversuch zu Ende zu bringen? Aber das können nur die Menschen sein, die sie im Krankenhaus besucht haben: unsere Familie, die Leute von der Schule und der geheimnisvolle Freund, von dem ich noch immer nicht weiß, wer das sein könnte. Ist er derjenige, der mir all die Hinweise gegeben hat – die Seite mit der Bildzeitung, das Foto?

Was ihn wiederum als Mörder ausschließen würde. Ich muss noch einmal Samira besuchen und nach ihm fragen, denke ich.

Vor mir tauchen die Lichter der Münchner Freiheit auf. Das Dach über dem Busbahnhof sieht von Weitem aus wie ein außerirdischer weißer Pilz. Ich gehe über die Leopoldstraße hinüber zum Café Münchner Freiheit. Früher haben wir hier immer Eis geholt, weil es uns viel besser geschmeckt hat als das von Sarcletti. Die noch nackten Bäume spiegeln sich in den Pfützen, die vor mir im Licht der Laternen schimmern. Melone und Stracciatella.

Kann Gretchen damit etwas zu tun haben? Sie kennt Lina offenbar besser als die anderen. Andererseits hätte sie dann bestimmt nicht so offen über meine Schwester geredet.

Dennis? Er hatte eine Affäre mit Lina, aber die ist schon lange her und irgendwie glaube ich ihm das.

Bleibt Alex. Immer wieder Alex. Und natürlich Oliver, unser superheiliger Stiefvater, der Retter der Obdachlosen und Unterprivilegierten. Manche müssen ja ständig gegen ihre unheiligen Gelüste kämpfen und sind deshalb sozial so engagiert. Das würde auf jeden Fall Linas Angst erklären.

Der Einbruch bei Frau Vogel und der Stoß in den Rücken – das kann Oliver aber nicht alles gewesen sein, da war er im Krankenhaus. Im Gegensatz zu Alex, fällt mir ein. Oder waren das nur Ablenkungsmanöver, so wie der Alte in der U-Bahn gesagt hat?

Ich habe das Foto immer noch in der Jeansjacke, hole es raus und halte es unter die nächste Laterne.

Das weit aufgerissene Auge scheint mich anzuschreien.

Frau Vogel hat dem Schwarzen, der geklingelt hat, nicht aufgemacht. War das dieser Typ? Ich muss ihr morgen das Bild zeigen.

Wie aus dem Nichts heraus höre ich plötzlich Schritte hinter mir. Alarmiert drehe ich mich um.

Aber als die Schritte näher kommen, erkenne ich ein Pärchen, das Arm in Arm an mir vorbeiläuft. Sie torkelt leicht und er hat ziemliche Mühe, sie zu stützen. Dabei kichern sie die ganze Zeit.

Ich atme auf, aber die beiden bringen mich zur Besinnung. Was denke ich mir eigentlich, hier mitten in der Nacht allein herumzulaufen? Nach allem, was passiert ist? Ich drehe mich um und überlege, eine Station mit der Straßenbahn zu fahren, aber die nächste kommt erst in zwanzig Minuten. Also renne ich los, in Richtung nach Hause. Als ich in die Karl-Theodor-Straße einbiege, fährt ein schwarzes Auto erst an mir vorbei, dann fährt es rechts ran, bremst ab. Ich bleibe stehen, bin fast erstarrt – wer ist das? Doch dann rast das Auto unvermittelt wieder los, mit quietschenden Reifen.

Ich halte mich nicht länger damit auf zu überlegen, wer das gewesen sein könnte, sondern sprinte nach Hause, gebe den Code ein und beruhige mich erst, als die Wohnungstür hinter mir ins Schloss fällt.

Es ist dunkel in der Wohnung und ganz still. Ich taste nach dem Lichtschalter, und als es hell wird, erschrecke ich so, dass ein Schrei aus meiner Kehle dringt.

Oliver sitzt regungslos mit zwei Bechern und einer Thermoskanne am Esstisch und starrt mich vorwurfsvoll an.

»Ich habe auf dich gewartet.«

Ich muss schlucken. Hat er so im Dunkeln auch auf Lina

gewartet? Will er mich aus dem Weg räumen, weil ich Verdacht geschöpft habe? Plötzlich kommt mir der Gedanke, der Afrikaner auf dem Foto könnte Oliver zusammen mit Lina gesehen haben. Ja, vielleicht hat er meine Schwester unter einem Vorwand in eine seiner heiligen Praxen bestellt, wo der Schwarze Augenzeuge von etwas wurde, das niemand je hätte sehen dürfen. Das wären dann zwei Tote, die auf sein Konto gehen.

Ich muss mich setzen.

»Du solltest etwas trinken.« Er schiebt mir den leeren Becher hin und schraubt die Thermoskanne auf. Dampf steigt auf und es riecht nach Pfefferminztee. Der starke Geruch verdeckt sicher jeden giftigen Beigeschmack, vielleicht ist auch Wodka drin, der ist ziemlich geschmacksneutral. Er gießt den Becher voll.

»Und du?«, frage ich aggressiv. »Willst du nichts trinken?«

»Ich sitze hier seit Stunden und bin schon randvoll mit Tee. Wo bist du gewesen? Deine Eltern sind ausgeflippt, sie wollten die Polizei rufen. Ich musste ihnen ein Schlafmittel verabreichen, um sie zu beruhigen.«

»Schlafmittel«, wiederhole ich.

»Der Tod eines Kindes ist ein furchtbares Trauma.«

»Sag mal, liegen deine Schlafmittel hier überall rum? Kann sich da jeder bedienen wie mit Smarties?«

Er fährt sich durch seine Haare und schüttelt den Kopf. »Ruby, beruhige dich. Du bist emotional sehr labil, das ist ganz natürlich. Am besten gehst du ins Bett. Ich kann dir eine Tablette geben.«

Jetzt, denke ich. Jetzt oder nie! Sprich es endlich aus!

»Hast du Lina missbraucht und dann getötet?«

Ich weiß nicht, was ich erwartet habe, vielleicht dass er aufspringt, herumschreit, brüllt, alles, aber nicht das. Er schrumpft vor meinen Augen wie ein Wurm, auf den man versehentlich getreten ist, legt seine Hände vor sein Gesicht und dann beginnt er zu weinen. Es hört sich furchtbar an, keuchend, abgehackt.

Was hat das zu bedeuten, ist das ein Schuldeingeständnis?

Schließlich gibt er sich einen Ruck und richtet sich wieder auf. »Ich habe deine Schwester geliebt.«

Oh Gott!

»Wie ein Kind. Ich verstehe nicht, wie irgendjemand auf der Welt auf die Idee kommen kann, dass ich diesem Kind etwas antun könnte. Ich bin Arzt«, jetzt wird er lauter und steht auf. »Ich bin Arzt und habe einen heiligen Eid geschworen, dass ich Menschenleben rette und nicht, dass ich Menschen töte.« Seine Wut lässt ihn noch größer werden, als er ohnehin schon ist, er kommt immer näher und steht dann direkt vor mir wie ein aufgebrachter Riese.

»Es ist schlimm genug, dass Lina unter meinen Händen weggestorben ist, entsetzlich für uns alle, aber deine Anschuldigungen ätzen sich wie Essig in meine Wunden. Hast du denn nicht das kleinste bisschen Respekt vor dem Schmerz anderer Menschen? Kannst du nur an dich denken? Lina hat sich so danach gesehnt, Frieden mit dir zu schließen. Aber du hast sie immer und immer wieder zurückgestoßen wegen eines einzigen lächerlichen Fehlers, den sie in deinen rachsüchtigen Augen begangen hatte. Wie kannst du es wagen, herzukommen und mit solch abartigen Verdächtigungen um dich zu werfen? Wie kannst du dich erdreisten, in so einem Moment einfach zu verschwinden und deinen Eltern noch mehr Schmerzen zuzufügen? Ich bin noch nie einem Menschen begegnet, der ein so winziges selbstsüchtiges Herz hat. Nirgends auf der Welt, nicht einmal im Kongo! Geh mir aus den Augen, du machst mich krank!« Er stößt mich weg und läuft in sein Schlafzimmer.

Mein Puls hämmert in den Ohren und ich merke, dass meine Beine zittern. Ich habe Angst gehabt, dass er mich schlagen würde. Und irgendwie hat er mich ja auch geschlagen, nein, nicht nur das, er hat mir gleich einen ganzen Pfahl durch mein Herz gestoßen.

VI

Sie möchten wohl dem Feuer entrinnen, doch sie werden nicht daraus entrinnen können, und ihre Pein wird immerwährend sein.
((5:37))

Der leichte, aber beständige Nieselregen hat sein Sweatshirt längst durchweicht, läuft hinten in seinen Nacken und seine Füße schwimmen in den Stoffturnschuhen. Jeder Schritt ein quatschendes Geräusch. So kann er nicht weiter hinter ihr herschleichen. Vielleicht ist es ein Zeichen von Kimoni, dass er endlich mit ihr reden soll.

Sie wirkt ganz anders als in den letzten Tagen, wie betäubt sitzt sie seit Stunden auf dieser Schaukel.

Vor einer Ewigkeit schon hatte er sich dazu durchgerungen, sie anzusprechen, aber genau in dem Moment kam eine Frau mit einem kleinen Kind in gelbem Ölzeug und stürmte den Sandkasten, sodass er sich wieder in seine Deckung hinter die alte Kastanie zurückziehen musste.

Sie reagiert überhaupt nicht auf die Neuankömmlinge, sitzt immer noch auf dem schwarzen Gummireifen, schaukelt nicht, bewegt sich nicht, weint nicht, sitzt nur da.

Bisher hatte er noch nicht die Gelegenheit, ihr Gesicht so nah und im vollen Licht zu sehen. Unfassbar, dass sie die Schwester von Lina sein soll. So bleich, als hätte man alles Blut aus ihr gesogen, und so dünn, dass ihre Beine ihn an die einer Gazelle erinnern. Er hätte sie kilometerweit tragen können. Ihre schmalen Handgelenke umklammern die dicken Eisenketten der Schaukel wie einen Rettungsring. Ihr blondes Haar hängt ungekämmt weit über den Schultern, es ist nass und sieht viel zu schwer aus für ihren zarten Kopf. Ein Teil von ihm möchte zu ihr gehen und sie trösten, auch wenn es keinen Trost gibt. Doch der andere Teil warnt ihn. Gestern, nach der Sache in der U-Bahn, war er für kurze Zeit sicher, dass sie nicht dazugehört. Deshalb hatte er spontan reagiert.

Aber dann, als sie mitten in der Nacht auf der Straße aufgetaucht war, war er sich nicht mehr so sicher gewesen. Was hat sie dort gesucht?

Er wird nicht schlau aus ihr. Und auch sein Herz gibt ihm neuerdings Rätsel auf. Wenn er sie ansieht, schrumpfen die bösen Racheflammen in seinem Herzen zu einem wärmenden Feuerchen.

Das Kind mit dem Ölzeug ist endlich von oben bis unten voller Matsch und seine Mutter will gehen. Der Kleine trampelt wütend auf den Sandkuchen herum, die er gebacken hat, wirft sich in den Matsch, doch als die Mutter nicht weiter reagiert, folgt er ihr brav.

Jetzt ist der Moment gekommen, denkt er und verlässt seine Deckung. Langsam geht er auf sie zu, überlegt ein letztes Mal, was er zu ihr sagen wird.

Ihre Blicke begegnen sich. Sie reißt entsetzt ihre wunderschönen großen Augen auf, blaugrün wie der Sambesi in der Sonne. Doch da verfärbt sich ihr Gesicht schlagartig elefantengrau, sie springt auf und rennt davon, als wären die Teufel hinter ihr her.

Er darf auf keinen Fall Aufsehen erregen und sie offen verfolgen. Deshalb spurtet er zurück in seine Deckung und es dauert einen Moment, bis ihm klar wird, was gerade passiert ist.

14. Kapitel

Erst als ich schon fast an der Mainzerstraße bin, werde ich ruhiger und frage mich, ob ich langsam verrückt werde. Schließlich habe ich gerade einen Geist gesehen. Ich bin ganz sicher, dass ich eben dem toten Typen von dem Foto begegnet bin. Aus dem Nichts ist er aus dem Regen aufgetaucht, wie ein Geist stand er plötzlich vor mir. Ich ringe nach Luft, während ich weitergehe, und überlege, was für Erklärungen es dafür gibt. Leider ist die wahrscheinlichste entweder die, dass ich afrikanische Gesichter nicht auseinanderhalten kann, oder die, dass ich einen Tagtraum hatte. Einen Tagalbtraum.

Nach dem, was Oliver mir an den Kopf geworfen hat, konnte ich die ganze Nacht nicht schlafen. Am frühen Morgen habe ich dann schließlich Feli angerufen und ihr erzählt, dass Lina gestorben ist. Sie wusste sofort, wie schrecklich es für mich ist, dass wir uns nicht mehr richtig versöhnen konnten. Vor ihr habe ich dann meinen Verdacht zum ersten Mal wirklich laut ausgesprochen: Lina wurde ermordet. Felis Entsetzen hat mein mulmiges Gefühl im Bauch noch verstärkt. Und weil Feli mit keiner Silbe an meiner Einschätzung gezweifelt hat und voller Besorgnis war, habe ich ihr das mit dem Foto und dem Stoß in der U-Bahn verschwiegen. Ich möchte nicht, dass Feli vor Sorge um mich durchdreht.

Nach unserem Telefonat ging es mir etwas besser, aber als ich dann in die Küche kam und die Mienen von Mam und Pa gesehen habe, musste ich wieder raus aus der Wohnung.

Bevor ich in den Hinterhof einbiege, schaue ich mich noch einmal nach dem Schwarzen um, entdecke aber niemanden. Also doch eine Projektion meines kranken Geistes. Was wollte ich auch im strömenden Regen auf diesem trostlosen Spielplatz? Wollte ich mich, wie Oliver es nennen würde, nur weiter bemitleiden?

Auf dem Spielplatz war alles nass und es war kalt, selbst für März, aber als ich die Schaukeln gesehen habe, konnte ich nicht anders, ich musste mich auf eine setzen. Lina hat Schaukeln geliebt oder vielmehr hat sie das Risiko geliebt. Immer, wenn sie den höchsten Punkt erreicht hat, ist sie gesprungen, sehr zum Entsetzen von Mama. Aber sie hat sich nie wehgetan. In Nusstal, zu der Zeit, als wir das Haus noch als Wochenendhaus benutzt haben, hat Pa uns eine wunderschöne Baumschaukel gebaut. Sie hängt auch heute noch an dem dicken Ast der Silberpappel neben dem Bach, aber auf der wird meine Schwester nie mehr schaukeln.

Oliver hat recht. Es war grausam von mir, Lina nicht zu verzeihen, traurig und kleinlich und lächerlich. Schließlich hat sie Merlin nicht dazu gezwungen, mich zu verlassen.

Aber was – der Gedanke schleicht sich in meinen Kopf – wenn das Ganze von Oliver nur ein gigantisches Ablenkungsmanöver war? Wenn er genau das erreichen wollte, dass ich einfach nicht mehr sicher bin, was ich glauben soll?

Als ich in den Hof einbiege, treffe ich Frau Vogel, aber von Napoleon entdecke ich keine Spur. Ihr Gesicht ist fast so graugrün wie ihr Wollmantel, sie wirkt so zerknittert auf mich, als hätte sie in ihren Sachen geschlafen. Sofort sehe ich den Hund wieder regungslos vor mir liegen, wie tot. Aber als sie näher kommt, lächelt sie mich glücklich an und streckt ihre Hand aus, um meine zu schütteln. »Kindchen, ich danke dir noch mal, dass du mir gestern mit Leon geholfen hast. Es war sehr gut, dass wir zum Arzt gefahren sind. Er hat ihm ein Brechmittel verabreicht und danach war mein geliebter General fast wieder der Alte. Er muss noch einen Tag dortbleiben, dann darf er nach Hause.« Sie mustert mich genauer. »Aber du bist so bleich, als hättest du gerade einen Geist gesehen.« Sie schlägt sich mit der Hand auf den Mund. »Oh, das war unpassend, deine Schwester ist ja gerade erst gestorben, der Hausmeister hat es mir erzählt. Entschuldigung. Wann ist denn die Beerdigung?«

Ich versichere ihr, dass ich Bescheid geben werde, sobald ich den Termin kenne. Dann verabschieden wir uns und ich gehe hoch in Olivers Wohnung. Auf halbem Weg kehre ich wieder um und renne Frau Vogel hinterher.

»Warten Sie, ich möchte Sie etwas fragen.«

Sie dreht sich zu mir um und bleibt stehen.

Ich hole noch ganz außer Atem das Foto mit dem Schwarzen aus meiner Tasche und frage sie, ob das der Mann ist, der an ihrer Tür geklingelt hat.

Sie schaut sich das Bild lange an. »Der junge Mann sieht tot aus.«

»Ist es der, der bei Ihnen geklingelt hat?«

»Es könnte sein.« Sie schaut mich ratlos an. »Aber sicher

bin ich nicht. Weißt du, er hatte die Kapuze bis über die Stirn gezogen und außerdem habe ich ihn ja nur durch den Spion gesehen.«

»Danke trotzdem.«

»Tut mir wirklich leid, ich muss jetzt los.« Sie zuckt bedauernd mit den Schultern, geht weiter und ich laufe zurück zur Wohnung.

Mam sitzt mit versteinerter Miene am Esstisch. Als sie mich sieht, steht sie auf und kommt mir entgegen. Oh Gott, sie wird mir doch keinen Vortrag darüber halten, dass ich trotz allem, was passiert ist, in die Schule gehen soll?

»Was fändest du denn für deine Schwester das Richtige?«, fragt sie hastig, ohne mich zu begrüßen. »Beerdigung oder Einäscherung?«

Im ersten Moment weiß ich nicht, was ich sagen soll, weil sie mich so überrumpelt hat. Als ich dann darüber nachdenke, finde ich es gruselig, dass Lina von Würmern zernagt werden soll. Andererseits ist es genauso schlimm, wenn sie verbrannt wird.

»Sie ist tot«, antworte ich schließlich. »Ich glaube, ihr wäre es egal.«

»Oliver will, dass wir sie einäschern. Er findet, wir sollten nicht so viel Geld für eine Beerdigung vergeuden, sondern das Geld lieber den Kindern in Guatemala spenden, wo Lina so gern hinwollte.«

Das passt doch wieder prima ins Bild. Wenn Lina erst mal verbrannt ist, kann man überhaupt nichts mehr nachweisen. Dann ist ihr Mörder für immer aus dem Schneider. Also muss ich dafür sorgen, dass das nicht passiert.

»Was Oliver sagt, klingt natürlich vernünftig.« Ich

schüttle trotzdem den Kopf. »Aber ich fände es viel besser, wenn sie in einem schönen Sarg mit Blumen begraben wird.«

Mam schnieft ein paarmal und drückt mich an sich. »Dann rede du mit deinem Vater und ich mit Oliver.«

»Pa will auch keine richtige Beerdigung?«

»Er behauptet, er hätte mit Lina mal darüber gesprochen und sie hätte da ganz entschiedene Ansichten gehabt.«

»Mit Lina gesprochen? Aber sie haben sich im letzten Jahr gar nicht gesehen.«

Mam schüttelt den Kopf. »Schätzchen, dein Vater hat sich doch alle zwei Wochen mit Lina in München getroffen.«

Das haut mich um, aber ich nehme mich sofort zusammen. Mam soll nicht wissen, dass ich davon keine Ahnung hatte. Warum hat er mir das nie erzählt?

Ich murmele etwas vor mich hin und fühle mich von meinem Vater verraten. Wieso hat er sich heimlich mit Lina getroffen? Aber ich schätze mal, ich kenne die Antwort. Er wollte keinen Streit mit mir, er hasst jede Art von Streit. Zum ersten Mal finde ich das nicht diplomatisch, sondern nur noch ziemlich armselig.

Ich frage Mam nach einer Lupe, überlege kurz, ob ich ihr das Foto auch zeigen soll, aber sie sieht so verzweifelt aus, dass ich es lieber lasse. Sie holt mir die Lupe aus dem großen Badezimmer. »Für Splitter. Dieser Holzboden hier hat es in sich, das kannst du mir glauben. Lina hatte einmal…« Ihre Augen füllen sich mit Tränen. »Hier.« Sie gibt mir die Lupe und geht dann schnell in ihr Schlafzimmer. Ich bleibe unschlüssig stehen, weiß nicht, ob ich ihr folgen und sie trösten oder mir mit der Lupe das Foto genauer vornehmen soll. Da fällt Mams Schlafzimmertür mit einem Knall ins Schloss und das nimmt mir die Entscheidung ab.

Ich setze mich an Linas Schreibtisch, hole das Foto aus der Jacke, die ich immer noch nicht ausgezogen habe, und lege es vor mich auf den Tisch.

Es ist furchtbar, wie viele Details man mit der Lupe erkennen kann. Plötzlich erzählt das Foto eine Geschichte. Ich fange bei den Füßen des Toten an, weil ich das weit aufgerissene Auge lieber nicht aus dieser Nähe betrachten möchte. Der Junge trägt Leinenschuhe in einer undefinierbaren Farbe, die Sohlen sind so abgelaufen, dass ich schon Löcher entdecke. Der Boden sieht aus wie grauer Beton mit Ölspuren darin, jedenfalls der Teil, der nicht mit Blut bedeckt ist. Neben seinen Füßen ist eine kleine Wasserpfütze.

Ich wende mich jetzt noch mehr dem Jungen zu, betrachte die blaue zerschlissene Jeans, die mit einem zerfledderten Gürtel zusammengehalten wird. Dann nehme ich die lange Narbe unter die Lupe. Sie kommt aus der Hose hervor und windet sich seitlich weiter hoch bis über die Taillenrückseite. So deutlich vergrößert erkennt man, wie entsetzlich sie aussieht, als hätte ein Metzger die Hautfetzen zusammengenäht. Hellbraune Verwachsungen mit leuchtend roten Stellen darin und alles ist so zerklüftet wie die Alpen auf dreidimensionalen Landkarten. Ich muss mich zwingen, weiter hinzuschauen. Was kann solche Narben verursachen?

Ich schwenke die Lupe höher. Seine Brust ist trotz der Narbe durchtrainiert wie die eines Leistungssportlers und auch seine Arme sind sehr muskulös. Weil ich es noch nicht schaffe, mich seinen Augen zu stellen, schaue ich mir die Arme genau an bis hin zu den Fingerspitzen.

Eine Hand ist zusammengeballt, zwischen den Fingern glitzert etwas. Ich hebe das Bild hoch und halte die Lupe ganz dicht darüber. Es ist eine Kette, die weiter unten fast von der Blutlache verdeckt wird. Ich brauche mehr Licht!

Ich knipse die Schreibtischlampe an, ziehe sie näher zu mir her und leuchte direkt auf das Foto. Es scheint ein Anhänger zu sein, leider sehe ich nur einen Teil davon. Ich erkenne gerade mal ein Stück von einem Kreis, darunter wieder ein Bogen. Dazwischen ist Luft. Etwas an diesem Gebilde kommt mir bekannt vor, mein Magen zieht sich wie elektrisiert zusammen. Eine Spur, da bin ich sicher, aber, verdammt noch mal, was für eine?

Ich hole mir ein Blatt Papier und einen Stift und male das winzige Stück ab, das ich erkennen kann. Ein Yin- und Yangzeichen? Nein, das passt nicht zu der zweiten Linie. Ich male einen ganzen Kreis und dann dieses Stück Innenlinie. Vielleicht muss ich es drehen? Ich drehe es und dann stellen sich mir alle Nackenhaare auf. Ich renne zu meiner Schultasche und hole den Zettel mit den schraffierten Symbolen heraus, die Lina von ihrem Tisch weggekratzt hat. Als ich ihn neben das Foto halte, erkenne ich genau die Übereinstimmungen.

Es ist das @-Zeichen.

Mir schlägt das Herz bis zum Hals. Warum hat dieser ermordete Afrikaner ein @-Zeichen in der Hand und Lina kratzt es von ihrem Pult weg?

Ich denke an den Äskulapstab. Medizin. Ärzte.

Dann schaue ich wieder auf die Narbe.

Langsam dämmert mir etwas, aber das wäre ungeheuerlich. Unfassbar. Ich betrachte die Narbe noch einmal ganz genau, um mich zu vergewissern. Kann das vielleicht die Narbe einer Nierenoperation sein? Ich erinnere mich dunkel an John Lockes Narbe in *Lost* – war die nicht auch auf dem Rücken?

Um sicherzugehen, müsste ich einen Arzt fragen, aber der einzige Arzt, den ich kenne, könnte ein Schenk sein. Könnte darin verwickelt sein.

Nein, Ruby, du spinnst! Du kannst dir doch nicht ständig neue und immer wüstere Verdächtigungen ausmalen. Gestern noch hast du gedacht, Oliver hätte seine Stieftochter missbraucht, und jetzt denkst du an so etwas!

Aber der Gedanke lässt mich nicht mehr los, denn alles passt perfekt zusammen. Olivers Arbeit für Ärzte ohne Grenzen, sein Job im Krankenhaus.

Organhandel.

Etwas ist schiefgelaufen, Lina hat ihn dabei erwischt und deshalb musste sie sterben.

Ich brauche sofort Zugang zum Internet oder einen Verbündeten. Am besten sogar beides. Ich könnte Mams Laptop benutzen, aber das will ich dann doch nicht. Nicht, bevor ich nicht sicher bin.

Alex hat mir angeboten, dass ich seinen Computer benutzen kann. Alex, den ich das letzte Mal gesehen habe, als ich vor ihm im Luitpoldpark in die U-Bahn geflüchtet bin.

Was ist, wenn er mit drinhängt? Aber dann erinnere ich mich daran, wie sich die beiden neben Linas Bett gestritten haben und wie er zusammengezuckt ist, als sein Vater ihm über die Haare gestreichelt hat.

Andererseits war da dieses schwarze Auto gestern

Abend. Es könnte Alex gehört haben. Soweit ich weiß, fährt er einen schwarzen BMW, aber in München fahren ja offensichtlich eine Menge Leute schwarze BMWs.

Egal, ich muss der Sache auf den Grund gehen. Und wenn ich bei Alex ins Internet gehe, kann ich gleichzeitig versuchen, ihn auszufragen. Ich packe das Foto wieder in meine Jeansjacke, die Lupe in meine Tasche und rufe Mam durch ihre Zimmertür zu, dass ich Alex besuchen gehe. Sie antwortet nur knapp, es klingt müde, vielleicht hat sie wieder eine Tablette genommen.

Ich wähle Alex' Handynummer, er hört sich auch total verschlafen an, aber er lädt mich sofort ein und gibt mir seine Adresse.

Gerade als ich die Klinke der Haustür runterdrücke, öffnet Mam doch noch ihre Tür. Sie versucht, mich unter Tränen anzulächeln, presst sich ein »Bis später!« ab und schließt die Tür wieder, diesmal aber ganz sanft.

Und ich bin froh, jetzt weggehen zu können, wofür ich mich schrecklich schäme. Auch wenn ich mir sage, dass ich es nur für Lina tue, wird meine Schwester dadurch nicht wieder lebendig. Nein, letztlich mache ich das alles für mich, nur um mich besser zu fühlen. Um der Wohnung hier zu entfliehen.

Um meinem eigenen Schmerz davonzulaufen und den Schuldgefühlen.

www.wahrste-liebe.de

Blog für alle, die wirklich lieben

Heute nur eine Umfrage:

Kann man jemanden lieben, der böse ist?

❑ Ja

❑ Nein

Bitte einfach anklicken, Klicks werden automatisch gezählt. Das Ergebnis und meine Meinung dazu dann in Kürze. Bitte nehmt zahlreich teil, es ist wichtig für mich, danke. Falls Ihr noch etwas dazu schreiben wollt, gern!

5 Kommentare:

Waywo sagt:

Böse, was solln das sein?

Zizibe sagt:

Cool, du bist toll, ich liebe dich.

Miumiu sagt:

Kann man jemanden lieben, der nicht küssen kann, fänd ich die bessere Frage!

Waywo sagt:

Lol, oder noch besser, kann man jemanden mit Schweißfüßen lieben ;-)))

Leute, meine Umfrage ist ernst gemeint!
webmaster.wahrste-liebe.de

Löwchenmeyers sagt:
Ich mache mir immer mehr Sorgen um dich!

Und du nervst. Schaff dir einen Hund an, um den du dich sorgen kannst.
webmaster.wahrste-liebe.de

15. Kapitel

Auf dem Weg zu Alex komme ich am Krankenhaus vorbei und das erinnert mich nicht nur an Linas Tod, sondern jetzt auch an etwas, das ich in meinem Kummer völlig vergessen habe. Ich zögere, weiß nicht, ob ich jetzt schon bereit bin, wieder dorthin zu gehen, wo Lina gestorben ist, aber dann gebe ich mir einen Ruck.

Ich fahre mit dem Aufzug in den fünften Stock. Als ich den Krankenhausmief rieche, zieht sich alles in mir zusammen, und noch schlimmer wird es auf der Station. Ich vermeide jeden Blick auf Linas Zimmer und bete, dass ich nicht Oliver über den Weg laufe. Aber die Station ist ziemlich leer. Vorsichtig schaue ich ins Schwesternzimmer und treffe dort auf Jay, der mich wiedererkennt und freundlich anlächelt. Als ich nach Samira frage, erklärt er mir, dass Samira heute und morgen nicht auf der Station ist – ihre Schicht fängt erst wieder übermorgen an.

Ich beiße mir auf die Lippen. Ich will nicht bis übermorgen warten. Ich muss jetzt wissen, wer der geheimnisvolle Freund war, der Lina hier im Krankenhaus besucht hat. Ich fasse mir ein Herz und frage Jay, ob er vielleicht mit Schwester Samira über den geheimnisvollen Besucher von Lina gesprochen hat, aber er schüttelt bedauernd den Kopf. Ich denke an Lina und daran, dass ich nicht weiterkomme, wenn ich immer sofort klein beigebe. Deshalb gebe ich mir einen Ruck und frage ihn, ob Samira vielleicht telefonisch erreichbar ist, aber da ist sein ständiges Lächeln plötzlich wie weggewischt und er schlägt vor, dass ich Dr. Brandt nach ihrer Nummer fragen soll.

Ernüchtert fahre ich wieder nach unten und setze meinen Weg zu Alex fort. Ich habe das Gefühl, dass sich ständig mehr Felsbrocken vor mir auftürmen, die verhindern, dass ich erfahre, was hier vor sich geht.

Als ich bei Alex klingele, muss ich erst mal mit ihm durch eine Überwachungskamera reden, was ich reichlich abstrus finde. Danach öffnet er die Tür zu dem Aufzug, der mich direkt in seine Wohnung fährt.

Ich habe keine Ahnung, wie ich das Gespräch mit Alex anfangen soll, und hoffe, dass mir auf dem Weg nach oben noch etwas Gutes einfällt. Aber der elegante Penthouse-Aufzug katapultiert mich so schnell und direkt in den sechsten Stock, mitten in sein Wohnzimmer hinein, dass ich gar nicht zum Denken komme, sondern nur noch überrascht und sprachlos die Augen aufreißen kann. Von hier kann man durch die rundum verglasten Wände nicht nur die Münchner Freiheit von oben, sondern bis hin zu den Alpen sehen.

Alex ist noch in Boxershorts und T-Shirt. Er winkt mir zu, entschuldigt sich und verzieht sich sofort ins Badezimmer.

Ich bin froh über den Aufschub. Immer noch fassungslos schaue ich mich um.

Nie im Leben hätte ich gedacht, dass Alex in einer Luxus-Penthousewohnung wohnt. Sein Vater würde ihm das niemals finanzieren. Der heilige Dr. Oliver legt auf Luxus keinen Wert und spendet einen Großteil seines Einkommens für soziale Zwecke.

Also, wo hat Alex das viele Geld dafür her?

Ich lege meine Tasche auf einen durchsichtigen Plastikstuhl und ziehe meine Jacke aus.

Die wenigen Möbel haben sicher Designpreise gekriegt, allerdings bestimmt nicht dafür, dass sie bequem sind. Die Fußböden glänzen in irgendeinem schwarzen Steinmaterial, die offene Küche ist mit den allerfeinsten Topgeräten ausgestattet, die hinter Alufronten verborgen sind. Nur die Gläser und das Geschirr auf einem offenen Regal wirken altmodisch. Es sind bauchige Krüge und Tassen mit blauen und weißen Blumenmustern, in die Gläser sind romantische Schleifchenmuster eingraviert.

Sein Bett ist japanisch und vom Rest der Loft nur abgetrennt durch einen Papierwandschirm, der im asiatischen Stil mit unpassend wirkenden Sexorgien bedruckt ist. Neben dem niedrigen Bett glänzt ein silberner Hantelbaum.

Auf einem riesigen Holztisch stehen ein Laptop, ein iPad und ein Pizzakarton mit einem schwarzen Raben darauf, der inmitten all der Pracht so fehl am Platz wirkt wie ein Eiterpickel auf der Stirn von Heidi Klum.

Ich sehe zur Badezimmertür hinüber, hinter der Wasser rauscht. Hastig schleiche ich zum Tisch und will gerade Alex' Laptop aufklappen, als mir wieder einfällt, dass auch er ein Passwort hat. Ich laufe zurück zur Fensterfront und starre nach draußen in den grauen Märzhimmel.

Endlich erscheint Alex, geduscht und angezogen, doch er sieht nicht wacher aus als eben.

»Gefällt's dir hier?«

»Schick«, sage ich knapp.

»Aber du magst es nicht, oder?« Der Fluch versucht ein Lächeln, was ihm völlig misslingt.

»Doch.«

»Deine Schwester fand es gruselig. Aber sie…«

»Sie was?«

»Na ja, sie ist tot.«

Wie sensibel von ihm. Bevor ich etwas erwidern kann, fährt er schon fort. »Entschuldige. Ich hätte das anders sagen sollen. Ich bin heute nicht ganz bei mir.«

»Ich auch nicht.« Ich überlege, wie ich weitermachen soll. Aber weil mir kein Übergang einfällt, gebe ich mir einfach einen Ruck. »Sag mal, operiert dein Vater auch?«

»Na klar, er ist zwar Internist, aber wenn er für Ärzte ohne Grenzen arbeitet, dann macht er das den ganzen Tag. Wieso fragst du?«

Ich antworte nicht. »Worüber habt ihr euch neulich im Krankenhaus gestritten?«

Er beißt sich auf die Unterlippe und bläst zischend Luft aus. »Wir streiten uns doch jedes Mal, wenn wir uns sehen.«

»Wieso eigentlich?«

Alex kommt ein paar Schritte auf mich zu. »Ich finde es komisch, dass du so viele Fragen stellst. Was soll das? Glaubst du etwa immer noch, dass Linas Tod kein Selbstmord war?«

»Das hat nichts mit Glauben zu tun«, bricht es aus mir heraus. »Ich habe Beweise.«

Als ich seine Reaktion sehe, könnte ich mich in den Hintern beißen.

»Was denn für Beweise?« Er fuchtelt wütend mit den Händen. »Wovon redest du überhaupt?«

Ich denke an das Foto in meiner Jackentasche. Aber das werde ich ihm nicht zeigen. Dann müsste ich erklären, woher ich es habe. Wie also gehe ich sonst vor?

»Nehmen wir für einen Moment mal an, dass Oliver in etwas verwickelt wäre, was Lina herausbekommen hat.«

»Und was soll das sein?«

»Ist doch jetzt egal. Etwas Schlimmes. Schlimm genug, dass er sie aus dem Weg schaffen musste.«

Jetzt beginnt Alex zu lachen. Er kann sich überhaupt nicht mehr beruhigen. »Willst du etwa damit sagen, dass mein Vater Lina auf dem Gewissen hat?« Er tippt sich an die Stirn. »Ruby, du brauchst wirklich Hilfe. Der gute Oliver würde niemals jemanden töten. Könnte er gar nicht.« Alex' Worte klingen so verächtlich, als wäre das ein Armutszeugnis für einen Mann. »Nicht mal, wenn man ihm einen üblen Diktator auf dem Silbertablett servieren würde. Vergiss nicht, er muss sich an seinen beschissenen heiligen Eid halten.«

Ich denke wieder an den weggekratzten Äskulapstab. »Aber das sollten Ärzte doch auch.«

»Träum weiter, Prinzessin. Das Leben ist nicht wie im Märchen, wo die Guten mit den Bösen kämpfen und das Gute siegt. Im richtigen Leben sterben die Guten. Die anderen Guten und vor allem Menschen wie der heilige Oliver stehen blöd rum und tun nichts dagegen.«

»Wie meinst du das?«

Bevor er antworten kann, klingelt es an seiner Wohnungstür. Alex lässt mich einfach stehen und geht aufmachen.

Eine Minute später steht Dennis vor uns, heute in einem Hugo-Boss-Anzug, der ihn zehn Jahre älter wirken lässt. Er lächelt mir zu, schaut dann aber verlegen zu Alex, als wüsste er nicht, was er sagen sollte. Ich sehe es ihm genau an, er hat schon von Linas Tod gehört.

Vermutlich hat es sich an der Schule wie ein Lauffeuer herumgesprochen.

Alex begrüßt er mit einem leichten Schulterklopfen.

Ich schaue von einem zum anderen und überlege, was sie wohl verbindet. Es entsteht eine peinliche Pause und mir fällt nichts Besseres ein als: »Muss denn keiner von euch Jungs in die Schule?«

»Einen wunderschönen guten Morgen dir auch, trotz allem.« Dennis schüttelt traurig seine hellbraunen Locken. »Ruby, Ruby, Ruby, manchmal gibt es Wichtigeres als Schule! Das müsstest du doch am besten wissen. Es tut mir so leid, das mit Lina. Wirklich.« Er tritt einen Schritt auf mich zu, offenbar unschlüssig, ob er mich umarmen soll.

»Ruby wollte gerade gehen«, sagt Alex unwirsch.

Ach, ja? Das wüsste ich schließlich.

»Aber warum denn?« Dennis wedelt mit einer Tüte, die er hinter dem Rücken versteckt hatte. Er sieht mich sorgenvoll an. »Hast du seit gestern überhaupt schon etwas gegessen? Ich habe bei der französischen Bäckerei im Westend Croissants geholt, genug für uns alle. Du bist sowieso schon so dünn.«

Croissants? Ich kann jetzt nicht mal an Croissants denken, geschweige denn, sie essen.

»Nein danke«, sage ich hastig. Plötzlich möchte ich tatsächlich gehen. Ich schnappe mir meine Jeansjacke und will sie mir gerade überziehen, als etwas aus meiner Tasche segelt und auf dem glänzend polierten schwarzen Granitboden zum Liegen kommt.

Das Foto.

Für einen Moment starren wir alle drei auf das Bild.

Dann bückt sich Alex und greift danach. Er wird unglaublich blass, wie Käpten Sparrow, wenn ihn die Krake am Haken hat. »Wo hast du das her?« Seine Stimme klingt, als würde ihm jemand den Kehlkopf abdrücken, auf seiner Stirn glänzen plötzlich Schweißperlen. »Red schon, wieso trägst du Fotos von solchen Kretins mit dir herum?«

Ich starre ihn an. Kretins?

»Red schon!« Er kommt auf mich zu und hebt seine Hand, als wollte er mich schlagen.

»Hey, hey, jetzt mal langsam, Alter!«, mischt sich Dennis ein und geht auf Alex zu.

»Was soll denn das werden?«, frage ich und gebe mir Mühe, stark zu klingen.

»Ich verstehe nicht, warum du Fotos von irgendwelchem Abschaum mit dir herumschleppst!« Alex versucht ganz offensichtlich, die Fassung wiederzugewinnen. »Hast du das bei Linas Sachen gefunden? Läufst du deswegen hier herum und wirfst mit wilden Anschuldigungen um dich?«

Dennis wirft auch einen Blick auf das Foto. »Was regst du dich eigentlich so auf, Alex? Kennst du den Typen etwa?«

Aber Alex antwortet ihm nicht. Stattdessen zerreißt er das Foto in tausend kleine Schnipsel, geht zu einem der Fenster, öffnet es und lässt sie wie Schneeflocken nach unten rieseln. Dann putzt er sich die Hände an seiner Jeans ab, als wären sie schmutzig, und atmet tief durch. »Okay, weg mit dem Schund. Was geht uns totes Ausländerpack an. Will jemand Kaffee?«

»Warum hast du das Bild weggeworfen?« Ich kann nicht glauben, dass er dieses schockierende Foto einfach zerreißt und so tut, als hätte man darauf nur eine tote Kakerlake gesehen und keinen Mensch.

»Wolltest du *das* etwa in dein Fotoalbum einkleben?« Alex hat plötzlich seine Fassung wieder.

»Ich finde, Alex hat recht. Man sollte sich nur mit schönen Dingen umgeben, wie zum Beispiel mit Frauen wie dir«, sagt Dennis. »Wo hast du das überhaupt her?«

»Das werde ich euch ganz bestimmt nicht auf die Nase binden.« Selbst Dennis, der mir einen treuherzigen Blick aus seinen lang bewimperten Augen zuwirft, kommt mir plötzlich falsch vor. Das Bild ist vielleicht der Schlüssel zu Linas Tod und Alex hat noch nicht einmal Dennis' Frage beantwortet, ob er den Typen auf dem Foto kennt!

Ich funkele meinen Stiefbruder an, aber der steht mittlerweile bei der teuren Espressomaschine und befüllt sie seelenruhig mit Wasser, als wäre überhaupt nichts gewesen.

Kommentarlos schnappe ich meine Tasche und renne zur Aufzugtür. Dennis folgt mir und bleibt vor der Tür zum Aufzug stehen. »Hey, sei nicht sauer auf Alex. Ihm macht der Tod von Lina viel mehr zu schaffen, als du denkst. Außerdem solltest du wirklich etwas essen. Du siehst aus, als ob du gleich zusammenklappst.«

»Ihr kapiert es einfach nicht.« Ich dränge Dennis weg von der Tür.

»Verzeih uns, wir sind bloß Männer. Sehen wir uns bei der Beerdigung? Ich bringe Blumen mit.«

»Übrigens, nur damit du es weißt: Lina hat weiße Lilien gehasst!«, fauche ich zwischen den Zähnen durch.

Dennis sieht mich erstaunt an. »Oh, das wundert mich. Ich dachte, sie würde sie lieben.« Er zögert. »Tut mir leid, das zu sagen, aber Ruby, vielleicht kanntest du deine Schwester doch nicht ganz so gut, wie du denkst?« Er schließt die Tür ganz sanft hinter mir.

Wie ein Volltrottel stehe ich in dem verspiegelten Aufzug. Dennis' letzte Worte lodern durch meinen Kopf, weil er verdammt noch mal recht hat. Ja, ich habe Lina seit dem letzten Sommer nicht gesprochen, ja, ja, ja. Aber trotzdem weiß ich, dass sie ermordet wurde, und ich werde es beweisen!

Ich lehne mich erschöpft an die Wand des verspiegelten Aufzugs, warum will das niemand außer mir wahrhaben? Oder bin ich einfach nur eine Idiotin, die gegen Windmühlen kämpft, nur weil ich ihr diese im Nachhinein betrachtet lächerliche Lappalie nicht verzeihen konnte?

Der Aufzug stoppt. Einfach so, mittendrin, mit einem harten Ruck. Ich schließe für einen Moment die Augen. Bitte, nicht! Bitte, nicht jetzt. Ich suche den Notknopf. Dann geht das Licht aus.

Wie gut, dass mir enge Räume keine Angst machen. Trotzdem erinnere ich mich plötzlich an alle Horrorfilme, in denen Aufzüge eine Rolle spielen. Mir fällt ein, Feuer oder Rauchentwicklung lässt Aufzüge stoppen, oder ein Kurzschluss. Und ein Kurzschluss kann auch dafür sorgen, dass der Aufzug in den Keller rast und dort in tausend Stücke zerbirst.

Von wegen, man muss nur warten, bis sich die Augen an die Dunkelheit gewöhnt haben! Ich sehe immer noch nichts und es leuchtet auch kein roter Notknopf auf. Ich habe zwar mit den Fingern die Wand nach den Schaltern abgetastet, aber dann ist mir wieder eingefallen, dass ich es damit noch schlimmer machen könnte, wenn es sich wirklich um einen Kurzschluss handeln sollte. Immer wieder blähe ich meine Nasenflügel, um frühzeitig eventuellen Brandgeruch zu riechen, aber es dringt nur Angstschweiß in meine Nase. Ich versuche, möglichst gleichmäßig zu atmen, aber jetzt wird mir doch schlecht. Ich rutsche mit dem Rücken an der verspiegelten Wand herunter und setze mich auf den Boden. Nein, nein, ich habe keine Angst.

Ja, ich bleibe ganz ruhig.

Nutze die Zeit für etwas Sinnvolles, rede ich mir gut zu. Was ist da eben oben passiert? Warum war Alex so außer sich, als er das Foto gesehen hat? Was geht hier vor sich, was er mir verschweigt?

Plötzlich klingelt mein Handy in der Tasche und ich frage mich, wie blöd ich eigentlich sein kann. Erstens kann ich damit Hilfe holen und zweitens ist es beleuchtet.

Ich taste mit fliegenden Händen danach, da geht mit einem Mal das Licht an und der Aufzug setzt sich in Bewegung, als wäre nie etwas gewesen.

VII

Doch wenn ihr Standhaftigkeit zeigt und redlich handelt, fürwahr, das ist eine Sache fester Entschlossenheit.
((3:186))

Wieder war er zu ungestüm, zu ungeduldig, er hasst sich für die Fehler, die er unablässig macht. Es ist nur gerecht, dass er bis auf die Haut nass ist und von Minute zu Minute mehr friert. Er denkt an Kimoni und wünscht sich, er könnte daran glauben, dass Kimoni warm im Garten des Paradieses sitzt, sich an Granatäpfeln labt und von schönen Jungfrauen gesalbt wird.

Wenn sie doch nur niemals zu diesem elenden Arzt gegangen wären! Aber sie hatten Vertrauen gehabt. Oder vielmehr war es Kimoni gewesen, der Vertrauen zu ihr gehabt hatte.

Doch ihre heiligen Eide waren einen Dreck wert gewesen. Nichts in diesem Land war umsonst. Im Gegenteil, der Preis, den man für Gratisangebote zahlen musste, konnte das Leben kosten.

In seinen Eingeweiden brennt das Feuer aus Schmerz und Einsamkeit und die einzige Möglichkeit, diese Flamme zu ersticken, besteht in seiner Rache. Doch dann hört er wieder Kimonis Stimme, der davon spricht, wie dumm Rache ist. Manchmal hat er das Gefühl, er wird davon noch ganz verrückt. Diese Stimmen in seinem Kopf, sie streiten und sie werden immer lauter. Er fürchtet, seine Ahnen haben ihm ihre Dämonen geschickt. Nur noch selten verstummen sie und lassen ihn in Frieden, so wie heute Morgen, als er sie auf der Schaukel gesehen hat.

Doch er wird nicht schlau aus ihr, es kommt ihm so vor, als würde sie ihn an der Nase herumführen.

Du hast dich täuschen lassen, wispert die eine Stimme. Nur weil sie so zart und traurig wie ein Gazellenbaby wirkt, dessen Mutter vom Löwen gefressen wurde, heißt das nicht, dass sie nicht mit drinsteckt. Auf was wartest du noch?

Die andere, Kimonis Stimme, warnt ihn, sagt, es sei seine verdammte Pflicht, hochzugehen und nachzuschauen, was da vor sich geht. Aus diesen Fenstern kann man leicht hinunterstürzen, Gazellen können nicht fliegen.

Er schlägt sich mit der Faust an die Stirn, damit die Stimmen aufhören. Zwei Frauen, die zusammen unter einem bunt bemalten Regenschirm die Straße entlanggehen, bleiben stehen und starren ihn an. Gefährlich! Er ringt sich ein Lächeln ab und läuft zügig weiter, Richtung Englischer Garten, aber an der nächsten Ecke macht er kehrt und geht wieder zurück und starrt an dem Gebäude hoch. Er muss verdammt noch mal endlich weiterkommen. Und er weiß, dass er die Entscheidung eigentlich schon längst getroffen hat.

www.wahrste-liebe.de
Ein Blog für alle, die wirklich lieben

Heute:
wollte ich das Ergebnis meiner Umfrage präsentieren

Kann man jemanden lieben, der böse ist?
Aber das dauert noch. Ich hab über zweihundert Mails gekriegt – hey, ihr zweihundert, blöde Frage: Warum schreibt Ihr alle nie einen Kommentar???
Jedenfalls haben mich viele gefragt, was zum Kuckuck denn das Böse sein soll. Ihr wolltet Beispiele.
Okay, böse war ein bisschen reißerisch, ich hätte unmoralisch hinschreiben sollen oder unethisch.
Beispiele:
Könntet ihr einen Menschen lieben, der zum Mörder geworden ist, könntet ihr einen Mann lieben, der armen alten Omas Heizdecken zu gar nicht geilen Preisen verkauft, oder einen richtig bösen Menschen, einen Rechtsradikalen, der sich die Zeit mit Fidschisklatschen vertreibt?
Dann klickt hier mit
❑ Ja

Oder seid ihr der Meinung, dass ihr nur einen Heiligen lieben könnt oder allenfalls einen Menschen mit Fehlern wie:
er klappt die Klobrille nicht runter oder
er ist Bayernfan oder
er geht nicht mit euch shoppen, sondern lieber mit den Kumpels zum Fußball.

Dann klickt ihr bitte mit

❑ Nein

Ich bin echt schon sehr gespannt und erhoffe mir jetzt bessere Ergebnisse, weil ja nun alle Klarheiten beseitigt sind ;-)

3 Kommentare:

Umanti sagt:
Wozu sone Umfrage? Was machst du denn damit? In *Psychologie Heute* veröffentlichen? Lol, lol, lol

Löwchenmeyers sagt:
Danke für die Aufklärung, aber ich mache mir noch mehr Sorgen um dich. Wer Nazis küsst, ist krank im Hirn und nicht verliebt.

Gelimausi sagt:
Bei mir klappt das mit dem klicken nicht. Hilfe!!

16. Kapitel

Dieser erste Tag nach Linas Tod schleppt sich hin wie ein ganzes Jahrhundert. Auf dem Nachhauseweg von Alex ist mir klar geworden, dass ich mit Gretchen reden muss, jetzt, wo ich Samira nicht erreichen kann, die mir mit dem geheimnisvollen Freund vielleicht weiterhelfen könnte. Gretchen weiß die Wahrheit über Linas Beziehungen, da bin ich mir sicher. Und gestern in der Schule habe ich keine Gelegenheit mehr gehabt, sie auszuquetschen, weil ich auf Linas Tisch die Zeichen gefunden habe und dann gleich ins Krankenhaus gestürmt bin.

Ich rufe sie auf ihrem Handy an und erreiche sie in der Schule. Sie ist nett wie am ersten Tag, aber sie schreiben gleich eine wichtige Mathe-Ex und nachmittags muss sie noch eine Hotline für die Astros organisieren. Nachdem ich jedoch ordentlich auf die Tränendrüse drücke, lässt sie sich erweichen und schlägt mir vor, dass wir uns zu einem frühen Abendessen in einer der Pizzerien ihres Vaters treffen können. Sie übernimmt dort ab neunzehn Uhr die Schicht einer kranken Kellnerin.

Ich bedanke mich bei ihr, lege auf und überlege, wie ich den Tag bis dahin herumbringen soll. Mir sitzt die vergangene durchwachte Nacht noch in den Knochen und ich fühle mich so elend, als würde ich eine Grippe bekommen.

Mittags gehen Mam und Pa zu Oma ins Seniorenheim, um ihr die Nachricht von Linas Tod so schonend wie möglich zu überbringen. Lina war Omas ausgesprochener Liebling. Sie schlagen gar nicht erst vor, dass ich mitkomme, und ich bin froh darüber.

Ich ziehe mich in Linas Zimmer zurück und grübele über Alex und seine Reaktion auf das Foto und auf meine Anschuldigungen Oliver betreffend nach, bis mich tatsächlich die Erschöpfung übermannt und ich einschlafe. Pa weckt mich, als er mit meiner Mutter von Oma zurückkommt.

Sie wollten unbedingt, dass ich etwas esse, aber ich bekomme nichts herunter. Ihnen geht es allerdings ähnlich. Wir alle sitzen nur um den Tisch herum und starren die Brote an, die Butter und den Käse, den Pa hingestellt hat, aber niemand nimmt sich etwas. Schließlich räumt Pa wieder alles ab und dann wollten sie wissen, ob ich mit zu ihrem Termin beim Beerdigungsinstitut kommen möchte, aber selbst wenn ich nicht mit Gretchen verabredet wäre, würde ich es nicht über mich bringen, einen Sarg für Lina auszusuchen.

Gleich nach ihnen mache ich mich auf den Weg. Wie sie mir am Telefon erklärt hat, gehört Gretchens Vater eine ganze Kette von italienischen Restaurants, die über die ganze Stadt verteilt sind. Aber das, in dem Gretchen heute arbeitet, muss ausgerechnet in Riem liegen, am Ende der Welt.

Ich bin über eine Stunde dorthin unterwegs und muss von der U-Bahn-Station noch ewig zu Fuß durch ein völlig ödes, matschiges Neubaugebiet laufen, das bei dem trüben Wetter noch grauer wirkt, als es wahrscheinlich ist. Die Pizzeria sehe ich allerdings schon von Weitem, sie ist hell erleuchtet und erscheint mir in all dem Grau wie eine Oase.

Deswegen bin ich nicht wirklich überrascht, wie voll es hier mitten in der Pampa an einem ganz normalen Mittwochabend ist. Es sind mehrere Räume, die von dem offenen Steinofen weg und ineinander übergehen. Die Wände bestehen aus Steinplättchen, die Fußböden sind schwarz, die orangefarbenen Stühle sehen aus wie Klubsessel in Siebzigerjahre-Filmen. Das alles klingt vielleicht seltsam, aber es wirkt sehr gemütlich.

Ich sehe mich um und da kommt schon Gretchen auf mich zu. Sie trägt einen wadenlangen schwarzen Rock und eine weiße Bluse mit Puffärmeln. Ihre schwarzen Pocahontashaare sind ordentlich zu einem Pferdeschwanz zusammengebunden.

Sie winkt mich in eine Wandnische und ich bin froh, dass sie sich die Floskeln spart, von wegen, wie leid ihr das mit Lina tut.

Stattdessen erklärt sie mir die Pizzasorten und empfiehlt *Pizza Maria Callas*, die Spezialität des Hauses, eine Pizza mit Krabben, Knoblauch, Lauchzwiebeln und Crème fraîche. Sie wirkt so eifrig, dass ich es nicht übers Herz bringe, ihr zu sagen, dass ich keinen Hunger habe.

»Was willst du eigentlich von mir?«, fragt sie, nachdem unsere Saftschorlen vor uns stehen und wir beide einen großen Schluck getrunken haben. Johannisbeer für mich, Maracuja-Rharbarber für sie.

»Die Wahrheit wissen.«

»Die Wahrheit und nichts als die Wahrheit?« Gretchen grinst mich an, aber dann wird sie sofort ernst. »Entschuldige, ich vergesse immer wieder, dass Lina tot ist. Es tut mir wirklich leid für dich.«

»Du hast ja auch Schwestern«, sage ich und hoffe, sie damit ein bisschen verständnisvoller zu stimmen. »Dann kannst du dir vielleicht vorstellen, wie schrecklich sich das anfühlt.«

»Wieso, hast du etwa Schuldgefühle, weil ihr getrennt wart? Ich wünschte mir oft, meine Schwestern wären in Sizilien, und ich hätte hier meine Ruhe. Also, warum bist du hier?« Ihre blauen Augen leuchten aus ihrem Pocahontasgesicht wie ein bayerischer Biergartenhimmel über frisch glänzenden Kastanien.

»Ich bin sicher, dass Linas Tod kein Selbstmord war.«

»Und was hat das mit mir zu tun?« Der Biergartenhimmel wird deutlich dunkler, Gewitterstimmung macht sich breit.

»Du hast gesagt, sie war eine Bitch.«

Sie kaut auf ihrer Unterlippe herum. »Wenn ich gewusst hätte, dass sie stirbt, hätte ich das nicht gesagt.«

»Aber du hast es so gemeint, oder?«

Gretchen überlegt kurz, dann nickt sie. »Yep. Deine Schwester und ich waren befreundet.«

»Aber dann ist etwas passiert.«

Sie zögert, aber schließlich gibt sie sich einen Ruck. »Wir waren Freunde, bis sie mir Dennis ausgespannt hat.«

Gretchen war also auch mal mit Dennis zusammen? Das erklärt die Bitch. Natürlich muss ich sofort wieder an Merlin denken und daran, dass angeblich immer zwei dazu gehören.

»Warum hat sie das deiner Meinung nach getan?«

»Na, warum wohl? Sie war scharf auf ihn!«

»Hat sie Dennis geliebt?«

Gretchen winkt jemandem im Lokal zu und nimmt einen Schluck aus ihrem Glas. »Ich weiß es nicht. Besonders groß kann die Liebe nicht gewesen sein. Sie hat ihn nämlich nach vier Wochen schon wieder abserviert.«

Lina hat ihn wieder verlassen?

»Aber du? Was ist mit dir?«

Gretchen lächelt mich an und zuckt dann mit den Schultern. »Andere Mütter haben auch schöne Söhne.«

»Es tut mir leid, was meine Schwester getan hat.« Ich greife nach meinem Glas und komme mir schäbig vor, so, als ob ich Lina verrate. Aber ich sage es trotzdem. Weil es die Wahrheit ist. »Ich weiß, wie sich das anfühlt. Das Gleiche hat sie mit mir auch gemacht. Weißt du denn, warum sie sich von Dennis getrennt hat? Und hat sie danach einen neuen Freund gehabt?«

In diesem Moment wird unsere autoreifengroße Pizza von Gretchens Vater höchstpersönlich serviert. Er lächelt mich zur Begrüßung freundlich an und die Lücke zwischen seinen oberen Schneidezähnen macht sein Lachen sehr sympathisch. Doch als Gretchen uns vorstellt und ihm erklärt, dass ich Linas Schwester bin, verebbt sein Lachen ganz plötzlich, als hätte jemand den Schalter umgelegt. Er wirft seiner Tochter einen missbilligenden Blick zu, dem sie kaum standhalten kann, knallt die Pizza vor sie hin und verlässt uns kopfschüttelnd wieder.

Obwohl mich das völlig durcheinandergebracht hat, merke ich doch, wie intensiv es nach Knoblauch und frischem Teig duftet. Mir läuft das Wasser im Mund zusammen und ich verspüre plötzlich doch großen Hunger.

»Was war das denn jetzt?«

Gretchen zuckt mit den Schultern, säbelt exakt ein Achtel Pizza ab, rollt das Stück zusammen und beißt hinein. »Er mag Dennis. Und ich hab ihm erzählt, was Lina Schäbiges getan hat.«

»Und warum schaut er mich dann so an? Ich bin schließlich nicht Lina.«

»Keine Ahnung, Väter halt!«

Wir essen eine Weile schweigend, bis ich es einfach nicht mehr aushalte. »Bitte, Gretchen, ich muss das wissen. Weshalb hat ihm Lina nach so kurzer Zeit schon den Laufpass gegeben?«

»Ich habe keine Ahnung. Frag ihn doch. Vielleicht war sie ja auf euren Stiefbruder scharf?« Sie lehnt sich zurück. »Wer weiß schon, was deine Schwester angeturnt hat? Lina war wirklich ziemlich dreist. Nachdem sie unsere Freundschaft verraten hat, wollte sie auch noch, dass ich mich von Dennis fernhalte.«

»Hat sie gesagt, warum?«

»Nein, aber das ist doch ganz klar. Sie hat sich eingebildet, dass sie alle um sich herum manipulieren könnte.«

Gretchens Vater kommt zu uns, tippt auf seine dicke goldene Armbanduhr und erinnert Gretchen daran, dass sie ab jetzt Schicht hat.

»Und ein neuer Freund?«, frage ich hastig, als sie schon aufsteht.

»Niemand, von dem ich wüsste«, erwidert Gretchen. Sie bringt mich zur Tür.

»Können wir uns vielleicht noch mal auf einen Kaffee treffen?«, frage ich sie, bevor ich nach draußen gehe.

Sie hebt abwehrend ihre Hände. »Ich will nicht unhöflich klingen und es ist wirklich furchtbar, was mit Lina passiert ist, aber ganz ehrlich, ich wüsste nicht, worüber wir noch reden sollten. Außerdem gehst du doch sowieso bald ins Allgäu zurück, oder?«

Darüber habe ich noch nie nachgedacht, aber sie hat recht. Natürlich werden Pa und ich wieder zurückgehen, spätestens nach Linas Beerdigung, den Termin dafür haben sie sicher heute mit dem Bestatter festgelegt, gleich nachdem sie sich für einen Sarg entschieden haben.

Das bedeutet, ich muss vorher noch herausfinden, wer Lina auf dem Gewissen hat.

Ein Bild von Lina schiebt sich vor mein inneres Auge, ein Bild, in dem sie wie eine wächserne Puppe in einem dunkel polierten Eichensarg liegt, der mit weißen Spitzenkissen aus glänzendem Satin ausgekleidet ist – und dann plötzlich stürzen Dreckklumpen auf sie herab, geworfen von unsichtbaren Händen.

Ein Kellner bringt mir meine Jeansjacke hinterher, die ich völlig vergessen habe, geistesabwesend nehme ich sie entgegen.

Anscheinend sehe ich fürchterlich aus, denn Gretchen fragt mich, ob mir schlecht geworden ist.

»Nein, es geht schon, ich musste nur gerade an Lina denken.« Mir schießen Tränen in die Augen, plötzlich möchte ich am liebsten meine Arme um Gretchen schlingen und hemmungslos weinen. Ich muss verrückt sein.

Also drehe ich mich reichlich abrupt um, presse noch ein kurzes »Tschüss« hervor und stürze aus der Tür hinaus in die Dämmerung, während Tränen aus meinen Augen fallen, als hätte ich eben erst erfahren, dass meine Schwester gestorben ist. Ich laufe mit blinden Augen weiter, immer schneller, bis mir die Luft ausgeht. Lina wird nie mehr jemandem den Freund ausspannen, aber sie wird auch nie mehr Witze machen. Nie mehr. Mir kommt es so vor, als würde ich jetzt erst kapieren, was das Wort *Nie* wirklich bedeutet. Nie, nie, nie.

Ich setze mich auf eine schlammige Bordsteinkante und versuche, mich zu beruhigen.

Erst nach einer Weile merke ich, wie kalt mir ist. Ich hab noch nicht einmal meine Jacke angezogen. Das hole ich nun nach und wische mir mit einem Taschentuch meine Tränen ab.

Dann stehe ich auf und schaue mich um. Wo bin ich hier überhaupt? Ich bin irgendwohin gerannt, einfach ins Nirgendwo. Vor mir taucht eine lange öde Reihe von brandneuen Straßenlaternen auf, deren orangefarbenes Licht auf den glänzenden Asphalt fällt. Die Straße scheint in einen Wald zu führen. Hinter mir ragen die Häuserblocks in die Höhe, von denen einige noch im Rohbau stecken.

Ich suche verzweifelt nach dem blauen U-Bahn-Schild, drehe mich einmal um mich selbst, aber ich kann nichts dergleichen finden. Super. Ich habe mich verlaufen. Das kann ja wohl nicht wahr sein.

Wenigstens ist es noch nicht mitten in der Nacht. Am besten gehe ich zurück zur Pizzeria und frage dort nach, wie ich zur U-Bahn komme.

Ich laufe die Straße wieder zurück und meine, mich zu erinnern, dass ich von rechts gekommen bin.

Aber als ich nach rechts biege, stehe ich vor einem riesigen Spielplatz, der in der trüben Dunkelheit aussieht wie das stümperhafte impressionistische Gemälde eines depressiven Malers. Das erinnert mich an meinen Verfolger auf dem Spielplatz in der Nähe von Olivers Wohnung, der Verfolger, der im strömenden Regen aussah wie der Junge auf dem Foto. Ich schüttele mich. Geister, Gespenster.

Okay, dann gehe ich links, ich bin sicher, vorhin bin ich an keinem Spielplatz vorbeigekommen.

Dazu muss ich zwischen zwei Häuserblocks durch, von denen nicht ein Fenster erleuchtet ist und die ab dem ersten Stock miteinander verbunden sind, sodass eine Art Tunnel entsteht. Wieso blinkt hier nicht ein einziges Licht? Es ist noch nicht mal halb acht. Wohnt hier denn keine Menschenseele?

Das orangefarbene Licht der Laternen reicht nicht durch den kleinen Tunnel. Warum habe ich vorhin nicht besser aufgepasst? Ich bin manchmal einfach selten bescheuert. Ich hole mein Handy raus und klappe es auf, damit die Beleuchtung angeht. Prompt bilde ich mir ein, dass am Ende des Ganges ein Schatten weggehuscht ist. Mein Herz macht einen kleinen Sprung. Ich bleibe stehen. Wie so oft in den letzten Tagen fällt mir der passende Film dazu ein. Diesmal ist es der Streifen, in dem Jodie Foster eine Radiomoderatorin spielt, deren Verlobter vor ihren Augen von grausamen Schlägern in einem Tunnel ermordet wird. Quatsch, Ruby, solche Sachen passieren nicht in Deutschland und schon gar nicht in München! Das hier ist kein Tunnel im New Yorker Central Park, sondern ein Häuserdurchgang.

Ich leuchte noch einmal mit dem schwachen Display ans Ende des Tunnels und natürlich ist da kein Mensch. Okay, jetzt beruhigst du dich und kommst zu dir.

Ich gehe ein paar Schritte, aber nun habe ich das Gefühl, jemand wäre hinter mir, und mein Herz klopft auf einmal wie rasend. Ich traue mich kaum noch zu atmen, versuche, jedes Rascheln zu hören, jedes noch so leise Geräusch. Und ist da nicht wirklich etwas? Ein Schleifen? Alle Haare stellen sich mir auf, meine Beine werden weich und beginnen zu zittern.

Ich atme ein paarmal heftig ein und aus und dann stürze ich einfach los. Mit jedem Schritt merke ich, wie ich sicherer werde, dass ich das Richtige tue. Selbst wenn da nichts war, ich fühle mich befreit und renne weiter, renne durch diesen Gang auf die Straße, dann laufe ich rechts, ohne groß zu überlegen, irgendwo verdammt noch mal muss die U-Bahn sein und Menschen, hier wohnen doch Menschen, das gibt's doch gar nicht, dass hier niemand auf der Straße ist!

Ich renne so lange, bis ich nicht mehr kann, und verbiete mir, nach hinten zu schauen, das fehlte noch, dass ich dabei einen Fehltritt mache und auf die Schnauze falle. Meine Brust wird eng, meine Beine brennen, aber ich laufe weiter und wie aus dem Nichts sehe ich endlich das blaue U-Bahn-Schild in die Nacht leuchten. Jetzt muss ich nur noch über ein riesiges Brachfeld, dann hab ich's geschafft.

Ich merke, dass meine Kräfte nachlassen, und weil ich sehe, dass vorne an der U-Bahn gerade Leute zur Rolltreppe gehen, beruhige ich mich, werde langsamer und versuche, wieder zu Atem zu kommen. Der Matsch auf diesem Feld ist dermaßen zäh, dass man so oder so langsamer laufen muss, weil er schmatzend an den Schuhen pappen bleibt.

Ein Stoß in den Rücken, viel heftiger als der in der U-

Bahn-Station. Und bevor ich kapiere, was passiert, falle ich nach vorne, mein Gesicht knallt in den Matsch, dabei zerbeiße ich meine Zunge.

Höllischer Schmerz durchfährt meinen ganzen Körper, panisch versuche ich, Luft zu bekommen, schlage mit den Armen um mich, schaffe es halb, mich umzudrehen, und erwische meinen Angreifer sogar hart mit dem Granatring im Gesicht, ich ziehe ihn einmal quer durch. Ich höre einen Schmerzenslaut, aber die Verletzung macht den Mann noch wütender, er packt meine Arme fester und reißt mich brutal auf den Boden, eine ekelhafte Mischung von süßem Männerduschgel und Zigaretten drängt sich in meine Nase, bevor mein Gesicht wieder zurück in die Erdbrocken gedrückt wird. Verzweifelt versuche ich, mich aufzurichten, doch er bohrt seine Knie in meinen Rücken und presst mich immer tiefer in den Dreck, zerquetscht mich wie ein lästiges Insekt. Ich drehe und winde mich, strampele mit aller Kraft, um das Gewicht von mir runterzubringen, aber es gelingt mir nicht. Dreck verstopft meine Nase und das Letzte, was ich noch spüre, ist der Geschmack von nasser Erde, der sich mit dem metallischen Geschmack meiner blutigen Zunge zu einem Inferno aus Schmerz vermischt.

VIII

Vor ihm liegt die Hölle ; und getränkt
soll er werden mit siedendem Wasser.
((14 :16))

Er hätte seinem Instinkt mehr vertrauen müssen, gleich nachdem er sie das erste Mal gesehen hat. Sie ist eine Gazelle, keine Hyäne, die sich am Aas der anderen Jäger weidet. Eine verrückte Gazelle, denn sie muss irre sein hierherzukommen, oder aber völlig ahnungslos.

Er hat gesehen, wie der Chef nervös wurde und zu telefonieren begann. Dann ist Amari gekommen und der Chef hat ihm die Gazelle gezeigt.

Amari ist beim Reden immer größer geworden, hat sich die Lippen geleckt, die Schultern nach hinten geworfen, als stünde er seinem Opfer bereits Auge in Auge gegenüber und würde seine Muskeln schon anwärmen, um den Speer im richtigen Moment abzufeuern.

Die Jagd ist eröffnet.

Und diesmal tut er das Richtige. Noch ist sein Herz zerfressen von dem, wozu seine Hand gezwungen worden ist, aber Kimonis Stimme siegt über den Hass in ihm.

Und er hat leichtes Spiel. Amari ist aus der Übung, er

hat es offensichtlich verlernt, das kommt davon, wenn man zu viel frisst und säuft.

Er grinst verächtlich. Amari glaubt, wenn er sich dem Leben hier anpasst, wird er eines Tages einer von ihnen sein. Wie lächerlich. Egal wie lange ein Baumstamm im Wasser liegt, er wird niemals zu einem Krokodil. Seine Schwester hat das schon längst erkannt. Aber Amari hört nicht auf seine Schwester.

Wegen seiner Nachlässigkeit entkommt die Gazelle Amari eine Weile, während er leicht an ihr dranbleibt und sie beobachtet. Sie rennt ziellos herum, wirkt verstört.

Als sie sich hinsetzt und er erkennt, dass sie weint, möchte er sich zu ihr hocken und sie trösten. Ihr sagen, dass er ihren Schmerz fühlen kann, weil es sein eigener Schmerz ist. Aber dann bemerkt er gerade noch rechtzeitig, dass Amari sie wiedergefunden hat, und so bleibt er lieber dort, wo er beide gut im Auge behalten kann.

Sie nötigt ihm großen Respekt ab, denn trotz ihrer Trauer wittert sie plötzlich die Gefahr und zögert. Auch hier ähnelt sie einer Gazelle, die ahnt, dass im Baum über dem Wasserloch der Löwe schon sprungbereit auf sie wartet.

Und dann schafft sie es, ihnen zu entkommen, überrascht sie beide, doch sie wird viel zu früh unvorsichtig, wähnt sich in Sicherheit, lange bevor sie wirklich bei der schützenden Herde angekommen ist.

Amari erlegt sie brutal, es gelingt ihr noch, ihm ins Gesicht zu schlagen, doch dann rammt er ihr die Knie in den Rücken, durchsucht ihren Rucksack, zertritt ihr Handy, alles in größter Eile, dabei schaut er sich immer wieder hektisch um, als könnte ihm ein Verfolger seine Beute streitig machen.

Er zögert, vielleicht einen Moment zu lang, weil auch er sich vergewissern muss, dass niemand sonst sie beobachtet. Dann stürzt er sich auf Amari, würgt ihn und zieht ihn von ihr herunter, aber Amari hat die Kraft der sieben Schlangen. Er entwindet sich ihm, was seinen Zorn nur noch stärker macht und ihn explodieren lässt wie eine Botschaft der Hölle. Er zieht sein Messer, würde es Amari am liebsten ins Herz stoßen, doch das ist nicht das, was er Kimoni versprochen hat, und so rammt er die Klinge Amari nur in den Arm. Schwarzes Blut tropft auf den Matsch, rinnt zu Boden, rinnt auf die Gazelle. Er beugt sich über sie, dreht sie um, ihr Gesicht, eine Maske aus Dreck. Starr. Sie atmet nicht mehr.

Amari wirft sich verzweifelt auf ihn. Hat er denn immer noch nicht genug? Er hebt sein Messer, stürzt sich auf ihn und erst dann haut Amari ab, nicht ohne laute Verwünschungen auszustoßen.

Er wendet sich der Gazelle zu, befreit ihre Nase, schält den Matsch von ihrem Mund und versucht, ihr wieder Leben einzuhauchen. Immer wieder berührt er ihren Mund und atmet in ihren Körper, schüttelt sie leicht, will, dass sie zu sich kommt.

Dann gibt es nur noch ihren Mund und seinen Atem. Er glaubt nicht mehr an einen Gott, aber jetzt betet er doch darum, dass sie wieder aufwacht. Das alles muss ein Ende haben.

Als sie endlich die Augen aufschlägt und ihn verwundert anschaut, zerbricht etwas in ihm und er möchte ihr sagen, wie leid ihm das alles tut. Da flackern ihre Augen, als ob sie ihn wiederkennen würde, und dann schrumpfen sie und werden klein vor Entsetzen. Er kennt diesen Blick.

Doch bevor auch nur ein Wort der Erklärung aus seiner Kehle dringen kann, dass nicht er es war, der sie überfallen hat, packt ihn jemand am Kragen und zerrt ihn weg. Es ist nicht Amari, das riecht er sofort, es ist ein dicker Fremder, der ihn wütend von der Gazelle wegprügelt. »Was ist hier los? Verdammtes Ausländerpack!«

Er windet sich, tritt nach dem Mann, der lässt ihn für einen Moment los.

Er nutzt seine Chance und rennt davon.

Die Gazelle lebt, das ist das Wichtigste.

Und der dicke weiße fremde Mann wird es niemals schaffen, ihn einzuholen.

17. Kapitel

Sie haben mich mit Blaulicht ins Krankenhaus gebracht, nicht ins Elisabethenstift, sondern ins Klinikum nach Bogenhausen. Martin Bolzern, der Mann, der mich gerettet hat, hat die Polizei gerufen und den Krankenwagen. Er ist davon überzeugt, dass ich vergewaltigt und erstochen worden wäre, wenn er nicht so mutig dazwischengegangen wäre.

Ich bin völlig verwirrt. Zum Glück ist es Pa, der gleich gekommen ist, und nicht Mam. Ich klammere mich an ihn, weil ich mich fühle, als wäre ich ein Stück Würfelzucker, das jeden Moment in kleine Kristalle zerfallen kann.

Als Pa gehört hat, dass ich von einem Schwarzen überfallen worden bin, hat er darauf bestanden, Frau Koslowsky zu informieren. Er ist davon überzeugt, dass das irgendwie mit dem Foto zusammenhängt, und jetzt stehen die beiden vor mir. Frau Koslowsky hat die anderen Beamten weggeschickt. Sie will, dass ich erzähle, was passiert ist. Aber ich erinnere mich nicht mehr richtig. Ich weiß, ich bin aus der Pizzeria gelaufen. Dann war da dieser dunkle, ewig lange Häuserdurchgang und zum Schluss die U-Bahn. Dort bin ich in den Matsch gefallen, der Matsch war überall und ich habe keine Luft mehr bekommen, konnte den Kopf nicht heben, weil jemand mich fest nach unten gedrückt hat. Als ich wieder zu mir gekommen bin, lag ich im Arm eines Schwarzen, der genauso aussah wie der Tote auf dem Foto, das Alex zerrissen und aus dem Fenster geworfen hat.

»Alex«, murmele ich, »Alex…«

Pa und Frau Koslowsky schauen sich überrascht an.

»Heißt der Schwarze Alex?«, fragt Frau Koslowsky und zückt ihren Block.

»Nein«, ich schüttele den Kopf, höre aber sofort damit auf, weil mein Kopf in tausend Stiche explodiert. Was wollte ich gerade sagen? Ich erinnere mich nicht.

»Es wäre wirklich gut, wenn du noch eine Nacht zur Beobachtung hier bleibst.« Pa sieht fürchterlich aus, er kommt mir alt vor, tausend Jahre alt. Tiefe Falten zerschneiden sein Gesicht in lange Stücke, unter seinen Augen sind dunkelviolette Ringe und die Augäpfel voller rot geplatzter Äderchen.

»Ich will aber lieber nach Hause.« Während ich das sage, dämmert mir, dass mein Zuhause im Moment die Wohnung von Mam und Oliver ist. Trotzdem, ich will nicht hier bleiben.

»Ich glaube, in der Wohnung fühle ich mich sicherer.«

»Wir müssen noch deine Anzeige aufnehmen.« Frau Koslowsky sieht schwer genervt aus.

»Anzeige? Aber warum?«

»Du wurdest nach deiner eigenen Angabe und der des Zeugen überfallen und ausgeraubt. Da erstattet man für gewöhnlich Anzeige gegen Unbekannt. Oder gegen den Täter, wenn man ihn kennt. Und du musst eine Aussage machen. Konntest du denn jemanden erkennen?«

Ich sehe von einem zum anderen. »Es war der Tote vom Foto.«

Frau Koslowsky und Pa schauen sich abermals an, sie

stöhnt leise und lässt ihre Hand mit dem Block wieder fallen.

»Und wo ist das Foto?«, fragt sie.

»Es ist alles weg, was in ihrem Rucksack war«, mischt sich Pa ein und lächelt mir beruhigend zu.

»Gut, dass ich eine Kopie davon habe«, sagt die Polizeibeamtin, holt sie aus ihrer Tasche und hält mir das Foto vor die Nase.

Als ich wieder die weit aufgerissenen Augen sehe, die genauso aussehen wie die, die mich so besorgt angeschaut haben, als ich zu mir gekommen bin, wird mir klar, dass ich mich irgendwie täuschen muss.

»Ich weiß, es klingt verrückt«, murmele ich zaghaft. »Vielleicht irre ich mich ja auch. Aber ich glaube nicht, dass es dieser Junge war, der mich angegriffen hat.«

»Hast du etwas gehört? Hat der Mann gesprochen?«

»Nein, ich habe nichts gehört.« Ich drehe den Kopf. »Obwohl, als ich mit dem Gesicht im Matsch lag, da war etwas.«

»Ja?« Frau Koslowsky nickt ermunternd.

»Es klang wie ein Kampf, aber ich musste mich so darauf konzentrieren, Luft zu kriegen…« Ich reibe mir verzweifelt die Stirn. Wenn ich mich doch nur besser erinnern könnte!

»Und du bist immer noch sicher, dass du den Jungen auf dem Foto nicht kennst?« Frau Koslowsky schaut mich so skeptisch an, als würde sie mir kein Wort glauben.

Mir wird plötzlich übel und ich möchte mich gern hinlegen, aber ich will nicht, dass Pa etwas davon mitbekommt, weil ich sonst im Krankenhaus bleiben muss.

»Können wir nicht nach Hause gehen? Bitte.«

Pa zuckt hilflos mit den Schultern.

»Oliver ist doch da. Und schließlich ist er Arzt.« Das ist ein gutes Argument, mein Gehirn funktioniert also doch noch.

»Ich habe deiner Mutter noch nichts von dem Überfall erzählt, es würde sie umbringen.« Er presst die Lippen zusammen. »Entschuldige, aber der Kummer frisst sie auf.«

»Verheimlichen können wir es ihr so oder so nicht.«

Koslowsky nickt dazu. »Sie haben recht. Sie sollten Ihre Mutter nicht belügen, das rächt sich. Immer. Glauben Sie mir. Eine Lüge zieht die nächste nach sich.« Sie gibt sich einen Ruck. »Aber ein Tipp von mir: Vielleicht sagen Sie ihr die ganze Wahrheit erst morgen früh. Bei Tageslicht sieht alles viel besser aus. Ich komme dann in den nächsten Tagen zu Ihnen nach Hause, um Ihre Aussage aufzunehmen, Ruby.«

Sie reicht Pa die Hand und drückt sie ein bisschen zu lang, aber vielleicht kommt mir das auch nur so vor.

Pa begleitet sie, um mit der Stationsärztin zu klären, ob er mich gleich mit nach Hause nehmen darf. Sie kommt noch einmal zu mir und gibt mir dann nach einem prüfenden Blick grünes Licht. »Ich kann verstehen, dass du nach Hause willst«, sagt sie so mitfühlend, dass ich fast in Tränen ausbreche. »In deiner gewohnten Umgebung kannst du den Schock am besten verarbeiten.«

Zum Glück hat Pa mir frische Klamotten mitgebracht, sodass ich meine dreckstarrende Jeansjacke nicht wieder anziehen muss. Während ich versuche, in die Ärmel zu schlüpfen, merke ich erst, wie zittrig ich bin. Es kostet mich alle Kraft, den Anorak anzuziehen, und ich gerate ins Schwitzen.

Plötzlich kriege ich keine Luft mehr, es ist, als ob meine Kehle voller Schlamm ist. Als Pa hereinkommt, werfe ich mich in seine Arme, als wäre er mein Erlöser, und tatsächlich kriege ich wieder Luft. Er drückt mich fest an sich und murmelt mir zu, dass alles gut wird, dass ich nur ein langes heißes Bad brauche und etwas zu essen. Ich denke an die Maria-Callas-Pizza und mir wird wieder übel, aber ich versuche, es wegzuatmen. Pa packt die dreckigen Sachen in eine Plastiktüte für die Polizei und dann schleichen wir Arm in Arm aus dem Krankenhaus zum Auto und fahren in Mams Wohnung.

www.wahrste-liebe.de
Blog für alle, die wirklich lieben

Heute:
Die Umfrageergebnisse

Nein, haben 193 geantwortet. Nein!
Nur sieben könnten einen Spieler, Nazi oder Killer lieben.
Wie armselig ist das denn? Nach meiner Meinung kann sich Liebe nicht als Moralapostel aufspielen. Liebe muss in der Lage sein, über solche Beschränkungen hinwegzuschreiten. Und meine Liebe geht sogar noch sehr viel weiter. Wahrste Liebe heißt für mich bedingungsloses Handeln und Vertrauen. Und das bedeutet nicht, dass jeder davon wissen muss. Wahrste Liebe kann man ganz für sich allein behalten. Man muss sie niemandem zeigen.
Blaise Pascal hat einmal gesagt: »Alles Unglück des Menschen rührt von seiner Unfähigkeit her, allein in seinem Zimmer zu sitzen.« Das mag wohl sein, aber jemand, der liebt, der kann allein in seinem Zimmer sitzen, denn er ist ja nie allein.

6 Kommentare:

Holunderarmin sagt:
Gelaber nichts als Gelaber. Solche Frauen gibt's nur im Film!

Löwchenmeyers sagt:
Du bist krank und brauchst dringend Hilfe. Du bist abhängig, das ist keine Liebe, das ist Sucht!

Warum verschwindest du nicht endlich von meiner Seite?
webmaster.wahrste-liebe.de

Löwchenmeyers sagt:
Weil ich mir Sorgen mache.

Ich habe schon eine Mutter!
webmaster.wahrste-liebe.de

Löwchenmeyers sagt:
Die scheint aber nie da zu sein, wenn du sie brauchst. Bitte rede mit jemandem, suche dir einen Menschen, der in der wirklichen Welt mit dir redet.

Mauseküsschen sagt:
Hey Löwchenmeyers, lass deinen lauwarmen Psychoquark woanders los! Ich finde Wahrste Liebe echt cool.

Löwchenmeyers sagt:
Ja, und so erklärt sich, dass Hitler und seine Kumpels Frauen und jede Menge Kinder hatten. Wie außerordentlich widerwärtig, wenn Frauen im Namen der Liebe dem Bösen zuschauen.

18. Kapitel

Die Wohnung ist dunkel. Pa hat von unterwegs Mama angerufen, aber als er gehört hat, dass sie und Oliver heute trotz allem in der Praxis für Leute ohne Krankenversicherung arbeiten, hat er ihr erst einmal nicht erzählt, was passiert ist.

Ich gehe ins Badezimmer, während Pa den Wasserkocher füllt und etwas von Broten murmelt, die er uns machen will.

Ich drehe die Dusche auf und stelle mich, so wie ich bin, darunter. Erst als meine Kleider triefend nass sind, wird mir klar, was ich getan habe. Ich ziehe alles aus und werfe es auf einen Haufen vor die Dusche.

Während das heiße Wasser auf meine Haut prasselt und der ganze Matsch zusammen mit Linas Pfirsichshampoo aus meinen Haaren gespült wird, wird mein Kopf langsam wieder klarer.

Mein Rucksack war komplett leer, mein Handy wurde zertreten. Jemand sucht ganz dringend etwas. Irgendwie muss ich denjenigen darauf gebracht haben, dass ich im Besitz eines Beweises bin, oder nicht? Denn wonach hätte er suchen sollen?

Was hat Lina in ihrem Besitz gehabt, was sie das Leben gekostet hat?

Und was bringt mich jetzt so in Gefahr?

Ich muss noch einmal in die Wohnung von Frau Vogel, dringender denn je.

Während ich mich vorsichtig abtrockne und in meinen Pyjama schlüpfe, denke ich über nichts anderes nach. Alle Gedanken an den Überfall schiebe ich weg, trotzdem sehe ich ständig die Augen von dem Schwarzen vor mir, die mich angestarrt haben, als ich zu mir gekommen bin. Er hat nicht mordlustig oder böse ausgesehen. Woher willst du denn wissen, wie ein Mörder aussieht, Ruby, schießt es mir durch den Kopf.

Aber warum sollte er mich erst misshandeln und dann so anschauen? Oder ist er ein sadistischer Perverser, der Frauen nur lieben kann, wenn ihr Gesicht dreckverkrustet ist? Ein Schauer überläuft mich bei dem Gedanken, wie knapp ich noch viel schlimmeren Dingen entkommen bin.

Denk lieber an die Wohnung von Frau Vogel! Es muss doch irgendwie möglich sein, Linas Sachen dort ausfindig zu machen. Denn dass sie noch da sind, davon bin ich überzeugt. Ich erinnere mich an den Einbruch und daran, dass Napoleon betäubt worden ist. Wenn der Einbrecher tatsächlich gefunden hätte, wonach er gesucht hatte, würde er mich jetzt in Ruhe lassen, oder?

»Ist alles in Ordnung mit dir?« Pas Stimme vor der Tür klingt besorgt. »Du bist jetzt über eine Stunde da drin. Willst du nicht rauskommen und mit mir etwas essen?«

»Sofort.« Ich kämme mir die nassen Haare und creme mein Gesicht ein. Zuerst meide ich den Blick in den Spiegel, aber dann fasse ich mir ein Herz und betrachte mich. Die Nasenwurzel und die Stirn sind blau, vermutlich bin ich da auf einen Stein im Matsch geknallt. Über die rechte Wange ziehen sich Schrammen von Steinen, die sich in die Haut gebohrt haben. Ich hoffe, dass die Wunde von meinem Granatring in seinem Gesicht mindestens genauso schlimm ist! Eines meiner Augen ist geschwollen, ich sehe aus, als wollte ich zu einer Halloweenparty gehen. Und meine Zunge fühlt sich an wie durch den Fleischwolf gedreht. Aber ich lebe.

Ich lebe noch.

Lina ist tot.

Plötzlich fühle ich den Aufprall in den Matsch wieder, die Knie, die sich in mich gebohrt haben, der Druck auf meinen Kopf, das Gefühl zu ersticken. Mein Atem geht stoßweise und mir wird schwindelig, ich muss mich an der Kante des Waschbeckens festhalten. Kurzentschlossen drehe ich das kalte Wasser auf und spritze mir etwas davon ins Gesicht.

Besser. Das ist schon besser.

Ich gehe aus dem Bad und setze mich zu Pa an den Esstisch.

Er hat für jeden von uns ein Brot gemacht und Kräutertee gekocht, den er jetzt in zwei Keramikbecher gießt. Der aromatische Dampf breitet sich in der ganzen Küche aus. Ich muss an Oliver denken, wie er neulich nachts mit der Thermoskanne auf mich gewartet hat.

Pa reicht mir zwei Tabletten.

»Valium, gegen die Schmerzen und damit du gut schlafen kannst.«

Misstrauisch betrachte ich die Medikamente. »Von wem sind die?«

»Die Ärztin im Krankenhaus hat sie mir für dich mitgegeben, damit wir nicht noch in eine Notapotheke fahren müssen, nach allem, was passiert ist.«

Mir ist immer noch sehr schwindelig und mein Kopf fühlt sich an, als würden wilde Walküren auf schweren Wikingergäulen kreuz und quer hindurchgaloppieren. Und ich habe das Gefühl, dass ich dringend einmal eine Nacht durchschlafen muss.

Also nehme ich die Tabletten, stehe auf und spüle sie mit einer Handvoll Wasser aus dem Hahn herunter. Dann schleppe ich mich wieder zu Pa an den Tisch.

»Warum hast du dich mit Lina heimlich getroffen?«, frage ich müde und habe keine Ahnung, warum mir das ausgerechnet jetzt einfällt. »Hat sie dir da etwas erzählt, was uns helfen könnte, das alles zu verstehen?«

Er nimmt den Becher und trinkt von dem Tee, als wäre der mit Stecknadeln versetzt.

»Ruby, ich verstehe, dass jeder seine Art hat, mit dem Tod eines nahen Verwandten umzugehen. Aber du musst damit aufhören.«

»Ich habe keine Ahnung, wovon du redest.« Ich nippe auch an dem Tee, der auf meiner Zunge brennt, aber meinem wunden Hals guttut. Ich nehme noch einen großen Schluck hinterher.

»Ich meine die Sache mit dem Foto. Und dann dieser merkwürdige Überfall.«

»Glaubst du, ich habe mich selbst überfallen?« Ich fasse es nicht. Für so irre kann er mich nicht halten, er kennt mich doch, ich bin seine Tochter!

»Nein, nein, aber du baust dir eine Theorie zusammen, nur um mit dem Tod deiner Schwester fertigzuwerden.«

»Und was war in der U-Bahn? Der Stoß in den Rücken?«

»Ein Versehen!«

»Das Foto mit dem toten Jungen?«

»Ein Zufall!«

»Der Überfall auf der Treppe im Keller?«

»Davon weiß ich nichts.« Er starrt mich so fassungslos an, als hätte ich gerade einen Löwen aus dem Hut gezaubert.

»Und dann ist da dieses @-Zeichen mit dem Äskulapstab und natürlich noch der vergiftete Napoleon!«

»Was?« Ein ungläubiges Lächeln legt sich über seine Fassungslosigkeit. »Der vergiftete Napoleon? Und was für ein Stab? Jetzt reicht es aber, Ruby.«

»Du glaubst also, ich bin verrückt geworden, ja?« Ich springe auf, gehe zu ihm hin und zeige auf mein Gesicht. »Du denkst wirklich, ich füge mir diese Verletzungen selbst zu? Und was ist mit dem Zeugen? Habe ich den etwa angeheuert, damit er behauptet, er hätte mich aus den Klauen eines Schwarzen vor dem sicheren Tod gerettet?«

Ich bin immer lauter geworden, möchte am liebsten schreien.

»Nein, nein.« Pa hebt beschwichtigend die Hände. »Der Überfall war natürlich echt. Aber er hat mit allem anderen nicht das Geringste zu tun. Das reimst du dir zusammen.« Er legt eine Hand auf meinen Arm. »Ruby…«

Ich ziehe meinen Arm weg. Mein Vater sitzt tatsächlich hier und glaubt mir kein Wort.

»Und warum hast du dich mit Lina heimlich getroffen?«

Er seufzt und das ärgert mich.

»Lass mich raten, du wolltest keinen Ärger mit mir, ja?«

»Nein, Lina hat das vorgeschlagen.«

Irgendwie macht mich seine Antwort wieder wütender.

»Und das findest du richtig? Wenn sie vorgeschlagen

hätte, Rasputin zu Schinken zu verarbeiten, dann hättest du das auch gemacht, ja?«

»Verdammt.« Er schlägt auf den Tisch, sodass die immer noch unangetasteten Brote in die Luft hüpfen. »Ruby, jetzt beherrsch dich bitte! Komm mal wieder runter.«

»Wer ist denn überfallen worden, du oder ich?«

Jetzt hat er auch noch Tränen in den Augen. »Du, mein Schatz, du. Es tut mir leid, alles, einfach alles tut mir so leid.« Er legt den Kopf auf seine Arme.

Und ich sitze daneben, kann nicht fassen, was ich da sehe, bin auf mich wütend, dass ich mich so verhalte, bin auf ihn wütend, dass er mir nicht glaubt, bin auf meine Schwester wütend, dass sie einfach stirbt und mich mit all diesem Wahnsinn zurücklässt.

Ich gehe in Linas Zimmer, greife mir Schenk und Mr Singer, drücke sie fest an mich und lege mich auf Linas Bett. Vergrabe mein lädiertes Gesicht in den Kuschelhasen und wünschte, ich wäre wieder vier Jahre alt und läge kichernd mit Lina unter einer Decke.

Aber ich bin allein.

IX

Ein schlechtes Wort aber ist wie
ein schlechter Baum, der aus der Erde
entwurzelt ist und keine Festigkeit hat.
((14:26))

Er hat es zwar geschafft zu entkommen, aber er kann nicht mehr zur Arbeit zurück, denn dort wartet nicht nur Amari auf ihn, sondern auch der Chef. Und für die Unterkunft gilt das Gleiche.

Jetzt bleibt ihm nur noch die Gazelle. Aber er erinnert sich nur allzu gut an das Entsetzen in ihren Augen und ihm ist klar, dass er sehr vorsichtig sein muss.

Schon als kleiner Junge musste ihn seine Mutter oft ermahnen: Amandla, wer auf einen Baum klettern will, fängt unten an, nicht oben. Jetzt ist er vom Blätterdach neben die Gazelle gesprungen und hat sie zu Tode erschreckt. Seine Ungeduld wird noch alle umbringen. Er muss an sie herankommen, er braucht eine Viertelstunde allein mit ihr, um ihr alles zu erklären, aber er fürchtet, sie wird ihm schreiend davonrennen, schließlich muss sie ihn für ihren Angreifer halten.

Außerdem ist sein Anblick furchterregend, voller Dreck

und Blut, er braucht dringend neue Kleider und er kann sie sich nirgends beschaffen.

Außer… ihm kommt ein Gedanke und er weiß sofort, dass Kimoni diese Idee zutiefst verabscheuen würde. Er schüttelt den Kopf, als würde er wirklich mit ihm reden. Dir verdanke ich all das, nur deinem Dickkopf, ohne den könntest du noch leben. Ohne deinen Dickkopf würde vielleicht sogar sie noch leben. Also wage es nicht, mich davon abzuhalten.

Ich kann so nicht herumlaufen, damit bin ich viel zu auffällig und du weißt doch, unser bester Schutz ist es, unauffällig zu bleiben. Außerdem wird es dieser Frau nicht wehtun, ja, sie wird es nicht einmal bemerken, wenn etwas fehlt. Sie sind alle so reich in diesem Land, niemand hat mehr den Überblick über seinen Besitz. Niemand begreift, dass die Freiheit mit jedem Stück, das man zu viel besitzt, verloren geht.

Ja, ja, hört er leise Kimonis spöttische Stimme, nenn dich ruhig einen Freiheitskämpfer. Dabei bist du nur ein elender Dieb.

19. Kapitel

Als ich am nächsten Morgen aufwache und mich aufsetze, um dann ins Bad zu gehen, dröhnt mein Schädel und das ganze Gesicht tut mir weh. Ich brauche dringend ein Aspirin, kann mich aber nur so langsam und vorsichtig bewegen wie ein altes Weib, und deshalb höre ich das leise Gemurmel schon im Flur, bevor ich die Tür ganz öffne. Da wird großer Kriegsrat gehalten, den ich ganz offensichtlich nicht hören soll. Ich vergrößere den Spalt und lausche:

»Sie ist völlig verstört.« Mein Pa.

»Sie braucht eine Therapie.« Oliver.

»Sie braucht viel Liebe von uns allen.« Mam.

Kollektives Seufzen.

»Sie braucht mehr als das. Sie ist traumatisiert und driftet ab.« Oliver.

»Unsinn, das ist nur ihre Art, mit der Trauer umzugehen.« Pa.

»Wir sollten sie jedenfalls nicht mehr aus den Augen lassen.« Mam.

»Wäre sie dann nicht besser in einer Klinik aufgehoben?« Oliver.

»Nein!« Mam und Pa gleichzeitig.

»Aber ihr müsst arbeiten. Und auch ihr habt einen schweren Verlust erlitten.« Oliver salbungsvoll.

»Und du nicht?« Pa klingt sauer.

»Doch, natürlich, sie war für mich wie eine eigene Tochter.«

»Ach, wirklich?« Pa.

»Hört auf, ihr zwei.« Mam. »Lina ist tot und Ruby geht es schlecht, reicht das nicht? Müsst ihr auch noch aufeinander rumhacken?«

»Einer von uns sollte bis zur Beerdigung immer hierbleiben.« Pa.

Die Beerdigung. Langsam erwache ich aus den Tiefen des Valiumnebels und mein Hirn kommt etwas mehr in Schwung. Ich erinnere mich Stück für Stück, was gestern passiert ist.

»Ich kümmere mich gern um Ruby, aber ich müsste noch kurz ein paar Unterlagen bei Andreas abholen. Und um drei hab ich einen Termin, ich muss sehen, ob ich den umlegen kann.« Pa.

»Ich hab jetzt Schicht bis heute Abend.« Oliver.

»Mein Gott, und ich habe diese Wurzelsektion, den armen Kerl kann ich jetzt nicht mehr erreichen.« Mam.

»Sicher schläft Ruby noch eine Weile. Sie hat gestern zwei Valium bekommen, bis sie aufwacht, bin ich wieder da.« Pa.

Erleichtertes Aufseufzen allerseits.

»Ich schau mal nach ihr.« Mam.

Nichts wie weg, ich versuche, so schnell wie möglich zurück ins Bett zu kommen. Gleichmäßig atmen, zwinge ich mich, als ich wieder liege. Gar nicht so einfach, wenn sich alles dreht. Da schleicht meine Mutter schon herein und setzt sich neben mich.

Als sie mein Gesicht sieht, schnappt sie erschüttert nach Luft. Dann streicht sie mir über die Stirn, leicht wie ein

Lufthauch. »Meine arme Kleine. Was machst du denn für Sachen? Was geht nur in deinem Kopf vor sich? Du warst immer schon so anders als ich. Es ist so schwer für mich, dich zu verstehen.«

Was redet sie denn da? Soll das heißen, sie denkt auch, ich bin verrückt?

Ich überlege, ob ich wach werden sollte, um sie davon zu überzeugen, dass ich zwar völlig normal bin, aber an Linas Tod gar nichts normal ist.

Aber dann würde sie garantiert zu Hause bleiben, was wiederum meinen Plan zunichtemachen würde, Frau Vogels Müll systematisch zu durchwühlen.

Wie gut, dass mich Pa gezwungen hat, das Valium zu nehmen, denn nach einer Nacht Schlaf kann ich jetzt trotz meiner Kopfschmerzen wieder einigermaßen klar denken. Ich hätte mich längst auf die versteckten Sachen von Lina konzentrieren sollen, statt wie ein aufgeregtes Huhn herumzulaufen und mich in Gefahr zu bringen.

Mam beugt sich über mich, küsst meine Wangen, steckt die Decke neben meinen Schultern fest, als wäre ich noch im Prinzessin-Lillifee-Alter, und schleicht sich aus dem Zimmer.

Ich verharre noch einen Moment regungslos, dann richte ich mich langsam auf, warte, bis der Schwindel nachlässt, danach stehe ich auf und lausche wieder an der Tür.

Offensichtlich war meine Vorstellung ganz gut, denn alle machen sich auf den Weg. Jedenfalls höre ich Geraschel wie von Jacken, Papierknistern und Reißverschlüsse, die hochgezogen werden. Schließlich klappt die Wohnungstür.

Ich schleiche zurück zum Bett, ruhe mich kurz aus und

schnappe mir dann ein paar Klamotten, aber ich brauche ewig, um mich anzuziehen, weil mir alles wehtut.

Erst als ich ganz sicher bin, dass alle weg sind, gehe ich in die Küche und lasse einen dreifachen Espresso aus der Maschine, den ich mit extra viel Zucker herunterspüle. Trotzdem brennt er auf meiner verletzten Zunge und schmeckt so bitter, dass sich in meinem Mund alles zusammenzieht, aber danach ist mir wenigstens nicht mehr ganz so schwindlig.

Jetzt kann ich nur hoffen, dass Frau Vogel Frühschicht hat und schon im Supermarkt ist. Wenn ich nur einen guten Suchplan hätte, ein System! Für mein Atargatis-Forschungsprojekt hatte ich jede Menge Ideen, was die Systematik anging. Das Problem ist nicht das, was ich suche, sondern der viele andere Müll. Und das ist so ähnlich wie in der Wissenschaft, denn auch da erhält man jede Menge unerhebliches Material, aus dem man sich die entsprechenden Daten heraussuchen muss. Plötzlich fällt mir wieder der alte Mann aus der U-Bahn ein, der Zauberer. Auswege suchen. Vielleicht sollte ich eher in die Richtung denken?

Am besten gehe ich jetzt erst einmal hinunter und mache mir ein Bild von der Lage. Ich hoffe nur, Napoleon erinnert sich daran, dass ich ihm das Leben gerettet habe. Der Gedanke bringt mich zum Grinsen. Wie sollte der Hund das wissen, schließlich war er betäubt. Aber vielleicht sagt es ihm ja seine Nase?

Seine Nase. Hunde haben doch Spürnasen, oder? Plötzlich schießt Adrenalin wie kleine Schrotkugeln durch meinen Körper und bringt mich zum Schwitzen. Yes, das ist es!

Das ist die Idee!

Ich suche in Linas Zimmer etwas, das stark nach ihr riecht, was gar nicht so leicht ist, weil ich ja jetzt hier wohne und alles benutzt habe. Und ihre Kleider hängen gewaschen im Schrank. Aber dann fällt mir ihre Haarbürste im Bad ein.

Während meiner Suche erinnere ich mich leider auch daran, dass Frau Vogel gesagt hat, Napoleon wäre aus dem Tierheim. Also nicht gerade die besten Voraussetzungen für eine Superspürnase. Müssen Hunde das nicht von klein auf schon trainieren? Egal, einen Versuch ist es wert.

Vielleicht sollte ich noch ein Leckerli für Leon mitnehmen, falls er mich wider Erwarten als Eindringling betrachtet. Leider finde ich keinen Fitzel Wurst in dem vegetarischen Kühlschrank, deswegen nehme ich ein Stück Käse, obwohl ich keine Ahnung habe, ob Hunde den auch mögen.

Mit der Bürste in der Hand und einer Einkaufstüte für Linas Schatz in der anderen schleiche ich die Treppen hinunter, nicht weil ich leise sein muss, sondern weil jede schnelle Bewegung wehtut.

Ich läute Sturm bei Frau Vogel und hoffe, dass sie nicht da ist.

Napoleon jault hinter der Tür sofort los.

Als niemand öffnet, gebe ich mit schlechtem Gewissen den Code ein und beruhige mich damit, dass Frau Vogel mir ja erlaubt hat, nach Linas Sachen zu suchen. Trotzdem fühle ich mich wie ein Einbrecher. Ich bekomme die Tür kaum auf und muss mich dagegenstemmen. Napoleon steckt seinen Schäferhundschädel sofort durch den

Schlitz und schaut mich erwartungsvoll sabbernd an. Ich kraule ihn hinter den Ohren und versuche, mich in die Wohnung zu quetschen. Wie macht Frau Vogel das nur, sie ist doch viel dicker als ich!

Als ich endlich drin bin, werfe ich Napoleon den Käse hin, den er mit Begeisterung verschlingt. Dann schaut er mich mit großen Augen an. Okay. Jetzt weiß ich, dass Hunde Käse mögen. Oder zumindest Napoleon.

»Hör mal, Leon«, sage ich zu ihm und streichle ihn wieder. »Wenn du jetzt ein bisschen für mich arbeitest, dann bringe ich dir nachher einen ganzen Käselaib, versprochen.« Ich komme mir reichlich blöd vor, schließlich habe ich nicht die geringste Ahnung von Hunden, trotzdem halte ich ihm die Bürste vor die Nase und sage: »Such, such, Napoleon!«

Leon starrt mich an, als wäre ich nicht ganz bei Trost, und legt sich dann mit einem Seufzen vor meine Füße.

»Nein, nein, Leon, nicht schlafen, suchen! Such, los, such gefälligst!«

Mein harter Ton bringt ihn wieder dazu, aufzustehen und sogar mit dem Schwanz zu wedeln, aber vermutlich glaubt er, wir würden jetzt spazieren gehen.

Ich halte ihm die Bürste direkt vor die Nase und bin fast so weit, mich auf alle viere zu werfen, um ihm vorzumachen, was ich von ihm erwarte. Nachdem ich noch dreimal mein Kommando wiederholt habe und langsam fürchte, dass ich meinen Plan abschreiben kann, scheint er plötzlich Witterung aufzunehmen. Seine Nase zittert und er läuft aufgeregt in eines der Zimmer. Ich folge ihm auf einem Pfad, der durch den im Raum gestapelten Müll so eng ist, dass ich nur einen Fuß vor den anderen setzen kann und wie auf einem Schwebebalken balancieren muss. Es ist mir schleierhaft, wie der General sich hier durchwinden kann, ohne seinen massigen Schäferhundkörper dabei zu verletzen.

Während wir langsam vorwärtskommen, wiederhole ich immer wieder wie ein Mantra: Mach, dass er es findet, mach, dass dann der ganze Spuk aufhört. Keine Ahnung, wen ich meine, aber mir hilft es.

Da durchschneidet die Türklingel laut und fordernd meine Gedanken. Ich bleibe wie erstarrt stehen und merke, dass mein Puls anfängt zu rasen.

Wieder dieser hässliche Ton. Ich bin überrascht, dass man das Läuten nicht gedämpfter hört, bei all den Kisten, Kartons, Tüten und alten Zeitungen, die uns umgeben. Napoleon starrt mich an, als wollte er mich fragen, ob er jetzt bellen soll. »Schschscht!«, flüstere ich ihm zu. Leon setzt sich hin und schaut mich weiter an.

Es klingelt wieder. Lange und durchdringend. So läutet nicht mal unser Postbote und der klingelt immer, als würde die Welt untergehen, wenn man nicht sofort aufmacht.

Endlich gibt der Besucher auf.

Ich nicke Leon zu, halte ihm wieder die Haarbürste von Lina unter die Nase. Tatsächlich hebt er sein Hinterteil vom Boden und trabt zielsicher durch die Müllschluchten weiter.

Plötzlich sehe ich, wie sich seine Ohrenspitzen drehen, er wendet seine Schnauze zu mir und jault leise.

Ich bleibe wieder stehen und lausche.

Ein Klicken, die Klinke der Tür wird niedergedrückt, danach ein schleifendes Geräusch, jemand schrammt die Eingangstür über den zugestellten Boden.

Dann vorsichtige Schritte. Alle meine Haare stellen sich auf. Nach dem Überfall gestern weiß ich, wie verwundbar ich bin. Mein Leben kann genauso schnell zu Ende sein wie das von Lina. Ganz klar – wer auch immer es ist, er ist hinter dem Gleichen her wie ich.

Der Schwindel von vorhin kommt zurück. Nichts da, Ruby, du musst versuchen, klar zu bleiben. Aber was jetzt? Der einzige Weg nach draußen ist der schmale Pfad zurück. Direkt in die Arme des Einbrechers.

Leon wird unruhig, macht Anstalten zurückzugehen. Ich versuche, ihm Platz zu schaffen. Wer auch immer hier hereingekommen ist, weiß den Code und kennt demzufolge auch den Hund. Er würde Verdacht schöpfen, wenn Napoleon sich nicht rührt.

Der General verschwindet schwanzwedelnd um die Ecke und ich halte den Atem an. Ich bin sicher, dass der Eindringling ein Mann ist. Ich glaube nicht, dass eine Frau einfach so in diese vermüllte Wohnung gehen würde, wenn niemand da ist.

Was für ein Witz, Ruby. Und was tust du gerade?

Ich schaue mich im Halbdunkel der Erdgeschosswohnung um. Berge von Müllsäcken und Tüten. Es ist unmöglich, sich zu verstecken, ohne Geräusche zu machen, zu rascheln, zu knistern.

Der Hund scheint den Eindringling zu mögen, jedenfalls höre ich kein Bellen und kein Knurren. Plötzlich kommt mir der Gedanke, dass Napoleon wieder betäubt wurde, so wie neulich. Aber so schnell kann das doch nicht gehen, oder?

Es raschelt im Nebenzimmer und ich versuche, mich zu erinnern, was dort herumliegt, aber das ist natürlich zwecklos. In jedem Zimmer liegt von allem etwas, ein System gibt es nicht.

Das Rascheln vermischt sich mit einem Tappen und kommt in meine Richtung. Unwillkürlich weiche ich zurück, verheddere mich in den türkisen Schlaufen einer großen Douglas-Papiertüte, und als ich meinen Fuß befreien will, stoße ich gegen einen Haufen Kartons, der ins Rutschen gerät. Verzweifelt drehe ich mich um und versuche, den Turm zu halten. Vergeblich, die Kartons stürzen auf mich, neben mich, und der Inhalt ergießt sich über mich. Obwohl die Kartons leicht feucht sind, machen sie dabei einen Krach, als wären sie aus Holz. Etwas Schwarzes fällt mir auf den Kopf, versperrt mir die Sicht, panisch reiße ich es runter, schnappe nach Luft. Als ich erkenne, was ich da in der Hand halte, muss ich mir trotz meiner Angst ein hysterisches Lachen verbeißen, denn um mich herum fliegen halterlose Strümpfe, rot-schwarze Korsetts aus billiger Spitze und Strumpfhalter, die ich mir beim besten Willen nicht an Frau Vogel vorstellen kann.

Etwas Nasses stupst mich an meine Beine, ich schrecke zusammen, sehe aber sofort, dass es die Schnauze von Leon ist, der den Weg zurück zu mir gefunden hat. Schwanzwedelnd steht er vor mir, ein schwarzer Spitzenstrumpf liegt über seinem Nacken wie ein perverses Halsband, ich nehme es herunter, tätschele seinen dicken Hals und bin sehr erleichtert, dass er lebt und hier bei mir ist.

Ein ganz nahes Stolpern lässt mich zusammenfahren, und als ich den Blick hebe, entdecke ich ihn sofort – nur eine Armeslänge entfernt von mir. Der Typ von gestern starrt mich mit großen Augen an und hebt beschwörend seine Hände.

»Bitte«, sagt er.

In meinen Ohren rauscht es und ich erstarre, als wäre mein Körper ein Wasserfall, der sich gerade in Eiszapfen verwandelt.

»Bitte, nicht schreien.«

Warum sollte ich das tun? Hier hört mich eh niemand. Ich versuche, mich aus meiner Erstarrung zu lösen und mir zu überlegen, wie ich an ihm vorbeikommen kann. Aber da verdrängt die Erinnerung an das Knie in meinem Rücken und den Dreck in meiner Nase alles andere und ich habe wieder das Gefühl zu ersticken, muss mich zwingen, ruhig und regelmäßig zu atmen. Das war gestern, beschwöre ich mich, das war gestern, jetzt kriegst du genug Luft, heute wirst du nicht ersticken. Aber mein Herz glaubt mir nicht und legt einen weiteren Zahn zu. Er kommt noch näher.

»Nein!« Ich schreie jetzt doch und weiche unwillkürlich zurück, stolpere dabei über Napoleon und falle rückwärts unerwartet weich in den Haufen aus Dessous. Und plötzlich fesselt mich die Angst, so als wäre ich in ein Spinnennetz gefallen, all mein Mut ist klebrig eingewickelt, liegt neben mir wie eine tote Larve, mir ist schlecht und schwindelig. Ich schließe meine Augen. Gestern habe ich es geschafft, nur, um hier zu sterben. Und hier muss er nicht mal meine Leiche entsorgen, denn er kann mich einfach liegen lassen, Müll über mich häufen und vergessen. Ich kauere mich zusammen wie ein Tier und warte auf den letzten Schlag.

Warte.

Atme flacher.

Jemand atmet mir ins Gesicht, angewidert zucke ich

zurück. Gleichzeitig erkenne ich den Geruch: Käse und Tiertrockenfutter. Leon. Ich öffne die Augen und sehe direkt in treuherzige Hundeaugen. Vorsichtig hebe ich den Kopf und stelle überrascht fest, dass mein Angreifer sich keinen Millimeter gerührt hat.

»Ich war das nicht, gestern.« Er hebt beschwörend seine Hände. Seine Stimme ist überraschend tief, wie die Stimme eines dicken Mannes. »Du bist von einem Schwarzen angegriffen worden, das stimmt. Aber nicht von mir.«

»Nein, natürlich nicht.« Und ich bin die Jungfrau Maria. »Aber du warst dort!«

Der Schwarze macht einen Schritt auf mich zu.

Ich weiche zurück, presse mich fester in den Kleiderhaufen.

»Stehen bleiben!« Ich bemühe mich, fest zu klingen, und tatsächlich macht er, was ich sage. So kann ich sein Gesicht trotz des Halbdunkels etwas ruhiger betrachten und mir werden zwei Dinge klar. Erstens, wenn er wirklich mein Angreifer wäre, müsste er eine Wunde im Gesicht haben und penetrant riechen, und zweitens erkenne ich ihn jetzt ganz eindeutig. Er ist der Typ vom Foto. Der gleiche Junge, der mich neulich auf dem Spielplatz erschreckt hat. Und derjenige, den Martin Bolzern in die Flucht geschlagen hat.

»Ich würde dir niemals etwas antun.« Er streckt mir seine Hand entgegen, dabei zieht er seine Schultern nach oben und seine Augen werden so groß, dass das Weiße darin durch das trübe Licht blitzt. Seine Haltung wirkt so zurückgenommen und schüchtern, dass etwas in mir bricht. Meine Angst taut und ich merke, dass ich ihm gerne glauben möchte. Gleichzeitig frage ich mich, wer mich denn dann überfallen hat. Und was der Typ hier eigentlich abzieht.

»Wer bist du?«, frage ich und klinge heiser.

»Getauft bin ich auf den Namen John Amandla.«

»John.« Ich wiederhole seinen Namen und versuche aufzustehen, schwanke und falle wieder zurück.

Er kommt zögernd näher und schaut mich dabei entschuldigend an. Als ich schließlich nicke, ist er mit einem Schritt bei mir und zieht mich hoch. Dabei berühren meine Handflächen kurz seine Brust und ich bin überrascht, wie stark sein Herz hämmert, fast, als ob er genauso viel Angst hätte wie ich. Aber vielleicht täusche ich mich und sein Herz schlägt nur die letzten Trommelwirbel für die Jagd und ich mache den größten und letzten Fehler meines Lebens, weil ich genau dem Falschen vertraue.

»Was tust du hier?«

»Ich wollte mir etwas zum Anziehen ausleihen.« Er deutet auf seine völlig verdreckten Kleider.

»Wie bist du hier hereingekommen? Bist du ein Freund von Frau Vogel?«, frage ich und bin gespannt, ob er jetzt lügen wird.

Er schüttelt den Kopf. »Nein, sie kennt mich nicht mal. Aber ich wusste, wie es bei ihr aussieht, und dachte, dass ich hier ein paar Klamotten finde. So kann ich nicht mehr herumlaufen, ohne aufzufallen.«

Ich betrachte ihn genauer und sehe, dass seine breite Brust in dem hellgrauen Hoodie mit Dreck und rostroten Flecken übersät ist. »Ist das mein Blut auf deinem Shirt?« Jetzt überzieht doch wieder ein Frösteln meinen Rücken.

Er nickt. »Du warst bewusstlos. Ich musste dir helfen, musste verhindern, dass du stirbst, so wie Lina.«

Mir schießen Tränen in die Augen. Wie Lina? Hat er sie gekannt? Mir kommt ein Gedanke, der mir erst abwegig erscheint, aber einen Versuch ist es wert.

»Warst du das etwa, der meine Schwester heimlich im Krankenhaus besucht hat?«

Er nickt. »Ich war ihr das schuldig. Sie hat so viel für uns getan. Ich habe gedacht, im Krankenhaus wäre sie in Sicherheit, aber das war ein schrecklicher Irrtum, dort war die Gefahr am größten. Doch das habe ich erst nach meinen ersten Besuchen herausgefunden.«

Er war also dort. Mein Kopf versucht, das alles zu verstehen. Er war dort, aber ich habe ihn nie gesehen. Dann muss er der geheimnisvolle Besucher sein, den Samira für Linas Freund gehalten hat.

»Wer bist du? Unser Schutzengel?«

John schüttelt den Kopf. »Nein. Ich bin niemandes Engel.« Er lacht bitter auf, als wäre das der schlechteste Witz des Jahrhunderts.

»Aber was weißt du über den Tod meiner Schwester?«

»Nicht annähernd so viel, wie Lina über den Tod von meinem Bruder wusste.« John klingt verletzt.

Ich sehe ihn an und fange langsam an zu begreifen. Das Foto, das mir jemand – war er das? – zugesteckt hat – das zeigt gar nicht ihn. Es zeigt seinen Bruder. Die Ähnlichkeit ist gespenstisch. Wie er hat John hohe Wangenknochen und eine hoch angesetzte Nase, die unten sehr breit wird. Die Farbe seiner schön geschwungenen Lippen erinnert mich an die rosa Schale von Litschis, aber natürlich sind sie nicht stachelig, sondern weich wie Pflaumen. Wie sein Bruder hat er einen breiten muskulösen Oberkörper, der jetzt sehr angespannt wirkt, wie zum Sprung bereit.

»Das mit deinem Bruder tut mir wirklich leid.«

»Sein Name war Kimoni. Er war ein Träumer und nun ist er tot.« John ballt wütend seine Fäuste und boxt in die Luft, aber er macht mir keine Angst mehr. Ich verstehe seinen Zorn. »Ich will, dass seine Mörder bestraft werden.«

»Du kennst sie?«, frage ich. »Und du bist nicht zur Polizei gegangen?«

Er schüttelt den Kopf. »Ich wünschte, ich könnte, aber das geht nicht. Lina wollte es für mich tun. Sie hatte Beweise, aber mit ihrem Tod sind sie spurlos verschwunden.«

Ich bin also nicht verrückt! Lina ist auf etwas gestoßen, das mit dem Tod von Johns Bruder zu tun hat. Und deshalb musste sie sterben.

Oder? Es kann auch ganz anders sein, fällt mir ein. Vielleicht belügt mich dieser John. Vielleicht hat er in Wahrheit hier drin etwas anderes gesucht und seine Kleider sind ihm völlig egal.

»Weißt du, wer Lina getötet hat?«

»Nein. Ich kenne nur die Mörder meines Bruders.«

Ich sehe mich in dem Chaos um, in dem wir stehen. »Wir müssen uns unterhalten. Du musst mir alles erzählen. Sofort.«

»Reden…« John klingt völlig hoffnungslos. »Reden.« Er gibt sich einen Ruck. »Ja, vermutlich müssen wir das. Aber nicht hier.« Gehetzt sieht er sich um, als könnte jeden Moment Frau Vogel durch die Tür kommen.

Er hat recht. Natürlich hat er recht. Wir müssen hier weg. Aber wohin? Oben in der Wohnung wartet Pa auf mich. Oh Gott, Pa! Er hat sicher schon Alarm geschlagen, weil ich nicht im Bett liege.

Es kommt mir so vor, als wäre ich schon Stunden hier. Ich schaue auf das Sammelsurium aus Strümpfen, BHs und Strumpfgürteln, das sich über den anderen Haufen ausgebreitet hat. Was, wenn Frau Vogel genau weiß, wie es hier aussieht? Pa hält meinen Schreibtisch für chaotisch, aber ich finde meine Sachen immer sofort.

Der Gedanke, dass Fremde in ihrer Wohnung waren, würde sie sicher schrecklich ängstigen. Ich suche den geplatzten Karton, aber der ist so lädiert, dass man ihn nicht wieder verwenden kann. Trotzdem stopfe ich die Dessous zwischen die kaputten Pappteile, vielleicht glaubt sie ja, dass der Karton einfach so runtergefallen ist.

John hilft mir beim Aufräumen, dann hält er plötzlich inne. »Ich muss etwas zum Anziehen finden. So kann ich nicht länger rumlaufen.«

Ich halte spontan ein Korsett vor seine breite Brust. »Wie wäre es damit?« Keine Ahnung, warum ich das tue, schließlich ist an der Situation nichts zum Lachen, ganz im Gegenteil. John feuert das Spitzenteil kommentarlos in den Karton und ich komme mir total idiotisch vor. Napoleon winselt und legt sich dann hin. Wie kann ich angesichts von Johns nicht nur abgetragenen und löchrigen, sondern blutverkrusteten Kleidern so peinlich herumwitzeln?

»Ich besorge dir ein neues Sweatshirt und eine Hose«, biete ich ihm an. Und mir kommt eine Idee. Der heilige Oliver wird es sicher richtig finden, wenn ich John ein paar seiner Klamotten gebe, und das wiederum ist viel besser, als Frau Vogel zu beklauen. »Meine Eltern wohnen gleich hier im Haus.«

»Ich weiß«, sagt John ganz selbstverständlich.

Woher, frage ich mich, und was weiß er noch alles? Ich halte die Ungewissheit kaum noch aus.

»Dann komm mit nach oben.«

John zögert merklich, seine Gesichtshaut ist eine Spur grauer geworden. Doch dann scheint er sich einen Ruck zu geben. »Aber kein Mensch aus deiner Familie darf mich sehen«, sagt er und seine schöne Stimme wird hart. »Das musst du mir schwören!«

Ich nicke und wir haben uns schon fast zur Tür durchgekämpft, als mir klar wird, dass ich Pa zuerst aus der Wohnung locken muss. Zum Glück erinnere ich mich daran, dass Frau Vogels Telefon in der Küche steht, sonst hätte ich es nie gefunden.

Ich rufe in Mams Wohnung an und bete, dass niemand drangeht, aber der Hörer wird sofort abgenommen.

»Pa…«

»Verdammt, Ruby, was soll das? Kannst du mir das mal erklären?« Er brüllt so laut ins Telefon, dass Napoleon anfängt zu jaulen.

»Pa, warum bist du denn so sauer? Als ich aufgewacht bin, war keiner da, und deshalb bin ich ein bisschen spazieren gegangen«, lüge ich und bin erstaunt, wie leicht mir das über die Lippen geht. »Aber jetzt ist mir plötzlich übel geworden, kannst du mich abholen?«

»Hast du denn den Zettel nicht gesehen, den ich dir geschrieben habe?«

»Welchen Zettel?« Ich gebe mir Mühe, sehr, sehr matt zu klingen. »Pa kannst du bitte schnell kommen?«

»Und wo steckst du?«

»Ich bin im Englischen Garten am chinesischen Turm.« Etwas anderes fällt mir nicht ein. Hoffentlich wundert er sich nicht darüber, von welchem Telefon ich anrufe. Mein Handy wurde ja gestern gestohlen. Aber ich schätze mal, er ist zu aufgeregt, um sich darüber Gedanken zu machen.

»Ich komme, so schnell ich kann. Bleib einfach dort sitzen, wo du bist.«

»Geht klar. Bis gleich, danke Pa, und nimm dein Handy mit, falls wir uns verpassen, ja?« Nur, damit ich ihn nachher von zu Hause anrufen kann. Sonst sucht er den ganzen Tag nach mir. Oh Mann, das ist wirklich eine miese Nummer. Und alles für John, den ich gar nicht kenne. Und von dem ich nicht wirklich weiß, was für ein Spiel er spielt.

Ich lege auf und wir schleichen uns zur Tür. Keine zwei Sekunden später poltert Pa durchs Treppenhaus. Ich warte noch ein paar Minuten, falls er etwas vergessen hat, dann nicke ich John zu und kraule Napoleon noch mal kurz, bevor wir nach oben huschen.

John zögert an der Schwelle zur Wohnung, er schaut an sich herunter, dann wieder zu mir und ich schäme mich noch mehr über meinen grandiosen Witz mit dem Korsett, weil mir jetzt auch noch klar wird, dass er im Unterschied zu mir seit gestern nicht geduscht hat. Und so fertig, wie er aussieht, hat er auch nicht in einem kuscheligen Bett geschlafen. Wer weiß, ob er überhaupt etwas gegessen hat. Plötzlich fällt mir die Frau mit den Tüten in der U-Bahn-Station ein. Hat die nicht gesagt, ein Schwarzer hätte mich gerettet? War das etwa auch John gewesen?

»John, komm rein.« Ich muss ihn förmlich in die Wohnung drängen. Ich überlege, ob es ihn beleidigt, wenn ich ihn frage, ob er kurz duschen möchte, und dann überschlage ich, ob die Zeit reicht, bis Pa zurück ist. Es müsste klappen. Soweit ich mich erinnern kann, ist es nicht erlaubt, mit dem Auto zum chinesischen Turm zu fahren, das heißt, er muss ein paar Schritte gehen, außerdem wird er mich überall suchen.

»Möchtest du vielleicht duschen und danach die neuen Kleider anziehen? Ich mach uns in der Zwischenzeit ein paar Brote und dann hauen wir ab.«

Seine Augen blitzen auf, doch er schüttelt den Kopf. »Das ist zu gefährlich. Ich kann hier auf keinen Fall bleiben.«

Ich bin schon versucht, »Unsinn« zu sagen, als mir klar wird, wie beleidigend das wäre. Ich weiß schließlich nichts über ihn, und wenn er mir wirklich das Leben gerettet hat und mir dabei helfen kann, Linas Mörder zu finden, dann muss ich ihm vertrauen. Was bedeutet, dass ich seine Wünsche respektieren muss.

»Wir bleiben auch nicht lange. Aber im Augenblick bist du hier sicher. Mein Stiefvater und meine Mutter sind bei der Arbeit und mein Vater wird mindestens eine halbe Stunde brauchen. Fünf Minuten, okay? Dann sind wir hier wieder raus. Keiner wird dich sehen. Versprochen.«

Ich führe ihn in Linas Bad und gebe ihm Handtücher. »Ich lege die Kleider vor die Tür.«

Als er nickt, schließe ich die Tür und mache mich in Olivers Zimmer auf die Suche nach Klamotten. In seiner Freizeit schlurft mein Stiefvater gern in Kapuzenpullis und Jogginghosen herum, etwas davon passt John sicher. Ich suche noch Unterwäsche und Socken und gehe zurück zur Dusche, höre das Wasserrauschen durch die kaputte Tür und lege die Klamotten davor.

Okay, jetzt noch rasch ein paar Brote und dann können

wir los. Ich öffne den Kühlschrank und greife nach der Butter, als ich plötzlich ein Klacken vor der Wohnungstür höre. Ich hebe meinen Kopf und in dem gleichen Moment, in dem mir siedend heiß einfällt, dass ich jemanden vergessen habe, wird die Tür auch schon aufgerissen.

X

Die meisten von ihnen gehen nur Vermutungen nach. Und Vermutungen helfen hinsichtlich der Wahrheit nichts.
((10:36))

Er hat sich in die Höhle des Löwen begeben. Es war sein Verlangen nach heißem Wasser, aber nicht nur das, er hat auch wissen wollen, wie es aussieht auf der anderen Seite. Und höchst widerstrebend muss er sich eingestehen, dass er der Gazelle sauber gegenübertreten wollte. Als Mann.

Auch wenn er die Tür nicht abschließen kann, dreht er das heiße Wasser auf und erfreut sich einen Moment an dem dampfenden Wasserstrahl, der silbern aus dem Duschkopf strömt und alles mit Nebel einhüllt, wie die Viktoriafälle nach der Regenzeit. Erst als ihm klar wird, dass er gerade kostbare Zeit verschenkt, wirft er seine verdreckten Kleider schnell von sich und steigt in die Glasdusche, deren Keramikboden größer ist als das Bett, in dem er mit Kimoni zuletzt geschlafen hat. Seine Füße hinterlassen schmutzige Abdrücke und aus seinen Haaren rinnt graue Brühe. Er lässt das Wasser hart über seinen Rücken prasseln, dreht sein Gesicht dem Strahl entgegen und wünscht, er könnte allen Schmerz so einfach wegwaschen wie diesen Schmutz.

Er schließt die Augen, aber dann reißt er sich zusammen. Ganz egal, was die Gazelle ihm versichert hat, er hat keine Zeit zu verlieren, er muss verrückt gewesen sein, ihr überhaupt hierher zu folgen! Hastig greift er nach der Glasflasche mit dem Duschgel in dem Drahtkorb in der Ecke und verteilt die Seife über seinem Körper.

Ein Geräusch lässt ihn zusammenzucken. Die Tür öffnet sich. Was soll das? Die Gazelle würde doch nicht...

Doch sie tut es, sie schleicht herein, ihr lädiertes Gesicht plötzlich wieder elefantengrau, sie legt beschwörend ihren Zeigefinger vor den Mund und zieht die Tür schnell zu. Dabei fallen einige Kleider aus ihren Armen zu Boden.

Was geht hier vor?

Er dreht das Wasser ab, obwohl er noch über und über mit Schaum bedeckt ist. »Was...?«

Sie beschwört ihn mit Gesten, still zu sein. Dann hört er die Stimme. Ganz nah, als ob sein Mund durch die Tür mit ihnen sprechen würde.

Eine Gänsehaut überzieht seinen nackten Körper, aber nicht, weil ihm die Stimme Angst macht, sondern weil der Hass seine Adern aufpumpt, seine Lungen überschwemmt und ihn zu ersticken droht.

Statt der Stimme zu antworten, betrachtet ihn die Gazelle. Ihre Augen gleiten über seinen Körper, weiten sich und sie wendet sich schockiert von ihm ab. Sie hat seine Narben entdeckt. Er will kein Mitleid. Er braucht kein Mitleid.

»Hey, Ruby, bist du taub?«, brüllt die Stimme. »Warum antwortest du nicht? Bist du immer noch sauer wegen gestern?« Er hämmert an die Tür.

Johns Muskeln spannen sich an, er wird nicht länger nackt hier herumstehen, er wird ihn einfach niederprügeln und diese Wohnung verlassen. Wütend steigt er aus der Dusche und trocknet sich ab, so schnell er kann. Wie dumm, der Gazelle zu vertrauen!

»Nein, komm nicht rein!« Sie klingt hilflos.

Er möchte die Gazelle packen und schütteln. Weiß sie denn nicht, dass man so schwach nicht mit ihm reden kann? So wird er in zwei Sekunden hier drinstehen. Er bindet das Handtuch um seine Hüften und bückt sich nach den Kleidern am Boden, räumt schnell seine Taschen aus und packt hastig seine wenigen Besitztümer in die Taschen der Jogginghose.

»Ich glaube, das ist kein Anblick für dich«, ruft sie. »Ich...«

Er kann sehen, wie es in ihr arbeitet, ihre zerkratzte Stirn legt sich in Falten und sie neigt den Kopf mit den blauen Flecken und Schwellungen und Hautrissen, als wäre die Last ihrer Gedanken zu schwer für ihren zarten Hals. Plötzlich verraucht seine Wut und er möchte sie beschützen, ihr helfen. Sie hat keine Ahnung.

Doch zuerst muss er sich bedecken. Er findet Boxershorts in dem Bündel, zieht sie an und darüber eine dunkelgraue Jogginghose. Alles ist ein wenig eng, aber sauber.

Da, jetzt zwinkert sie ihm mit dem nicht geschwollenen Auge erleichtert zu. »Ich habe meine Tage«, sagt sie und klingt wie eine weinende Hyäne. »Glaub mir, das willst du nicht sehen. Vor allem nicht nach dem, was mir gestern passiert ist.«

»Hmm. Na gut, dann eben nicht.« Längere Stille auf der

anderen Seite der Tür, dann fragt er doch misstrauisch nach. »Kommt das echt so plötzlich, dass du einfach losrennst und nicht mal mehr den Kühlschrank zumachst? Oder hast du etwa so etwas wie Menstruationsalzheimer?«

Er wiederholt dieses Wort mehrfach, ein Wort, das John ganz sicher noch nie gehört hat. Es muss ein starkes Wort sein, denn es hält die Stimme draußen.

»Kannst du den Kühlschrank für mich zumachen? Wie sich die Sache gerade anlässt, muss ich wohl noch ein Weilchen hier drinbleiben.«

»Wieso das denn?«

Die Gazelle wedelt hilflos mit ihren Händen durch die Luft, sie sucht offensichtlich nach einer Antwort. Ihre Blicke treffen sich. Trotz ihrer Verletzungen schimmern die Augen wieder blaugrün wie der Sambesi in der Sonne. Kimoni kommt ihm in den Sinn, Kimoni würde sie auch schön finden.

»Äh«, stottert die Sambesigazelle, »äh, ich, na ja, weißt du, das ist mir ein bisschen peinlich. Ich hab keine Tampons mehr und bräuchte einen Pack extrastark. Ist alles wegen der Sache mit Lina etwas durcheinander, glaub ich. Könntest du mir bitte welche aus dem *dm* holen? Ich kann hier so nicht weg.«

»Muss das sein? Hey, also ehrlich, hat denn deine Mutter nichts da?«

»Die ist doch schon zu alt für so was. Bitte!«

»Ich bin kein Frauenversteher, echt nicht.« Die Stimme schweigt eine Weile. »Na gut, aber dafür schuldest du mir was. Und wenn das jemals jemand erfährt, dann bringe ich dich um.«

»Danke.«

Ein Lächeln entspannt ihr lädiertes Gesicht und leichtes Flamingorosa verdrängt das Elefantengrau ihrer Haut. Sie wendet sich ihm wieder zu und hält beide Daumen hoch. Einen Moment später hört er, wie die Haustür ins Schloss fällt.

»Los jetzt!«, zischt sie. »Warte unten beim Spielplatz auf mich, bei den Schaukeln, okay?«

Er nickt. Ja, das wird gehen. Dort kennt er sich aus, da kann er sich in der Zwischenzeit gut verstecken.

»Ich komme so schnell wie möglich nach. Obwohl...«, sie kaut auf ihrer Unterlippe herum. »Pa wird gleich zurück sein.« Sie denkt nach. »Egal, ich versuche, einen Weg zu finden.«

Sie öffnet die Tür und ist schon halb draußen, doch dann dreht sie sich noch einmal um und umarmt ihn fest.

Verblüfft starrt er auf ihren Scheitel. Warum tut sie das? Sie ist ihm ein Rätsel. Aber sein Körper reagiert sofort und presst sich noch fester an sie, obwohl der Puls in seinem Schädel fortwährend Alarm, Alarm, Alarm hämmert. Sie fühlt sich so zart an, er könnte sie zerquetschen, aber das wäre falsch, sie muss ihm noch nützlich sein.

Lange, viel zu lange stehen sie so, viel zu lange, längst schon sollte er weg sein.

www.wahrste-liebe.de

Blog für alle, die wirklich lieben

Heute:
Schmerz

Wahrste Liebe bedeutet nicht nur Freude, nein, auch Schmerz. Ja, ich weiß, ich habe schon vom Leid gesprochen und dem Tag in meinem Kalender. Aber der Schmerz ist auch physisch gemeint.
Ich würde so weit gehen zu sagen, dass der Schmerz das ist, was wahre Liebe von wahrster Liebe unterscheidet. Wahre Liebe – das ist schleimiger Einheitsbrei aus Frauenromanen und Hochzeitsfilmen, der unter Schmerz allenfalls Leid wie Eifersucht versteht oder Betrug oder eine Scheidung.
Wahrste Liebe aber kennt die andere Seite der Liebe, den wirklichen Schmerz. Denn das ist wie mit Yin und Yang. Das eine gibt es nicht ohne das andere. Den brennenden Schmerz, der entsteht, wenn du dich dafür entscheidest, mit all deinen Sinnen, mit all deinem Wollen ganz allein ihm zu gehören. Wenn du nur das tust, was für ihn gut ist, und wenn du erträgst, was für ihn gut ist, und wenn du ihm hilfst, wenn es für ihn gut ist – auch wenn es für dich die Hölle ist.
Und wenn das bedeutet, dass er dich wegen einer anderen verlässt, dann musst du herausfinden, ob sie gut für ihn ist. Du musst abwägen, was deine Optionen sind. Manchmal muss man dann handeln, aber man darf nie den Fehler machen, ihm zu zeigen, wie weit man zu gehen bereit ist. Denn

er würde das für Abhängigkeit halten und nicht für den freien Entschluss einer wahren Liebenden.
Und wenn er dich nicht wegen einer anderen verlässt, aber du herausfindest, dass er ein übles Schwein ist, ohne auch nur den geringsten moralischen Anstand, einer, der über Leichen geht, nun, dann bist du an dem Punkt, an dem nicht nur deine Leidensfähigkeit, sondern vielmehr auch deine Klugheit gefordert ist. Wie kannst du ihm helfen, wie kannst du ihn beschützen, wie kannst du lernen, seiner Meinung zu sein?
Deine Umwelt wird das niemals verstehen, weil die meisten doch sehr eingeschränkt sind in ihrem Denken. Limitiert. Oder wie es Schopenhauer schon sehr genau auf den Punkt gebracht hat: Die Menschen sind wesentlich böse, wesentlich unglücklich, wesentlich dumm.
Ich habe mir gedacht, wir sollten nicht nur einen Blog haben, sondern auch einen Klub gründen. Wir sollten nicht allein sein! Wir müssen uns mehr austauschen und so fordere ich euch auf, bitte, teilt euch hier mit, zeigt mir, dass ich nicht alleine bin mit meinen Ansichten.
Ich werde einen Shop einrichten und dort eine Kette verkaufen, mit der wir uns gegenseitig erkennen können. Was haltet ihr davon? Und was für ein Symbol sollen wir wählen?

8 Kommentare:

Pedrodom sagt:
Letztes Mal hast du geschrieben, dass man wahrste Liebe ganz für sich alleine behalten kann, und jetzt so was, ein Klub, ein Shop, ein Abzeichen? Das kapiere ich nicht. Kann es sein, dass du dich über uns lustig machst? Bisher fand ich dich nur abgefahren, aber verarschen lasse ich mich nicht.

Holunderarmin sagt:
Kann ich dich mal anrufen? So eine wie du suche ich schon lange.

Nee, du hast nichts kapiert! Ich hab doch schon den einen und dem bin ich treu bis zum Tod.
webmaster.wahrste-liebe.de

Löwchenmeyers sagt:
Bitte ruf eine Beratungsstelle an!

Mauseküsschen sagt:
Ja, Shop ist geil, ich bin dabei. Ich fühle genau wie du. Ein Herz wär doch toll.

Du hast auch nichts kapiert. Ein Herz ist für all diese Brausemädchen, die keine Ahnung haben. Ein Herz wäre lächerlich.
webmaster.wahrste-liebe.de

Gelimausi sagt:
Ein Herz ist schon schön. Ein Splitterherz?

Holger23 sagt:
Könnt ihr alle nicht lesen? Wenn der Schmerz der Unterschied ist, kann es nur ein blutendes Herz sein, oder?

Danke für dein Verständnis, Holger!
webmaster.wahrste-liebe.de

Holger23 sagt:
Könntest du mir deine Mail schicken, will dich nicht anmachen, nur mit dir reden. Es gibt auch Männer, die so fühlen wie du.

Nein, ich schicke dir keine Mailadresse, aber du kannst mir hier schreiben.
webmaster.wahrste-liebe.de

Holger23 sagt:
Schade, aber gut, ich frage dich, wie erträgst du diese Ungewissheit, was die Zukunft angeht?

Für mich ist die Zukunft nicht ungewiss, denn ich bin mir meiner Liebe sicher. Diese Ungewissheit gilt doch nur, wenn du deine Gefühle von der Konstanz ihrer Gefühle abhängig machst. Also befreie dich davon.
webmaster.wahrste-liebe.de

20. Kapitel

John ist kaum fünf Minuten weg, da ist Alex auch schon wieder vom Drogeriemarkt zurück. Ich hab nicht so früh mit ihm gerechnet, ich schaffe es gerade noch, wieder ins Bad zu flüchten. Als er klopft, öffne ich die Tür einen Spalt, nehme ihm seine Einkäufe ab, dann raschele ich ein paar Minuten herum, auch, um mich zu beruhigen, und komme raus.

Alex, der immer noch vor dem Bad wartet, zuckt richtig zusammen, als er mich sieht, und verliert zum ersten Mal seinen spöttischen Käpten-Sparrow-Ausdruck. Spätestens bei meinem Anblick glaubt er mir meine Lügen.

»Oh, Gott, Ruby, du siehst ja so was von beschissen aus!«

»Ich weiß, das kommt von dem Überfall gestern.«

Er schaut mich mit großen Augen an. »Oliver hat mir davon erzählt. Konntest du deinen Angreifer erkennen? Ich habe gehört, du bist quasi in letzter Sekunde gerettet worden.« Er kommt näher. »Mannomann, dein Gesicht ist übel zugerichtet.« Er streckt die Hand aus, als ob er es streicheln wollte, aber ich weiche unwillkürlich zurück. »Nicht, bitte nicht, das tut alles weh.«

Er lässt seine Hand sinken. »Soll ich dir dann vielleicht etwas kochen? Du wolltest dir doch vorhin etwas zu essen machen, oder?«

Mist, für so was hab ich jetzt keine Zeit. John wartet und Pa kann jeden Moment zurückkommen. Aber ich darf mich nicht verraten. »Das wäre nett«, sage ich lahm.

Wir gehen in die Küche und ich setze mich an den Tresen. Alex holt Eier aus dem Kühlschrank, zieht eine Pfanne hervor und macht Rühreier.

Ständig muss ich daran denken, wie John auf die Stimme von Alex reagiert hat. Der pure Hass stand in seinem Blick. Und dann erinnere ich mich an Lina, wie sie im Krankenhaus vom Schenk gesprochen hat. Da war Alex auch im Zimmer. Und dann seine Reaktion gestern auf das Foto.

Oh Gott, ich muss hier raus! Sofort! Ich muss mich mit John treffen, um endlich zu erfahren, was hier gespielt wird.

Was hat John vorhin bei Frau Vogel gesagt? Dass er sie im Krankenhaus besucht hat und ihr Leben in Gefahr war. Er muss mehr wissen als das.

Alex tut, als hätte er alle Zeit der Welt. Muss der Typ denn nie in die Schule? Langsam fange ich an zu begreifen, warum er mit neunzehn immer noch kein Abi in der Tasche hat. In aller Seelenruhe toastet er Brot, schneidet Gurken und Tomatenscheiben, fragt, ob er einen Orangensaft pressen soll, wartet meine Antwort dann gar nicht ab und tut es einfach.

Er arrangiert alles auf einem großen weißen Teller, stellt den noch schäumenden Saft dazu und schaut mich erwartungsvoll an.

»Und du, willst du nichts?«

Alex schüttelt den Kopf und macht sich daran, die Pfanne abzuspülen.

Ich trinke von dem Saft, die Säure brennt auf meiner verletzten Zunge und mir entfährt ein leises Stöhnen.

Besorgt wendet er mir den Kopf zu. »Nicht gut?«

»Doch, alles okay.«

»Es tut mir leid, was dir da gestern passiert ist. Ich habe gehört, dein Angreifer war ein Neger.«

Ich starre ihn an. »Neger? Sag mal, hast du sie nicht mehr alle? Bist du jetzt unter die Neonazis gegangen?«

Bei dem Gedanken wird mir plötzlich heiß und kalt. Seine Reaktion auf das Foto, Kretins, Abschaum hat er gesagt. Was, wenn ich damit ins Schwarze getroffen habe? Ich kenne Alex ja nicht wirklich gut. Vielleicht hat das Ganze einen rechtsradikalen Hintergrund? Ich denke an die Terroristenzelle, die 2011 in Brandenburg aufgeflogen ist. Die sahen sicher auch ganz normal aus, nachdem sie untergetaucht waren, und waren nicht mit Springerstiefeln und Glatze unterwegs.

Alex bleibt gelassen und zuckt nur mit den Schultern. »Natürlich bin ich kein Neonazi«, sagt er. »Aber diese afrikanischen Dreckskerle können sich hier alles erlauben, nur weil alle Deutschen von dem Political-Correctness-Virus befallen sind. Hier in diesem Land fasst man Schwarze mit Samthandschuhen an.«

»Ich hätte nie gedacht, dass du so ein übler Rassist bist.« Mir wird ganz schlecht.

Alex wird plötzlich laut. »Du hast doch keine Ahnung! Du bist dermaßen naiv. Nur weil sie Ausländer sind, macht sie das nicht automatisch zu reinen Engeln. Du bist genauso dumm wie mein idiotischer Vater.«

»Der Mann, der mich überfallen hat, war bestimmt kein Engel. Und woher willst du überhaupt wissen, dass es ein Ausländer war?«

»Raubüberfall, das sind doch immer Ausländer.«

Ich ignoriere für den Moment seine rassistischen Theorien und gehe aufs Ganze. »Alex, ich glaube nicht, dass der Mann auf mein Geld aus war. Ich bin sicher, er hat etwas ganz Bestimmtes gesucht. Und er wollte mich umbringen.«

Alex wird so blass, dass seine Augen wie Kohlen in einem Schneemann wirken. »Was sagst du da? Wonach soll er denn gesucht haben?«

»Nach Beweisen dafür, dass Lina ermordet wurde.«

Die Reaktion kommt prompt. »Wann kapierst du es endlich?«, brüllt Alex. »Niemand hat Lina ermordet. Niemand! Sie wollte nicht mehr leben. Du willst das einfach nicht wahrhaben!« Er beugt sich ganz nah vor mich, packt mich an den Schultern und schüttelt mich, als könnte er so dabei helfen, dass ich endlich zu Verstand komme. Dabei rutscht eine Silberkette aus seinem Sweatshirt.

Eine Silberkette mit einem Anhänger.

Ein @-Zeichen.

Mir kommen augenblicklich das Ei und der Saft wieder hoch und ich schaffe es nur mit äußerster Beherrschung, den Würgereiz zu unterdrücken.

Der Schenk ist hier.

In diesem Augenblick kommt jemand zur Haustür rein. Alex versteckt die Kette wieder unter seinem Sweatshirt und ringt um Fassung.

»Ruby?«, ruft Pa. »Ruby?«

Oh Gott! Pa, der mich seit einer Stunde am chinesischen Turm gesucht hat! Er poltert in die Küche, und als er uns sieht, platzt ihm der Kragen und er schreit uns an.

Ich würde mich am liebsten in einem Mauseloch verkriechen und schäme mich schrecklich, er muss Höllenängste ausgestanden haben. Pa feuert eine Schimpfkanonade nach der anderen auf uns ab, bis ausgerechnet Alex dazwischengeht.

»Hey, jetzt ist es aber mal gut.« Er ist wieder so cool wie Sparrow. »Schau dir Ruby doch an! Deine Tochter ist am Ende. Klar, dass sie sich da blödsinnig verhält.« Damit bringt er Pa zum Schweigen.

»Willst du auch einen Saft?«, fragt Alex, und als Pa nur nickt, macht er sich daran, die silbern schimmernde Saftpresse erneut zu beladen.

Dann sitzen wir alle drei eine Weile stumm da. In meinem Kopf rast alles durcheinander. Alex hat dieses @-Zeichen um den Hals. Johns Bruder Kimoni hat eine ähnliche Kette in der Hand gehabt und jetzt ist er tot. Lina wiederum hat das Zeichen von ihrem Tisch weggekratzt und sie ist auch tot.

Und John, der helfen könnte, Licht ins Dunkel zu bringen, wartet am Spielplatz auf mich, und ich kann hier nicht weg.

Schenk.

Ich betrachte Alex. Kann er Linas Mörder sein? Aber was genau ist sein Motiv?

Es klingelt an der Tür. Wir sehen uns an.

»Erwartet ihr jemanden?«, fragt Pa. »Ich denke, Ruby sollte sich jetzt ausruhen. Genug Wahnsinn für heute.«

Alex ist schon zur Tür gegangen und ich kann hören, wer dort ist. Gretchen.

Sie stürmt an Alex vorbei zu mir und bleibt dann wie angewurzelt stehen, als sie mein Gesicht sieht. »Oh mein Gott, du siehst ja fürchterlich aus. Gleich als Alex mich angerufen hat, bin ich hierhergekommen. Ich mache mir solche Vorwürfe, dass ich dich nicht zur U-Bahn begleitet habe! In diesem Viertel wimmelt es nur so von Chaoten.«

Dann erst bemerkt sie Pa, den sie artig begrüßt, und entschuldigt sich fürs Reinplatzen.

Gretchens unglaubliche Energie scheint meine völlig aufzusaugen, denn ich fühle ich mich schlagartig mutlos. Die ganze Wohnung ist voller Menschen, wie soll ich hier jemals herauskommen und John treffen?

»Gretchen, es ist total lieb von dir, mich zu besuchen, aber ich glaube, ich muss mich jetzt hinlegen. Mir geht es nicht so gut.«

Was nicht mal gelogen ist. Die Lösung ist fast schon greifbar, aber ich kann einfach nicht denken bei den vielen Leuten um mich herum!

»Sehr vernünftig!« Pa wirkt erleichtert.

Doch Gretchen lässt sich nicht so leicht abwimmeln. »Manchmal hilft es, wenn man über alles spricht. Und vielleicht möchtest du dich – bei all den Männern hier – lieber mit einer Frau unterhalten?«

Sie wirft mir einen flehenden Blick zu, als ob sie mir irgendetwas Wichtiges sagen muss, etwas, das die anderen nicht wissen sollen, und das bringt mich zum Zögern.

Aber Pa hat genug gehört. Er sorgt dafür, dass Gretchen und Alex die Wohnung verlassen. Aber leider lässt er mich nicht allein, sondern telefoniert, nachdem er mich ins Bett verfrachtet hat, erst mit Mam und sagt danach alle Termine ab.

Gerade als ich überlege, was ich für eine Ausrede erfinden kann, dass er mich wenigstens fünf Minuten allein weglässt, kommt er in mein Zimmer und nimmt meine Hand. »Ruby, ich war heute Morgen noch absolut dagegen, dass wir dich in eine Klinik bringen, wo du das alles in Ruhe verarbeiten kannst. Aber nach diesem Vormittag denke ich, dass Oliver recht hat. Wir wollen nicht noch eine Tochter verlieren. Wir können nicht die ganze Zeit neben deinem Bett sitzen und dich bewachen. Deshalb halte ich es für das Beste, wenn wir dich für ein paar Tage an einen Ort bringen, wo kluge Menschen sich um dich kümmern.«

Ich starre ihn nur an. Zu einer anderen Reaktion bin ich erst nach einem Augenblick fähig. »Du willst mich also auch in eine Klapse stecken?«

Er grinst mich an. »Ja, wir haben da an *Eine flog über das Kuckucksnest 2* gedacht. Nein, was für ein Unsinn, Oliver kennt da ein kleines Sanatorium, in dem du dich erholen kannst. Schließlich musst du nicht nur Linas Tod, sondern auch noch diesen Überfall verarbeiten. Und ganz offensichtlich sind wir dir dabei keine große Hilfe.«

»Ich gehe nirgendwohin«, sage ich, so fest ich kann. »Ich will jetzt nicht weg von euch. Weg von meiner Familie, egal wie merkwürdig die auch ist.«

Pa zögert.

»Pa, das meinst du doch nicht ernst. Du weißt genau, wie wichtig ihr für mich seid.« Okay, das ist der richtige Tonfall. Seine Miene wird weich. »Abgesehen davon muss ich zu Linas Beerdigung. Das verstehst du, oder?«

Pa nickt. »Du hast recht«, sagt er. Er erhebt sich. »Ich spreche mit deiner Mam und Oliver, okay?«

»Danke, Pa.«

Er wendet sich zur Tür. »Versuch zu schlafen, Mäuschen. Ich bin im Wohnzimmer und arbeite.«

Ich rufe ihn noch einmal zurück. »Verrätst du mir jetzt,

worüber du bei euren heimlichen Treffen mit Lina gesprochen hast?«

Pa schüttelt den Kopf. »Ein für alle Mal, ich habe sie nicht heimlich getroffen.« Er kommt zu meinem Bett und streicht mir über die Haare. Dann seufzt er, vielleicht zum hundertsten Mal an diesem Tag. »Also gut, wir haben natürlich über die Schule geredet und über Oliver und Alex. Aber ehrlich gesagt hat sie mich meistens nach dir ausgequetscht. Es hat ihr leidgetan, dass sie sich mit Merlin eingelassen hat, und sie hat sich nichts mehr gewünscht, als dass du ihr verzeihst und wir dann alle zusammen wieder mal nach Pitsidia fahren, so wie früher.« Die letzten Worte sagt er wie zu sich selbst. »Irgendwie scheint Kreta für sie so etwas wie die Insel der Seligen gewesen zu sein.«

Pitsidia. Ich muss heftig schlucken. Da habe ich schwimmen gelernt, da haben wir uns am Strand mit Sand beworfen, bis wir so lachen mussten, dass wir nicht mehr stehen konnten. Und diese unvergessliche Nacht, als Lina und ich bei unserem heimlichen Ausflug gesehen haben, wie die unter Naturschutz stehenden Schildkröten in der Morgendämmerung geschlüpft und ins Meer geschwommen sind. Wir werden nie wieder dort zusammen hinfahren. Nie wieder. Und ich habe ein Jahr lang die Beleidigte gespielt, als ob wir ein ganzes Leben lang Zeit hätten. Wenn sie mir alles anvertraut hätte, wenn ich gewusst hätte…

Pa streicht noch einmal über meine Haare und verlässt Linas Zimmer.

Und zum x-ten Mal schwöre ich mir herauszufinden, wer schuld ist, dass Lina und ich nun nie mehr miteinander reden oder nach Kreta fahren können.

Ich lasse ein paar Minuten verstreichen und schleiche mich dann so leise wie möglich zur Tür. Doch kaum habe ich sie geöffnet, da steht Pa schon vor mir und fragt mich, wo ich hinwill. Ich murmele etwas vom Badezimmer, aber er lässt sich nicht abschütteln und bleibt in meiner Nähe wie ein Wachhund.

Hoffnungslos trabe ich wieder zurück ins Bett und flehe John in Gedanken an, auf mich zu warten. Schäme mich, hier so weich und warm rumzuliegen, während er dort draußen in der Kälte hockt. Sehe seine Narben vor mir und schäme mich noch mehr. Denke an seinen toten Bruder, Kimoni, und frage mich, wie John mit dem Verlust seines Bruders klarkommt. Lehne mich erschöpft zurück und denke, dass ich einfach nur schlafen möchte, schlafen und vergessen und in meinem Bett in Nusstal aufwachen und erfahren, dass all das hier nie passiert ist.

21. Kapitel

Ich wache schweißgebadet auf. Normalerweise erinnere ich mich nicht oft an meine Träume, aber eben hatte ich einen merkwürdigen Albtraum, den ich noch ganz deutlich vor mir sehe. Lina war wieder lebendig und hat mit mir gesprochen. Es war ein sehr kalter Wintertag und wir wollten auf dem See in Nusstal Schlittschuh laufen. Wir waren so alt wie jetzt, sind aber trotzdem wie Vierjährige mit unseren Kuschelhasen im Arm zum Ufer gegangen und haben sie dort, obwohl aus ihren Mündern weiße Atemwölkchen kamen, tief im Schnee vergraben.

Dann waren Dennis, Ma und Pa plötzlich auch da und wir sahen zu, wie Lina als Erste auf den See ging, wo sie mit den Kufen ihrer Schlittschuhe ein riesiges @-Zeichen in das Eis gravierte, immer und immer wieder, vorwärts und rückwärts, bis sie eine Eisplatte herausgestanzt hatte und einbrach. Ich wollte zu ihr, aber ich konnte mich nicht bewegen, genau wie die anderen am Ufer. Untätig musste ich mit ansehen, wie sie im eisigen Wasser versank, ihr Blick nicht erschrocken, sondern vielmehr ungläubig.

In dem Augenblick, als sie unter dem Eis verschwunden war, verwandelte sich das Eis in Wellen und Meer. Wir standen beide an unserem Lieblingssandstrand in Kreta und betrachteten Gretchen, die mit Alex und John zusammen eine riesige Sandburg gebaut hatte, eine Burg in der Form eines @-Zeichens.

Lina schlug vor, schwimmen zu gehen, aber niemand wollte mitkommen. Sie drehte sich zu mir. »Wir sehen uns nächstes Jahr in Pitsidia!«, rief sie, winkte mir zu und rannte ins Meer, wo sie von riesigen schaumig grünen Brechern verschlungen wurde.

Daraufhin zerstörten Alex und Gretchen die Sandburg und trampelten übermütig wie Kinder darauf herum, bevor auch sie im Wasser verschwanden. John, der angefangen hatte, aus dem feuchten Sand einen Sarg zu bauen, blieb mit mir zurück.

Wir starrten uns an, sein Oberkörper war nackt wie in der Dusche, wir wollten uns küssen, aber da bewegte sich der Sand des Sarges, erst kam ein Finger, dann eine Hand heraus. Mir blieb im Traum fast das Herz stehen vor Angst und auch jetzt wird mein Hals ganz eng. Dann erhob sich Oliver aus dem Sarg, schüttelte den Sand ab und rannte ins Wasser. Und erst von hinten konnte man erkennen, dass die komplette Rückseite von Oliver offen war und man einen direkten Blick auf die blutigen Därme und pulsierenden Organe in seinem Körper hatte.

Ich setze mich ruckartig im Bett auf. Was für ein Traum! Wie lange habe ich geschlafen? Draußen ist es noch hell, aber ich habe jedes Zeitgefühl verloren.

Mein Mund ist trocken, ich kann kaum schlucken. Ich muss etwas trinken, muss diese schrecklichen Traumbilder abschütteln. Ich stehe auf und gehe zur Tür, wo mich Pa schon abfängt.

»Wie geht es dir?«

»Ich könnte einen Kaffee vertragen«, murmele ich und

frage mich, warum in meinem Traum niemand Lina geholfen hat.

»Es ist schon nach acht. Wenn du jetzt Kaffee trinkst, liegst du die ganze Nacht wach.«

Es ist gleich acht, oh Gott, schon so spät! Wie konnte ich nur so lange schlafen? Und was ist mit John? Ich kann mir nicht vorstellen, dass er immer noch auf dem Spielplatz ist, und ich habe keine Ahnung, wie oder wo ich ihn wiederfinden kann.

Ich verschwinde im Bad. Während ich Wasser in mein Gesicht schaufele und sehr aufpassen muss, mir dabei nicht wehzutun, rede ich mir gut zu. Ich brauche einen Plan.

Ja, einen Plan. Den bräuchte ich schon seit Tagen. Statt systematisch vorzugehen, stürze ich mich von einer Katastrophe in die nächste. Weil ich einfach nicht richtig denke!

»Glaubst du an Träume?«, frage ich meinen Vater, als ich in der Küche vor dem Tee sitze, den er mir gekocht hat. Aber in der Sekunde, in der ich seinen Gesichtsausdruck registriere, könnte ich mich ohrfeigen. Oh Gott, das Kind träumt auch noch, na dann sollte sie wirklich zu einem Psychiater, vermutet er jetzt.

»Manchmal«, erwidert er aber nur. »In der Nacht vor deiner Geburt habe ich von einem Erdbeben geträumt.« Er grinst mich an und ich kapiere mühsam, dass er einen Witz machen wollte.

Ich verbrenne mir die Zunge am heißen Tee und fange an zu schlürfen.

Pa will mich gerade ermahnen, doch da kommen Mam und Oliver nach Hause. Sie haben gestritten, das fühle ich deutlich. Pa und ich werfen uns einen Blick zu und ich verstehe ihn so, dass er nichts von meinem Verschwinden heute Morgen verraten wird.

Mam läuft zu mir und umarmt mich, will wissen, wie ich mich fühle und ob ich auch genug gegessen habe. Dann sind sich alle drei einig, dass ich wieder ins Bett gehen soll. Ma fragt meinen Vater, ob er heute hier übernachten will, und mit einem Seitenblick auf mich stimmt er sofort zu und geht mit Oliver ins Gästezimmer.

Ich überlege, ob ich vortäuschen soll, dass mir nach einem Spaziergang ist, aber wie ich meine Eltern kenne, werden sie sich an meine Fersen heften und mich nicht aus den Augen lassen, bis ich wieder zu Hause bin.

Deswegen erkläre ich mich nur allzu gerne bereit, ins Bett zu gehen, was ich natürlich nicht vorhabe, aber in Linas Zimmer bin ich wenigstens allein. Und abgesehen davon, dass ich bei Olivers Anblick nur wieder an meinen Traum erinnert werde, kann ich dort viel eher all das durchdenken, was passiert ist.

Ich setze mich an Linas Schreibtisch, ärgere mich zum tausendsten Mal, dass ich das Passwort für ihren Computer nicht kenne, und suche nach Stift und Papier. Wenn ich alles notiere, was ich bisher erfahren habe, und da ein bisschen Struktur reinbringe, komme ich vielleicht weiter. Das hat mir damals beim Atargatisprojekt auch immer geholfen.

Hochmotiviert kaue ich auf dem Stift herum, doch meine Gedanken wirbeln unkontrolliert durch den Kopf wie Löwenzahnschirmchen im Wind.

Wir sehen uns nächstes Jahr in Pitsidia, hat Lina in meinem Traum gesagt. Pitsidia, klar, davon habe ich geträumt, weil Pa mir von seinen Gesprächen mit Lina erzählt hat. *Die Insel der Seligen.* Ich betrachte ihren Computer. Und wenn... ich schalte ihn an und warte, bis er hochgefahren ist und nach dem Passwort verlangt.

Dann gebe ich Pitsidia ein und bei jedem Buchstaben steigt meine Spannung.

Ich traue mich kaum hinzuschauen.

Nichts.

Passwort abgelehnt. Und wenn ich es bloß falsch buchstabiert habe? Ich schreibe die Buchstaben aufs Papier und dann tippe ich es erneut ein und schaue diesmal ganz genau hin.

Wieder nichts.

Okay. Noch ein letzter Versuch, dann gebe ich auf. Ich schreibe alle Buchstaben klein.

Bling, bling, Linas Computer öffnet sich.

Ich sitze da und fasse es nicht, komme mir vor wie Ali Baba vor der Schatzhöhle.

Und jetzt? Ich starre auf den Bildschirm und weiß nicht, wonach ich suchen soll.

Als Erstes nehme ich mir die Mails vor, aber ich finde keine einzige. Das ganze Mailprogramm ist clean, als ob Lina nie auch nur eine einzige Mail geschrieben oder empfangen hätte, auch der Entwurfsordner und der Papierkorb sind leer. Ich stöhne. Jemand hat Linas Computer aufgeräumt, so viel ist mal klar.

Als Nächstes nehme ich mir den Bildordner vor, aber dort finde ich nur wenige Aufnahmen. Das allerdings muss nicht unbedingt verdächtig sein, Lina war nicht der Typ, der Fotos im Rechner verschimmeln ließ. Wenn ihr die Bilder gefielen, hat sie Fotobücher daraus gemacht, alle anderen hat sie gelöscht. Ihre Meinung war: Verstopft bloß den Rechner und schaut eh kein Schwein mehr an.

Nach den Bildern klicke ich mich in den Dokumentenordner und atme auf. Hier sind noch jede Menge Dateien und Ordner vorhanden. Hatte derjenige, der den Rechner aufgeräumt hat, nicht genug Zeit? Oder sollte auf den ersten Blick alles normal aussehen? Ich überfliege die Namen, die alle nach Schulreferaten klingen. Aber darunter kann man natürlich vieles abspeichern. Wenn ich ein Online-Tagebuch hätte, würde ich es auch Physik-Ex nennen.

Ich quäle mich durch die Dateien: Thomas Mann, Weimarer Republik, Evolutionstheorien, DNA und Elektrolyse. Aber tatsächlich sind das alles eher dürftige Referate oder Übungsaufgaben – keine Datei enthält irgendetwas Privates.

Nach zwei Stunden bin ich schon reichlich genervt, deshalb verstehe ich nicht gleich, was ich da vor mir habe, obwohl ich den Namen der Datei nur allzu gut kenne. Aber als ich es kapiere, schnürt sich meine Kehle zu. *Atargatis!* Lina hat mein *Jugend-forscht*-Projekt auf ihrem Rechner. Jetzt fühle ich mich wirklich wie Ali Baba. Von mir hat sie es nicht, also muss sie es sich von der Datenbank bei *Jugend forscht* runtergeladen haben, wo es für die Öffentlichkeit zur Verfügung steht.

Ich bin sicher, das ganze Granatapfelzeug war ihr piepegal. Sie wollte irgendwie Anteil an meinem Leben nehmen. Meine große Schwester war neugierig, was der kleine Supernerd so treibt. Ich muss schlucken, alles in mir ist ganz zittrig, als ich die Datei anklicke. Ich wünsche mir so sehr, dass sie einen Kommentar dazu geschrieben hat, irgendetwas, und sei er noch so winzig.

Es kommt mir so vor, als würde die Datei ewig brauchen, bis sie vollständig geladen ist, und während ich ganz kribbelig vor Ungeduld warte, höre ich Mam an der Zimmertür. Ich muss schnell ins Bett springen und so tun, als ob ich mich ausruhen würde. Glücklicherweise glaubt sie mir, als ich ihr vorspiele, dass ich schon kurz davor bin einzuschlafen.

»Dann lassen wir dich ab jetzt in Ruhe«, sagt sie und streicht mir leicht über den Kopf. »Papa ist noch in der Küche, Oliver und ich sind im Schlafzimmer, falls du etwas brauchst.«

Die Tür fällt ins Schloss und ich atme auf.

Schon einen Moment später sitze ich wieder am Schreibtisch. Die Datei ist endlich geladen, es sind zwei Gigabyte, was nicht sein kann, denn die Größe aller Projektberichte ist auf wenige Kilobytes beschränkt, damit die Datenbank von *Jugend forscht* nicht zusammenbricht.

Zwei Gigabyte, so viel Speicherplatz brauchen nur Filme und Bilder. Aber in meinem Projektbericht gibt es nur Tabellen und Zeichnungen. Ich beiße mir vor Aufregung auf die Lippen.

Sorgfältig gehe ich Seite für Seite durch, um nur ja nichts zu übersehen, und mit jeder Seite werde ich trauriger, denn es ist wirklich nur der originale Projektbericht ohne eine einzige Anmerkung von meiner Schwester.

Aber dann komme ich zu den Schlussfolgerungen und dort stoße ich dann auf den Grund, warum die Datei so groß ist. Sofort ist meine Enttäuschung wie weggeblasen. Lina hat in den Projektbericht Bilder integriert, die durchnummeriert sind, von AT 1 bis AT 7. AT-argatis, nehme ich mal an.

Mit klopfendem Herzen schaue ich mir das erste an, AT 1. Es zeigt einen großen Bankettsaal mit leeren Tischen, der gerade mit Luftballons und Girlanden geschmückt wird. Auf dem Bild sind einige Schüler aus Linas Klasse zu sehen, ich erkenne Gretchen und ein paar Luises, aber auch Dennis und Alex und dann noch Victor und Isabel aus der Astrogruppe. Victor steht auf der Leiter, macht eine Grimasse und hält sich eine lilafarbene Girlande wie einen mächtigen Schnauzbart ins Gesicht.

AT 2 ist ein Bild des fertig geschmückten Saals. Reichlich spießig, lilafarbene und goldene Girlanden, Hunderte von Luftballons und scheußlich stachlig wirkende Blumengestecke in Dunkelrosa, die auf weißen Tischdecken drapiert sind. Dazu weißes Porzellan, viele Gläser.

Im Vordergrund eine Gruppe von den Leuten, die man auf dem vorherigen Bild beim Dekorieren gesehen hat, sie stehen dicht beieinander und lächeln in die Kamera.

Die Jungs tragen jetzt Anzug mit Hemd und Krawatte und die Mädchen festliche Kleider. Lina ist auch mit auf dem Bild, sie steht zwischen Alex und Dennis und sieht sensationell gut aus. Obwohl Gretchen in einem mit Glitzerperlen bestickten Korsagenkleid direkt in der Mitte mit einem Kussmund posiert und sehr hübsch rüberkommt, muss man einfach zu Lina hinschauen, die fast am Rand steht. Ihre Augen leuchten und ihr schwarzes Kleid, das an Armen und Dekolleté mit Spitze untersetzt ist, betont ihre makellose Sanduhrfigur. Ihre duftigen dunkelblond schimmernden Haare hat sie locker aufgesteckt, nur vorne fällt eine Locke in ihr Gesicht, was bei anderen lächerlich aufgesetzt ausgesehen hätte, bei ihr aber unglaublich sexy wirkt.

Oh Gott, sie wirkt so glücklich und lebendig, unfassbar. Ich beiße mir auf die Lippen, um nicht schon wieder zu weinen, doch es ist unerträglich, sie so glücklich zu sehen und zu wissen, dass sie tot ist. Und so verschwimmt Lina vor meinen Augen, zerfließt zu einer Unterwasserfee und ich wünsche mir so sehr, sie wäre jetzt hier bei mir und ihr Tod nur ein dummer Albtraum.

Ich brauche ziemlich lange, bis ich in der Lage bin, mir die nächsten Bilder anzuschauen.

Auf den Bildern drei und vier sieht man, wie etwa fünfzig Leute festlich gekleidet an den Tischen sitzen. Ein mehrgängiges Menü wird serviert, auf der Bühne spielt eine Drei-Mann-Combo in hellblauen Anzügen.

Auf dem fünften Bild sind die Tische bis auf die Gläser abgeräumt. Die Kamera hält auf die Bühne, wo ein dicker kleiner Mann im Anzug einen überdimensionierten Pappscheck an Alex überreicht. Alle Leute sind von ihren Stühlen aufgestanden und applaudieren.

Das sechste Bild zeigt eine Tiefgarage. Die Jungs tragen noch immer Anzug, doch die Krawatten sind jetzt gelockert, ihre Augen groß und ihre Wangen knallrot. Lachend und feixend versuchen sie, den übergroßen Scheck in einen schwarzen BMW zu kriegen, der dort geparkt ist.

Und dann – ohne Übergang und ohne Vorwarnung – kommt das Bild Nummer sieben, das Foto vom toten Kimoni, das Alex so brutal zerrissen hat. Im Kontrast mit den Bildern von vorher wirkt es noch grauenhafter.

Die Fragen rasen nur so durch meinen Kopf. Warum sind die Bilder des Abendessens hier versteckt? Hat Lina sie nur dazu benutzt, das eigentliche Foto, um das es ihr ging, zu verstecken? Aber das hätte etwas von diesen russischen Puppen, wo immer noch eine in der nächsten versteckt ist: Kimoni zwischen den Galafotos, die Galafotos im Atargatisbericht, der wieder im Referatordner auf dem Computer. Nein, meine Schwester hat nicht so kompliziert und um die Ecke gedacht, wie ich das manchmal tue. Jedenfalls damals, als wir noch miteinander geredet haben. Damals. Ich unterdrücke ein Aufschluchzen, denn jetzt habe ich Lina vor Augen, so wie ich sie zum letzten Mal gesehen habe. Lina und Samira, die sich über sie beugt und ihr für immer die Augen schließt.

Plötzlich muss ich an den alten Mann mit dem Rollator in der U-Bahn denken, mit dem ich kurz nach Linas Tod gesprochen habe. Der angeblich so berühmte Magier, der mit mir über Illusion und Wirklichkeit geredet hat. Hat Lina hier eine Art Zaubertrick versucht, wollte sie dem zufälligen Betrachter suggerieren, dass alles ganz harmlos ist, während in Wahrheit in den Bildern schon das Kaninchen irgendwo sitzt und nur darauf wartet, aus dem Hut zu springen? Und könnte ich es finden, wenn ich mich nicht ablenken lasse?

Der Gedanke macht mir Mut und bringt mich dazu, die Fotos noch genauer anzuschauen und zu vergrößern. Vielleicht sehe ich dann das Kaninchen. Die Kette in Kimonis Hand habe ich ja auch erst entdeckt, als ich mir das Foto mit der Lupe angesehen habe. Die Kette mit dem @-Zeichen.

Ein Galaessen. Der tote Kimoni. Das @-Zeichen.

Wo verdammt noch mal ist hier der Zusammenhang?

Ich wechsele zu Google und gebe das Zeichen ein. Es

wurde schon von Mönchen bei Bibelabschriften als Abkürzung benutzt und steht für at oder ad genauso wie für *gegen* oder *aber* oder *und*. Ich schließe kurz meine Augen. Okay, Ruby, denk nach.

Mir kommt eine Idee, es ist nur eine vage Ahnung, aber sie will mir nicht aus dem Kopf gehen.

AT, Lina hat die Bilder AT genannt.

AT, aber eben doch nicht wie Atargatis.

Und dieser Scheck auf dem Bild. So einen überreicht man auf Wohltätigkeitsveranstaltungen, oder nicht? Wohltätigkeit passt zu Oliver, aber doch nicht zu seinem Sohn. Aber es passt zu noch etwas.

Wie elektrisiert rufe ich das Archiv der Münchner Abendzeitung auf. Vielleicht kann ich hier herausfinden, um was für ein Galaessen es sich gehandelt hat. Denn was wäre Wohltätigkeit, wenn die Presse es nicht der Welt berichten würde?

Ich klicke mich durchs Archiv. Lina hatte früher einen Pagenkopf, erst im letzten Sommer hat sie sich die Haare lang wachsen lassen. Also muss das Ganze in diesem Jahr stattgefunden haben. Und bei dem, was die Leute auf den ersten Bildern tragen, tippe ich auf Winter. Dicke Schuhe und Pullover. Angespannt klicke ich mich durch die Society-Events und kann es kaum fassen, als ich wirklich ein Bild mit dem Scheck finde, das ganz ähnlich aussieht wie das, was Lina in meinem Projekt versteckt hat.

Mit klopfendem Herzen zoome ich näher heran und einen Moment später habe ich die Gewissheit, dass ich mit meiner Vermutung haargenau ins Schwarze getroffen habe.

Ein großer Erfolg für die Schopenhauerschule und ihren

Klub der Alpha-Tiere, der sich gestern über eine Spende von fünftausend Euro für ihr Engagement im sozialen Bereich freuen konnte. Hier bei der Überreichung des Schecks von Dennis-Gregor Wallenstein an den Vorsitzenden des Klubs Alexander Brandt und Wolfgang-Erwin Hahner, dem Rektor der Schule.

In dem dazugehörigen Artikel steht noch mehr: *Ein Platz bei dem Bankett im Ballsaal des Fünf-Sterne-Palasthotels im Arabellapark hat hundertfünfzig Euro gekostet, was noch einmal etwa siebentausend Euro eingebracht hat. Zu den illustren Gästen zählten Roberto Blanco, Alfons Schuhbeck und die zweite Bürgermeisterin der Stadt München.*

Alpha-Tiere. A-T!

Das @-Zeichen steht also für Alphatiere!

Ich triumphiere so, dass ich erst einen Moment später merke, wie wenig mich das eigentlich weiterbringt. Was sagt mir das jetzt nun?

Alex hat eine Kette mit dem @-Zeichen, das habe ich heute Morgen gesehen, als er mir Frühstück gemacht hat. Aber warum hat er sie sofort wieder unter seinem Sweatshirt versteckt? Er ist schließlich Vorsitzender des Klubs, der noch dazu so viel Geld für gute Zwecke zusammenbringt! Das ist doch etwas, auf das man stolz sein kann. Ich jedenfalls würde mir glatt T-Shirts mit dem @-Zeichen drucken lassen und es nicht unter dem Shirt an einer Kette verstecken.

Außerdem – wie kam der tote Kimoni an so eine Kette?

Ich kritzele auf meinem Block herum und versuche, mich zurückzuerinnern. Gretchen hat mir erzählt, dass Lina auch einmal bei den Alphatieren war, dann aber in den Astroklub gewechselt sei. Wieso hat sie das getan? Auf den Fotos sieht es so aus, als ob sie jede Menge Spaß mit denen gehabt hätte.

Zurück zu den Fakten, ermahne ich mich. Fakt ist, Lina hat das Foto von dem toten Kimoni ausgerechnet mit diesen Gala-Fotos kombiniert, und zwar absichtlich.

Und mit einem Mal kommt mir ein völlig neuer Gedanke. Soll das Foto mit dem Scheck in der Tiefgarage vielleicht darauf hinweisen, dass Kimoni von einem betrunkenen BMW-Fahrer nach dem Fest totgefahren wurde? Von einem BMW-Fahrer, der bei den Alphatieren mitgemacht hat? Wenn sie versucht hätten, das zu vertuschen, dann wäre Lina bestimmt die Erste gewesen, die etwas dagegen unternommen hätte.

Alex fährt genau so einen BMW, wie er auf dem Foto in der Tiefgarage zu sehen ist. Und der Vater von Dennis auch, fällt mir ein. Dennis, an den ich seit dem Überfall in Riem gar nicht mehr gedacht habe.

Ich spüre, wie mein Puls schneller geht. Das könnte wirklich sein. Totschlag mit Fahrerflucht – wenn so ein Verbrechen auffliegt, dann ist das Leben des Täters in jedem Fall ruiniert. Besonders das Leben von Sonnyboys wie Alex oder Dennis.

Vermutungen, Ruby, nichts als Vermutungen. Halte dich weiter an die Tatsachen, sonst gerätst du wieder aufs Glatteis. Mein Traum fällt mir wieder ein, Lina, die so ungläubig in das Eis einbricht, ein Schauer läuft über meinen Rücken und erinnert mich daran, dass es hier nicht darum geht, irgendein lächerliches Ratespiel zu lösen und zu gewinnen, sondern um Mord.

Ich nehme mir noch einmal alle Fotos vor, vergrößere

sie, von links nach rechts, von oben nach unten, suche nach Hinweisen. Je länger ich sie anschaue, desto mehr Details erkenne ich. Und dann stoße ich auf einen Zusammenhang, vielleicht den Zusammenhang: Das Essen wird von Kellnern serviert, die zum Großteil schwarz sind. Das habe ich zwar schon vorher bemerkt, aber nicht entdeckt habe ich, dass einer von ihnen tatsächlich Kimoni ist.

Wie die anderen trägt er eine Art Livree. Fehlen nur noch die weißen Handschuhe und wir wären in einem Südstaatenfilm aus den Fünfzigerjahren. So viel zum *Palast*hotel mit seinen fünf Sternen.

Ich beginne noch einmal von vorn. Bild für Bild schaue ich durch und bleibe wieder an dem Foto in der Garage hängen. Muss ich mich auf die Jungs konzentrieren, die so ausgelassen und auch ein bisschen betrunken wirken? Oder auf das Auto? Ich vergrößere den Bildausschnitt, um mehr vom BMW zu sehen. Aber ich erkenne nichts Besonderes. Im Kotflügel spiegelt sich das Wort *Notausgang*, das ist alles. Eine stinknormale Tiefgarage, wie es sie unter den meisten Hotels gibt, ein stinknormaler, wenn auch ziemlich teurer BMW.

Ich vergrößere noch einmal das Bild des toten Kimoni. Der Boden sieht genauso aus wie der in der Tiefgarage, aber grauen unverputzten Beton, den gibt es an vielen Orten. Allerdings ist neben Kimonis Füßen eine Wasserpfütze. Ich vergrößere den Bildausschnitt und werde fündig. Ganz schwach kann man auch hier eine grüne Spiegelung erkennen.

Ich reibe mir die Augen, schaue noch einmal hin. Es stimmt. Oh Mann, es stimmt! Heißt das, ich liege mit meiner Theorie mit dem Unfall und der Fahrerflucht richtig?

Ich bin einerseits völlig klar und unglaublich aufgeregt, andererseits auch durcheinander. Wie gern würde ich darüber mit John reden.

Ich unternehme einen letzten Versuch, mich rauszuschleichen, aber Pa sitzt immer noch am Esstisch und hebt sofort den Kopf, als ich aus meinem Zimmer komme, und deshalb gehe ich nur brav aufs Klo und wieder zurück an Linas Computer.

Ich denke nicht daran, jetzt aufzuhören. Vielleicht stoße ich noch auf etwas. Das habe ich auch beim Atargatisprojekt gelernt, man darf auf keinen Fall zu früh aufgeben.

XI

Und an jenem Tage wirst du die
Schuldigen in Ketten gefesselt sehen.
((14:49))

In den frühen Morgenstunden erwacht John mit einem glücklichen Lächeln und streckt sich. Zum ersten Mal seit Kimonis Tod haben ihn die quälenden Gedanken an seinen Verlust nicht daran gehindert einzuschlafen und niemand hat seine Ruhe in der Hütte auf dem kleinen Spielplatz gestört. Bis jetzt. Aber was hat ihn geweckt? Ein Geräusch? Vorsichtig späht er über den Rand des Häuschens. Nichts. Er lässt sich zurücksinken und denkt an seinen Traum, in dem er Kimoni begegnet ist. Sein Lächeln verebbt, weil er sich nach und nach daran erinnert, was Kimoni im Traum von ihm verlangt hat.

Sein Zwillingsbruder war als Magier gekleidet und hat Steine für Johns Zukunft geworfen. Nach dem Wurf hat er ihn lange mit betrübter Miene angesehen und kein Wort gesagt. Als John ungeduldig wurde, hat er ihm mit dem Gnuschwanzwedel zugewunken und ihn angefleht, sich endlich um die Frau mit den Sambesiaugen zu kümmern, das Unglück hält sich nicht an Besuchstage, hat er gesagt.

Dabei gebe ich mein Bestes, denkt John, das Gras wächst nicht schneller, wenn man daran zieht. Und ich werde ja auch mit ihr sprechen, gleich nachher.

Er schlägt ein paarmal seine Hände um sich, um wärmer zu werden, und sehnt sich nach einem heißen Tee und etwas Brot, doch er hat kein Geld mehr. Außerdem treibt ihn eine große Unruhe, zum Haus der Gazelle zurückzukehren. Sie unterschätzt immer noch die Gefahr, in der sie schwebt.

Da ist wieder das Geräusch, das ihn aus dem Schlaf gerissen hat, und diesmal erkennt er die Schritte von Amari.

Amari, der von Johns Verstecken weiß und seine Schlafplätze kennt, Amari, der ihn ausschalten möchte. John bleibt starr in dem Häuschen und geht seine Möglichkeiten durch. Er kann hierbleiben, weiter auf die Gazelle warten und hoffen, dass Amari seine Witterung nicht aufgenommen hat. Aber so bringt er auch sie in Gefahr. Nein, er sollte Amari von hier weglocken und sich dann vergewissern, dass Amari wie immer seiner Arbeit mit der Frühschicht weit weg von diesem Spielplatz nachgehen muss. Dann kann er wieder zurückkehren und mit ihr reden.

John springt vom Häuschen herunter und bemerkt voller Genugtuung, dass sein Verfolger zu fett und zu träge geworden ist, um es noch mit ihm aufnehmen zu können.

So schnell er kann, sprintet er davon, nur weg von hier und ohne zu wissen, wohin.

22. Kapitel

Wer auch immer Linas Computer klargemacht hat, war entweder unter Zeitdruck oder fantasielos. Denn es gibt noch zwei Verläufe, die ich anschauen kann, und auch die Lesezeichen sind nicht gelöscht worden. Ich muss mich konzentrieren, weil mir ständig wieder die Galafotos vor mein inneres Auge geraten, vor allem das eine, auf dem Lina so glücklich aussieht.

Ich klicke auf den letzten Tag, der mir angezeigt wird. Sie war auf der Astroseite ihrer Schule, dann hat sie bei Amazon Bücher angeschaut. *Wenn Frauen zu sehr lieben* und *Das Helfersyndrom. Hilfe für Helfer.*

Das hat so überhaupt gar nichts mit den Fotos zu tun, dass ich langsam verzweifle. Sie war im iTunes-Store, wo sie sich die *Diva*-Filmmusik runtergeladen hat, die ich auf der CD in ihrem Zimmer gefunden habe. Außerdem hat sie die Website von *Ärzte ohne Grenzen* angeschaut, dann war sie bei *münchenwetter.de* und bei *zalando* und schließlich bei der *Süddeutschen Zeitung*, aber man kann leider nicht mehr sehen, welche Artikel sie gelesen hat.

Ich klicke noch einen Tag zurück, doch mehr Dateien beinhaltet der Verlauf nicht. Ich nehme mir ihre Lesezeichenliste vor und arbeite sie ab. Es ist inzwischen weit nach Mitternacht, ich bin unglaublich müde, aber gleichzeitig sehr klar. Endlich gibt es etwas Handfestes, endlich kann ich vorankommen, zumindest, wenn ich mich anstrenge.

Das alles ist ein bisschen unheimlich, so, als ob ich in das Gehirn meiner Schwester eindringen würde. Sie hat eine Witzseite markiert, jede Menge Tageskartenseiten, ein Kretaforum, lovelybooks und ein Blog wahrste-liebe.de. Dann fettrechner.de, Ebay, Amazon und Frauenzeitungen.

Am neugierigsten macht mich das Liebesblog, vor allem nach den Büchern, die sie sich bei Amazon angesehen hat. Ich klicke mich dorthin und bin wider Willen fasziniert von dem, was ich da lese. Der aktuellste Eintrag befasst sich mit Schmerz.

Ich scrolle zurück bis zum ersten Eintrag und innerhalb von Minuten ist auch noch die letzte Müdigkeit aus meinem Hirn gewichen. Was ich da überfliege, schockiert mich bis auf die Knochen.

Er war nervös, weil er ganz genau gewusst hat, wie verdorben wir sind, und seine größte Sorge war dann auch nicht, wie es mir dabei geht, sondern nur, ob wir erwischt werden.

Das lese ich gleich im ersten Eintrag.

Vor allem meine Mutter durfte nichts davon erfahren, es hätte ihr das Herz gebrochen. Und auch meine Schwester hätte nur alles wieder in den falschen Hals gekriegt und womöglich gepetzt, nein, die Kleine soll in ihrer idyllischen Puppenstube bleiben, bis sie selbst merkt, wie hohl sie sich anfühlt.

Mir läuft ein Schauer über den Rücken.

Er und ich mussten natürlich in ein Hotel gehen, weil wir es nicht riskieren konnten, von ihr gesehen zu werden.

Mittlerweile klebe ich fast vor dem Bildschirm, so elektrisiert bin ich.

Zum Glück hat er das auch eingesehen, obwohl er sonst nicht gerne Geld ausgibt. In eine Absteige wäre ich niemals mitgegangen.

Ich lehne mich im Schreibtischstuhl zurück. Meine Augen brennen. Wenn man das auf reine Fakten reduziert, dann kommt das dabei heraus:

Eine Frau hat eine Liebesbeziehung mit einem älteren Mann, der ganz genau weiß, wie verdorben sie sind.

Hat Lina das geschrieben? Steckt Lina hinter diesem Blog? Erst kann ich es nicht glauben, aber viele Details passen. Und wenn das wirklich so war, dann war ich die ganze Zeit auf dem Holzweg. Ich habe gedacht, dass Oliver Lina missbraucht hat, dabei ist es noch viel abartiger. Sie hatte etwas mit ihm. Oder?

Wieder gehe ich die Einträge durch und stoße auf noch mehr Einzelheiten, die meine neue Theorie untermauern.

Musik hatte ich mir mitgebracht, ganz besondere Musik. Musik, die mich einlullt und gleichzeitig wach macht: die *Promenade Sentimentale* aus der Filmmusik von *Diva.*

Die *Diva*-Filmmusik. Ich starre auf das iTunes-Store-Zeichen im Hintergrund und sehe gleichzeitig Oliver, wie er in meinem Traum aus dem Sandsarg hochkommt, ohne seinen Rücken. Mir wird übel.

Und dann hat er sie verlassen? Na klar, ihm wurde das Ganze zu gefährlich.

Er sagte, es ginge nicht mehr, wir hätten einfach keine Zukunft und er hätte wegen der ganzen Geschichte sowieso schon ein schlechtes Gewissen. Wenn das alles rauskäme, würden sie uns die Hölle heiß machen.

Ich muss aufstehen und gehe in Linas Zimmer hin und her. Ganz ruhig, noch mal alles durchdenken.

Aber, egal wie ich es drehe und wende, ich komme wieder zum selben Schluss. Es könnte tatsächlich sein, dass Lina eine Affäre mit Oliver hatte, der sie dann verlassen hat, weil ihm klar geworden ist, was er da gerade macht.

Ist es möglich, dass sich meine Schwester derart verändert hat? Ich meine, okay, sie fand immer die Jungs am interessantesten, die in einer festen Beziehung waren, sie hat gern mit dem Feuer gespielt und war überhaupt viel abenteuerlustiger als ich.

Aber hätte Lina wirklich den Mann ihrer eigenen Mutter angegraben? So abgebrüht kann sie doch nicht gewesen sein, gerade nach der Sache mit mir und Merlin. Und dieser Stil – Lina hat schon immer eine schwülstige Art gehabt zu schreiben, aber das hier ist mehr als das – es ist ziemlich krank.

Abgesehen davon – welchen Sinn würde es ergeben? Ich darf die Galafotos nicht vergessen, die ich vorhin gefunden habe.

Was, wenn sich die Einträge auf ein Verhältnis mit Alex bezogen? Ich überfliege die Textstellen noch einmal. Ja, das könnte tatsächlich auch passen. Aber was sollen die Ausführungen von wegen, dass ihr Liebhaber böse ist? Alex hat dieses @-Zeichen als Silberkette und Lina hat genau das von ihrem Schreibtisch weggekratzt. Das Zeichen für die Alphatiere.

Oh Mann, klar, es ist eigentlich ganz einfach! Ich schlage mir die Hand vor die Stirn. Die Alphatiere, sie sind der Dreh- und Angelpunkt des Ganzen. Die Bilder – die Gala – dieser ganze Wohltätigkeitsscheiß. Was, wenn das Ganze nur ein Deckmantel ist? Und etwas ganz anderes dahintersteckt?

Alex ist Mitglied der Alphatiere. Nein, er ist sogar ihr Vorsitzender. Und wenn ich dann noch ein bisschen weiterdenke, wie Alex Kimonis Foto zerrissen hat, und dann noch seine Äußerungen dazunehme, von wegen, dass mich ein Neger angegriffen hätte…

Alphatiere.

Bei den Tieren gibt es die Alphamännchen, die das Rudel anführen. Vielleicht halten sich die Alphatiere für Menschen, die über anderen stehen? Mitglieder einer Herrenrasse?

Was, wenn das @-Zeichen das geheime Erkennungszeichen der wahren Alphatiere ist, so wie die 88, die bei den Neonazis als Abkürzung für Heil Hitler benutzt wird, weil H der achte Buchstabe des Alphabetes ist?

Ich renne wieder zum Rechner und finde bald, was ich suche.

Könntet ihr einen Menschen lieben, der zum Mörder geworden ist… oder einen richtig bösen Menschen, einen Rechtsradikalen, der sich die Zeit mit Fidschisklatschen vertreibt?

Mir wird total übel. Vielleicht ist Lina dahintergekommen, was die Alphatiere wirklich sind. Und musste deswegen sterben. Mir fällt Frau Koslowsky ein, die mich immer wieder gefragt hat, ob Lina Freunde in der rechten Szene hatte.

Ich weiß nicht mehr, was ich denken soll. Hat nun einer der Alphatiere jemanden im Suff totgefahren oder sehen sich die Alphatiere als Herren der Welt? Oder beides?

Mein Kopf ist schwer von allem, was ich herausgefunden habe, und der Monitor vor meinen Augen verschwimmt zu einem krisseligen Bild. Aber ich kann jetzt auf keinen Fall schlafen. Mittlerweile ist es halb fünf und seit Stunden haben sich meine Wachhunde nicht mehr gerührt. Ich muss hier raus und endlich mit John reden, er ist der Einzige, der mir jetzt noch weiterhelfen kann.

Ich öffne Linas Kleiderschrank und hole mir eine schwarze Jeans und ein dunkles Kapuzenshirt heraus. Wir waren fast gleich groß, aber ich bin viel dünner als sie, sodass ihre Sachen an mir herumschlackern. Aber das ist mir lieber, als wenn sie mir gut passen würden, das käme mir falsch vor, als wollte ich *sie* sein. Trotzdem muss ich schlucken, als ich die Kleider meiner toten Schwester anziehe. Ich hoffe und wünsche mir, dass Lina mir so ein bisschen nahe ist, mich begleiten und mir helfen kann.

Ich schleiche ins Bad, leise wie ein Einbrecher, und tatsächlich rührt sich nichts. Ich putze nur schnell meine Zähne und spritze mir Wasser ins Gesicht. Ein Blick in den Spiegel zeigt mir, dass die Haut um das eine Auge sich zu einem kranken Blaugrün verfärbt hat und die Kratzer eine rostbraune dicke Kruste gebildet haben. Egal. Alles besser, als tot zu sein.

Ich schreibe noch einen Zettel, dass ich nur ein bisschen frische Luft tanken möchte und spätestens mittags wieder zurück bin, dann nehme ich meine Schuhe in die Hand und schlüpfe in den Flur. Die Tür zum Gästezimmer ist nur angelehnt, dahinter höre ich Pas gleichmäßige Atemzüge. Ich verfluche den Dielenboden, der bei jedem dritten Schritt knarzt, aber ich habe Glück. Niemand wird wach.

Unendlich langsam und vorsichtig öffne ich die Tür und schiebe mich aus der Wohnung.

Geschafft! Im Eiltempo durchquere ich das Treppenhaus

und anschließend den Hinterhof und bin schon fast im Tordurchgang, als ich eine Stimme hinter mir höre. »Ruby, bist du das?«

Ich erstarre. Das kann doch nicht wahr sein!

Aber da kommt Leon schwanzwedelnd zu mir. Ich streichele ihn. »So früh schon unterwegs?«, fragt Frau Vogel neugierig. »Oh Gott, was ist denn mit deinem Gesicht passiert?«

»Ich bin dumm gefallen«, antworte ich. Ich sehe mich hektisch um. Wenn mich Ma oder Oliver hier erwischen, kann ich meinen Plan vergessen.

»Ich muss leider los, Frau Vogel«, sage ich und hoffe, dass sie nicht nachfragt, wohin ich denn morgens um fünf so dringend möchte. Aber auf die Idee kommt sie gar nicht.

»Ja, meine Liebe«, sagt sie freundlich. »Dann lauf mal.«

Ich bin schon fast um die Ecke, da ruft sie mir noch hinterher: »Übrigens, ich werde bestimmt bald die Sachen von deiner armen Schwester finden.« Ich bleibe stehen, drehe mich um und gehe zurück zu ihr. Daran habe ich die ganze Nacht nicht mehr gedacht!

Frau Vogel strahlt mich an. »Mir ist wieder eingefallen, dass sie mir eine schicke, große, türkis glänzende Papiertüte gegeben hat.«

Ich versuche, ein Seufzen zu unterdrücken. Solch eine Tüte in dem Chaos zu finden, erscheint mir wie die berühmte Nadel im Heuhaufen. Ich winke ihr trotzdem dankbar zu, ehe ich dann endgültig durch den Torbogen verschwinde.

Ich trabe durch die Straßen, und obwohl hier alles viel besser beleuchtet ist als draußen in Riem, habe ich ein mulmiges Gefühl. Mir tut noch alles weh von dem Überfall, bei dem ich begriffen habe, wie verletzbar ich bin. Es ist ja nicht weit, sage ich mir, der Spielplatz ist gleich um die Ecke.

Wenn John denn noch dort ist. Aber den Gedanken schiebe ich gleich von mir. Er muss da sein, sonst weiß ich nicht weiter.

Im Dunkeln sieht so ein Kinderspielplatz besonders traurig aus, die Schaukeln bewegen sich im Nachtwind leicht hin und her, obwohl niemand darin sitzt. Das Metall der Rutsche schimmert uringelb im Straßenlicht und der Sand hat schwarze Löcher.

Auf den ersten Blick scheint der Spielplatz vollkommen verlassen. Ich öffne das kleine Törchen und sofort huscht etwas vor mir weg. Viel zu groß für eine Maus, zu klein für eine Katze. Ratten. Mich überläuft ein Schauder, denn in der Hinsicht war ich mit Lina einig, Ratten sind ekelerregend. Oliver hat erzählt, ganz Schwabing sei von Ratten verseucht, er hätte sogar in den Kellern vom Elisabethenstift welche gesehen.

Vergiss die Ratte, such lieber nach John. Ich schaue mich um. Nichts. Ich mache mir damit Mut, dass ich letztes Mal John auch erst bemerkt habe, als er direkt vor mir stand. Ich überlege, wo ich mich verstecken würde. In einem der beiden Holzhäuschen, aber irgendwie habe ich große Hemmungen, da reinzuklettern. Sie sind mir unheimlich. Jedenfalls im Dunkeln.

»John?«, rufe ich leise, aber es rührt sich nichts.

Vielleicht schläft er ja auch.

Oder er ist, und das ist viel wahrscheinlicher, längst gegangen.

Ruby, du wirst es nie erfahren, wenn du nicht nachsiehst.

Es fällt mir schwer, die dicken Holzstäbe raufzuklettern, ich bin steif und ich habe Angst. Mein Herz rast mit jeder Stufe mehr, als würde da oben jemand mit einer Brechstange auf mich warten und sie mir über den Schädel ziehen, aber ich sage mir, dass das Unsinn ist. Niemand weiß, dass ich hier bin, nur John. Noch eine Stufe und noch eine, mein Körper wiegt Tonnen! Ich schiele vorsichtig über den Rand, prompt bewegt sich etwas, huscht vor mir davon. Gut! Wenn ich anderen Lebewesen Angst mache, bin ich sicher der einzige Mensch weit und breit. Ich ziehe mich hoch und setze mich völlig außer Atem vor das Häuschen. Nichts, da ist keiner. Ich spähe in das zweite Häuschen, es sieht auch leer aus.

Enttäuscht steige ich wieder nach unten und setze mich auf eine der Schaukeln.

John ist verschwunden und kann sonst wo sein. Aber ich brauche ihn, denn er ist der Einzige, der all diese Puzzlestücke, die ich entdeckt habe, zu einem Ganzen fügen kann.

Was kann ich jetzt noch tun? Frau Koslowsky anrufen und ihr meine wahnsinnigen Ideen mitteilen, die sich um Tod in der Tiefgarage, schwarze BMWs, rechte Alphatiere und böse Liebe drehen?

Na klar!

Nur um in der Geschlossenen zu landen.

Was sonst? Ich denke wieder an die Galafotos. Das Palasthotel im Arabellapark. Kimoni hat dort gearbeitet und er ist dort gestorben. Vielleicht ist dieses Hotel eine Art Hauptquartier der Alphatiere. Jedenfalls ist das der einzige konkrete Anhaltspunkt, der einzige Ort, den mir Lina mitgeteilt hat. Ich kuschle mich tiefer in ihren Kapuzenpulli, als ob er mir sagen könnte, was ich jetzt tun soll.

Aber leider flüstert mir keine Stimme aus dem Jenseits zu, was ich tun muss, und weil ich auch keine andere Eingebung habe, gehe ich vor zur U-Bahn am Scheidplatz.

Als ich endlich an der Endhaltestelle Arabellapark ankomme und aus der Station hochfahre – erleichtert, dass mich die Kontrolleure nicht erwischt haben –, dämmert es schon, was mir wieder Mut macht. Da ich mich hier überhaupt nicht auskenne, muss ich zweimal Passanten fragen, wo es langgeht, obwohl das Palasthotel mit seinen vierzehn Stockwerken unübersehbar in die Höhe ragt. Schließlich stehe ich vor dem Luxushotel und mir wird klar, dass ich gar nicht weiß, wohin ich jetzt will. In den Bankettsaal? Blödsinn, der ist sicher jeden Abend an andere Leute vermietet. Nein, ich schätze mal, es wäre sinnvoller, in der Tiefgarage anzufangen, vielleicht finde ich den Ort, an dem Kimoni ermordet wurde.

Und der schnellste Weg dorthin wäre wahrscheinlich der, einfach in die Lobby reinzugehen und mit dem Aufzug runterzufahren. Lina würde das bestimmt tun. Locker. Also laufe ich auf die riesige Glastür zu.

Aber da steht ein Portier, der mich mit seinen misstrauischen Blicken abscannt und so abwehrend schaut, als ob er gleich die Polizei rufen würde. Zugegebenermaßen sehe ich nicht sehr vertrauenerweckend aus in diesem schwarzen schlabbrigen Outfit und mit den Wunden im Gesicht.

Pah. Ich fasse mir ein Herz, denke an Lina und laufe mit hoch erhobenem Kopf, aber rasendem Puls an ihm vorbei in die Lobby. Tatsächlich kommt er sofort hinter mir her und fragt mich in schleimig freundlichem Ton, ob ich Gast des Hauses wäre oder mit jemandem verabredet.

Ich merke, wie ich rot werde, verfluche meine Schüchternheit und ermahne mich, gefälligst nachzudenken, statt vor einem lächerlichen Portier in die Knie zu gehen.

Das hilft. Ich erinnere mich an die Galafotos und mir kommt eine Idee. »Ich bin mit Herrn Wallenstein zum Frühstück verabredet, oben in der Bar«, lüge ich, was das Zeug hält, und hoffe, es gibt eine Bar, und noch mehr hoffe ich, dass man den großen Wohltäter hier auch kennt.

Der Portier zuckt mit den Schultern, aber ich scheine irgendein Zauberwort gesagt zu haben, denn er nickt mir zu und lässt mich tatsächlich gehen. Ich laufe zum Aufzug, wobei ich mich nur mühsam beherrschen kann, nicht zu rennen. Dabei habe ich ja nichts Kriminelles vor, ich bin doch eine von den Guten! Im Aufzug sehe ich mich im Spiegel und verstehe den Portier noch besser. Ich könnte wirklich eine Drogensüchtige auf Entzug sein. Ich lache mir zu und fühle mich großartig, weil ich dank Lina über meinen Schatten gesprungen bin.

Ich drücke den Knopf fürs Untergeschoss und fahre in die Tiefgarage. Dort versickert meine gute Laune in dem warmen Gestank nach Abgasen, Öl und Brackwasser. Ein schwarzer BMW fährt an mir vorbei, ausgerechnet, vermutlich fahren die hier tagsüber im Minutentakt durch, und plötzlich kommt mir alles, was ich mir zusammengereimt habe, völlig lächerlich vor. Der reinste Schwachsinn. Du könntest noch den Notausgang suchen, überrede ich mich, um nicht ganz umsonst hergefahren zu sein. Also stromere ich durch die Tiefgarage. Was für ein schrecklicher Ort, um zu sterben, denke ich und folge den grünen Schildern zum Notausgang. Dann wird mir klar, dass es hier, auch wenn es eine alte Tiefgarage ist, sicher viele Notausgänge gibt. Ich gehe zurück zum Aufzug, muss einem fetten SUV ausweichen, der an mir vorbeiprescht, als wären wir hier beim großen Rennen von Monza, und während ich wegspringe, sehe ich aus den Augenwinkeln, dass zwei Menschen aus dem Notausgang kommen. Und wenn es nicht zwei Afrikaner gewesen wären, hätte ich sicher auch kein zweites Mal hingeschaut.

Aber nach allem, was passiert ist, bin ich sofort hellwach. Ein großer massiger Mann im hellgrauen Anzug geht neben einer zierlichen Frau im blauen Kittel. Die Frau schleppt einen schweren Putzeimer, dessen Henkel in den rosa Gummihandschuhen hin und her rutscht. Sie wird von dem Mann zur Eile angetrieben. Der Eimer entgleitet ihrer Hand, der Mann flucht und dreht sich zornig um, sodass ich sein Gesicht sehen kann. Ein Gesicht mit einer großen Wunde.

Entsetzt schnappe ich nach Luft und verstecke mich sofort hinter einem Auto. Mein Körper reagiert viel schneller als mein Gehirn, in dem sich die Gedanken überschlagen. John hat mir gestern gesagt: *»Du bist von einem Schwarzen angegriffen worden, das stimmt. Aber nicht von mir.«* Und jetzt hat dieser Schwarze eine lang gezogene tiefe Wunde mitten im Gesicht, genau so eine wie die, die ich meinem Angreifer in Riem mit dem Ring versetzt habe. Mein Körper spürt, dass das kein Zufall ist, und jede Faser schreit danach wegzurennen, aber ich darf nicht. Ich habe es bis hierher geschafft, jetzt gebe ich nicht auf. Lina, denke ich, das bin ich dir schuldig. Ich werde an ihm dranbleiben und diese Chance nutzen. Es ist vielleicht die einzige, die ich habe.

Zu meinem Glück kommt die Frau, die den Eimer jetzt wieder in der Hand trägt, kaum voran. Sie kann nur langsam gehen. Mein Angreifer macht keine Anstalten, ihr die Last abzunehmen. Gemeinsam laufen sie quer durch die Garage, und erst jetzt sehe ich, dass hinter einer Waschbetonsäule eine Tür ist, die ich vorhin gar nicht bemerkt habe. Sie verschwinden dahinter und ich bleibe stehen, unschlüssig, ob ich es wirklich wagen soll, ihnen dorthinein zu folgen. Ich lese das Schild an der Tür: *Lagerräume Il Corvo, Betreten verboten.* Unten drunter noch mal ganz fett: *Hier kein Zugang zum Hotel.*

Ich gebe mir einen Ruck, dann drücke ich ganz vorsichtig die Klinke herunter, obwohl alles in mir sich dagegen sträubt, ich will abhauen, flüchten vor dem Mann, der meinen Kopf so lange in den Schlamm gedrückt hat, bis ich nicht mehr atmen konnte.

Ich spüre das Adrenalin in meinem Körper, als ich durch den winzigen Spalt schaue, aber dann atme ich auf. Hinter der Tür ist ein Gang und er ist leer. Die Wände sind bundeswehrgrün gestrichen, die Farbe ist bereits abgeblättert, der Linoleumboden ist grauschwarz. Meine Augen müssen sich erst an das schummrige Licht gewöhnen, denn nur wenige der Neonröhren an der Decke funktionieren. Die Luft ist noch stickiger als die in der Tiefgarage. Der Mann und die Frau im Kittel, sie müssen hier irgendwo verschwunden sein, aber wohin?

Es gehen bestimmt vier oder fünf Türen ab.

Okay, Ruby, du wirst verdammt noch mal jede dieser

Türen öffnen und schauen, was dahinter los ist. Komm schon! Bevor ich es mir anders überlegen kann, öffne ich die erste der Türen.

Sprachlos starre ich in den von leisem Gemurmel erfüllten Raum. Es ist ein fensterloses, winziges Zimmer. Nein, falsch, es ist bestimmt so groß wie das von Lina, aber der Unterschied ist der, dass hier drin mindestens zwanzig Stockbetten stehen, in denen unfassbar viele Frauen und Kinder sitzen. Alle sind schwarz und höchstens so alt wie ich, viele deutlich jünger.

Zwischen den Betten sind Wäscheleinen gespannt, auf denen feuchte Kleidungsstücke hängen, die mit ihrer Feuchtigkeit den Raum noch klammer machen. Es riecht so stark nach voller Biotonne, Frittierfett und billigem Deospray, dass ich unwillkürlich die Luft anhalte.

Alle Köpfe drehen sich zu mir, sie erstarren mitten in ihren Bewegungen, entsetzte Augen sind auf mich gerichtet, das Gemurmel hört auf und es wird totenstill. Ich muss an Dornröschen denken und daran, wie der Koch, während er noch zur Ohrfeige für den Küchenjungen ausholt, in einen hundertjährigen Schlaf fällt und versteinert. Als ob ich die böse Fee wäre. Noch nie hat mein Anblick so unglaubliche Angst ausgelöst.

Doch plötzlich lösen sich einige aus ihrer Erstarrung, schlagen sich die Hand vor den Mund, schauen über meinen Kopf, zucken erschreckt zusammen, etwas ist offensichtlich hinter mir, das begreife ich noch. Ich schaffe es aber nicht mehr, mich umzudrehen, etwas Schwarzes wird über meinen Kopf gestülpt, es ist Plastik, ich ringe nach Luft. Meine Beine zittern und ich stürze, werde wieder hochgezerrt und dann mitgeschleift.

Das schwarze Plastik klebt vor meinem Mund, ich kriege keine Luft, spüre wieder den Schlamm in meiner Nase und dann überschwemmt mich das Entsetzen wie eine tödliche Welle.

www.wahrste-liebe.de
Blog für alle, die wirklich lieben

Heute:
Manchmal muss man jemanden verlassen, um ihn wirklich zu finden.

Ich glaube, das mit dem Klub muss sich noch entwickeln, aber das macht nichts, denn alles braucht seine Zeit, wie ihr ja alle bei meiner neuen Zeitrechnung gesehen habt. Ich habe mich in der letzten Zeit ganz unglaublich weiterentwickelt und ungeheuerliche Dinge getan, vor denen ich noch vor Kurzem wie eine zimperliche Jungfrau zurückgeschreckt wäre. Leben vernichten, um Leben zu retten, das klingt ein wenig paradox, doch nur, wenn man sich nicht darüber im Klaren ist, wen man liebt und schützen muss. Also habe ich ein Leben zerstört, um seins zu retten, und es ist mir nicht einmal schwergefallen, denn ich hatte gute Gründe. Nur leider ist mir entgangen, dass die Beweise für seine lächerlichen Verfehlungen immer noch existieren, und deshalb werde ich es noch einmal tun müssen, denn dann hat niemand mehr Zugriff.
Nun aber endlich zu dem oben erwähnten Satz. Ich habe ihn verlassen, auch damit er aus allem raus ist, und bin nun bereit, ihn wiederzufinden. Möchte, dass wir uns auf einem neuen Level begegnen, wahrste Liebe 2.0.
Bis jetzt aber bin ich an diesem Ort der heiligen Liebe allein und leide nun doch, obwohl ich behauptet habe, wahrste Liebe würde genügen, um nicht allein zu sein. Das nehme ich zurück. Ich möchte hier nicht lügen. Meine Angst wird jeden

Tag größer, die Angst, dass mein innerster und dringlichster Wunsch nach seiner Liebe in der äußeren Wirklichkeit nie einen Platz finden wird, und ich weiß nicht, was ich dann tun werde. Die einzig richtige Konsequenz wäre es, dem Leid ein Ende zu bereiten und sich selbst auszulöschen, aber dazu bin ich – noch – nicht bereit.

8 Kommentare:

Mauseküsschen sagt:
Das ist echt stark. Hatte ne Gänsehaut beim Lesen. Was soll das bedeuten, du hast ein Leben für seins zerstört?

Löwchenmeyers sagt:
Sorry, das ist doch sonnenklar, es bedeutet, dass sie nicht ganz dicht ist.

Zizibi sagt:
Hast du wirklich jemanden umgebracht oder sollte das so was dichterisches sein?

Waywo sagt:
Frauen töten in aller Regel um sich vor Gewalt zu schützen und außerdem werden nur 19% aller Morde von Frauen begangen, also hör auf mit dem wichtigtuerischen Gelaber.

Löwchenmeyers sagt:
Die Zahl stimmt, aber leider töten Frauen auch, um die Menschen zu schützen, die sie lieben, und das macht mir Angst.

Gut, ich hoffe die Angst vertreibt dich auch endlich von hier.
webmaster.wahrste-liebe.de

Löwchenmeyers sagt:
Nein, ich denke nicht, ich bin gespannt, ob du dich umbringst. Wirst du das dann filmen und hier posten?

Gelimausi sagt:
Das ist geschmacklos!

Yaya sagt:
Pervers!

23. Kapitel

Ich habe Angst.

Ich habe große Angst.

Angst, sie werden mich töten.

Seit einer gefühlten Ewigkeit liege ich auf einem glatten, kalten Boden, mit diesem schwarzen Ding über dem Kopf, von dem ich überzeugt bin, es ist ein Müllsack. Bei jedem Einatmen schmiegt sich jedenfalls Folie fest an meine Nasenlöcher und erinnert mich an den Dreck, in dem ich beinahe erstickt wäre. Aber diese Folie wurde durchlöchert, sodass ich gerade genug Luft bekomme, auch wenn mein Atem winzige Wassertropfen gebildet hat, die das Plastik klebrig machen und den brandigen Geruch auf ekelhafte Weise verstärken.

Meine Hände sind so stramm auf dem Rücken gefesselt, dass stechende Schmerzen durch meine Oberarme jagen. Das dünne Seil hat die Haut an meinen Handgelenken blutig gescheuert, meine Finger sind völlig taub und fühlen sich trotz der Taubheit an, als wären sie auf die doppelte Größe geschwollen. Meine Beine sind nicht gefesselt, aber nachdem ich ein paar Schritte gemacht habe, bin ich gleich wieder gestürzt, der Sack nimmt mir jede Sicht, ich vergeude nur sinnlos Energie.

Ich versuche alles, um mich abzulenken und nicht in dieser Angststarre zu verharren, aber meine Gedanken gehorchen mir nicht und so fällt mir beispielsweise ein, dass sie in Guantanamo die Verdächtigen auch mit einem Sack über dem Kopf gequält haben, so lange, bis sie verrückt vor Angst geworden sind und alles gestanden haben. Ja, ich bin Micky Maus und habe große schwarze Ohren. Ja, die Evolution hat nie stattgefunden, ja, ich bete nie mehr nach Mekka, wenn ihr nur den Sack wegnehmt.

Oder: Nein, ich hab diese Menschen nie gesehen, die hier in grauenhafter Enge in einem Verschlag in der Tiefgarage leben.

Denn das ist ja wohl das Verbrechen, um das es bei mir geht. Ich habe diese Menschen gefunden, vielleicht genauso wie Lina.

Aber wer sind sie und was tun sie hier? Freiwillig wohnt niemand so, nicht einmal die Asylanten in der umstrittenen Wohncontainer-Unterkunft in der Lerchenau, die vor gut einem Jahr geschlossen wurde, waren auf so wenigen Quadratmetern untergebracht.

Und wenn sie nicht freiwillig hier sind, werden sie gezwungen. Von Leuten, die ihren ganzen Hass auf Ausländer richten? Von den Alphatieren?

Mir wird schlecht, wenn ich an das glanzvolle Bankett denke und all die herausgeputzten Menschen und dann an dieses fensterlose Loch mit den eingeschüchterten Schwarzen. Meine Wut ist gut, denn der Zorn hält die Angst in Schach.

Auf keinen Fall darf ich anfangen zu weinen, das macht nur schwach. Es kommt nicht infrage, hier drin zu sterben. Das kann ich meinen Eltern nicht antun.

Ich habe keine genaue Vorstellung davon, wie lange ich schon hier liege, wenn ich allerdings meinen immer brennender werdenden Durst als Indikator betrachte, dann muss es schon mehr als ein halber Tag sein.

Warum kommt niemand und redet mit mir? Was haben sie mit mir vor? Dieses Herumliegen und Warten zermürbt mich mehr als der Durst. Jeder Atemzug macht dieses Plastiktütengeräusch und erinnert mich an die Geräte in Linas Zimmer. Am Anfang habe ich ab und zu mal laut geschnaubt, dachte, das würde Panik bei meinen Entführern auslösen, aber ich scheine wirklich ganz allein hier zu sein.

Um mich abzulenken, denke ich an Lina, die strahlende, lebendige Lina vom Foto. Und mir fallen die merkwürdigsten Sachen ein aus der Zeit, als wir klein waren. Was wir uns für Geschichten erzählt haben, Versionen von Hans Christian Andersens *Eiskönigin* – bei uns allerdings heiratete die Eiskönigin am Ende und wurde sehr, sehr glücklich. Und welche Spiele wir gespielt haben. Verstecken, immer wieder Verstecken, und Ochs am Berg. Manchmal haben wir auch Mr Singer und Schenk als Mädchenhasen verkleidet und sie Fräulein Singer und Fräulein Schenk genannt. Und seltsamerweise haben wir die beiden oft und gern hart bestraft, was umso erstaunlicher ist, denn unsere Eltern waren sehr tolerant. Wenn Singer und Schenk nicht brav wären, dann kämen die Raben und würden sie fressen, drohten wir. Wir haben ihnen dann in den lebhaftesten Farben ausgemalt, wie ihnen die Raben erst ein Auge und dann das nächste aushacken würden.

Wie grausam wir waren. Und jetzt ist Lina tot. Dann fressen sie die Raben.

Ich muss mich zwingen, wieder klar zu denken. Mich

in Erinnerungen zu suhlen, hilft nicht das Mindeste. Eher im Gegenteil.

Jemand kommt herein. Ich höre ein Flüstern.

Ich werde unerwartet sanft hochgezogen, werde gezwungen zu gehen, stolpere dabei.

Stolpern, da blitzt so ein Funke durch mein Hirn, Ruby, wann bist du zuletzt gestolpert und warum? Das Stolpern erinnert mich an etwas Wichtiges, aber an was? Ich werde zu einem Stuhl geführt und dort hingesetzt, dann muss ich versprechen, die Augen zu schließen. Ich gehorche, klar gehorche ich, ich würde auch heilige Eide schwören, ab morgen nur noch Elefantenkacke zu essen. Natürlich nehme ich mir vor zu blinzeln, aber ich werde kein Risiko eingehen, denn ich will diesen Sack loswerden, ihn weg von meinem Kopf haben.

Aber dann ist das Licht dermaßen grell, dass ich trotz aller Anstrengungen nichts erkennen kann, und der Moment ist sofort vorbei, weil jemand einen weichen Schal über meine Augen gelegt hat und ihn am Hinterkopf verknotet.

Plötzlich wird mir klar, dass das ein gutes Zeichen ist. Es bedeutet, sie werden mich am Leben lassen, denn wenn sie mich umbringen wollten, dann wäre es ihnen egal, ob ich sie sehe und später wiedererkenne. Erleichtert atme ich tief durch und genieße es, die Luft kommt mir nach dem klebrigen Plastik süß vor und rein.

»Also, Ruby, jetzt musst du dich entscheiden.«

Die Stimme klingt wie die Durchsagen im Flugzeug, nur ohne Störungen. Ruby? Der Mann kennt mich und hat Angst, ich könnte seine Stimme erkennen, deshalb hat er seine Handflächen direkt vor den Mund gelegt.

»Du kannst in drei Minuten auf dem Weg nach Hause sein oder hier drin verrotten. Alles, was wir von dir wollen, sind Linas Sachen. Ihr Handy, Fotos, Filme, einfach alles. Gib es uns und der Spuk ist vorbei.«

Wieso redet er immer von wir und uns? Ich denke an den Klub der Alphatiere und rate einfach mal. »Alex?«

Niemand antwortet.

»Alex, bist du das?«

Ein Schlag ins Gesicht, überraschend, hart und ohne Vorwarnung. Ich schnappe nach Luft. Verdammt, das war ein zweiter Mann, der seitlich hinter mir steht. Als er sich bewegt, steigt mir der unverkennbare Mix aus viel zu süßem Männerparfüm und Zigaretten in die Nase, mein Körper erinnert sich sofort an den Angreifer aus Riem und überschwemmt mich mit einer Woge von Adrenalin und Angst. Dieser Dreckskerl hat etwas von einem Schatten, man sieht ihn nicht, man hört ihn nicht, aber man spürt den Schmerz. Mein Herz hämmert, als wäre ich den Fernsehturm raufgejoggt. Sind hier noch mehr dieser Schatten? Stehen sie um mich herum und weiden sich an meinem Schmerz? Ich zerre wütend an meinen Fesseln.

»Arschlöcher!«

Die erste Stimme lacht und es gibt ein leises Echo von dem Schatten. Und schlagartig wird mir klar, was ich hier bin, und ich ersticke fast an meiner Wut.

Ich bin ein Opfer.

Opfer.

Das Wort bricht über mich herein, schlägt mir ins Gesicht, schmerzhafter als die Ohrfeige.

Ich richte mich auf. Dadurch schneiden die Fesseln noch tiefer in meine blutigen Handgelenke, meine Oberarme werden noch stärker gedehnt. Ich verbeiße mir jeden Schmerzenslaut. Jemand, der nach Opfer aussieht, wird auch so behandelt.

»Also, wo ist das Zeug von Lina?«

Alex, könnte diese lächerliche Stimme wirklich die von Alex sein? Alex, der sich lachend Käsewürfel in den Mund wirft. Alex, der ehrlich entsetzt über den Tod meiner Schwester ist, aber auch der Alex, der Kimonis Foto zerfetzt hat. Ich kriege das alles nicht mit dem hier zusammen.

Und trotzdem. »Alex, hör auf damit!«, sage ich und halte gleichzeitig die Luft an in Erwartung des nächsten Schlags.

Doch diesmal kriege ich einen unglaublich harten Tritt ans Schienbein, mit einem Schuh, der eine Stahlkappe haben muss. Unwillkürlich stöhne ich vor Schmerz auf, aber ich verstumme sofort. Kein Opfer. Ich will kein Opfer sein.

»Also?«

»Ich habe nichts und ich weiß auch nichts.«

Ein höllischer Tritt ans andere Schienbein. In meinen Augen explodieren rote Sternchen.

Wieder diese lächerlich verstellte Stimme. »Ruby, die Märchenstunde ist vorbei.«

Ich muss es anders machen, ich muss den Typen aus der Reserve locken. »Hast du keine Angst, dass sich deine Mutter im Grab herumdreht?«

Nichts. Hätte Alex darauf nicht reagiert?

Der Typ lacht und langsam dämmert mir, dass ich völlig danebengelegen habe. Und der Verdacht, der mich dann beschleicht, lässt mich erstarren. Wenn meine Vermutung stimmt, dann ist dieser Kerl so perfide und durchtrieben, dass alles mit mir passieren kann. Ich spanne meine Muskeln an, voller Panik, was ihm noch einfällt.

Ich bin kein Opfer. Mich fressen keine Raben.

Eine dicke Kordel legt sich von hinten um meinen Hals und zieht sich langsam und unerbittlich zu.

Ich muss würgen, wünschte, meine Hände wären frei, wehre mich, zappele, drehe mich, winde mich. Luft, ich brauche Luft, ich werde hier nicht sterben!

Ich gebe ein paar Geräusche von mir und kann nicht glauben, dass ich diese unmenschlichen Laute ausstoße.

Das leise Lachen hört auf. »Genug jetzt.«

Das Seil lockert sich.

Ich kann nur krächzen. Wenn es der ist, an den ich denke, dann muss ich Zeit gewinnen. »Okay, okay. Ich verrate, wo ich die Sachen versteckt habe. Aber bevor ich rede, will ich hier raus.«

»Das geht nicht.«

Aber immerhin wird das Seil wieder abgenommen.

Das Seil erinnert mich an etwas. Seil. Schnur. Kordel. Die Wohnung von Frau Vogel. Aber dort waren keine Seile.

»Also?«

»Ich muss es selbst holen«, krächze ich, »dort könnt ihr nicht rein, der Hund beißt.«

»Leon ist so gefährlich wie Lassie mit Altersschwäche.«

Mein Verdacht wird zur grausamen Gewissheit.

Ich beiße die Zähne zusammen. »Wenn ich dir das Zeug gebe, bin ich dann wirklich aus dem Schneider oder werde ich irgendwann tot aufgefunden wie Lina und Kimoni?«

»Wir töten doch niemanden.« Die Stimme klingt sehr genervt und belustigt gleichzeitig.

»Wer ist wir? Oder seid Ihr gar eine königliche Majestät?«

Ich kriege einen Schlag in den Bauch. Treffer!

»Los jetzt!« Ich werde unsanft von dem Stuhl gerissen und vorwärtsgeschubst. Ich versuche trotz allem, klar zu denken. Sie können mich doch nicht mit verbundenen Augen durch die Stadt führen. Hier leben Menschen, meine Eltern haben vermutlich schon die Polizei alarmiert. Nicht zu vergessen, dass Frau Vogel ja auch noch da ist. Wenn wir in ihrer Wohnung sind, könnte ich diese Typen in eine Ecke locken und dort Kartons auf sie stürzen lassen oder so etwas. Das ist zwar noch kein toller Plan, aber wenigstens ein Plan.

Ich bin kein Opfer, gerate aber leider ins Taumeln. Die Stimme packt mich am rechten Arm. »Schön, dass du dich so klug entschieden hast. Gehen wir weiter.«

Eine Tür wird aufgerissen, dann Schreie, ich kann die Stimmen nicht erkennen, so außer sich sind sie vor Zorn. Der Schatten versetzt mir einen derartigen Stoß, dass ich zwei Schritte stolpere und dann hinfalle, und weil ich keine Hände frei habe, um mich abzustützen, versuche ich, mich abzurollen, damit ich nicht auf den Kopf falle. Benommen bleibe ich einen Moment am Boden, dann höre ich Kampfgeräusche, wieder Schreie, dann einen Schlag, ein Krachen und noch einen Schlag.

Dann beugt sich jemand schwer atmend über mich und zerrt mir den Schal weg. Ich blicke in dunkle Augen, die mir so vertraut vorkommen, dass ich in Tränen hätte ausbrechen können. Wenn ich nicht direkt hinter

John eine massige Gestalt entdeckt hätte, deren hellgrauer Anzug voller Blut ist, das ihm aus der Nase rinnt. Und seitlich davon liegt noch jemand auf dem schmutzigen Linoleumboden, direkt vor einer uralten Heizung. Und obwohl ich nur seinen Rücken sehen kann und seine lockigen braunen Haare, weiß ich trotzdem, wer er ist. Der Typ, der mich so freundlich angelächelt hat, der mit mir in der Mensa geradezu an seinem Tisch geflirtet hat und mich doch nur aushorchen wollte, der Typ, der mit Leon herumgetollt und ihn dann vergiftet hat, der Typ, dessen Vater diesen Scheck überreicht hat und der einen schwarzen BMW fährt. Der Typ, der beim Foto vom toten Kimoni kalt wie Hundeschnauze bleibt und einen Folterknecht zum Gehilfen hat. Dennis Wallenstein junior. Ich könnte kotzen.

»Bist du in Ordnung?«, fragt John total besorgt und offensichtlich schon zum zweiten Mal. Er beugt sich über mich und durchtrennt die Fesseln mit einem Taschenmesser. »Was haben diese Dreckskerle dir angetan?«

»Nichts«, antworte ich und begreife in der Sekunde, in der ich es gesagt habe, was für eine Ungeheuerlichkeit ich da gerade von mir gegeben habe, denn sie haben mich unglaublich verletzt und gedemütigt. »Ich meine, ich lebe noch.«

»Das sehe ich.« John lächelt ganz unerwartet und ich fühle mich trotz der Schmerzen und des Zorns wieder wie ich selbst.

»Wir müssen sofort weg von hier.« John schaut nervös über seine breiten Schultern.

»Unsinn, wir müssen die Polizei rufen.«

Johns Augen weiten sich entsetzt, was mich zu einem

schrecklichen Gedanken bringt. »Oder hast du die beiden getötet?«

John schüttelt vehement den Kopf. »Obwohl es mir sehr schwergefallen ist, mich zu beherrschen.«

Ich riskiere einen weiteren Blick über Johns Schulter. Dennis liegt noch immer am Boden, offensichtlich bewusstlos, doch der massige Afrikaner stöhnt jetzt und macht Anstalten, zu sich zu kommen.

»Wer ist er?«

»Das ist Amari, er ist der Knecht von Dennis. Wir müssen schnellstens hier weg.«

»Aber wir können die beiden doch nicht so liegen lassen«, sage ich und frage mich sofort, ob ich noch alle Tassen im Schrank habe. Ist mir doch scheißegal, ob Dennis eine Gehirnerschütterung oder sonst etwas hat, soll er gefälligst daran zugrunde gehen!

In diesem Moment sehe ich eine Bewegung aus den Augenwinkeln.

»Vorsicht«, schreie ich, da hat sich Amari schon aufgerappelt und stürzt sich auf John. Sie sind beide gleich groß, aber Amari wirkt massiger.

»Verräter!«, zischt Amari und legt seine Hände um Johns Hals.

»Mörder!«, gibt John zurück und würgt Amari, dann rollen die beiden erbittert über den Fußboden, sie keuchen, versuchen, sich zu befreien, und sind doch in den Händen des anderen gefangen. Ihre Münder sind hart zusammengepresst, es sieht so aus, als seien sie zum Äußersten entschlossen.

Die Panik ist plötzlich wieder da, was, wenn Amari gewinnt, John wirkt neben ihm so schmal und klein.

Ich muss ihm helfen, sofort! Womit hat John die beiden vorhin niedergeschlagen? Ich suche seine Waffe, schaue zu Dennis, der noch immer regungslos in der Ecke liegt, krieche zur nächsten Wand, wo ich mich mühsam abstütze und hochrappele. Jetzt sehe ich ihn, es ist ein Baseballschläger, ich werfe mich nach vorn, um ihn mir zu schnappen, aber gerade, als ich ihn habe, umklammert eine Eisenhand meinen Fuß. Dennis ist wieder zu sich gekommen. »Das solltest du nicht tun«, keucht er.

Ich starre ihn an. Opfer, hallt es in mir wider. Ich bin kein Opfer.

Ich schlage ihm auf die Hand, er lässt los, rappelt sich aber sofort hoch und krümmt sich weg, ich nutze meine Chance und ramme ihm den Schläger in seine Kniekehlen. Er knickt ein und ich kann mich gerade noch beherrschen, ihm den Schläger nicht voll auf den Schädel zu dreschen.

Ich wirbele auf dem Absatz herum, Amari sitzt mittlerweile rittlings auf John und Johns Augen sind schon so verdreht, dass ich nur noch das Weiße sehe.

Ich hole aus und schlage Amari mit aller Macht zwischen die Schulterblätter. Er stürzt zur Seite wie ein gefällter Baum und ich beuge mich über John. Er schnappt nach Luft und seine Augen normalisieren sich wieder.

»Das Seil! Das Seil, mit dem sie mich gefesselt haben, wo ist das?«, keuche ich. Dennis hinter mir versucht schon wieder, auf die Beine zu kommen.

John steht taumelnd auf, fängt sich aber schnell und findet das Seil auf dem Fußboden. Während er Dennis in den Polizeigriff nimmt, binde ich ihm die Arme zusammen.

»Was soll denn das werden?«, höhnt Dennis. »Was glaubst du eigentlich, was du da tust?«

John antwortet nicht. Er lässt Dennis los und schlingt den Schal, den sie mir um die Augen gebunden hatten, um die Handgelenke von Amari, aber vorher dreht er sie noch nach hinten, dabei schreit Amari auf. Hoffentlich habe ich irgendwas zertrümmert, das ihm lange, lange wehtut.

Aber dann, schon wenige Sekunden später, als Dennis und Amari gefesselt vor uns liegen und uns stumm anschauen, da verstehe ich zum ersten Mal, was mit der *Spirale der Gewalt* gemeint ist. Vor wenigen Sekunden hätte ich den beiden mit Freuden das Gehirn eingeschlagen. Gewalt erzeugt wieder Gewalt und die noch schlimmere Gewalt.

»Das muss aufhören«, sage ich fest. »Wir rufen jetzt die Polizei.«

»Und was wollt ihr denen erzählen?« Dennis klingt, als wären wir hier beim Nachmittagstee der Queen und würden Jagderlebnisse zum Besten geben, dabei ist sein Ralph-Lauren-Hemd völlig zerrissen und seine schwarze Jeans ist voller Flecken und Staub. Nichts in seinem Gesicht erinnert mehr an den liebenswerten Doug von *King of Queens,* da ist nichts Tollpatschiges mehr, nichts Fürsorgliches. Die braunen Locken umrahmen ein leeres Gesicht ohne jeden Ausdruck. Als er merkt, dass ich ihn anschaue, schafft er es, mich milde anzulächeln, und mir läuft es trotz des hitzigen Gefechts gerade eben kalt den Rücken runter, denn es ist genau dieses warmherzige Lächeln, mit dem er mich in der Mensa zu seinem Tisch gelockt hat. Fehlt nur noch, dass er seine Haare aus dem Gesicht schnickt.

»Einstein, gib auf, ihr habt nicht den kleinsten Beweis gegen uns!« Breites, freundliches, ja fast väterliches Lachen. Was für ein grandioser Schauspieler!

»Ich habe John als Zeugen.«

Dennis' Lachen klingt jetzt amüsiert, als hätte ich ihm einen wirklich guten Witz erzählt. »Oh ja, John. Den hab ich ja ganz vergessen. Noch so ein feiges Arschloch, das gar nicht in Deutschland sein darf. Der ist doch weg, lange, bevor die Polizei hier ankommt.«

Unwillkürlich schaue ich zu John. »Ist das so?«

»Er hat recht, ich war feige. Aber das hat sich geändert. Ich möchte dem ein Ende bereiten. Und dazu brauchen wir die Beweise.« Er dreht sich um. »Aber wir sollten die Polizei nicht hierherrufen, das wäre Verrat an den anderen, die hier leben.«

John presst die Lippen zusammen und nickt dabei, wie um seine Worte zu bekräftigen.

»Ruby, Ruby. Vom Regen in die Traufe«, Dennis schüttelt den Kopf wie über ein unartiges Kind. »Du glaubst, John ist dein Retter, dabei ist er der Schlimmste von allen. Ich wollte dich schonen, wegen Alex, aber das war ein Fehler von mir. Und jemand wie ich darf sich keine Fehler erlauben.«

Jemand wie er? Oh ja, der Nero des 21. Jahrhunderts!

»Warum ziehst du jetzt Alex hier mit rein?«

Mir ist schon klar, Alex steckt vermutlich auch in diesem Sumpf, die Frage ist nur, ob er bis zum Hals drinhängt oder nicht.

»Aber das alles hier war seine Idee.« Dennis zeigt mit dem Kopf auf den Raum, als gäbe es etwas zu sehen, aber der Raum ist fensterlos, kahl bis auf den klapprigen Holzstuhl und den uralten Heizkörper. »Die ganze Nummer mit den Alphatieren.« Er sieht fast entzückt aus. »Ich liebe diesen Deckmantel der Wohltätigkeit.«

Also doch. Ich lag richtig mit meiner Vermutung.

»Warum habt ihr Kimoni getötet?«, frage ich.

»Den haben nicht die Alphatiere auf dem Gewissen«, behauptet Dennis und hat was von einem Politiker, der glaubwürdig rüberkommt, weil er nur ein bisschen lügt. »Das hat allein John zu verantworten. Oder Lina, wie man's nimmt.«

Mir schießt der Gedanke durch den Kopf, dass Dennis nicht nur ein Schauspieler ist, sondern ein Magier, denn er hat es geschafft, dass ich all seine Vorspiegelungen und Täuschungen für bare Münze genommen habe. Und obwohl mir das jetzt klar ist und ich weiß, dass Dennis nur versucht, Streit zwischen uns zu säen, muss ich John fragen, muss es von ihm hören.

»John! Sag mir, dass der Scheißkerl hier lügt.«

John schaut mich mit einem langen, sehr langen Blick aus seinen dunklen Augen an und ich habe keine Ahnung, was er mir damit sagen will.

Verdammt, ich habe keine Lust mehr auf Rätselraten, sie sollen endlich mit mir reden! Außerdem stöhnt Amari ständig lauter.

»Gib mir dein Handy, Dennis.«

»Tu das nicht.« John hebt beschwörend seine Hände. »Wenn du die Polizei hierherrufst, dann zerstörst du das Leben von sehr vielen Menschen. Keiner von uns hat eine Aufenthaltsgenehmigung. Sie werden alle abgeschoben, viele von ihnen an Orte, wo sie keine zwei Tage überleben werden.«

»In dieser Tiefgarage wurde dein Bruder ermordet! Wir können das nicht auf sich beruhen lassen!«

»Komm mit.«

Amari stöhnt wieder und mit jedem Stöhnen schwindet mein Triumphgefühl von eben mehr gegen null. »John, wirklich, lass mich wenigstens einen Krankenwagen rufen.«

»Und wie willst du den Sanitätern diese Wunden erklären?«

»Wir sagen ihnen, was passiert ist, ganz einfach. Die Wahrheit ist immer das Beste.«

Dennis sieht so aus, als ob er am liebsten applaudieren möchte, aber mit seinen gefesselten Händen geht das nicht. »Du bist so was von lächerlich, Ruby. Unglaublich, dass du der Einstein der Familie sein sollst. *Die Wahrheit ist immer das Beste*. Blödsinn. Kein Mensch interessiert sich für Wahrheiten, die nicht in sein Weltbild passen. Ist dir das noch nie aufgefallen? Schau dir Oliver und Alex an.«

»Sei still!« John hat sich drohend neben Dennis aufgebaut. »Ruby, komm mit. Es ist wichtig, dass du das verstehst.« Er geht zur Tür und bittet mich mit einer flehenden Geste, ihm zu folgen.

»Ihr wollt uns doch nicht etwa so liegen lassen? Ruby, das ist aber kein guter Stil!«

Wir ignorieren Dennis, verlassen den Raum und gehen in den Korridor, in dem ich vor wer weiß wie vielen Stunden gelandet bin.

John öffnet eine der Türen im Gang, es ist nicht die von heute Morgen, aber wieder bin ich schockiert.

Auch in dieser Kammer stehen unzählige Stockbetten,

allerdings gibt es hier nur Männer, die dicht an dicht in dem Raum stehen, liegen, sitzen. Der Geruch nach alten Zeitungen, Schweiß und verschüttetem Bier überwältigt mich so, dass ich fast würgen muss. Anders als heute Morgen bei den Frauen schaut hier allerdings niemand entsetzt auf, eine tiefe Resignation wabert durch den Raum und schnürt mir die Kehle zu.

John nickt mir zu, wir gehen aus dem Raum zurück in den Gang mit den schummrigen Neonröhren und John schließt die Tür.

Mir ist elend. »Was tun die alle hier?«, flüstere ich. »Was macht Dennis mit ihnen?«

John sieht mich an. »Kann sein, dass es an eurer Schule ein paar Leute gibt, die wirklich das machen, was die Alphatiere behaupten zu tun. Aber Dennis und dein Stiefbruder haben etwas ganz anderes aufgezogen. Das hier ist nichts anderes als moderne Sklavenhalterei.«

Sklaven? Ich glaube, mich verhört zu haben.

»All diese Menschen hier dürfen von Rechts wegen nicht in Deutschland sein. Dennis und Alex wissen das und zwingen sie, für sie zu arbeiten.«

»Aber wie sind sie auf euch gekommen?«

John schüttelt den Kopf. »Ist doch ganz einfach. Die Praxis.«

Olivers Praxis? Ich starre John an.

»Nein, dein Stiefvater weiß nichts davon.« John kommt meiner Frage zuvor. »Das glaube ich jedenfalls nicht. Alex hat sich draußen auf die Lauer gelegt und jeden von uns, den er geschnappt hat, erpresst.«

Fassungslos geht mir ein Licht nach dem anderen auf.

»Sie haben Oliver dazu benutzt, an Illegale ranzukommen, haben sie hierher verschleppt. Und wenn sie nicht tun, was Dennis und Alex sagen, werden sie verpfiffen?«

John nickt. »So ist es. Sie arbeiten in Putzkolonnen, als Spüler in Restaurants, auf dem Bau, alles ohne Lohn. Glaub mir, diese Alphas haben reiche Väter mit sehr profitablen Firmen.« Sein Grinsen ist freudlos.

Ich kann nichts mehr sagen. Kann nicht fragen, warum sie sich das gefallen lassen, das weiß ich auch so, natürlich weiß ich das. Kein Mensch, der illegal in Deutschland lebt, kann zur Polizei gehen und sich einfach beschweren. Er würde sofort wieder abgeschoben werden.

Ich drehe mich um, gehe den Gang zurück in den Raum, wo Dennis und Amari liegen, und beuge mich über Dennis, dessen Augen mich reichlich glasig anstarren, aber er bleibt still, während ich ihn grob durchsuche. Er hat sogar zwei Handys, die beide funktionieren.

»Wir schaffen die beiden auf die Straße«, sage ich bestimmt. »Dann rufe ich den Notarzt.«

»Ruby«, Dennis flüstert nur noch, »du machst einen großen Fehler, wenn du diesem Nigger auch nur ein Wort glaubst. Er ist der Schlimmste von allen, er hat deine Schwester auf dem Gewissen, er ganz allein.«

John verzieht keine Miene. Er starrt Dennis einfach nur regungslos an, aber in seinen Augen lodert eine Wut, wie ich sie noch nie gesehen habe, und für einen Moment wird mir ganz kalt.

»Los, jetzt.« Ich zerre Dennis, so gut es geht, auf die Füße, während John sich Amari auf die Schultern wuchtet. In dem Moment rutscht eine Kette aus dessen Hemd. Die Perlen daran erinnern mich an etwas, aber ich komme nicht darauf, was es sein könnte.

Wir schleppen uns durch drei endlose Flure aus rohem Beton, in denen es so ruhig ist, als wären wir tief unter der Erde. Außer dem Flimmern der Neonröhren, unserem angestrengten Keuchen und Amaris Stöhnen durchdringt nichts diese kalte Stille.

Nach einer gefühlten Ewigkeit kommen wir zu einer letzten Tür. John lädt Amari von den Schultern und späht nach draußen, um sich zu vergewissern, dass die Luft rein ist. Dann durchqueren wir die Tiefgarage und gelangen über den Notausgang ins Freie.

Draußen sauge ich die frische Luft ein und bin entsetzt, als mir klar wird, dass es schon wieder dämmert. Ich war den ganzen Tag hier eingesperrt. Ma und Pa müssen durchdrehen vor Angst.

»Wie hast du mich gefunden, John?«

»Gar nicht.« John zuckt bedauernd mit den Schultern. »Ich habe am Spielplatz auf dich gewartet, aber dann ist Amari dort aufgetaucht. Mir ist klar geworden, dass ich nur dann Ruhe vor ihm haben werde, wenn ich ihn ein für alle Mal erledige. Deshalb bin ich zum Lager gefahren.«

»Ein für alle Mal erledige... zum Lager...« Wieder überläuft mich ein Schaudern und eigentlich ist mir nicht mehr danach, für Dennis und Amari einen Krankenwagen zu rufen, aber das alles muss ein Ende haben.

Amari ist mittlerweile bewusstlos geworden und Dennis' Gesicht hat eine gelbbleiche Tönung angenommen und ist über und über mit Schweißperlen benetzt.

»Hilf mir, bitte!« John setzt Amari am Boden vor einem hässlichen Waschbeton-Blumenkasten mit dornigem Gestrüpp ab, dann lehnen wir Dennis daneben, der keine Anstalten macht, sich zu wehren. John holt sein Messer raus, was mich kurz erschreckt, bis ich sehe, dass er den beiden nur die Fesseln abnimmt, was ich völlig vergessen hätte.

John steckt sein Messer wieder ein. »Los, verschwinden wir von hier.«

Ich zögere. Ich will nicht weglaufen, will immer noch, dass die Wahrheit ans Tageslicht kommt.

John scheint meine Gedanken zu kennen. »Ruby, wir müssen die Beweise finden, die Lina gehabt hat. Ohne sie wird die Polizei Dennis und Alex nie verhaften. Höchstens Amari. Und abgesehen davon, so wie du aussiehst, nehmen sie dich sofort mit ins Krankenhaus.«

Ich schaue an mir herunter, Linas Jeans sind blutig und zerrissen und ich will gar nicht wissen, wie mein Gesicht mittlerweile aussieht.

»Du kannst den Sanitätern ja schlecht erklären, dass ihr alle drei zusammen die Treppe runtergefallen seid!«

Er hat recht. Natürlich hat er recht. Und ich sehe auch, dass wir die Beweise brauchen.

Darüber hinaus muss ich unbedingt mit Alex reden. Es macht mich ganz krank, wenn ich mir vorstelle, dass dieser Sklavenhandel seine Idee war. Aber vielleicht ist auch das nur wieder eine Zaubervorstellung von Dennis und in Wahrheit ist Alex' Weste rein wie Persil. Aber so wie er sich über Schwarze geäußert hat und so panisch, wie Alex auf das Foto des toten Kimoni reagiert hat, fürchte ich, dass Dennis recht haben könnte.

»Okay, gehen wir.« Ich setze einen knappen Notruf ab, werfe das Handy in Dennis' Schoß und beschließe, das zweite zu behalten. Von Weitem höre ich schon das Martinshorn, ich schaue zu John, er nickt und dann laufen wir los Richtung U-Bahn. Ich komme nur langsam vorwärts, weil mir jeder Knochen im Leib wehtut.

Bis wir dort angelangt sind, ist es völlig dunkel. Mich beschäftigen die ganze Zeit die Bilder dort unten im Keller. »Von woher kommen all diese Flüchtlinge?«

»Aus Afrika. Meistens von dort, wo die Rebellen die besten Waffen haben oder wo es am wenigsten zu essen gibt.« John hält mich davon ab, die Rolltreppen ganz nach unten zu fahren. »Wir brauchen noch einen Fahrschein, das lernst du als Allererstes. Illegale dürfen niemals auffallen.«

»Aber ich habe weder Geld noch ein Ticket bei mir.«

»Dafür muss man immer Geld haben.« John zieht eine blaue Streifenkarte aus Olivers Jogginghose und stempelt für uns beide. Dann erst gehen wir die Treppen zum Bahnsteig hinunter. Ich habe plötzlich eine Gänsehaut, muss wieder an den Stoß in den Rücken denken, an die Frau mit den vielen Tüten und an den freundlichen alten Mann.

Tüten. Stolpern. Kordel. Perlen. Mein Unterbewusstsein möchte mir etwas sagen, aber es dringt nicht durch, zu vieles beschäftigt mich.

»Es sind doch so viele. Warum wehren sie sich nicht gegen Dennis?«

John zuckt mit den Schultern. »Das kann nur jemand sagen, der jede Nacht in einem sauberen Bett schläft und jeden Morgen einen vollen Kühlschrank vorfindet. Jemand, der denkt, es ist normal, dass er sich mit einem Plakat *Ich finde Angela Merkel total beschissen* auf den Marienplatz stellen kann, ohne dass er und seine Familie verhaftet werden.«

Ich komme mir immer blöder vor, klar, all das ist für mich ganz normal.

»Zuerst sind sie froh, endlich ein Bett und einen sicheren Platz zum Schlafen zu haben. Und Arbeit. Dennis zahlt uns zwar nichts von dem Geld, das er mit uns verdient, aber er sorgt für Lebensmittel. Viele haben vorher auf der Straße gelebt und hatten weder zu essen noch Arbeit. Und du glaubst gar nicht, wie öde ein Tag ist, wenn du nicht das Kleinste bisschen zu tun hast. Du sehnst dich regelrecht nach Arbeit. Außerdem verspricht Dennis, dass er Papiere besorgt. Da überlegst du dir sehr genau, ob du dich mit deinem Besitzer anlegen willst.«

»Aber diese Papiere, die kommen dann leider nie, oder?«

»Ab und zu schafft er es wirklich und das nehmen viele von uns als Beweis dafür, dass sie nur Geduld haben müssen.«

»Warum hast du mir das nicht gleich beim ersten Mal erzählt, als du mich gesehen hast? Warum hast du mich nur häppchenweise mit Infos versorgt?«

»Weil ich nicht sicher sein konnte, auf welcher Seite du stehst. Ich wusste ja nicht, ob du zu ihnen gehörst und …« Er zögert.

»Ja?«

»Und ich hatte auch Angst vor mir selbst, vor dem, was ich tun könnte.«

Was meint er denn damit? Sofort drängt sich wieder Dennis' Stimme in meinen Kopf. *John ist der Schlimmste von allen.* Nein, das will ich nicht glauben. Das kann nicht sein. Ich betrachte Johns eindrucksvolles Profil von der Seite, das starke Kinn und den vollen Mund, die hohen Wangenknochen und die breite Stirn. Dieser Mann hat mich schon zweimal gerettet, wie kann ich solche Gedanken haben?

Eine mit vielen luftigen Tüten bepackte Frau drängt sich an uns vorbei. Nachdem sie mein Gesicht gesehen hat, schnappt sie empört nach Luft und wirft John böse Blicke zu, als wäre er dafür verantwortlich. Ihre Tüten kommen ins Schaukeln. Tüten aus Papier mit dicken Kordeln dran, königliches Dunkelblau mit dezent goldenem Logo. Wie hypnotisiert starre ich auf sie, denke dabei wie ein kaputter Roboter: *Die Farbe stimmt nicht, die Farbe stimmt nicht.* Und dann begreife ich, was mein Unterbewusstsein mir die ganze Zeit sagen will. Die Beweise, ich weiß endlich ganz genau, wo ich die Beweise finde, die Lina versteckt hat.

John ist stehen geblieben. »Geht es dir nicht gut?«

Ich versichere ihm, dass alles in Ordnung ist, sogar in allerbester Ordnung, dann steigen wir in die U-Bahn Richtung Odeonsplatz und dort in die U3 zum Bonner Platz um.

Während der Fahrt fällt mir auf, wie viele Menschen John missbilligende Blicke zuwerfen oder ihn anstarren, und ich bewundere das stoische Schulterzucken, mit dem er das an sich abperlen lässt wie Wassertropfen auf einem Regenmantel. »Man gewöhnt sich daran«, murmelt er, als ihm klar wird, worüber ich nachdenke. »Und nicht alle meinen es böse. Wir fallen hier einfach auf. Glaub mir, in einem afrikanischen Dorf würdest du als Weiße mit ähnlichen Blicken bedacht werden.«

Er lächelt mich zaghaft an und es wirkt auf mich so, als wäre er selbst über dieses fremde Gefühl erstaunt. Leider verschwindet sein Lächeln sofort hinter seinem schmerzhaft verzogenen Mund. Als wäre es verboten. Aber genau das berührt etwas in meiner Brust, es fühlt sich an, als würde jemand meinem Herz winzige blitzende Stromschläge verpassen und den Puls damit völlig durcheinanderbringen.

Trotzdem muss ich ihn für eine Weile loswerden, denn ich möchte Linas Sachen allein holen, mich in aller Ruhe damit beschäftigen und dann entscheiden, was weiter passieren soll. Niemand soll mich dabei stören.

Nicht einmal John, mein Retter.

24. Kapitel

John und ich sind schon ausgestiegen und auf dem Weg zur Mainzerstraße, als mir klar wird, wie kurzsichtig meine Überlegungen sind. Ich kann es nicht riskieren, auch nur in die Nähe der Wohnung zu kommen und von meinen Eltern entdeckt zu werden.

Denn wenn ich Pa alles erzähle, dann ruft der sofort die Polizei und die Flüchtlinge würden auffliegen, was ihm, solange er wütend ist, völlig egal wäre, seine Meinung ist da ganz klar, Blut ist dicker als Wasser.

Also kann ich nicht zu Frau Vogel. Abgesehen davon muss ich wissen, ob mein Stiefbruder wirklich der Kopf hinter allem ist und ob er Lina auf dem Gewissen hat. Ich wünsche mir sehr, dass er nicht so tief drinhängt wie Dennis. Besonders für Mam, die ja jetzt schon am Ende ist. Ich wage mir nicht vorzustellen, was mit ihr passiert, wenn sie erfährt, dass ihr Stiefsohn für den Mord an ihrer Tochter verantwortlich ist. Es würde sie vernichten.

Nach dem, was Dennis mir heute angetan hat, traue ich mich natürlich nicht allein in Alex' Wohnung, deshalb frage ich John, ob er mitkommt, auch wenn ich mich gut daran erinnern kann, wie hasserfüllt er allein auf Alex' Stimme reagiert hat.

»Dein Stiefbruder ist eine widerwärtige Hyäne«, sagt John prompt, begleitet mich dann aber doch zur Münchner Freiheit.

Während wir dorthin laufen, fällt mir ein, dass ich ja jetzt das Handy von Dennis habe und meine Eltern wenigstens anrufen könnte. Gerade, als ich ihre Nummer wählen will, kommt mir eine Idee. Ich drücke die Wahlwiederholung, um zu hören, mit wem Dennis als Letztes telefoniert hat.

Nach dem dritten Läuten zischt eine Frau ins Telefon. »Dennis, was willst du schon wieder? Dein Knecht ist nicht hier und jetzt lass mich gefälligst in Ruhe. Meine Schulden habe ich schon lange abbezahlt.«

Es klickt. Aufgelegt. Ihre Stimme kam mir bekannt vor, aber sie war so wütend, dass ich nicht sicher bin, an wen sie mich erinnert. Während ich noch darüber nachdenke, tippe ich die Nummer von Mam ein. Es dauert nur eine Millisekunde, bis der Hörer abgenommen wird und Pa ins Telefon brüllt: »Ruby?«

»Pa«, versuche ich es im sanftesten *Hier-ist-deine-liebe-brave-Tochter-Tonfall*, »mach dir keine Sorgen, mir geht es gut und ich komme gleich nach Hause, aber vorher muss ich noch etwas erledigen.«

»Du bist wohl übergeschnappt! Ich sitze hier und mache mir die allergrößten Sorgen. Ich habe gerade mit Frau Koslowsky telefoniert. Du kommst sofort her, ich muss dir etwas Wichtiges sagen!«

Ich verstehe ihn und ich liebe ihn nur noch mehr, weil er sich solche Sorgen macht, aber ich kann jetzt nicht kommen. Das sage ich ihm und lege mit schlechtem Gewissen auf. Danach suche ich in Dennis' Handy nach der Festnetznummer von Alex und finde sie unter den Favoriten.

Alex nimmt ab. »Dennis, wo steckst du denn? Was zum

Teufel ist eigentlich los?« Ich lege schnell auf. Gut, Alex ist also wirklich zu Hause.

Mittlerweile sind wir an der Münchner Freiheit angekommen, gemeinsam nehmen wir die Treppe nach oben, auch wenn ich bei jeder Stufe die Folgen des Überfalls und die Wunden an meinem Schienbein mehr merke und völlig außer Atem oben ankomme. Aber das ist immer noch besser, als sich dem steuerbaren und kameraüberwachten Aufzug auszuliefern. Nach allem, was passiert ist, bin ich mittlerweile sicher, dass der Aufzug neulich von Alex und Dennis gestoppt wurde, um mir Angst einzujagen. Wie leicht könnte Alex uns in der kleinen Kabine verrotten lassen.

Oben atme ich einmal tief durch, schaue zu John, der mir zunickt, dann klingele ich Sturm.

Alex macht die Tür auf, als hätte er dahinter schon gewartet.

»Du?« Ungläubig, aber irgendwie auch erleichtert zieht er mich geradezu über die Schwelle, erst als er John bemerkt, verdüstert sich seine Miene.

»Was will der denn hier?«

»Das musst *du* mir erklären.«

»Wo ist Dennis?«

Ich dränge mich mit letzter Kraft an ihm vorbei in sein Loft und zerre John hinter mir her, dann setzen wir uns an den Esstisch, an dem Alex das Foto von Kimoni zerrissen hat.

Alex folgt uns und pflanzt sich schweigend uns gegenüber auf einen Stuhl.

»Okay, Alex, was hat Dennis dir erzählt? Dass er mich entführt hat? Dass er seinen Knecht dazu gebracht hat, aus mir das Versteck von Linas Sachen herauszuprügeln?«

Alex schweigt, aber ihm ist ganz klar anzusehen, dass all das nichts Neues für ihn ist.

»Also?« Verdammt, ich hasse die Feigheit von diesen sogenannten Alphatieren, die nicht mal Manns genug sind, mir zu erzählen, was los ist!

Alex bleibt stumm. Ich wechsele einen Blick mit John, dann stehe ich wieder auf und stöhne unwillkürlich, weil sich mein ganzer Körper anfühlt wie ein Schlachtfeld.

»Dann gehe ich eben zur Polizei. Die sind schon ganz scharf drauf, einen Ring von Sklavenhändlern auszuheben.«

In Alex' Gesicht beginnt es zu zucken. Mir kommt eine Idee, wie ich ihn provozieren könnte. »Was hätte eigentlich deine Maman dazu gesagt?«

»Lass meine Mutter aus dem Spiel!« Alex springt wütend auf und schreit so laut, dass wir erschreckt zusammenfahren. Zum ersten Mal sehe ich ihn ohne diese spöttische Gelassenheit, die er sonst so gern zur Schau stellt. Gut, denke ich, das ist der richtige Weg.

»Ich verstehe, deine Mutter war auch nie ein Fan von *Onkel Toms Hütte?«*

Alex ballt seine Fäuste und bleibt so nah vor mir stehen, dass sein gelber Cashmere-Pullover meine Wangen fast berührt.

»Du weißt nicht das Geringste, gar nichts weißt du.«

»Verdammt, dann erzähl es mir endlich! Fangen wir bei den Alphatieren an!«

»Unter vier Augen.«

Ich schüttle den Kopf, was keine gute Idee ist, weil die

Würgespuren von dem Seil sich schmerzhaft in Erinnerung rufen. Jetzt reicht es mir. »Los!«

»Wir haben niemanden getötet.« Alex schaut mit herabgezogenen Mundwinkeln zu John. »Egal, was auch immer dieser verlogene kleine Scheißer dir für Märchen aufgetischt hat.«

Jajajaja. Und er ist die Wahrhaftigkeit in Person!

»Hör auf. Ich weiß, wozu euer Amari in der Lage ist. Hör auf, mich für blöd zu verkaufen.«

Wir starren uns an, jeder wutschnaubend und bereit zuzuschlagen, aber dann fallen Alex Schultern plötzlich nach vorn und er setzt sich stöhnend wieder hin, stützt die Ellbogen auf den Tisch und legt das Gesicht in seine Hände. Superdramatische Geste.

»Ich höre?«

Er hebt den Kopf wieder, seine dunklen Augen schimmern feucht.

Kann mein Stiefbruder auch noch auf Kommando weinen?

»Es war alles ganz anders, als du denkst.«

Aha. Dann also jetzt die selbstmitleidige *Die-anderen-sind-schuld-Tirade.*

»Was du nicht sagst.« Ich hoffe, meine Stimme klingt so angeekelt, wie ich mich fühle.

»Lange waren die Alphatiere in der Schule wirklich nur sozial engagiert.« Er holt tief Luft.

Achtung Enthüllung. Ich beschließe, ihm kein Wort zu glauben.

»Aber dann wurde meine Mutter getötet.«

»Bei einem Verkehrsunfall.«

»Oh ja, ein Unfall.« Seine Stimme wird bitter. »Abgesehen von der Tatsache, dass der Mann, der sie totgefahren hat, über zwei Promille im Blut hatte. Er ist, ohne zu bremsen, in sie reingefahren. Am helllichten Tag. Einfach so.« Alex schlägt mit der linken Faust leicht in seine geöffnete rechte Handfläche. »Buff, einfach so.«

Er schluckt ein paarmal, steht auf und holt sich ein Glas Wasser, das er in einem Zug austrinkt. Ich spüre plötzlich auch brennenden Durst, aber es wäre ein Fehler, Alex jetzt zu unterbrechen, deshalb warte ich schweigend, bis er sich wieder beruhigt hat.

»Sie stand an einem Fußgängerübergang, an dem Zebrastreifen vor meiner Schule, sie wollte mich abholen, es war mein Geburtstag.«

»Das tut mir leid, Alex.« Und das stimmt. Es tut mir leid, ich weiß jetzt, wie es ist, einen nahen Menschen zu verlieren. Trotzdem erklärt das noch lange nicht, was er getan hat. Und entschuldigen tut es das sowieso nicht.

»Oh ja, allen tat es so leid«, sagt Alex. »Mich haben sie dabei allerdings vor lauter Mitleid vergessen. Kein Mensch hat mich an dem Tag abgeholt. Oliver war in Ghana auf einem wichtigen *Ärzte-ohne-Grenzen*-Einsatz.«

John sagt sehr ruhig: »Das muss wirklich schlimm gewesen sein.«

Alex wirft ihm einen Blick zu, der eine Mischung aus Abscheu und Verachtung ist. »Das siehst du ganz falsch. Denn für den Mörder meiner Mutter war es doch noch viel schlimmer.« Der zynische Tonfall ist so ätzend, wie ich es selbst bei Alex noch nie gehört habe. »So ein armer, suchtkranker Neger. Ein Flüchtling aus Angola, der sich jeden Tag besaufen muss, um das Leid seiner Kindheit vergessen zu können. Einer, dem wir gestattet haben, legal in Deutschland zu bleiben. Leben wir nicht in einem großartigen Land?«

Ich weiß nicht, was ich sagen soll. John räuspert sich. »Was für ein schreckliches Unglück«, entgegnet er. »Es wird sicher sehr lange dauern, bis die Flügel der Zeit deine Trauer davongetragen haben.«

Alex starrt John an, als hätte er Kisuaheli gesprochen.

Ich nehme mich zusammen. »Und deine Trauer hat dich dazu gebracht, einen Sklavenhandel aufzuziehen?«

»Meinem Vater war der Tod von Mutter egal. Ich war ihm gleichgültig, mir ging's ja gut. Ich hatte alles. Ihn haben immer nur die Unterprivilegierten anderer Länder interessiert. Das ging so weit, dass er Maman nicht mal eine ordentliche Beerdigung gegönnt hat, er ließ sie verbrennen und in einem anonymen Urnengrab beisetzen. Sie hätte sich das gewünscht, hat er behauptet. In Wahrheit wollte er es so. Meine Mutter war Französin und praktizierende Katholikin, aber das war ihm egal. Wichtig war ihm dagegen, dass man von dem Geld, das er für den Grabstein spart, in Afrika eine ganze Schule bauen kann. Mich hat er gar nicht gefragt. Ich hätte das alles gerne bezahlt und mich um das Grab gekümmert. Sie dort besucht. Ich habe mich noch nie gut mit ihm verstanden, aber ab diesem Moment habe ich ihn gehasst. Und mich gefragt, was ich tun könnte, um seine Arbeit zu neutralisieren.« Alex hält einen Moment inne. »Es war beinahe zu leicht, ich musste nur die Illegalen dort abfangen, wo er sie behandelt hat. Ich bin ihm gefolgt und wusste dann, wo er an dem Abend praktizieren würde. Erst wollte ich die Leute nur einschüchtern und dafür sorgen, dass sie abgeschoben werden, aber dann hat Dennis Wind von meiner Aktion bekommen und hatte die Idee, dass man mit ihnen Geld verdienen könnte.« Alex hat sich in Rage geredet, er wird immer schneller. »Allein der Gedanke daran, was mein ehrenwerter Vater dazu sagen würde, hat es für mich lohnend gemacht. Das Geld war ein angenehmer Nebeneffekt. Ich habe meiner Mutter ein Grab auf dem Nordfriedhof gekauft, einen wunderschönen Grabstein aus rotem Granit und diese Wohnung.« Er schweigt einen Moment, dann holt er die Kette mit dem @-Zeichen aus seinem T-Shirt und reißt sie mit einem Ruck ab. »Die Kette war meine Idee. Quasi ein Erkennungszeichen für alle, die im inneren Kreis, bei den wahren Alphatieren dabei sind.« Er wirft sie mitten auf den Tisch, wo sie quecksilberböse im Licht blinkt.

»Aber dann ist alles aus dem Ruder gelaufen. Dennis konnte den Mund nicht voll genug kriegen, er wollte immer mehr und mehr. Musste seinem Alten beweisen, was er alles draufhat, auch wenn er die Schule wieder nicht schaffen wird.«

Ich kann es nicht fassen, was ich da höre. Dennis hat Leute versklavt, um zu zeigen, was *er draufhat?*

»Olivers Gott ist die heilige verlogene Nächstenliebe«, fährt Alex fort. »Der Gott von Dennis' Vater aber ist der ehrliche goldene Mammon. Er hat einen riesigen Putz- und Hausmeisterservice, der ganze Wohnblöcke in München reinigt. Und er hatte nichts dagegen, sich von uns mehr und mehr Leute verdealen zu lassen. Gretchens Vater war auch nicht abgeneigt. Die Pizzerien brauchten auch jede Menge Spüler und billige Köche.«

Gretchens Vater? Hängt der auch mit drin? Ich erinnere mich, wie er mich angesehen hat, als ich Gretchen in Riem getroffen habe. Und was ist mit Gretchen? Okay, sie war auch auf den Gala-Fotos, aber gehört sie deshalb zu den Kettenträgern, dem inneren Kreis? Ich kann mir das nicht vorstellen, aber haben mich nicht alle in München verarscht? Niemand ist so, wie er vorgegeben hat zu sein.

»Das Ganze lief so gut, dass andere Zeitarbeitsfirmen auf uns aufmerksam geworden sind und angefangen haben, Fragen zu stellen«, sagt Alex. »Um sich zu schützen, hat Dennis sich Amari rangezogen, und ab dem Zeitpunkt wurde das alles eine Nummer zu groß für mich.« Er hebt den Kopf und sieht mich direkt an. »Ich hatte meine Rache gehabt, verstehst du? Ich wollte aussteigen. Aber Dennis hat mich nicht gelassen, sondern fing an, mich zu erpressen.« Sein Blick wird mutlos. »Ruby, du musst mir glauben, ich wollte dir das alles erzählen, schon viel früher. Neulich in der Nacht nach Linas Tod, da bin ich dir mit dem Auto gefolgt. Du bist zur Münchner Freiheit gelaufen und wieder umgekehrt. Aber in letzter Sekunde habe ich dann doch Schiss bekommen und bin weitergefahren.«

Ich schließe für einen Moment die Augen und erinnere mich. Der schwarze BMW, der mit quietschenden Bremsen davongefahren ist. Aber ich lasse mich nicht ablenken. Egal, wann Alex mir es auch sagen wollte, das, was er getan hat, ist so ungeheuerlich, dass sein angebliches Geständnis nur unglaublich feige wirkt.

»Und du kannst damit leben, dass deine Sklaven dir all diesen Luxus finanzieren?« Jetzt verstehe ich noch besser, warum meine Schwester dieses Loft verabscheut hat.

»Dein fettes Auto? Diese Wohnung?« Ich lasse ihn nicht aus den Augen. »Musste Lina deswegen sterben, genau wie Kimoni? Weil sie das alles herausgefunden hat?«

»Du täuschst dich, Ruby. Ja – sie hat alles gecheckt, aber nein – niemand hat sie ermordet. Du musst wissen, Lina war hinter Dennis her, natürlich vor allem, weil Gretchen so gnadenlos in ihn verliebt war. Deine Schwester hätte alles getan, um ihn zu kriegen, und kaum hatte sie erfahren, dass Dennis inoffizieller Chef der Alphatiere war, wollte sie unbedingt bei uns mitmachen. Ich hatte dabei kein gutes Gefühl und ich habe versucht, es Dennis auszureden, aber er war so geschmeichelt, dieser Idiot, dass er sie eingeweiht hat. Ein schwerer Fehler, denn Lina war empört und wollte uns verraten. Aber keiner hätte Lina etwas angetan. Ruby, deine Schwester war eine von uns.«

Mir fehlen die Worte. Eine von uns! Und alle anderen kann man einfach ermorden? Was für ein unglaublicher Arsch!

»Kimoni wurde von Amari erschlagen.« Alex räuspert sich ein paarmal. »Weder von Dennis noch von mir, sondern von einem seiner Artgenossen.« Er wendet sich zu John. »Dein elender Bruder wollte uns hochgehen lassen und es war diesem Verräter egal, dass dann auch seine Freunde abgeschoben würden.«

John springt blitzschnell auf und prügelt Alex ins Gesicht, der reagiert überhaupt nicht, was John aus dem Konzept bringt. Er steht vor Alex, keuchend, mit geballten Fäusten, schlägt aber nicht mehr auf ihn ein.

»Mein Bruder war kein elender Verräter! Er war mutig, sein Mörder aber feige. Feige wie deine widerwärtige Rache aus Selbstmitleid. Und im Übrigen bin ich sicher, dass du lügst. Amari handelt nur auf Anweisung.«

»Ich bin kein Mörder. Lina ist mit Kimonis Tod nicht klargekommen. Ich glaube, sie hat sich die Schuld daran gegeben, weil sie ihn ermutigt hat, zur Polizei zu gehen.«

Alex findet langsam zu seiner spöttischen Haltung zurück. »Oder dein schwarzer Freund hat sie sich vorgenommen. Von wegen Auge um Auge, Zahn um Zahn. Steht so was nicht auch im Koran?«

»Davon weiß ich nichts, aber ganz sicher steht im Koran: *Ihr Menschen! Eure Gewalttätigkeit richtet sich gegen euch selber.«* John schüttelt den Kopf. »Kimoni hat geglaubt, es gäbe Gerechtigkeit in diesem Land. Er wollte, dass Dennis und Alex bestraft würden, und er hatte die Hoffnung, dass man das schaffen könnte, ohne uns alle zu gefährden.«

»Was für ein Naivling.« Alex klingt jetzt wieder so wie immer. »Natürlich hätte man euch abgeschoben.«

John nickt. »Das denke ich auch. Und ich glaube, Amari war das genauso klar. Er wollte unbedingt bleiben, nachdem seine Schwester die Papiere bekommen hat und damit legal im Krankenhaus arbeiten durfte.«

»Siehst du, Ruby, er sagt es ja selbst.« Alex lehnt sich zurück. »Frag ihn doch mal, woher Amaris Schwester die Papiere hatte. Dennis hat sie ihr verschafft.«

John lacht freudlos auf. »Und im Gegenzug musste Amari sein williger Helfer werden. Vergiss nicht, das auch zu erzählen.« Er schluckt ein paarmal trocken. »Er ist zum Mörder meines Bruders geworden, aber ich habe keine Beweise dafür.«

»Und Lina?« Immer wieder gerät Lina aus dem Blickfeld.

Alex legt seine Hand auf meine und schaut mir in die Augen, als wollte er mich hypnotisieren. Ich zucke zurück, als wäre seine Hand glühend heiß. Ich ertrage es nicht, wenn er mich anfasst.

»Ruby, ich schwöre dir bei dem Grab meiner Mutter, dass ich Lina nicht angerührt habe. Ehrlich gesagt glaube ich wirklich nicht, dass sie überhaupt jemand umgebracht hat.« Er lässt meine Hand los und geht zum Kühlschrank. »Wollt ihr etwas trinken?« Er wartet unsere Antwort nicht ab und stellt vor jeden von uns eine Wasserflasche. Ich spare mir ein Dankeschön, öffne sie sofort und trinke sie in einem Zug leer.

Alex räumt die Flasche weg und bringt mir noch eine. »Lina war nicht blöd. Sie hätte gemerkt, wenn ihr jemand Wodka mit Schlaftabletten verabreicht. Wie hätte Amari ihr jemals so nahe kommen können?«

»Er hat es bei mir auch geschafft.«

»Das ist etwas anderes. Dich konnte er überfallen, aber Lina wurde nicht überfallen.«

Das stimmt. Mit wem hat Lina also so arglos getrunken und gefeiert? Ich schaue fragend zu John.

John erwidert meinen Blick und sein Gesicht wird weich, so wie Mam aussieht, wenn sie Babys anschaut. Er wendet mir auch seinen Körper zu, der in Olivers Sachen merkwürdig verkleidet wirkt. »Ruby, deine Schwester war gut zu uns. Deine Schwester hat unser Leben mit Licht erfüllt, vor allem das von Kimoni.«

Er dreht sich zu Alex. »Ja, ich war in Kimonis Tod gefangen. Aber ich habe meinem Schmerz nicht erlaubt, sich auf Unschuldige auszubreiten. Im Gegensatz zu dir. Feigheit kann dir zwar manchmal das Leben retten, aber ich glaube, die Erinnerung daran wird dich aushöhlen wie Termiten einen Baumstamm.«

»Was soll das bedeuten?«, frage ich.

»Alex?« John klingt unerwartet sanft, als ob er mit einem Kind sprechen würde.

Mein Stiefbruder macht mit seiner rechten Hand eine abwehrende Bewegung, räuspert sich dann. »Ich war dabei, aber ich konnte nichts tun.«

Mir läuft eine Gänsehaut über den Rücken. »Du meinst Lina...«

»Nein, ich war bei Kimonis Tod dabei. Amari wollte aus ihm herausprügeln, wo er die Beweise versteckt hat und wer noch davon wusste. Es war nicht geplant, dass er dabei sterben würde.«

»Kollateralschaden, klar.« Ein ekelhafter Geschmack steigt meine Kehle hoch. Ich denke daran, wie ich Alex das Bild des toten Kimoni gezeigt habe. Ich stehe auf, nehme meine Wasserflasche und bin versucht, sie ihm ins Gesicht zu schütten. Aber das wäre nur eine total hilflose Demonstration, ein Eingeständnis meiner Unfähigkeit zu begreifen, was mein Stiefbruder alles getan hat.

»Ruby, glaub mir, ich konnte nichts tun. Dennis hat mich festgehalten, als ich dazwischengehen wollte. Er ist leider stärker als ich. Und es tut mir ja auch leid.«

John hat Tränen in den Augen. »Tut dir auch leid, wie du mich gezwungen hast, seine Leiche wegzuschaffen? Mein Bruder hat nicht nur keinen Grabstein, nein, er hat nicht mal ein eigenes Grab!« Er richtet seinen Blick auf mich. »Als ich von der Arbeit kam, war Kimoni schon tot. Und Alex hat einfach zu mir gesagt: Schaff die Leiche von deinem Bruder fort. Und wenn dir dein Leben lieb ist und du deinen Job behalten willst, dann hältst du die Klappe. Andernfalls geht es dir wie deinem Bruder. Sie haben mir dann einen schwarzen Plastiksack gegeben und drei Männer, die mir helfen sollten.«

Ich habe keine Worte mehr. Das ist alles so schrecklich, dass jede Antwort banal klingen würde.

»Ruby, ich habe das nicht gewollt«, sagt Alex.

»Ich glaube, eine Kakerlake ist noch mutiger als du. Auf jeden Fall hat sie mehr Moral.«

»Du hast recht.« Jetzt sieht Alex plötzlich anders aus, grau im Gesicht, jeglicher Spott ist aus den Zügen wie weggewischt. »Ich werde mich der Polizei stellen und gegen Dennis und Amari aussagen. Ich werde das alles irgendwie gutmachen.«

»Unmöglich«, John klingt immer noch sanft, »mein Bruder ist tot.«

»Und meine Schwester ist auch tot.«

»Aber mit Linas Tod haben wir nichts zu tun. Ich habe Dennis und Amari an dem Abend, als Lina die Tabletten genommen hat, in einer Pizzeria von Gretchens Vater getroffen. Ich habe ihnen eröffnet, dass ich endgültig aussteige und es für mich vorbei ist. Aber Dennis hat mir gedroht, er würde dafür sorgen, dass es so aussieht, als hätte ich Kimoni ermordet. Sie würden mich nur aussteigen lassen, wenn ich die Beweise, die Kimoni gehabt hatte, herbeischaffen würde.«

»Ich glaube dir kein Wort.« Neben Alex ist Käpten Sparrow ein Heiliger.

»Und was ist mit mir?« John wischt die Tränenspur von seinem Gesicht ab. »Vertraust du mir?«

»Warum fragst du das?«

»Weil ich gespürt habe, wie du mich vorhin angesehen hast.«

»Aber ich vertraue dir«, beteure ich und das tue ich wirklich, obwohl ich unwillkürlich daran denken muss, wie er Alex gerade ins Gesicht geschlagen hat. Wie weit würde er in seiner Wut und seinem Schmerz gehen?

Alex sieht von John zu mir. »Wenn du ihm vertraust, wie ist er dann an Linas Handy gekommen?«, fragt er mich.

»Deine Lügen ziehen bei mir nicht mehr.«

Alex steht auf und stürzt sich auf John, der völlig steif dasteht und mich fassungslos anschaut. Ehe John reagieren kann, greift er in seine Hosentasche und zieht dann ein rosa Klapphandy heraus. Ich erkenne es sofort. Es ist Linas Mobiltelefon. Das, was ich überall gesucht habe.

Mir verschlägt es die Sprache. Was wird hier gespielt? Wo kommt das jetzt her? Sind denn hier alle nur Lügner und Schauspieler, sogar John?

»John, bitte, erklär's mir!«

John greift nach dem Handy, steckt es wieder ein und geht unvermittelt zur Tür. »Ich muss hier raus«, sagt er. »Ihr Europäer habt zugelassen, dass euer Kopf euer Herz erstickt.« Er verlässt die Wohnung so schnell, dass er schon draußen ist, bevor ich wirklich kapiere, was hier gerade passiert.

Ich renne ihm hinterher. »John«, brülle ich ins Treppenhaus, »was soll denn das? Bitte – wir müssen zusammen zur Polizei!«

»Da wäre er schön blöd!«, murmelt Alex.

Ich wirbele herum, möchte ihm gern sein spöttisches Grinsen vom Gesicht wischen, möchte wissen, wo eigentlich der echte Alex ist, der mit den Gefühlen, der doch irgendwo tief in seinem Bauch wissen muss, wie furchtbar das ist, was er da getan hat. Und dann beschleicht mich der entsetzliche Gedanke, dass es diesen Alex vielleicht gar nicht gibt.

XII

Und als die Wahrheit von uns zu ihnen kam, sagten sie: »Das ist offensichtlich Zauberei.«
((10:76))

Er stürmt die Treppen runter, weiß nicht wohin, nur weg von denen. Er hasst sich selbst für seine Gefühle, denn das alles ist wider die Natur. Es ist doch unmöglich, dass eine Gazelle einem Löwen das Herz brechen kann.

Er wünschte, er hätte sich besser unter Kontrolle. Er hätte ihr sagen müssen, dass das, was sie für eine Wasserstelle hält, nur ein vergifteter Tümpel ist. Aber das soll jetzt ihre Sache allein sein. Wie kann ein lächerliches Handy ihr Herz dermaßen täuschen. Wenn sie nach allem, was passiert ist, nicht weiß, ob er die Wahrheit sagt oder nicht, dann ist sie es nicht wert.

Er ist fertig mit ihr und dieser elenden kleinen Schabe. Und es freut ihn fast, dass sie so nie erfahren wird, dass die Schabe die Wahrheit gesagt hat. Jedenfalls, was den letzten Abend von Lina angeht, denn die Schabe, Dennis und Amari waren tatsächlich in der Pizzeria. Er hat die drei voller Rachedurst belauert und nur auf eine Gelegenheit gewartet, es ihnen heimzuzahlen, auch wenn er Kimoni versprochen hatte, sich nie wieder in Rache zu verlieren.

Er muss sich zusammennehmen, so wie er rennt und sich zwischen den Passanten durchschiebt, fällt er auf. Die Leute starren ihn an, als wäre er ein Dieb auf der Flucht, fast wünscht er sich, dass sich jemand an seine Verfolgung machen würde, nur um ihm dann zu entwischen. Aber dann zwingt er sich doch, ruhiger zu werden, mehr aus Gewohnheit, denn warum sollte er überhaupt noch hierbleiben wollen, in diesem widerwärtigen Land voll kaltherziger blinder Gazellen?

Um seine Seele von diesen sinnlosen Gedanken abzulenken, sagt er Gedichte auf, die er in der deutschen Schule bei den Missionaren gelernt hat. Gedichte von Zauberworten und Waldesruhen und von merkwürdigen Birnen, mächtigen Raben und eisigen Reitern. Darin war er immer schon gut, viel besser als Kimoni, der sich nichts merken konnte und der es gerade so geschafft hat, Englisch zu lernen. Ein flüchtiges Lächeln zwingt sich in Johns Gesicht, wenn er daran denkt, wie glücklich sie waren, als sie es über Italien endlich bis hierher geschafft hatten, voll irrsinniger Träume. Kimoni hatte die Idee, Pilot zu werden, wollte gerne wieder eine Uniform tragen, trotz des Horrors, den sie als Kinder bei den Rebellen erlebt hatten, trotz der Narben. Manchmal waren sie raus zum Flughafen gefahren und hatten den Jumbos beim Starten und Landen zugesehen. »Schau, genau so einen werde ich mal fliegen.« Kimonis Augen hatten geleuchtet wie Blinkfeuer.

Ich habe so vieles ertragen, überlegt John, aber ohne einen Menschen, den man liebt, ist nichts mehr sinnvoll. Es stimmt, was seine Mutter immer gesagt hat. Allein essen ist wie allein sterben.

Er bleibt stehen und betrachtet sich in einem der Schaufenster auf der Leopoldstraße. Was für ein Mann bist du, John? Auch nicht besser als die Schabe. Du kannst nicht so tun, als ginge dich das alles nichts an. Ganz egal, ob dein Herz in den blaugrünen Sambesiaugen der Gazelle ertrinkt oder an ihrem Misstrauen erfriert, du musst sie warnen. Sie glaubt anderen, weil sie selbst immer die Wahrheit sagt. Dabei gibt es doch auch in diesem Land die Redensart vom Wolf im Schafspelz.

Amari hält sich für einen Wolf, obwohl er ein Schaf ist. Seine Schwester gibt sich dafür lammfromm, dabei lauert sie jetzt, wo er verletzt ist, sicher schon sprungbereit im Baum. Sie würde alles für Amari tun.

Er wird nicht zweimal den gleichen Fehler machen und sie unterschätzen, denn er kann es sich nicht leisten, jemanden zu verlieren, der sein Herz berührt hat.

Er dreht sich um und läuft zurück, wird schneller, fängt an zu rennen. Und diesmal ist es ihm egal, ob ihn jemand für einen Dieb hält.

25. Kapitel

Mein geschundener Körper kann kaum mit meinem Vater Schritt halten. Er bestraft mich durch sein Schweigen, während wir zum Schwabinger Krankenhaus hasten.

Nach Johns Verschwinden hat Alex tatsächlich eingewilligt, mit mir zu Oliver zu gehen und reinen Tisch zu machen. Vermutlich, weil ich ihm keine Wahl gelassen habe. Aber als wir in der Wohnung ankamen, wartete Pa mit schrecklichen Neuigkeiten auf mich, die er mir am Telefon nicht mehr sagen konnte, weil ich einfach aufgelegt habe.

Mam hatte einen Kreislaufkollaps und wurde ins Krankenhaus zu Oliver gebracht. Weil niemand wusste, was mit mir los war, hat Pa angeboten, in der Wohnung auf mich zu warten. So wütend habe ich ihn noch nie gesehen.

»Das hast *du* ihr angetan!«, brüllt er noch, während ich unter der Dusche stehe. Alles, was ich zu meiner Entschuldigung vorbringen wollte, wurde von Pa abgewürgt. Stattdessen wurde ich genötigt, zu duschen und frische Sachen anzuziehen, weil ich meiner Mutter so nicht unter die Augen treten könne, ohne einen Schock auszulösen.

»Hat deine Mutter nicht genug durchgemacht? Was denn noch alles?«

Alex hat sich gleich wieder verkrümelt, nachdem ihm klar geworden war, dass sich im Augenblick kein Mensch für seine Geständnisse interessieren würde. Aber ich habe ihm das Versprechen abgenommen, dass er heute Abend wiederkommt, um mit Oliver zu reden.

Zuerst wollte ich nicht, dass er geht, weil ich Angst hatte, er könnte sich das mit dem Geständnis anders überlegen. Aber es blieb mir nichts anderes übrig, weil Pa der Auffassung war, es wäre das Mindeste an Schadensbegrenzung, Mam jetzt sofort zu besuchen, damit sie sich selbst davon überzeugen könne, dass mit mir alles okay sei.

Seit wir unterwegs sind, schüttelt Pa immer wieder den Kopf wie eine kaputte Aufziehpuppe und murmelt so leise vor sich hin, dass ich nur einige Satzfetzen verstehen kann. »Ich bin so erschrocken! Undankbare Gören, Monster allesamt, man fragt sich…«

Jeder zaghafte Versuch, seine Hand zu nehmen, irgendetwas zu erklären, wird unwirsch abgewürgt.

Dabei gäbe es doch so viel, worüber ich mit ihm reden möchte. Immerhin ist das alles doch passiert, weil ich meinen Eltern beweisen wollte, dass Lina sich nicht umgebracht hat. Und dass sich keiner an ihrem Tod schuldig fühlen muss.

Langsam fängt seine Besorgnis an, auch mich nervös zu machen. Selbst wenn ich in den letzten Jahren nur wenig Kontakt zu Mam hatte, war es immer gut zu wissen, dass sie da war. Niemals habe ich daran gedacht, dass sie sterben könnte. Plötzlich beschleicht mich eine schreckliche Ahnung. Pa ist nur deshalb so außer sich, weil er mir nicht die Wahrheit sagt. Was, wenn es sich nicht um einen Kreislaufkollaps, sondern um einen Herzinfarkt handelt?

»Muss Mam sterben?«, frage ich in einer seiner Murmelpausen so laut, dass er mich nicht länger ignorieren kann.

»Wir müssen alle sterben«, sagt er knapp, und weil solche Allgemeinplätze nicht seine Art sind, fange ich jetzt voller Angst an, schneller zu laufen als er.

Wir schaffen es in Rekordzeit zum Krankenhaus und fahren mit dem Aufzug nach oben, denn Mam liegt natürlich auf Olivers Station.

Im dritten Stock stehen zwei Schwesternschülerinnen und ein leeres Krankenbett mit einem *Desinfectet*-Plastiküberzug vor dem Aufzug.

»Passen wir noch rein? Mit dem Lastenaufzug gibt's gerade ein Problem.«

»Natürlich«, Pa lächelt höflich, »wir könnten auch aussteigen und zu Fuß gehen.«

»Nicht nötig«, wehrt eins der Mädchen ab. Sie quetschen sich mit dem Bett zu uns und dann fahren wir schweigend in den fünften Stock, wo die beiden von Jay-Bayani, dem asiatischen Pfleger, schon erwartet werden, der ihnen das Bett abnimmt und sie wieder zurückschickt.

Er lächelt uns zu. »Ihre Mutter liegt auf Zimmer 644«, sagt er in meine Richtung und schiebt das Bett schwungvoll los.

Zum Glück ist das nicht das Zimmer, in dem Lina gestorben ist, aber wir müssen daran vorbei. Vor dem Schwesternzimmer brüllt ein kleiner in Nadelstreifen gekleideter Mann Samira an, als wäre sie seine persönliche Leibsklavin. Den Mann habe ich schon mal gesehen, auf den Fotos von Lina. Es ist der Mann, der den Scheck überreicht hat.

»Mein Sohn braucht ein Einzelzimmer und Privatschwestern, ist denn das so schwer zu verstehen?«

Ich zähle eins und eins zusammen und kann es nicht glauben. Das ist Dennis' Vater? Und soll das heißen, dass sie Dennis hierhergebracht haben? Warum denn das? Das Bogenhausener Klinikum ist viel näher am Arabellapark.

»Ich bestehe auf Dr. Brandt! Mein Junge geht mit seinem Sohn zur Schule. Sie sind gut befreundet. Dr. Brandt muss sofort nach ihm sehen.«

Dennis hat sich wegen Oliver hier aufnehmen lassen? Soll das ein Witz sein?

Samira wendet sich weg von dem Mann, dabei fällt ihr Blick auf mich, sie zuckt leicht zusammen, dann lächelt sie mir zu und dreht sich seufzend wieder zu dem Brüller. »Dr. Brandt ist Internist und kein Chirurg«, sagt sie betont ruhig. »Dennis ist noch im OP. Er kommt erst in einer halben Stunde auf meine Station. Wenn ich zaubern könnte, würde ich im Zirkus Krone auftreten. Und nur zu Ihrer Information, es gibt in München auch sehr gute Privatkliniken.« Sie lässt den Mann stehen und verschwindet im Inneren der Schwesternstation.

»Unverschämtheit!« Dennis' Vater schüttelt den Kopf und zückt mit großer Geste ein Handy.

Wir klopfen an die Tür von Mams Zimmer und ich bin erleichtert, als sie »Herein!« ruft, klar und fast so laut wie sonst.

Ich laufe zu ihr ans Bett und betrachte sie genau. Ihr strahlendes Gesicht wirkt eingefallen, ihre Lider sind gerötet, die grünen Augen umschattet. An ihrem rechten Arm hängt ein Tropf.

»Mam, es tut mir so leid.«

Sie nimmt meine Hand, tätschelt sie und ringt sich ein Lächeln ab. »Ruby, das ist doch nicht deine Schuld. Die Ärzte haben mich schon ausgeschimpft, ich hätte weiter essen sollen und vor allem auch trinken, ich habe alles falsch gemacht. Und ich hätte die Schlaftabletten nehmen müssen, die Oliver mir gegeben hat. Der Mensch muss schlafen.« Sie versucht, ein Gähnen zu unterdrücken.

Schlaftabletten... Wenn ich nur daran denke, läuft mir schon eine Gänsehaut über den Rücken.

Pa ist an der Tür stehen geblieben. Mam winkt ihn zu sich. »Matthias, komm ruhig her, ich bin viel zu schlapp, um mit dir zu streiten.«

Er setzt sich auf einen Stuhl auf der anderen Seite von Mam.

»Ich darf morgen wieder nach Hause, ich glaube wirklich, mir haben nur Wasser und Schlaf gefehlt. Außerdem müssen wir noch alles für Linas großes Fest vorbereiten.«

Weil ich keine Ahnung habe, wovon sie redet, schaue ich zu Pa hinüber. Er starrt mich beschwörend an, dann dämmert mir langsam, dass sie die Beerdigung meint.

»Ja, das müssen wir und wir werden alles genau so machen, wie Lina es gewollt hätte«, sagt Pa und lächelt seine Exfrau an, als würde er sie noch lieben. Nein, nicht als ob, es fühlt sich für mich so an, als würde er sie wirklich noch immer lieben.

Ich würde gern den Kopf auf Mams Schoß legen und einfach drauflosplappern, so wie früher, als ich klein war. Ich bin aufgewühlt und schrecklich müde zugleich. Und plötzlich merke ich, was für ein riesiges Loch in meinem Bauch ist.

»Wohin bist du verschwunden den ganzen Tag, Ruby?« Es ist nur ein sehr leiser Vorwurf in ihrer Frage und das wirkt auf mich, als würden sich alle Knochen in meinem Körper auflösen, ich werde ganz weich und zittrig. Gleich werde ich die Beherrschung verlieren und anfangen zu weinen, was für Mams Genesung bestimmt nicht sehr heilungsfördernd wäre.

Die beiden schauen mich auf einmal ganz komisch an. Unwillkürlich greife ich mir an den Hals und hoffe, sie haben die frischen Würgemale nicht entdeckt.

»Ich habe Hunger«, sage ich dann schnell und bete, dass das als Antwort durchgeht.

Mam fängt an zu lachen und Pa fällt ein.

»Dann hol dir schnell etwas aus der Cafeteria«, sagt Pa. »Bevor wir dich hier neben deine Mutter legen müssen.« Er nimmt einen Zehner aus seiner Hosentasche und reicht ihn mir. Sein Ärger scheint wieder verraucht zu sein. »Und wenn du wieder da bist, erzählst du uns, wo du heute den ganzen Tag warst.«

»In Ordnung, ich beeil mich.« Ich nehme sein Geld, weil ich keins dabeihabe. »Und ihr«, versuche ich einen Witz, »müsst mir versprechen, nicht zu streiten, während ich weg bin, ja?«

»Das schaffen wir.«

Als ich das Zimmer verlasse und auf den Gang trete, sehe ich zu meiner Überraschung Gretchen, die mit Dennis' Vater redet. Gehört Gretchen jetzt zum inneren Kreis oder nicht? Aber dann denke ich an die Pizzerien ihres Vaters, und wenn ich sehe, wie sie voller Mitgefühl den Arm von Dennis' Vater tätschelt, während der sich lautstark darüber aufregt, dass Dennis sein Zimmer teilen muss, obwohl er doch bereit ist, für ein Einzelzimmer zu bezahlen, dann habe ich keine Zweifel mehr.

Sie alle stecken mit drin.

Nur mein Hauptverdächtiger Oliver nicht – der hat sich als Einziger tatsächlich sozial engagiert und wurde auf das Niederträchtigste ausgenutzt.

Ich muss an die Galafotos denken, wie hübsch sie alle auf dem Gruppenfoto aussehen und womit sie ihr Geld verdienen. Und wenn ich mich an den wohltätigen Scheck von Dennis' Vater erinnere, könnte ich kotzen. Alle haben nur gelogen und betrogen. Jeder hat mir etwas anderes vorgespielt.

In diesem Moment schiebt Jay ein Bett um die Ecke, Samira geht nebenher, spricht mit dem Patienten und hält dabei seine Hand. Als sie näher kommen, erkenne ich Amari, der überall bandagiert zu sein scheint. Samira nickt mir freundlich zu und begleitet Amari in das Zimmer, in dem auch Dennis zu liegen scheint.

Ich setze mich ganz automatisch wieder in Bewegung und frage mich, ob ich das gerade wirklich gesehen habe. Woher kennt Samira den Knecht von Dennis? Denn dass sie ihn kennt, ist sonnenklar, das ist mehr gewesen als nur Solidarität unter Schwarzen. Wie sie seine Hand gehalten hat, das war geradezu intim.

Und wenn Amari der Freund von Samira ist, dann würde es natürlich Sinn ergeben, dass Dennis und Amari ausgerechnet hier im Krankenhaus gelandet sind. Meine Gedanken fangen an, sich zu überschlagen, und dann fällt mir ein, wo ich einen Fehler gemacht habe, und plötzlich fügen sich viele der winzigen Splitterteile zu einem Ganzen.

Ich fahre mit dem Lift nach unten, aber es ist schon nach

acht Uhr, die Cafeteria hat längst zu und ich kann mir nur noch am Kiosk ein paar Schokoriegel kaufen. Trotz allem bin ich hungrig, reiße das Papier ab und verschlinge ein Snickers in drei Bissen, dann schiebe ich noch Twix nach und fahre wieder nach oben, und während all der Zeit arbeitet es in mir. Samira war im Zimmer, als Lina gesagt hat, Schenk wäre hier. Ich bin irrtümlich davon ausgegangen, dass sie einen Mann meinte, eben Alex.

John hat vor seinem Verschwinden gesagt, dass Amaris Schwester einen legalen Job in einem Krankenhaus hätte, den ihr Dennis besorgt hat. Was, wenn es sich bei dieser Schwester um Samira handeln sollte?

Dann würde sie in Dennis' Schuld stehen.

Und noch etwas fällt mir ein: die Kette mit den gelben Perlen. Die tragen sowohl Samira als auch Amari um den Hals.

Mir wird kalt, als mir das Schlimmste klar wird. Samira hat all die Möglichkeiten gehabt, die ich Oliver angedichtet habe: Sie hätte dafür sorgen können, dass Lina ins Koma fällt und nie mehr aufwacht. Und wenn Amari ihr Bruder ist, dann hätte sie auch allen Grund gehabt, Lina zu fürchten oder zu hassen. Aber wenn er nicht ihr Bruder, Mann, Verlobter oder Verwandter ist, sondern einfach nur ein Patient, um den sie sich gut kümmern wollte, dann wären das alles nur meine Hirngespinste. Sie hätte mir doch damals an Linas Bett nicht ihre Kette gezeigt, wenn sie in der Sache mit drinhängt? Sie kam mir so besorgt vor und freundlich. Aber dann denke ich daran, wie kalt sie Linas Augen geschlossen hat, wie sie das Zimmer frei geräumt haben wollte, kaum, dass Lina gestorben war. Nicht zu vergessen ihren Streit mit Oliver.

Auf jeden Fall muss ich mit ihr reden, muss sofort wissen, ob sie mit drinhängt oder ob man ihr trauen kann.

Ich renne durch den Flur zurück, passiere Gretchen und Dennis' Vater, die da immer noch stehen, reiße die Tür zu Amaris Zimmer auf, aber da ist sie nicht mehr.

Vor dem Schwesternzimmer finde ich Jay.

»Die ist unten im Keller, in der Bettenzentrale«, sagt er in seinem gebrochenen Deutsch. »Die Schwesternschülerinnen haben ein Bett zu wenig gebracht.«

Den letzten Satz höre ich kaum noch, denn ich bin schon auf dem Weg zum Aufzug, in dem wir vorhin die beiden Schwestern getroffen haben.

Ich hämmere auf die Abwärtstaste und warte ungeduldig, dass die Türen sich öffnen.

Ich muss mit Samira reden, und zwar jetzt gleich, bevor noch mehr Menschen zu Schaden kommen.

26. Kapitel

Als die Lifttüren aufgehen, lande ich in der Eingangshalle und mir wird klar, dass der Besucherlift nicht in den Keller geht, deshalb laufe ich hinüber zum Treppenhaus und dort die Treppen in den Keller zu Fuß hinunter.

Gerade als ich die schwere Eisentür öffnen will, wird sie schon aufgedrückt, zwei junge, überarbeitet aussehende Ärzte kommen heraus.

»Die Bettenzentrale?«, frage ich.

»Durch die Tür in den Gang, erst rechts, dann links«, sagt einer von ihnen automatisch, bevor er sich wieder seiner Diskussion mit dem anderen zuwendet. Er hat mich nicht einmal angeschaut.

Ich schlüpfe durch die Tür und spähe in den Gang. Dieser unangenehme Geruch überfällt mich und erinnert mich daran, dass ich schon einmal hier war. Aber diesmal läuft keine schwarze Kapuzengestalt vor mir davon und heute kommt es mir nicht so dunkel vor wie neulich, was sicher daran liegt, dass es oben auch schon nicht mehr hell war.

In dem Leitungsgewirr über meinem Kopf knackst und gluckert es und ich sehe jetzt, dass rechts von mir eine Art Lageplan des Kellers angebracht ist. Der unterirdische Gang verbindet offenbar die sechs verschiedenen Häuser des Elisabethenstifts.

Die Bettenzentrale ist ein riesiger Bereich, zu dem ich

geradeaus laufen muss, genau wie der Arzt es gesagt hat, dann in den ersten Gang links und schließlich wieder rechts.

Außer mir ist hier niemand unterwegs, sodass ich nur meine Schritte auf dem Linoleum höre und die Geräusche der Leitungen.

Nachdem ich schon ein Stück gelaufen bin, geht hinter mir die Eisentür auf, ich drehe mich um und bleibe stehen. Ein Pfleger schiebt ein Bett mit einem Patienten in den Gang, er scheint in großer Eile zu sein. Als er näher kommt, treffen sich unsere Blicke und ich habe Angst, dass ich nun doch gefragt werde, was ich hier zu suchen habe. Aber dann rast er mit dem Bett kommentarlos an mir vorbei und ich sehe erst jetzt, dass das grüne Tuch auch über das Gesicht des Patienten gebreitet ist. Eine Leiche also.

Hierhin hat man Lina vermutlich auch gebracht, als sie von Samira so schnell von der Station verbannt wurde. War der Streit, den sie mit Oliver hatte, wegen eines »angeblichen Fehlers« von Samira, der Lina das Leben gekostet hat und den Oliver nicht gewillt war zu decken?

Ich gehe weiter bis zur nächsten Abzweigung, die Bettenzentrale liegt zu meiner Linken, die Pathologie geht rechts ab. Der Pfleger mit der Leiche ist längst verschwunden.

Der Geruch verändert sich hier, es riecht mehr nach Sagrotan und nach etwas, das ich kenne, aber nicht zuordnen kann. Der Boden ist in diesem Bereich gefliest, meine Schritte klingen viel lauter als vorher auf dem Linoleum.

Und dann stehe ich vor der Bettenzentrale, so lautet jedenfalls die Beschriftung auf einer großen Glasdoppeltür, die automatisch nach innen aufgeht. Von dort sind große Pfeile an die Wand gemalt, *unrein* und *rein* steht da, und *VDV-Kammer.*

Aber auch wenn die Glastür nicht beschriftet wäre, wüsste ich, dass ich richtig bin, weil hier Bett an Bett an Bett in langen Schlangen gereiht ist. Die Eisenstangen der Kopfteile schimmern im Halbdunkel, nur sehr weit hinten brennt ein Licht. Sparmaßnahmen? Oder ist hier schon geschlossen?

Das würde auch erklären, warum Samira selbst das Bett holen musste.

Ich drücke die Glastür auf und falle beinahe um, hier riecht es richtig grauenhaft, wie eine Mischung aus schmoddriger Schmutzwäsche und vollem Windeleimer, die man mit Raumspray zu überdecken versucht.

Ich quetsche mich zwischen den Betten durch, natürlich habe ich noch nie darüber nachgedacht, dass alle Betten im Krankenhaus auch wieder gereinigt werden müssen.

Hunderte von Metern stehen die Betten da, und so wie sie riechen, sind sie alle benutzt und schmutzig. Langsam kommt es mir doch komisch vor, dass hier kein Mensch ist. Ich gehe weiter zum Licht, hier befinden sich gemauerte und rosa geflieste Abteile mit Schläuchen, die wie in der Sauna oder im Schwimmbad direkt aus der Wand kommen. Dann gibt es merkwürdige Türen, die erst auf der Höhe des Oberschenkels in die Wand eingelassen sind.

Ein leises Klicken erschreckt mich. Ich drehe mich um, nichts, also gehe ich noch etwas weiter, bis zu dem Licht. Eine Lampe steht auf einem Tisch, der mit Akten bedeckt ist. Keine Spur von Samira, auch niemand sonst ist hier.

Ich laufe noch ein paar Schritte weiter, da höre ich

plötzlich wieder dieses Klicken und dann fast zeitgleich durchfährt mich ein gewaltiger Schmerz. Jemand hat mir ein Bett so fest in meine Kniekehlen gerammt, dass ich nach vorne falle und mir schwarz vor Augen wird.

»Samira?«, stöhne ich. Statt einer Antwort schmettert etwas kaltes Hartes auf meinen Kopf und ich werde doch noch ohnmächtig.

Damit wirst du nicht durchkommen, ist das Letzte, was ich denke. Meine Eltern sind hier, sie warten auf mich, man wird mich suchen. Man wird mich ganz sicher suchen und so viele Tote in einer Familie werden sogar Frau Koslowsky auf den Plan bringen.

Ganz sicher.

Als ich wieder zu mir komme, ist alles schwarz vor meinen Augen. Ich spüre, dass ich auf einer Matratze liege, die geschoben wird. Dann wird eine Tür oder Klappe geschlossen, ich taste um mich herum, mir ist schwindelig, ich setze mich auf, aber ich bin zu hastig und falle, falle, falle nicht sehr tief, ich krache auf einen Fliesenboden. Aber diesmal bleibe ich trotz eines merkwürdigen Knacksens im Steißbein bei Bewusstsein. Es ist schwarz um mich herum. Rabenschwarz. Ist das die Hölle? Ich muss an Lina denken und an Schenk. Fällst du in den Graben, fressen dich die Raben.

Obwohl ich vorhin ohnmächtig war, würde ich wetten, dass ich im Krankenhaus bin, vielleicht sogar noch in der Bettenzentrale. Ich versuche, mich zu beruhigen, wenn das stimmt, dann werden mich morgen die Leute finden, die hier arbeiten. Aber wenn ich in einer Abstellkammer liege, die seit Jahrhunderten nicht mehr benutzt wird?

Ein merkwürdiges Geräusch dringt an meine Ohren, es

klingt, als ob Luft aus einer Luftmatratze entweicht. Das gefällt mir nicht, es macht mir Angst und bestärkt mich darin, dass ich schnell wieder rausmuss. Nicht bis morgen einfach daliegen kann.

Ich setze mich langsam auf und taste meine Umgebung ab. Soweit ich fühlen kann, ist überall Fliesenboden. Ich rutsche weiter, alles in mir schreit, dass ich mich beeilen muss, aber mein Körper verweigert die Befehle und bewegt sich wie in Zeitlupe. Irgendwann muss doch mal eine Wand kommen. Aber stattdessen berühre ich eine merkwürdige Apparatur, irgendwie viereckig mit einem Loch in der Mitte, in meinem Kopf entsteht ein Bild, das so ähnlich aussieht wie diese Dinger, mit denen Schiffe ins Wasser gelassen werden.

Wo bin ich hier nur gelandet? Das merkwürdige Luftgeräusch wird lauter und ich muss schneller atmen.

Mein Kopf dröhnt, unwillkürlich taste ich ihn ab. Er fühlt sich klebrig an, ich halte meine Finger vor die Nase, metallischer Geruch.

Oh Gott, und die Luft um mich herum verändert sich, ich muss schon hecheln wie ein Hund. Hier geht etwas völlig Wahnsinniges vor sich. Ich kriege noch weniger Luft. Raus hier, ich muss raus, und zwar ganz, ganz schnell.

Ich taste mich anhand des Gestells zurück in die Richtung, aus der ich gekommen bin, da, endlich berühre ich eine Fuge. Das könnte eine Tür sein oder ein Fenster. Ich taste die Fuge entlang, hoffe auf einen Griff, auf irgendwas, das mich hier rausbringt. Das Zischen geht über in eine Art Staubsaugergeräusch, ich schnappe nach Luft, aber da ist keine mehr, ich will nicht ersticken, nicht sterben, nicht jetzt, nicht nach all dem, was ich herausgefunden habe, aber ich krümme mich schon wie ein Fisch auf dem Trockenen und stürze gegen die Wand mit der Fuge. Ich falle und falle und falle. Lina, vielleicht sehe ich Lina wieder.

XIII

Die Leute der Stadt sagten: »Wir haben das böse Omen in euch gesehen.« ((36:18))

Bei der Schabe öffnet niemand. Wo kann sie also sein? Vermutlich hat sie es geschafft, ihn zu überreden, mit ihr nach Hause zu kommen. Obwohl ihm gar nicht danach ist, muss er lächeln, diese Gazelle könnte einen Elefanten dazu bringen, auf einem Baumstamm zu tanzen.

Zu Hause bei ihren Eltern ist sie wenigstens in Sicherheit.

Er hätte Ruby verraten müssen, dass Samira die Schwester von Amari ist. Er hat das auch erst bei seinem zweiten Besuch bei Lina im Krankenhaus erkannt und damals hatte er keine Ahnung, was das bedeutet. Denn wenn Samira gewusst hat, dass es Lina war, die ihren Bruder anzeigen und Dennis auffliegen lassen wollte, dann hatte sie ein Motiv und vor allem jede Möglichkeit, Linas Leben zu beenden. Doch er war sich eben nicht sicher, dass Samira davon gewusst hat. Amari hat sie immer nur dann angerufen, wenn er etwas von ihr gebraucht hat. Er kann sich nicht vorstellen, dass er mit ihr über seine Geheimnisse geredet hat.

Als er endlich auf den Hof von Olivers Wohnung einbiegt, fragt er sich, ob er es fertigbringen wird zu klingeln, aber dann ist es gar nicht nötig, denn er trifft im Hof auf die Frau mit dem Hund.

Sie geht auf ihn zu und schüttelt ihm die Hand, was ihn völlig verblüfft. Der Hund erkennt ihn wieder und wedelt freundlich mit dem Schwanz. »Es tut mir leid, dass ich Angst vor Ihnen gehabt habe«, sagt sie und bringt ihn noch mehr zum Staunen. Er beginnt zu schwitzen. Soll das eine Anspielung sein oder ein merkwürdiger Witz? Er hat noch nie bei ihr geklingelt, er ist nur einmal dort eingebrochen.

»Sie sind nicht da, die Brandts, die Armen sind bestimmt im Krankenhaus. Das ist ja auch ein solcher Schock, wenn die Tochter sich umbringt.«

Im Krankenhaus, das ist kein guter Ort. Überhaupt kein guter Ort. »Was ist denn passiert?« Sein Herz schlägt schneller, ist er schon wieder zu spät dran?

»Das weiß ich auch nicht genau, aber jemand wurde mit Blaulicht abtransportiert.«

»Danke«, presst er gerade noch hervor, dann rennt er zutiefst beunruhigt zum Elisabethenstift.

Dort fragt er nach Dr. Brandt, und weil es ihm zu lange dauert, bis der Lift kommt, rast er die Treppen nach oben. Als er völlig außer Atem im fünften Stock ankommt, sieht er Dr. Brandt im Gespräch mit Dennis' Vater, den er verabscheut. Er ist versucht, sich zu verstecken, aber seine Sorge um Ruby treibt ihn vorwärts.

Er läuft zum Zimmer von Rubys Mutter und bleibt unschlüssig vor ihrer Tür stehen, traut sich nicht so recht hinein und hofft, dass Ruby irgendwann herauskommt.

Schließlich klopft er aber doch, und als er sieht, dass nur Rubys Mutter im Zimmer ist, entschuldigt er sich und geht zum Aufzug. Vielleicht ist die Gazelle mit ihrem Vater in der Cafeteria? Sie muss von diesem Tag völlig geschwächt sein.

Als der Aufzug kommt und sich öffnet, tritt ihm Samira außer Atem und mit roten Wangen entgegen. Als sie ihn entdeckt, lächelt sie ihm zu, so freundlich und offen, dass es ihm wieder unmöglich erscheint, dass sie von den Machenschaften ihres Bruders weiß.

Sie begrüßt ihn und fragt ihn allen Ernstes, ob ihn die Sorge um Amari hergetrieben hat. Erst versteht er nicht, aber dann begreift er, dass Amari hierhergebracht wurde. Ausgerechnet.

Seine Unruhe wächst und er fragt nach Ruby.

»Ja, sie war hier, aber ich glaube, sie ist nach Hause gegangen, dabei sah sie fürchterlich aus. Meiner Meinung nach hätte Dr. Brandt sie gleich neben ihre Mutter verfrachten und an einen Tropf hängen sollen. Was ist heute eigentlich los? Weißt du, warum mein Bruder zusammengeschlagen wurde?«

»Ich glaube, das waren ein paar Nazitypen in der U-Bahn«, murmelt er und findet seine dreiste Lüge vollkommen in Ordnung.

»Entschuldigen Sie«, ertönt hinter ihnen eine missbilligende Stimme. »Wir würden wirklich gern den Aufzug benutzen.«

Der Vater von Dennis mustert ihn mit hochgezogenen Augenbrauen, verkneift sich aber jeden Kommentar. Begleitet wird er von einer jungen Frau mit den Augen eines Sommermorgenhimmels.

Samira verabschiedet sich und John wartet mit den beiden schweigend darauf, dass der Aufzug kommt.

»Entschuldigen Sie, wenn ich mich einmische.« Die junge Frau tippt leicht auf seinen Arm, dabei steigt ihm ihr Parfüm in die Nase, das nach Vanille riecht. »Ich habe gehört, wie Sie nach Ruby gefragt haben.«

John wendet sich der jungen Frau zu. »Kennen Sie sie?«

Sie lächelt ihn freundlich an. »Wir gehen in dieselbe Klasse. Ruby ist vorhin runter in die Bettenzentrale. Sie hat nach Schwester Samira gesucht.«

»Komisch, dass Samira nichts davon erwähnt hat.«

»Vielleicht haben sie sich verfehlt.« Die junge Frau zuckt mit den Achseln.

John weiß, wie groß die Bettenzentrale ist. Er hat sie gesehen, als er durch den Keller vor Ruby weggelaufen ist, damals, als er noch nicht sicher war, ob er ihr trauen sollte. Einmal hat er dort auch übernachtet, aber wegen der Ratten nicht besonders gut geschlafen.

Er denkt an die vielen Gänge und dann daran, wie die Gazelle ausgesehen hatte, kurz bevor er sie in der Tiefgarage vor Amari und Dennis in Sicherheit gebracht hat. Wie sie dasaß, der zarte Oberkörper verhüllt mit dem schwarzen Müllsack, aus dem ihre malträtierten Beine heraushingen wie die einer weggeworfenen Schaufensterpuppe. Und doch hatte sie Haltung bewahrt. Sie war mutiger als er.

Doch Mut hin oder her, der Gedanke daran, dass Samira sie in diesen Keller gelockt haben könnte, beunruhigt ihn maßlos. Was Ruby dort alles zustoßen könnte.

Er steigt nicht mit den anderen in den Aufzug, rennt zur Treppe und stürmt in den Keller, und auch wenn er weiß, dass Amari und Dennis ruhiggestellt in ihren Betten liegen, spürt er, dass seine Gazelle noch immer in Gefahr ist. Warum war Samira so außer Atem und so rosig im Gesicht und so gut gelaunt? Weil sie Ruby und damit alle Probleme, die ihr Bruder haben könnte, im Keller aus dem Weg geräumt hat?

Er reißt die Tür auf und sprintet zur Bettenzentrale. Er wird sie finden. Egal, was er auch tun muss, er wird sie finden. Die Glastür der Bettenzentrale öffnet sich, vor ihm liegt alles im Dunkeln. Niemand scheint dort zu sein. Nichts. Nicht mal eine Ratte. Er geht an den Reihen der stinkenden Betten vorbei, doch er nimmt noch einen anderen Geruch wahr, nicht den von Ruby, deren Haut den Duft von frischem Brot und Gras verströmt, und auch nicht den von Samira, die nach Zitronengras duftet. Nein, hier riecht es süßlicher.

Er geht weiter und dann hört er sie, die Schritte hinter sich, obwohl sie sich alle Mühe geben, leise zu sein. Er ist sicher, dass es kein Mann ist, der ihm folgt, dazu sind die Schritte zu klein, zu leicht, mehr Strauß als Büffel. Er tut so, als würde er nichts bemerken, und sieht sich nach einer Waffe um. Aber hier sind nur Betten, Betten, nichts als Betten. Da. Etwas Metallisches blitzt auf. Lauter abmontierte Kopfteile. Er greift sich eins davon und dreht sich abrupt um. Nichts. Kann es sein, dass er sich die Schritte nur eingebildet hat?

Kopfschüttelnd schleicht er weiter, hört ein Surren wie von einem Ventilator und sieht im gleichen Moment den Schalter der Desinfektionskammer, der rot aufleuchtet. Sein Herz zieht sich zusammen und er reagiert blitzschnell.

Er hämmert auf den Schalter, das Licht schaltet auf Grün

um, die Tür öffnet sich und da stürzt sie ihm auch schon entgegen, die Gazelle, und er weiß es einen Herzschlag später, er ist zu spät gekommen, sie ist tot. Sie ist tot.

Er lässt die Stange fallen, geht in die Knie, um sie festzuhalten, ein Schluchzen entringt sich seiner Kehle, fassungslos hebt er sie hoch, sie ist so leicht, so warm, er legt seine Wange an ihre blutverschmierte Stirn. »Nein, nein. Nicht auch noch du…« Tränen laufen über sein Gesicht, er möchte sie schütteln, möchte sie zwingen, die Augen aufzumachen, zu atmen, aber er beherrscht sich und schmiegt sie nur sanft an sich. Doch dann kommt er zu sich, er muss sie hochbringen, hier sind so viele Ärzte, Dr. Brandt, vielleicht kann man sie zurückholen, so eine Art von Wunder können diese Ärzte vollbringen, das hat er selbst schon gesehen. Und er weiß, dass für dieses Wunder jede Minute zählt.

Er dreht sich um, bereit, nach oben zu stürmen, doch da sieht er aus den Augenwinkeln ein metallisches Blitzen. Dann zischt eine Stange auf ihn nieder, es gelingt ihm nur knapp, den Kopf wegzudrehen, aber sie trifft ihn an der Schulter. Er stöhnt vor Schmerz, doch er wird Ruby niemals fallen lassen. Zusammen mit ihr geht er in die Knie, tastet nach der Stange, fasst sie und erhebt sich wieder, voll blinder Wut, bereit zu töten.

Doch aufgerichtet sieht er seinen Angreifer direkt vor sich und ist außerstande, ihr den Schädel zu zertrümmern, und so schlägt er ihr die Stange nur in die Seite, sie verdreht die Augen und fällt um.

Er lässt das Kopfteil fallen, umfasst Ruby noch enger und spurtet so schnell wie noch niemals zuvor durch die Gänge, zurück zur Station von Dr. Brandt, wartet nicht auf den Aufzug, rennt lieber die Treppen, denn so kann er nicht stecken bleiben. Seine Beine laufen wie von allein, befehlen seinem Herz ihren rasenden Takt, lassen ihn nach oben fliegen, und mit jeder geschafften Stufe steigt seine Hoffnung darauf, dass seine Energie Rubys Herz wieder entzünden wird. Schritt um Schritt, um Schritt befiehlt er diesem zarten Bündel auf seinem Arm lebe, lebe, lebe!

27. Kapitel

Der Frühling hat lange auf sich warten lassen und jetzt ist es mit einem Schlag warm geworden, viel zu warm für Mitte Mai. Alle Büsche und Bäume blühen gleichzeitig, Flieder und Birken, Löwenzahn und Linden und meine geliebte Silberpappel hier am Bach. Ich sitze in einem Sommerkleid und in Sandalen auf der Schaukel, spüre den leichten Wind in dem dünnen Flaum auf meinem Kopf, freue mich, dass ich all diese Düfte wieder riechen kann, und betrachte die dicken wolligen Blütenflusen, die durch die Luft segeln. Nach einer Weile atme ich tief durch, stoße mich mit den Füßen ab, strecke sie nach vorne, aber mir wird wie bei meinen letzten Versuchen sofort so schwindelig, dass ich die Schaukel wieder stoppe und warten muss, bis das Kreiseln in meinem Kopf aufhört.

Das sind die Nachwehen von dem Schlag auf meinen Schädel und vom Sturz in der Desinfektionskammer, in der ich gestorben wäre, wenn mich John nicht gerettet hätte. John. John, an den ich so oft denke. Ironischerweise hatte ich kurz vor meiner Ohnmacht den Notschalter getroffen, womit ich das Absaugen der Luft aus der Desinfektionskammer zwar abgeschaltet habe, aber trotzdem wäre ich heute tot, wenn John und Oliver nicht um mein Leben gekämpft hätten wie die Löwen. Von dem Schlag hatte ich eine Hirnblutung und mein Schädel musste geöffnet werden.

An all das kann ich mich nicht klar erinnern, das Letzte, was ich wirklich noch deutlich vor mir sehe, sind die Flüchtlinge, die mich in dem Raum hinter der Tür im Arabellapark so entsetzt angestarrt haben. Alles danach ist im Nebel, der sich nur langsam lichtet. Von Pa weiß ich, was passiert ist, während ich operiert wurde und danach. Aber jeden Tag kommt ein bisschen mehr Erinnerung zurück. Seit der Reha kann ich wieder laufen und sprechen und sogar schreiben. Doch ich habe so viel Schulunterricht verpasst, dass ab jetzt bestimmt keiner mehr Superhirni zu mir sagen wird. Allerdings will Feli den verpassten Stoff in den Sommerferien mit mir durchgehen, was ein bisschen verkehrte Welt sein wird, denn normalerweise war ich immer diejenige, die ihr alles erklärt hat. Aber damit müssen wir noch warten, denn im Moment darf Feli mich jeden Tag nur für eine halbe Stunde besuchen, mehr erlauben die Ärzte noch nicht.

Ich stehe auf und gehe langsam und noch ein bisschen wacklig, aber immerhin allein zurück zum Haus. Pa und ich müssen heute nach München, zur Nachuntersuchung im Krankenhaus und noch mal zu Frau Koslowsky, wo ich über das, was passiert ist, endlich eine Aussage machen soll. Das haben Pa und Oliver bis jetzt verhindert und ich bin froh darüber. Froh bin ich auch, dass Alex wirklich ausgepackt hat, was dazu geführt hat, dass er und Dennis wegen *Menschenhandels zum Zweck der Ausbeutung der Arbeitskraft* und wegen *Förderung des Menschenhandels* verhaftet wurden, wie das amtsdeutsch heißt. Am allermeisten aber freut es mich, dass die Polizei die Menschen in den Räumen, die ich gesehen habe, nicht erwischt hat. Ich hoffe, dass sie es schaffen hierzubleiben, ohne in die Hände von anderen Ausbeutern zu fallen.

Nach Johns Aussage ist die Leiche von Kimoni exhumiert worden und danach wurde Dennis auch noch wegen Anstiftung zum Mord und Amari wegen Totschlags verhaftet. Amari, Dennis und Alex sitzen im Gefängnis und warten auf ihre Verhandlung.

An John habe ich zwar oft gedacht, doch sein Gesicht habe ich lange nur schattenhaft vor mir gesehen, mit der Zeit wurde es dann immer deutlicher und ich habe mir gewünscht, dass er hier wäre und mich mit seinem leicht singenden Deutsch tröstet. Aber ich habe meine Eltern nie nach ihm gefragt, weil ich Angst vor dem hatte, was ich dann erfahren könnte, und jetzt wünsche ich mir umso mehr, dass er da wäre. Es gibt so vieles, über das ich mit ihm reden möchte, über sein Land und seine Eltern, aber auch über den Tod seines Bruders und den meiner Schwester und darüber, was das mit einem macht.

Meine Schwester wurde beerdigt, während ich noch im Krankenhaus lag, und ich habe mir fest vorgenommen, so bald es geht, ihr Grab zu besuchen, auch wenn ich mich bei dem Gedanken an sie fühle, als ob ich versagt hätte. So vieles ist nur deshalb passiert, weil ich unbedingt ihren Mörder finden wollte, und jetzt sieht es so aus, als ob ihre Mörderin nie verurteilt werden wird. Denn sie ist mit allen Wassern gewaschen und ihre Anwälte gehören zu den besten in Deutschland.

Zuerst haben sie versucht, John als Vergewaltiger hinzustellen, haben behauptet, er hätte ihr dort unten in der

Bettenreinigungsanlage aufgelauert, um sie zu missbrauchen. Sie hätte sich nur gewehrt, die Verletzungen hätte sie ihm aus Notwehr zugefügt.

Aber es gibt Beweise, die nicht wegzudiskutieren sind. John wurde zuerst angegriffen, das konnte man nachweisen. Und an der Stange, die sie benutzt hat, um ihn niederzuschlagen, befand sich auch Blut von meinem Kopf. Aber sonst ist sie sehr klug vorgegangen. Man hat nicht mal ihre Fingerabdrücke an der Tür und dem Schalter der VDV-Kammer, der Vakuum-Dampf-Vakuum-Kammer, gefunden, mit der die Matratzen sterilisiert werden.

Die einzige Option, ihr doch noch alles nachzuweisen, sind die Beweise, die Lina versteckt hat. Leider hatte ich wochenlang keine Ahnung, wovon sie alle redeten. Es war Feli, die mir geholfen hat, mich zu erinnern. Sie zeigte mir immer wieder Fotos von Schäferhunden, was mir reichlich auf die Nerven ging, bis mir dann eines Nachts der Name Napoleon kam. Und das war so, als hätte man einen Dominostein angeschubst, ein Steinchen nach dem anderen fiel um und dann wusste ich wieder, wo Lina die Beweise versteckt hatte.

Und heute ist der Tag, an dem ich sie holen werde.

Aber ich bin immer noch ziemlich lahm in allem und sehr schreckhaft. Eine unerwartete Bewegung in meinem Gesichtsfeld und ich bekomme Herzrasen und mir wird schwarz vor Augen.

Deshalb fahren wir erst mal zu Oliver und Mam, um dort zu essen, lassen den Tag langsam angehen. Ich bin sehr aufgeregt und wünsche mir, dass alles gut klappen wird.

Pa pfeift während der Autofahrt vergnügt vor sich hin, und als ich frage, warum er so ausnehmend guter Laune ist, kündigt er mir an, dass Oliver eine Überraschung für mich hätte.

Seit dem Schlag auf den Kopf habe ich Angst vor Überraschungen, alle schauen einen an und wollen eine Reaktion und ich hab keine Ahnung, ob ich das Richtige tue. Deshalb versuche ich, Pa auszuhorchen, aber er wirft mir nur einen Blick von der Seite zu und lächelt ermutigend. »Alles wird gut, mach dir keine Sorgen.«

Ich habe den Eindruck, dass Pa sich mit Oliver während meiner Rekonvaleszenz irgendwie ausgesöhnt hat.

Als wir vor der Wohnung in der Mainzerstraße stehen, kann ich mich beim besten Willen nicht mehr an den Code erinnern, aber Mam reißt sowieso schon die Tür auf und umarmt mich fest. Im Krankenhaus hat sie neben meinem Bett kampiert und in der Reha hat sie am Anfang in meinem Zimmer geschlafen, bis man sie nach zwei Wochen gebeten hat zu gehen, weil ich lernen müsste, wieder ohne sie zurechtzukommen. Aber nachdem sie weg war, hatte ich furchtbare Angst und wollte mein Zimmer nicht mehr verlassen. Es hat zehn Tage gedauert, bis ich gelernt habe, damit umzugehen.

Ich umarme sie auch, dann setzen wir uns an den schön gedeckten Tisch. Es ist für fünf gedeckt.

»Kommt Alex auch?«, frage ich, was alle zu einem entsetzten Luftholen zwingt. Mein Hirn ist wirklich noch sehr daneben. Alex ist in Untersuchungshaft.

»Ich mache mir die allergrößten Vorwürfe, dass ich nicht gemerkt habe, wie mein Sohn abdriftet.« Oliver und Mam schauen sich an. »Wir haben total versagt.«

»Nein«, mischt sich Pa mit fester Stimme ein, »Unsinn, jeder macht Fehler, aus was für Gründen auch immer. Aber Alex ist erwachsen und er ist intelligent und irgendwann war ihm sehr klar, was er da Fürchterliches tut. Und anstatt mit dieser Erkenntnis umzugehen, hat er es vorgezogen, die Augen zuzumachen. Das ist nicht deine Schuld, das ist niemandes Schuld, das war allein seine Entscheidung.«

Nachdem ich endlich aufgehört habe, Oliver zu hassen, bin ich in der Lage, Pa zuzustimmen. Oliver hat nämlich nicht nur mein Leben gerettet, sondern, wie ich seit einer Woche weiß, auch das von John. Er hat alle Kontakte, die er durch seine wohltätige Arbeit in verschiedenen sozialen Einrichtungen hat, dazu genutzt, Johns Abschiebung zu verhindern. Außerdem will er ihm sogar dabei helfen, einen Studienplatz an der Uni in München zu finden. Immer, wenn ich daran denke, freue ich mich für John und schäme mich in Grund und Boden. Von wegen scheinheiliger Oliver. Seit ich diese Zimmer mit den Arbeitssklaven von Dennis und Alex gesehen habe, weiß ich, wie gut es ist, dass es Menschen gibt, die sich um diese Leute kümmern und ihnen helfen.

»Bevor wir essen, solltest du die Beweise holen«, erinnert mich Pa und ich fühle mich schon wieder leicht überfordert. Alles ist neuerdings so anstrengend für mich.

»Frau Vogel weiß Bescheid und wartet schon auf dich.«

Er bringt mich nach unten und klingelt. Napoleon bellt und quetscht seinen Kopf schon durch die Tür, als sie noch gar nicht richtig offen ist. Offensichtlich geht sie auch nicht viel weiter auf, denn Frau Vogel winkt mich herein, aber sie will nicht, dass Pa mitkommt. Bestimmt ist ihr der Zustand der Wohnung peinlich, deshalb versichere ich meinem Vater, dass ich das wirklich allein schaffen kann.

Der muffige, süßlich modrige Geruch steigt in meine Nase und macht mich glücklich. Allein, dass ich wieder riechen kann, ist ein Wunder. Denn in den ersten Wochen nach meiner Kopf-OP war mein Geruchssinn vollkommen verschwunden. Dann erst merkt man, wie arm das Leben ohne Duft ist, und außerdem schmeckt man auch nichts mehr und das ist schrecklich.

Frau Vogel bleibt in der Küche und lässt mich alleine suchen. Ich gehe in das Zimmer, in dem ich zum ersten Mal mit John gesprochen habe und solche Angst vor ihm hatte. Wie hätte ich damals ahnen können, dass ich ohne ihn heute tot wäre?

Ich suche nach der Stelle, an der ich an dem Tag gestolpert bin, was dann den Karton mit den Dessous ins Rutschen gebracht hat. Hier irgendwo bin ich über die Kordel der türkisfarbenen Douglas-Tüte gefallen.

Ich danke im Stillen noch einmal Frau Vogel, dass ihr das mit der türkis glänzenden Papiertüte wieder eingefallen ist. Ohne diesen Hinweis wäre ich nie auf die Douglas-Tüte gekommen.

Alles sieht noch so aus wie an dem Tag, als ich mit John hier war. Ich gehe in die Knie, Napoleon setzt sich neben mich und schaut mir freundlich hechelnd dabei zu, wie ich ein paar Zeitungen, Spitzenstrümpfe und Plastiktüten zur Seite räume. Nach einiger Zeit stoße ich auf die Kordel, ziehe an ihr, sie hat sich irgendwo verhakt, aber ich ziehe weiter, bringe so einen ganzen Schwung Müll in Bewegung und kann mich gerade noch zusammen mit Leon aus der Schusslinie bringen.

»Alles in Ordnung?«, ruft Frau Vogel aus der Küche.

»Ja, alles bestens«, versichere ich ihr und dann betrachte ich die Tüte.

»Das ist sie, Leon«, flüstere ich, »schau, da drin liegt alles Böse dieser Welt!« Vorsichtshalber sehe ich aber noch hinein, schließlich könnte Frau Vogel ja auch mehrere von diesen Tüten gehamstert haben. Aber nein, ich habe recht gehabt. Ich erkenne Linas Puppenkoffer mit den Pferden. Ich hole ihn aus der klammen Tüte, im Koffer klappert etwas. Jetzt brauche ich nur noch den Schlüssel, den ich im Sitzsack versteckt habe, und dann wissen wir endlich, warum Lina sterben musste.

Ich gehe zurück zu Frau Vogel, zeige ihr die Tüte, danke ihr fürs Aufbewahren, streichle Napoleon über den Kopf und trete in den Flur, wo Pa auf mich wartet.

Zusammen laufen wir nach oben und ich bitte Oliver und meine Eltern darum, dass ich den Puppenkoffer alleine aufmachen darf. Pa findet das nicht gut, aber schließlich erlauben sie es.

Ich gehe in Linas Zimmer, hole den Schlüssel mit dem Lederband und sperre voller Spannung das Köfferchen auf.

Auf ersten Blick bin ich enttäuscht. Ich hatte so auf ihr Tagebuch gehofft und manchmal habe ich mir in der Reha auch vorgestellt, dass der Koffer einen Brief an mich enthält, was natürlich nur zeigt, wie verwirrt mein Geist war.

Von alldem ist nichts zu sehen.

Stattdessen liegt ein iPhone im Koffer und trotz meiner

Enttäuschung fängt mein Herz an zu klopfen. Ich hab keine Ahnung, woher Lina das hat, aber das ist mir in diesem Moment auch egal.

Ich suche als Erstes nach Fotos und finde die Bilder, die ich im Computer gesehen habe. Aber das ist noch nicht alles. Es gibt noch viel mehr Fotos, darunter auch welche von mehreren Zimmern mit eingepferchten Menschen. Schwarze Spüler bei der Arbeit, schwarze Putzfrauen. Aber das allein sind noch keine Beweise und ich bin sicher, dass Lina dieses iPhone aus gutem Grund versteckt hat. Ich schaue bei den Videos nach.

Es sind einzelne Clips, verwackelt, manchmal sehr unscharf, aber in ihrer Vielzahl so eindeutig, dass ich vor lauter Aufregung zu zittern beginne.

Ich bin total beeindruckt, wie mutig meine Schwester gewesen ist. Sie muss gewusst haben, in welche Gefahr sie sich damit gebracht hat, als sie heimlich gefilmt hat, wie Amari die Schwarzen in ihrem Verschlag abholt und mit ihnen wegfährt. Wie diese Leute dann als Spüler arbeiten oder in die Uniformen der Putzfirma von Dennis' Vater schlüpfen. Dann folgen Videos, wie Dennis von Gretchens Vater in der Pizzeria *Il Corvo* Bargeld kassiert. Ich weiß nicht, ob solche Handyaufnamen vor Gericht zugelassen sind, aber wenn ja, dann sind das hier genug Beweise für viele Jahre hinter Gittern.

Ich suche noch weiter, denn mit dem iPhone kann man auch Mails empfangen und verschicken, aber da finde ich nur uralte Mails an und von Oliver und ahne, dass es sein Handy ist, das, wie Alex erwähnt hat, verschwunden war. Ich schaue trotzdem noch einmal in den SMS-Eingang, nur pro forma, und sofort kriege ich eine Gänsehaut am ganzen Körper und ich bin froh, dass meine Familie nebenan ist.

»Wir müssen reden. Ich weiß, du bist www.wahrste-liebe.de.«
»Na und?«
»Bitte, lass uns treffen, es ist wichtig.«

Und dann verabredet sich Lina mit ihrer Mörderin zu einem Treffen bei sich zu Hause, an dem Tag ihres sogenannten Selbstmords, als Oliver und Mam bei der Arbeit sind.

Sie hat vorher noch den Koffer zu Frau Vogel gebracht, nur um sicherzugehen.

Gretchen. Die man aber bitte Grättschän aussprechen muss und die über Lina gesagt hat, sie wäre eine Bitch. Ich weiß gar kein Wort, in keiner Sprache dieser Welt, das auf Gretchen passen könnte. Die mich mit ihrem Pocahontasgesicht und den schönen Augen völlig in die Irre geführt hat. Wenn ich an das denke, was sie in ihrem Blog geschrieben hat, teilweise die reinsten Hirngespinste, wie sie sich reingesteigert hat in eine Liebe, die es wohl nur in ihrem Kopf gegeben hat und die Dennis wiederum grausam für seine Zwecke ausgenutzt hat. Er hat ihr sicher erzählt, was für eine Bedrohung Lina für ihn darstellt, und dann hat sie sich einen kranken Schlachtplan ausgedacht.

Ich sehe Gretchen genau vor mir, wie sie mit ihren blauen Augen Lina anlügt und ihr schwört, Dennis wäre für sie Vergangenheit. Ich sehe sie vor mir, wie sie vor Lina behauptet, von den Sklaven nichts zu wissen, nein, natürlich nicht, und wie entsetzt sie darüber ist, was bei ihrem Vater alles vorgeht. Und wie froh sie ist, dass Lina ihr die Augen geöffnet hat, und wie gut sie es findet, wenn Lina zur Polizei geht, und dass sie ihre Freundschaft neu besiegeln will.

Und während all der Zeit hören sie die *Diva*-Filmmusik, dabei füllt sie Lina nach und nach mit Wodka und Schlaftabletten ab, und als Lina merkt, was los ist, und sich ins Bad flüchtet, um sich den Finger in den Hals zu stecken, nutzt Gretchen die Zeit und löscht alle verdächtigen Dateien im Computer, die sie auf die Schnelle finden kann. Und als Lina nicht wiederkommt, hält sie ihren Plan für geglückt, räumt ihre Spuren weg, spült ihr Glas ab und macht sich aus dem Staub, bevor sie jemand in der Wohnung erwischt.

Ich hätte viel eher auf die Lösung kommen können, wenn ich die eine Frage viel früher gestellt hätte.

Wer aus der Schule hat Lina an dem Tag im Krankenhaus besucht, als sie ins Koma fiel? Aber wie hätte ich damals darauf kommen sollen, dass all diese netten Menschen in ihrer Schule so widerwärtig sind?

Wie mir jetzt klar ist, ist es Gretchen gewesen. Sie hat Lina besucht, und was sie dort getan hat, weiß niemand so recht. Oliver vermutet aber, dass sie ihr ein Kissen aufs Gesicht gedrückt hat, und auch er macht sich Vorwürfe, weil er nicht auf die Idee gekommen ist, dass Linas Koma so ausgelöst worden sein könnte.

Dann ist Gretchen verschwunden, hat so getan, als wäre nichts passiert, und hat sich weiter um ihre *wahrste Liebe* Dennis gekümmert, den sie um jeden Preis schützen wollte, für den sie eiskalt alles getan hat.

Ich starre auf das Handy und mir ist ganz elend bei dem

Gedanken, dass ich nichts davon beweisen kann, nicht das Mindeste, selbst mit dem iPhone hier. Aber ich hoffe, meine Aussage und die von John werden Gretchen wenigstens hinter Gitter und vor allem in eine Therapie bringen.

Schließlich sind wir zu zweit – und Pa hat gesagt, dass John sie zweifelsfrei als seine Angreiferin identifizieren konnte. Ich schließe das Handy wieder in das Köfferchen, will es nicht mehr sehen und lege das Band mit dem Schlüssel auf den Tisch, unschlüssig, was ich damit tun soll.

Es klingelt.

Mam kommt herein und sagt, dass unser Gast da ist. Ich habe überhaupt keinen Hunger, aber ich nehme mich zusammen und stehe auf. Mam verlässt das Zimmer, stößt an der Tür mit John zusammen, der ihr einen kleinen Fliederstrauß überreicht. Sie schließt die Tür hinter ihm und John wendet sich zu mir.

Ich habe ihn nicht mehr gesehen, seit ich verwundet worden bin, aber die Bilder von ihm sind Stück für Stück zurückgekehrt, jeden Tag eins mehr.

Wie er in Frau Vogels Wohnung vor mir steht, nur ein trauriger Schatten seiner selbst. Wie er auf dem Feld in Riem neben mir im Matsch hockt, voller Sorge um mein Leben. Und manchmal habe ich auch das kurze Aufflackern seines Lächelns in der U-Bahn vor Augen gehabt.

Und jetzt? Jetzt bin ich einfach nur überwältigt. Er wirkt völlig anders als in meiner Erinnerung, was sicher daran liegt, dass er lässige Jeans trägt und ein weißes Hemd, dessen Ärmel er hochgekrempelt hat, aber da ist noch etwas – ein inneres Strahlen, das vorher nicht da war.

Alles an ihm wirkt verändert und ich werde mir plötzlich bewusst, wie ich auf ihn wirken muss. Ich bin noch dünner und extrem blass, mein Schädel ist gerade mal von einem bisschen Flaum bedeckt und über meine Stirn zieht sich eine Narbe, dick und hässlich wie ein Wurm. Aber er scheint das gar nicht zu sehen. Er beginnt zu lächeln, läuft mir schnell entgegen, so als ob er mich umarmen wollte, bleibt dann aber unschlüssig stehen.

»Meine Gazelle«, murmelt er.

»Gazelle?«

»So nenne ich dich, wenn ich von dir träume.« Er lächelt wieder. »Aber Ruby ist auch ein schöner Name.«

»Du träumst von mir?« Ich versuche einen Witz. »Das können ja nur Albträume sein.«

»Wie hübsch du ohne diesen Kopfverband bist. Und noch viel besser: Deinen Humor hast du auch schon wiedergefunden.« Er grinst so breit, wie ich es von ihm noch nie gesehen habe, dann wird er wieder ernst und zieht Linas Klapphandy aus der Tasche.

Ich fühle, wie mir das Blut in die Wangen steigt und in meinen Ohren rauscht. Aber bevor ich mich noch entschuldigen kann, redet er schon. »Es war falsch wegzurennen, ich hätte es dir erklären sollen. Lina hat das Handy Kimoni gegeben, für Notfälle, sie hat sich Sorgen um ihn gemacht. Und Alex wusste, dass ich Kimonis Handy hatte, nachdem er es bei seiner Leiche nicht gefunden hat.«

»Es tut mit leid, dass ich so misstrauisch war. Bist du nur deshalb hergekommen?«

»Nein, ich wollte Oliver danken für das, was er für mich getan hat.« Er lächelt mich merkwürdig an.

»Oh. Ja. Klar.« Ruby, was hast du erwartet? Warum fragst du?

Jetzt kommt John noch näher und wird wieder ernst.

»Unsinn, Ruby, dazu hatte ich doch schon lange Gelegenheit. Ich bin nur deinetwegen hier. Ganz allein deinetwegen. Deine Eltern haben dich wie die Löwen bewacht und ich durfte dich nur zweimal kurz im Krankenhaus sehen, aber da warst du nicht bei Bewusstsein. Seitdem vertrösten sie mich Woche um Woche. Sie haben behauptet, du wärst noch zu schwach für so was.«

»Für so was?« Ich verstehe immer nur Bahnhof.

John beugt sich zu mir, zieht mich behutsam an sich und küsst dann ganz zart den Flaum auf meinem Kopf.

Von der Stelle, an der seine Lippen meinen Schädel berühren, laufen warme, kribbelnde Ströme um meinen Kopf, werden zu Gänseschauern auf meinem Rücken und mir wird schwindelig. Ich gerate ins Taumeln.

John hält mich fester.

»So was Schönes«, murmele ich, »das hätten sie mir doch schon früher erlauben können.«

»Finde ich auch.« Johns Umarmung wird ein bisschen lockerer. »Was ist denn das?« Er greift nach dem Lederband mit dem kleinen Schlüssel, das immer noch auf Linas Schreibtisch neben uns liegt, und betrachtet es nachdenklich. »Das hat Kimoni gehört.«

»Das habe ich mir auch schon gedacht.«

Er legt mir das Band auf die Hand. »Lies, bitte.«

»Wende dein Gesicht stets der Sonne zu, dann fallen alle Schatten hinter dich.«

Als ich wieder hochschaue, blicken seine Augen direkt in meine, durchdringen mich mit ihrer Energie, treiben den Schlag meines Herzens voran und schmelzen die Eiszeit, die sich seit der Sache mit Merlin in meinem Körper breitgemacht hat.

Ohne seinen Blick von meinem zu lösen, fängt er wieder an zu sprechen. »Sich der Sonne zuzuwenden, ist schwer«, sagt er. »Aber ich glaube, zusammen könnten wir das schaffen, was meinst du?«

Ich bin glücklich und verwirrt und mir ist so schwindelig, dass ich nur ein »Vielleicht« herausbringe.

»Vielleicht ist wundervoll, vielleicht ist ein Anfang«, sagt John, zieht mich fest an sich und diesmal küsst er mich ganz kurz auf den Mund.

Jemand klopft an die Tür. »Das Essen ist fertig.«

»Gut«, rufe ich etwas außer Atem, »wir kommen gleich.« Und dann gehen wir Hand in Hand in den Flur.

Beatrix Gurian

Lügenherz

Mila ist die Freundin, nach der Ally sich immer gesehnt hat. Als Mila sie bittet, ihr bei der Umsetzung eines Racheplans zu helfen, zögert Ally nicht lange. Schließlich handelt es sich dabei um Landgraf – einen ihrer Lehrer, den sie noch nie leiden konnte. Als Mila aber jedes Maß aus den Augen verliert, will Ally ihre Freundin stoppen. Ein tödlicher Wettlauf gegen die Zeit beginnt.

264 Seiten • Klappenbroschur
ISBN 978-3-401-06604-2
www.arena-verlag.de

Das Böse hat seine guten Seiten – Die Arena Thriller

Beatrix Gurian

Höllenflirt

Toni ist unsterblich verliebt. Noch nie hat sie einen Menschen getroffen, der sie so fasziniert. Für Valle würde sie einfach alles tun – und das will sie ihm auch beweisen. Die kleine Mutprobe gerät jedoch außer Kontrolle und Toni gelangt an ihre Grenzen. Noch weiß sie nicht, dass dies erst der Anfang ist. Denn Valles Vergangenheit birgt ein düsteres Geheimnis, das nicht nur Tonis Leben in Gefahr bringt.

248 Seiten • Klappenbroschur
ISBN 978-3-401-06386-7

Prinzentod

Verbotene Liebe führt selten zu etwas Gutem. Das weiß Lissie, als sie Kai das erste Mal begegnet und doch schafft sie es nicht, ihm zu widerstehen. Bis ein entsetzlicher Unfall geschieht, der alles, was verborgen war, ans Licht bringt. Aber Lissie ahnt noch nicht, dass dies alles nur der Anfang ist.

264 Seiten • Klappenbroschur
ISBN 978-3-401-06215-0

Arena

www.arena-verlag.de

Beatrix Gurian

Liebesfluch

Blue ist überglücklich – sie hat tatsächlich eine Stelle als Au-Pair-Mädchen bekommen! Kaum dass sie in Deutschland ist, taucht auch noch ein Junge auf, der ihr absoluter Traumtyp ist. Doch was als Traum anfängt, verwandelt sich schnell in einen grauenhaften Albtraum. Und das Schlimmste für Blue ist: Nicht nur ihr Leben ist in tödlicher Gefahr, sondern auch das der ihr anvertrauten Kinder.

Arena

264 Seiten • Klappenbroschur
ISBN 978-3-401-06479-6
www.arena-verlag.de

Das Böse hat seine guten Seiten – Die X-Thriller

Susanne Mischke

Röslein stach

Toni ist einfach nur froh, von zu Hause auszuziehen. Endlich in den eigenen vier Wänden! Ralph, ihrem kontrollsüchtigen Stiefvater, ist sie ein für alle Mal entkommen. Doch die alte Villa, die sie mit drei Mitbewohnern teilt, birgt ein abscheuliches Geheimnis: Vor zwanzig Jahren wurde ein Mädchen auf brutale Weise darin ermordet. Und der verurteilte Täter ist seit Kurzem wieder auf freiem Fuß.

Arena

384 Seiten • Klappenbroschur
ISBN 978-3-401-06679-0
www.arena-verlag.de